Николас
СПАРКС

СТАРКС

Последняя песня

АСТРЕЛЬ
МОСКВА

Николас СПАРКС

Последняя песня

Астрель
МОСКВА

УДК 821.111(73)
ББК 84 (7Сое)
С71

Nicholas Sparks
THE LAST SONG

Перевод с английского Т.А. Перцевой
Оформление дизайн-студии «Три кота»

Печатается с разрешения Willow Holdings, Inc.
и литературных агентств The Park Literary Group LLC
и Andrew Nurnberg

Подписано в печать 26.09.12. Формат 70x108 ^{1}/32.
Усл. печ. л. 16,8. Тираж 7000 экз. Заказ № 7884.

Спаркс, Николас

С71   Последняя песня : [роман] / Николас Спаркс; перевод с
английского Т.А. Перцевой. — Москва: Астрель, 2013. —
381, [3] с.

ISBN 978-5-271-45496-7

Роман, изданный в более чем 30 странах и сразу же возгла-
вивший списки бестселлеров «USA Today» и «New York Times»!
   История сложных взаимоотношений, определяющих судьбы и
формирующих характеры.
   История любви, навсегда изменившей жизнь.
   Любви, для которой нет преград.
   Любви, ради которой мы готовы на все.
   Любви, которую невозможно забыть и которая не только
разбивает сердца, но и исцеляет их.
   Любви, которая остается с нами навсегда...

УДК 821.111(73)
ББК 84 (7Сое)

*Посвящается Терезе Парк и Грегу Ирикуре,
моим друзьям*

От автора

Я, как всегда, хотел бы вначале поблагодарить Кэти, мою жену и мою мечту. Наши двадцать лет были изумительными, и, просыпаясь утром, я прежде всего думаю о том, как счастлив провести эти годы с тобой.

Мои дети — Майлз, Райан, Ландон, Лекси и Саванна — источники бесконечной радости в моей жизни. Я люблю вас.

Джейми Рааб, мой редактор в «Гранд-Сентрал паблишерз», неизменно заслуживает моей благодарности, не только за блестящее редактирование, но и за доброту, которую она всегда мне выказывает. Спасибо.

Дениз Динови, продюсер «Послания в бутылке», «Памятной прогулки», «Ночей в Роданте» и «Счастливчика», не только гений, но и один из самых дружелюбных людей, которых я знаю. Благодарю за все.

Дэвид Янг, руководитель «Хачетт бук груп», заслужил мои уважение и благодарность за те годы, что мы работаем вместе. Спасибо, Дэвид.

Дженнифер Романелло и Эдна Фарли, мои издатели, не только хорошие друзья, но и прекрасные люди. Благодарю за все.

Харви-Джейн Кауэл и Сона Вогел, как обычно, заслужили мою благодарность хотя бы лишь потому, что я всегда задерживаю свои рукописи, что сильно затрудняет их работу.

7

Хауи Сандерс и Кейя Хайятьян, мои непревзойденные литературные агенты! Спасибо за все, приятели.

Скотт Шуимер, мой поверенный, — самый лучший в своем деле. Спасибо, Скотт!

И мое спасибо Марти Боуэну, продюсеру «Дорогого Джона», а также Линн Харрис и Марку Джонсону.

Аманда Кардинале, Эбби Кунс, Эмили Суит и Шарон Красс-ней также заслуживают моей благодарности. Я ценю все, что вы делаете.

Семья Сайрус заслуживает моей благодарности не только за то, что приняла меня в своем доме, но и за все, что сделала для фильма. И моя особая благодарность — Майли, выбравшему имя для Ронни. Едва услышав его, я понял: это идеальный вариант.

И наконец, благодарность Джейсону Риду, Дженнифер Джибгот и Адаму Шанкману за их работу над киноверсией «Последней песни».

ПРОЛОГ

Ронни

Глядя в окно спальни, Ронни гадала, успел уже пастор Харрис прийти в церковь или нет. Скорее всего пришел. И, наблюдая, как волны разбиваются о берег, она задавалась вопросом: сумеет ли он по-прежнему любоваться игрой света, струившегося в витражах над его головой? Возможно, нет: витражи были установлены более месяца назад, а пастор слишком занят своими мыслями, чтобы обращать внимание на окружающих. Все же она надеялась, что кто-то из новых прихожан забредет сегодня в церковь и испытает то же ощущение чуда, которое посетило ее, когда она впервые увидела свет, наполняющий церковь, в тот холодный ноябрьский день. И еще она надеялась, что посетитель найдет время подумать о том, откуда взялись витражи, и восхититься их красотой.

Она не спала уже около часа, но еще не была готова встретить новый день. Каникулы в этом году ощущаются как-то иначе. Вчера она повела младшего брата Джону на прогулку по берегу. На верандах домов, мимо которых они проходили, то тут, то там виднелись рождественские ели. В это время года здесь оставалось совсем мало людей, но Джону не интересовали ни волны, ни чайки, забавлявшие его всего несколько минут назад. Он хотел одного: бежать в мастерскую, — и Ронни отвела его туда, хотя он провел там всего несколько минут, прежде чем без единого слова уйти.

На тумбочке, рядом с кроватью, лежала стопка фотографий в рамках, которые она утром забрала из ниши маленького пляжного домика. Ронни в тишине рассматривала их, пока не услышала стук. Ма просунула голову в дверь.

— Завтракать будешь? Я нашла в буфете овсяные хлопья.

— Я не голодна, ма.

— Нужно хоть что-то съесть, милая.

Ронни продолжала смотреть на груду фотографий отсутствующим взглядом.

— Я была не права, ма. И теперь не знаю, что делать.

— Это ты об отце?

— Обо всем.

— Хочешь поговорить?

Не дождавшись ответа, мать подошла и села рядом.

— Иногда совсем неплохо выговориться. Сразу легче становится. Последние дни от тебя слова не дождешься.

Волна воспоминаний нахлынула на Ронни: пожар и восстановление церкви, витражи, песня, которую она наконец закончила.

Ронни думала о Блейзе, Скотте и Маркусе. И об Уилле, конечно. Ей всего восемнадцать, но позади осталось лето, когда ее предали. Когда арестовали. То лето, когда она влюбилась. Все случилось совсем недавно, и все же иногда она чувствовала, что тогда была иным человеком.

— Как насчет Джоны? — вздохнула она.

— Его нет. Брайан повел его в обувной. Он настоящий щенок, у которого ноги растут быстрее всех остальных частей тела.

Ронни улыбнулась, но улыбка померкла так же быстро, как появилась. Ма молча собрала ее волосы и скрутила в конский хвостик на затылке. Она делала это с тех пор, когда дочь была совсем маленькой. И как ни странно, Ронни и сейчас это успокаивало.

— Скажу тебе вот что, — продолжала ма, подходя к шкафу и ставя чемодан на кровать. — Почему бы нам не поговорить, пока складываешь вещи?

— Я даже не знаю, с чего начать.

— Лучше всего сначала. Джона что-то упоминал о черепахах?

Ронни скрестила руки, зная, что история началась раньше.

— Не совсем. Хотя, когда это случилось, меня там не было; думаю, что на самом деле лето началось с пожара.

— Какого пожара?

Ронни потянулась к фотографиям, осторожно вынула лежавшую между двумя рамками потертую газетную вырезку и протянула матери.

— Вот какого. В церкви.

«Полиция подозревает, что причина поджога церкви — запрещенный фейерверк. Пострадал пастор.

Райтсвилл-Бич, Северная Каролина. Пожар уничтожил историческое здание первой баптистской церкви в самый канун Нового года, и следователи подозревают, что причина — запущенная петарда.

Пожарных вызвали анонимным звонком. По словам начальника пожарной команды Райтсвилл-Бич Тома Райана, они, прибыв в начале первого на берег, где находилась церковь, обнаружили огонь и дым, вырывавшиеся из задней части строения.

На месте источника возгорания были найдены остатки бутылочной ракеты от фейерверка.

Пастор Чарли Харрис находился в церкви, когда начался пожар, и был госпитализирован в региональный медицинский центр Нью-Гановера с ожогами второй степени на ногах и руках. В настоящее время проходит курс лечения в отделении интенсивной терапии.

Это уже вторая сгоревшая церковь за два месяца в округе Нью-Гановер. В ноябре ковенантская церковь Доброй Надежды была уничтожена полностью.

— Полицейские до сих пор считают этот пожар подозрительным, называют наиболее вероятной причиной поджог, — отметил Райан.

Свидетели показывают, что менее чем за двадцать минут до пожара видели бутылочные ракеты, которые запускались с берега за церковью, — возможно, в честь наступления Нового года.

— Бутылочные ракеты, запрещенные в Северной Каролине, особенно опасны в нынешнюю засушливую погоду, — предупреждает Райан. — Этот пожар ясно показывает, почему именно. Человек в больнице, а церковь полностью сгорела».

Когда ма закончила читать и вопросительно посмотрела на дочь, та поколебалась, но потом со вздохом начала рассказывать историю, по-прежнему казавшуюся ей совершенно бессмысленной, даже сейчас, когда все осталось в прошлом.

Ронни

Шесть месяцев назад

Ронни съежилась на переднем сиденье машины, гадая, почему, спрашивается, мать и отец так ее ненавидят. Она решительно не могла понять, почему ей пришлось приехать к отцу, в эту безнадежную южную глушь, к черту на рога, вместо того чтобы проводить время с друзьями на Манхэттене.

Нет, оставим это. Она не просто навещает отца. Навещать — означает пробыть здесь уик-энд-другой, может, даже две недели. Положим, просто визит вежливости она еще могла бы вынести. Но остаться почти до конца августа? Почти на все лето?! Настоящая ссылка! Почти все девять часов, которые заняла поездка, она чувствовала себя заключенной, которую переводят в провинциальную тюрьму. Невозможно поверить, что мать действительно решила отправить ее сюда!

Ронни была так погружена в собственные горестные мысли, что не сразу узнала моцартовскую шестнадцатую сонату до-мажор. Одна из вещей, которую она играла в «Карнеги-холле» четыре года назад. Должно быть, ма поставила ее, пока Ронни спала. Жаль, конечно, но...

Ронни потянулась, чтобы выключить звук.

— Зачем это ты? — нахмурилась ма. — Люблю слушать, как ты играешь.

— А я — нет.

— Может, просто приглушить звук?

— Прекрати, ма! Я не в том настроении, — буркнула Ронни и отвернулась к окну, прекрасно сознавая, что губы ма плотно сжаты. Последнее время это вошло у нее в привычку. Можно подумать, ее рот намагнитили!

— Я, кажется, видела пеликана, когда мы переезжали мост к Райтсвилл-Бич, — заметила ма с деланной веселостью.

— Вот здорово! Может, тебе следовало бы позвать Охотника на крокодилов?

— Он умер, — сообщил Джона, перекрывая писк игровой приставки. Ее девятилетний младший братец-надоеда обожал это шоу. — Неужели не помнишь? Такая жалость!

— Конечно, помню.

— По твоему голосу что-то непохоже.

— Но я все равно помню.

— В таком случае не следовало говорить то, что ты сейчас сказала.

13

На этот раз она не потрудилась ответить. Брату всегда необходимо оставить за собой последнее слово, и это буквально сводило Ронни с ума.

— Ты хоть немного вздремнула? — спросила ма.

— Пока ты не угодила колесом в эту рытвину. Кстати, большое за это спасибо! Я едва не разбила головой стекло!

Взгляд матери оставался прикованным к дороге.

— Рада, что сон привел тебя в хорошее расположение духа.

Ронни сунула в рот жвачку и усердно заработала челюстями. Мать ненавидела подобные вещи, а дочь назло безостановочно жевала, пока они ехали по I-95. Ронни чувствовала себя подавленной, и это шоссе казалось самым тоскливым отрезком пути. Омерзительно жирный фаст-фуд, грязные придорожные туалеты и миллиарды сосен... Серая монотонность могла убаюкать любого пассажира.

Именно это Ронни и твердила матери в Делавэре, штат Мэриленд, и в Виргинии, но ма каждый раз решительно отметала ее жалобы. И вообще, если не считать того, что мать старалась быть вежливой, поскольку виделись они в последний раз перед долгой разлукой, она почти не разговаривала. Ей было тяжело вести машину, тем более что раньше они либо ездили в метро, либо брали такси. В их квартире мать вела себя по-другому, и управляющий домом за последние два месяца заходил несколько раз, чтобы просить ее поменьше шуметь. Ма, возможно, считала, что чем громче она вопит на Ронни из-за плохих оценок, или не тех друзей, или по поводу того, что дочь постоянно нарушала свой «комендантский час», или ИНЦИДЕНТ, особенно ИНЦИДЕНТ, тем вероятнее, что она послушается и начнет исправляться.

Ладно, она не худшая на свете мать. Точно не худшая. А когда на Ронни находил приступ великодушия, она даже признавала, что мать совсем не плоха. Просто ее сознание застряло в том искривленном временном периоде, когда дети навсегда оставались маленькими. Ронни в сотый раз пожалела, что родилась в мае, а не в августе. Теперь бы ей уже исполнилось восемнадцать и мать не смогла бы ее ни к чему принудить. С точки зрения закона она была бы достаточно взрослой, чтобы самостоятельно принимать решения. И скажем прямо: поездка к отцу отнюдь не значилась в списке ее желаний.

Но пока что у Ронни просто не было выбора. Потому что ей все еще было семнадцать. Ах эти происки календаря! Почему мать забеременела на три месяца раньше, чем следовало бы? И что из этого следует?

Как бы униженно ни просила, ни жаловалась, ни вопила и ни ныла Ронни, летние планы остались неизменными. Ронни и Джона проведут лето с отцом, и все тут! Никаких «если», «и» или «но», как обычно выражалась мама. Ронни просто возненавидела эту манеру выражения.

Едва они пересекли мост, начались заторы на дороге, и машины еле ползли. В стороне между домами поблескивала вода. Океан! Бр-р! Можно подумать, ей это интересно!

— Почему ты заставляешь меня это делать? — снова простонала она.

— Мы уже все обсудили. Тебе следует провести немного времени с отцом. Он скучает.

— Но почему все лето? Почему не пару недель?

— Вам нужно побыть вместе больше, чем пару недель. Ты не видела его три года.

— Но я не виновата. Он сам от нас ушел.

— Да, но ты не подходила к телефону, когда он звонил. И каждый раз, когда приезжал в Нью-Йорк повидаться с тобой и Джоной, ты его игнорировала и таскалась по всему городу со своими друзьями.

— Не хочу его видеть. И говорить не хочу! — отрезала Ронни.

— Попытайся вести себя прилично, договорились? Твой отец хороший человек и любит тебя.

— И поэтому бросил нас?

Вместо ответа мать глянула в зеркало заднего вида.

— А ты, Джона? Ждешь не дождешься встречи с отцом?

— Шутишь? Да это потрясная идея!

— Я рада, что ты так славно настроен. Может, ты сумеешь научить этому сестру.

— Ну да, как же, научишь ее! — фыркнул он.

— Все равно не понимаю, почему я не могу провести лето с друзьями! — заныла Ронни, пытаясь настоять на своем. Она еще не сдалась, и хотя понимала, что шансы равны нулю, все же лелеяла мечту убедить ма развернуться и поехать обратно.

— То есть ты предпочла бы постоянно торчать в клубах? Я не так наивна, Ронни! И знаю, что творится в подобных местах.

— Я ничем таким не занимаюсь, ма!

— А как насчет плохих отметок? Твоего условного срока? И...

— Нельзя ли поговорить о чем-то другом? Например, почему так необходимо проводить время с отцом?

Мать не сочла нужным ответить, и Ронни вполне сознавала, что на это у нее есть веские причины.

Поток машин неожиданно пришел в движение, и они проехали еще полквартала, прежде чем снова остановиться. Мать подняла стекло и попыталась понять, что творится впереди.

— Не понимаю, что происходит, — пробормотала она. — Откуда такая пробка!

— Это все пляж. Там всегда полно народу, — пояснил Джона.

— Всего три часа дня и воскресенье! Час пик еще не наступил!

Ронни подобрала ноги, отчетливо ощущая, как ненавистна ей такая жизнь и все, что вокруг нее.

— Слушай, ма, — спросил Джона, — па знает, что Ронни арестовали?

— Знает.

— И что теперь сделает?

На этот раз ответила Ронни:

— Ничего он не сделает. Можно подумать, его интересует что-то, кроме пианино!

Сама Ронни ненавидела пианино и клялась, что больше никогда не будет играть, — решение, которое находили странным даже лучшие друзья, поскольку музыка была огромной частью ее жизни, сколько она себя помнила. Ее отец, когда-то преподававший в джульярдской школе, учил музыке и дочь, и та очень долго сгорала от желания не только играть, но и сочинять музыку вместе с па.

Она была очень талантлива. Очень! Благодаря связям отца в Джульярде дирекция и педагоги знали о ее способностях. В том замкнутом круге, где проходила жизнь ее отца, существовал девиз: «Классическая музыка превыше всего!». В этом же музыкальном мире вскоре стали распространяться слухи о ее гениальности. За слухами последовали пара статей в специализированных журналах, а затем большое интервью в «Нью-Йорк таймс», в котором подчеркивалась духовная связь отца с дочерью. Все это четыре года назад неизбежно привело к столь желанным для многих молодых музыкантов выступлениям в «Карнеги-холле». Это, вероятно, стало пиком ее карьеры. Именно пиком, Ронни отнюдь не было свойственно недооценивать свои успехи. Она прекрасно сознавала, как редко выпадают на долю начинающих исполнителей подобные возможности, но последнее время то и дело задавалась вопросом, стоило ли приносить все эти жертвы. Никто, кроме родителей, скорее всего не помнил о ее выступлениях. И всем было плевать. Ронни давно усвоила, что, если у тебя нет популярного видео на «YouTub» или если не можешь выступать перед многотысячными аудиториями, талант ровным счетом ничего не значит.

Иногда она жалела о том, что отец не дал ей в руки электрогитару или по крайней мере не отвел на вокал. Чем можно заняться, имея способности только к игре на фортепьяно? Давать уроки музыки в местной школе? Или играть в вестибюле отеля, пока люди регистрируются у стойки? Или жить такой же нелегкой жизнью, как у отца? Подумать только, до чего довело его фортепьяно! Кончилось тем, что он ушел из Джульярда, чтобы стать гастролирующим пианистом, но оказалось, что играть приходится в никому не известных залах перед парой десятков зрителей. Он путешествовал сорок недель в год — достаточно долго, чтобы поставить под удар семейную жизнь. Не успела Ронни опомниться, как мать стала постоянно орать и скандалить с домашними, а отец, как всегда, замыкался в своей раковине, пока в один прекрасный день вообще не вернулся домой из долгого турне по южным штатам. Насколько знала Ронни, теперь он совсем нигде не работал. Даже не давал частных уроков.

«И каково тебе приходится, отец?»

Ронни покачала головой. Ей мучительно не хотелось ехать туда. Бог видит, она не желает иметь со всем этим ничего общего.

— Эй, ма! — позвал Джона. — Смотри, что там? Колесо обозрения?

Мать вытянула шею, пытаясь увидеть хоть что-то.

— По-моему, да, милый. Наверное, приехал цирк с аттракционами.

— А можно нам пойти? После того как поужинаем вместе?

— Тебе придется спросить папу.

— Да, а потом можно посидеть у костра и поджарить зефир, — вставила Ронни. — Как будто мы одна большая счастливая семья.

На этот раз ее замечание мать и брат сочли за благо пропустить мимо ушей.

— Как по-твоему, у них есть еще аттракционы? — допытывался Джона.

— Уверена, что есть. И если па не захочет тебя повести, с тобой пойдет сестра.

— Класс!

Ронни обмякла на сиденье. Следовало знать, что ма предложит что-то в этом роде! Страшно подумать, какая тоска ее ожидает!

Стив

В ожидании приезда детей Стив Миллер с полным самозабвением отдавался музыке. Теперь уже скоро. В любую минуту.

Пианино стояло в небольшой нише, рядом с маленькой гостиной пляжного бунгало, которое Стив теперь именовал домом.

За спиной были расставлены предметы, хранившие память о прошлом. Не слишком-то их много. Если не считать пианино, Ким смогла упаковать его пожитки в одну коробку, а у него ушло менее получаса, чтобы все расставить по местам. Фотография, на которой его родители и он, совсем еще мальчик. Еще один снимок: он подростком играет на фортепьяно. Это фото висит между полученными им дипломами Чейпл-Хилл и Бостонского университета. Чуть ниже — благодарственная грамота от руководства Джульярда, где он преподавал пятнадцать лет. Около окна — три расписания в рамках с указанием дат турне. Но больше всего он дорожил снимками Джоны и Ронни. Часть висела на стене, часть, вставленная в рамки, стояла на пианино. Каждый раз, глядя на них, он вспоминал о том, что, несмотря на благие намерения, его ожидания не оправдались.

Вечернее солнце тянулось в комнату косыми лучами, отчего воздух все больше нагревался и на лбу Стива выступили капли пота. Хорошо еще, что живот болит меньше, чем утром, но последнее время он ужасно нервничает, и, конечно, все начнется снова. У Стива всегда был слабый желудок: в двадцать лет у него обнаружили язву и положили в больницу, в тридцать пять — удалили аппендикс, который лопнул, когда Ким была беременна Джоной. Он глотал таблетки горстями, годами сидел на нексиуме, и хотя сознавал, что следовало бы питаться лучше и двигаться больше, все же сомневался, что это поможет. Проблемы с желудком были наследственными.

Смерть отца шесть лет назад изменила Стива, и с тех пор у него началось нечто вроде депрессии. Пять лет назад он подал в отставку, а еще через год решил начать карьеру концертирующего пианиста, а три года назад они решили развестись. Год спустя концертов стало меньше, ручеек заявок начал пересыхать, пока не высох окончательно. В прошлом году он перебрался сюда, в город, где вырос, в место, которое, как он думал, никогда больше не увидит. Теперь он собирался провести лето с детьми, и хотя пытался представить, что принесет осень, когда Ронни и Джона вернутся в Нью-Йорк, точно знал только одно: листья пожелтеют, а потом и покраснеют, а по утрам изо рта будут вырываться клубы пара. Он давно уже не пытался заглядывать в будущее...

Но это его не волновало. Он знал, что строить замки на песке бессмысленно, и, кроме того, плохо разбирался даже в прошлом. Одно знал наверняка: он самый обыкновенный человек, заплутавший в мире, обожавшем экстраординарное, шумное, яркое, и при мысли об этом его охватывало смутное разочарование жизнью, которую вел. Но что можно сделать? В отличие от Ким, веселой и общительной, он всегда был сдержанным и старался смешаться с толпой. Хотя он обладал определенными способностями музыканта и композитора, все же был лишен харизмы и умения подать товар лицом, какой-то изюминки, сразу выделяющей человека из десятков ему подобных. Временами даже он признавал, что в этом мире был скорее всего лишь сторонним наблюдателем, чем участником происходящего, и в моменты особенно болезненного самокопания иногда считал себя неудачником во всем, что казалось важным ему и окружающим. Ему сорок восемь лет. Брак распался, дочь бежит от него как от огня, а сын растет без отца. Если хорошенько подумать, некого винить, кроме себя, и больше всего на свете он хотел знать: возможно ли для такого, как он, ощутить присутствие Бога...

Десять лет назад ему в голову не приходило задаваться подобными вопросами. Даже два года назад. Но средний возраст неминуемо сопряжен с кризисом. Хотя когда-то Стив верил, что ответ кроется в музыке, которую писал. Теперь он подозревал, что ошибся. Чем больше он думал об этом, тем яснее понимал, что для него музыка скорее была отходом от реальности, чем возможностью самовыражения. Да, он переживал страсть и катарсис в музыке Чайковского или ощущал некую завершенность, когда писал собственные сонаты, но теперь понимал, что стремление уйти в музыку связано не столько с Богом, сколько с эгоистическим желанием спрятаться в свою раковину. Теперь он верил, что истинный ответ кроется в той любви, которую он испытывает к детям, в боли, терзающей его, когда он просыпается в притихшем доме и сознает, что их здесь нет. Но даже тогда он понимал, что есть еще и нечто большее.

Иногда он надеялся, что дети помогут ему найти это большее.

И тут Стив заметил, что солнце отражается от лобового стекла пыльного микроавтобуса, припаркованного у дверей. Он и Ким купили его много лет назад для поездок в Костко на уик-энды и семейных пикников. Интересно, не забыла ли она сменить масло, прежде чем выехала из дому? Или хотя бы с тех пор, как они расстались? Возможно, нет. Ким никогда не разбиралась в подобных вещах, поэтому прежде эти обязанности ложились на Стива.

Но эта часть его жизни закончилась.

Стив поднялся и вышел на крыльцо. Джона уже мчался к нему: волосы растрепаны, очки криво сидят на носу, а ноги и руки не толще карандашей. У Стива перехватило горло. Сколько же он всего упустил за последние три года!

— Па!

— Джона! — завопил Стив, бегом пересекая двор.

Джона, как обезьянка, прыгнул на него. Стив пошатнулся и едва устоял на ногах.

— Как ты вырос! — проборомотал он.

— А ты стал ниже ростом, — «обрадовал» Джона. — И ужасно тощий.

Стив крепко обнял сына, перед тем как поставить на ноги.

— Я рад, что ты здесь.

— Я тоже! А ма и Ронни все время ругались.

— Ничего тут хорошего нет.

— Да пусть! Я не слушал. Только разве когда их подначивал.

— Вот как, — проборомотал Стив.

Джона поправил очки на переносице.

— Почему ма не позволила нам лететь?

— А ты ее спрашивал?

— Нет.

— Может, стоило спросить?

— Да ладно, не важно. Я просто так.

Стив улыбнулся. Совсем забыл, какой у него разговорчивый сын!

— Эй, это твой дом?

— Именно так.

— Это место приводит в трепет, — важно произнес мальчик.

Он это серьезно? Дом менее всего способен привести в трепет. Бунгало — самое старое из всех построек на Райтсвилл-Бич и зажато двумя массивными зданиями, отчего кажется еще меньше. Краска отслаивается, черепица местами крошится, на крыльце завелась гниль. Никого не удивит, если следующий же шторм окончательно разрушит эту развалину, чему соседи, вне всякого сомнения, очень обрадуются. С тех пор как он сюда переехал, никто с ним даже не поздоровался.

— Тебе правда нравится? — уточнил Стив.

— Привет! Он ведь прямо на пляже! Чего еще хотеть!

Джона показал на океан.

— Можно пойти посмотреть?

— Конечно. Только оставайся за домом. Не отходи далеко.

— Заметано!

Стив проводил его взглядом и, обернувшись, увидел идущую навстречу Ким. Ронни тоже вышла, но переминалась у машины.

— Хай, Ким, — пробормотал он.

— Стив!

Она подошла поближе и обняла его.

— Как ты? Вроде похудел.

— Я в порядке.

Стив заметил, что Ронни нехотя плетется к нему. Его потрясло, как сильно она изменилась по сравнению с последним фото, присланным Ким по е-мейл. Куда девалась типичная американочка, которую он помнил? Теперь перед ним была молодая женщина с фиолетовой прядью в длинных каштановых волосах, черным лаком на ногтях и в темной одежде. Несмотря на очевидные признаки подросткового эпатажа, он снова подумал, как сильно она похожа на мать. Да и Ким все так же прекрасна.

Стив нервно откашлялся.

— Привет, солнышко. Рад тебя видеть.

Не дождавшись ответа, Стив тяжело вздохнул. Ким сурово нахмурилась:

— Не смей так себя вести! С тобой отец говорит! Скажи что-нибудь.

Ронни вызывающе скрестила руки.

— Ладно. Как насчет этого: я не собираюсь играть для тебя на пианино.

— Ронни! — раздраженно воскликнула Ким.

— Что? — тряхнула головой девушка. — По-моему, лучше сразу все выяснить.

Прежде чем Ким раскрыла рот, Стив предостерегающе покачал головой. Не хватало еще скандалов!

— Все нормально, Ким.

— Да, ма! Еще бы не нормально, — прошипела Ронни. — Мне нужно размяться. Я иду гулять.

Пока она удалялась, Стив наблюдал, как Ким борется с желанием позвать дочь. Но она справилась с собой и промолчала.

— Долгий путь? — спросил он, пытаясь разрядить обстановку.

— И тяжелый.

Он улыбнулся, подумав, как легко представить хоть на секунду, что они по-прежнему муж и жена, одна команда и все еще влюблены друг в друга.

Вот только ничего этого уже не было...

Разгрузив вещи, Стив пошел на кухню, где положил кубики льда в разнокалиберные стаканы, которые достались ему вместе с домом. В комнату вошла Ким. Он потянулся к кувшину со сладким чаем, налил два стакана и один протянул ей. За окном Джона то гонялся, то убегал от волн, над которыми летали чайки.

— Похоже, наш Джона решил развлечься.

Ким шагнула к окну.

— Он целую неделю донимал меня, требуя поскорее ехать, — пояснила она и, поколебавшись, добавила: — Он по тебе скучал.

— А я по нему.

— Знаю, — кивнула она и, отхлебнув чаю, огляделась. — Это и есть твой дом? Весьма... своеобразно.

— Полагаю, под своеобразием ты подразумеваешь дырявую крышу и отсутствие кондиционера?

Ким смущенно улыбнулась.

— Конечно, не дворец, но здесь спокойно, и я могу любоваться восходами.

— И церковь позволяет тебе жить здесь бесплатно?

Стив кивнул.

— Дом принадлежал Карсону Джонсону, местному умельцу, и когда тот умер, завещал дом церкви. Пастор Харрис позволил мне остаться, пока они не решат продать дом.

— И каково это — вернуться на родину? Ведь твои родители жили именно здесь? В трех кварталах отсюда?

Вообще-то в семи. Что-то вроде.

— Да все в порядке, — пожал плечами Стив.

— Теперь здесь столько народу. Все так изменилось с того времени, как я в последний раз здесь была.

— Все меняется, — пробормотал он и, облокотившись на стойку, скрестил ноги. — Итак, когда настанет счастливый день? — спросил он, меняя тему. — Для тебя и Брайана.

— Стив... не стоит...

— Да нет, я ничего не имел в виду, — заверил он, поднимая руку. — И рад, что ты кого-то нашла.

Ким уставилась на него, явно гадая, стоит ли пропустить его слова мимо ушей или ступить на запретную территорию.

— В январе, — решилась она наконец. — Но я хочу, чтобы ты знал... Дети... Брайан не собирается занять твое место. И он тебе понравится.

— О, я в этом уверен, — кивнул он, глотнув чаю. — А как дети к нему относятся?

— Джоне он, похоже, нравится. Но Джоне нравятся все.

— А Ронни?

— Она ладит с ним примерно так же, как с тобой.

Он рассмеялся, прежде чем успел заметить, что она чем-то встревожена.

— Как она на самом деле?

— Не знаю, — вздохнула Ким. — И не думаю, что она сама знает. Она постоянно пребывает в мрачном, угрюмом настроении. Несмотря на мои запреты, возвращается домой поздно, и когда я пытаюсь поговорить с ней, в лучшем случае получаю в ответ «наплевать». Я стараюсь списать это на переходной возраст, потому что помню, какой была сама, но...

Она покачала головой.

— Видел ее манеру одеваться? И волосы, и эту кошмарную тушь?

— Угу...

— И?..

— Могло быть хуже.

Ким открыла рот, чтобы возразить, но, не услышав ответа, Стив понял, что был прав. Несмотря на все выходки, несмотря на страхи Ким, Ронни остается Ронни.

— Наверное, — согласилась она. — Нет, точно. Но последнее время с ней так трудно! Временами она бывает прежней милой Ронни. Особенно с Джоной. Хотя они дерутся как кошка с собакой, она по-прежнему каждый уик-энд приводит его в парк. И когда у него были затруднения с математикой, она вечерами с ним занималась. Что очень странно, потому что сама она на уроки плюет. Я не говорила тебе, но в феврале заставила ее сдать школьные оценочные тесты. Она не ответила ни на один вопрос. Представляешь, какой умной нужно быть, чтобы так отличиться.

Стив рассмеялся. Ким нахмурилась.

— Не смешно!

— Очень смешно.

— Тебе не приходилось воспитывать ее последние три года!

Стиву стало стыдно.

— Ты права, прости. А что сказал судья насчет ее воровства в магазинах?

— Только то, о чем я говорила тебе по телефону, — обреченно пробормотала она. — Если она снова не попадет в беду, срок с нее снимут. А если снова примется за свое, тогда... — Она не договорила.

— Ты чересчур волнуешься... — начал он.

Ким отвернулась.

— Проблема в том, что это не в первый раз. Она призналась, что стащила в прошлом году браслет. Теперь утверждает, что, покупая целую кучу всего в драгсторе, не смогла удержаться и сунула помаду в карман. Заплатила за все, и когда смотришь видео, это действительно кажется ошибкой, но...

— Но ты не уверена.

Ким не ответила. Стив покачал головой.

— Ей еще далеко до объявлений «Разыскивается опасный преступник». Девочка запуталась. Но у нее всегда было доброе сердце.

— Это не значит, что сейчас она говорит правду.

— Но и не значит, что она лжет!..

— Так ты ей веришь?

На ее лице отразилась борьба надежды со скептицизмом.

Он молчал, пытаясь разобраться в своих чувствах, хотя делал это сто раз с тех пор, как Ким все ему рассказала.

— Да. Я верю ей, — выговорил он наконец.

— Почему?

— Потому что она хорошая девочка.

— Откуда тебе знать? — бросила она, впервые за все это время рассердившись. — Когда ты видел ее в последний раз, она заканчивала среднюю школу!

Ким отвернулась и, сложив руки на груди, выглянула в окно.

— Ты сам знаешь, что мог бы вернуться, — с горечью продолжала она. — Снова преподавать в Нью-Йорке. Не обязательно разъезжать по всей стране, не обязательно перебираться сюда, ты мог бы постоянно присутствовать в их жизни.

Слова больно жалили, но Стив понимал, что она права. Все было не так просто по причинам, которые оба понимали, но не желали признаваться в этом самим себе.

Прошло несколько минут напряженного молчания, прежде чем Стив снова заговорил:

— Я только пытаюсь сказать, что Ронни умеет отличить хорошее от плохого. Как бы высоко она ни ценила свою независимость, все же уверен, что она осталась такой, как была. В главном она совсем не изменилась.

Прежде чем Ким успела сообразить, как ответить, в комнату ворвался раскрасневшийся Джона.

— Па! Я нашел классную мастерскую! Пойдем! Я хочу тебе показать.

Ким подняла брови.

— Это на задах дома, — пояснил Стив. — Хочешь посмотреть?

— Это потрясающе, ма.

Ким отвернулась от Стива и улыбнулась Джоне.

— Все в порядке. И больше похоже на отношения отца с сыном. Кроме того, мне пора.

— Уже? — спросил Джона.

Стив знал, как трудно придется Ким, поэтому ответил за нее:

— Твоей маме предстоит долгая дорога назад. И кроме того, я хотел вечером повести тебя в цирк. Хочешь?

Плечи Джоны слегка опустились.

— Наверное... — прошептал он.

После того как Джона попрощался с матерью (Ронни нигде не было видно), Стив с сыном направились в мастерскую, невысокую хозяйственную постройку со скошенной жестяной крышей.

Последние три месяца Стив проводил здесь почти все дни в окружении всякого хлама и маленьких листов цветного стекла, которые Джона сейчас исследовал. В центре мастерской был большой рабочий стол с начатым витражом, но Джону, казалось, больше интересовали фантастические чучела, стоявшие на полках, — работы прежнего хозяина. И действительно, странно было видеть полубелку, полурыбу или голову опоссума на теле курицы.

— Что это такое? — удивлялся Джона.

— Предполагается, что искусство.

— Я думал, что искусство — это картины и всякое такое.

— Верно. Но искусство, оно разное.

Джона наморщил нос, глядя на полукролика-полузмею.

— На искусство не похоже.

Когда Стив улыбнулся, Джона показал на незаконченный витраж:

— Это тоже его?

— Вообще-то мое. Я делаю его для церкви, той, что совсем рядом. В прошлом году она сгорела, и окно было уничтожено огнем.

— Я не знал, что ты умеешь делать окна.

— Веришь или нет, но меня научил тот умелец, что здесь жил.

— И который сделал всех этих животных.

— Именно так.

— Ты его знал?

Стив подошел к сыну.

— В детстве я часто пробирался сюда, вместо того чтобы сидеть на уроках закона Божия. Он делал витражи для всех окрестных церквей. Видишь картину на стене?

Стив показал на снимок с изображением воскресения Христа, прислоненный к одной из полок. В таком хаосе ее нелегко разглядеть!

— Будем надеяться, что готовый витраж будет выглядеть точно так же.

— Потрясающе! — прошептал Джона, и Стив снова улыбнулся. Очевидно, это новое любимое словечко сына. Интересно, сколько раз придется услышать его этим летом?

— Хочешь помочь?

— А можно?

— Я на тебя рассчитывал.

Стив осторожно толкнул сына в бок.

— Мне нужен хороший помощник.

— А это трудно?

— Я начал в твоем возрасте, так что уверен: ты справишься.

Джона опасливо поднял осколок стекла и с самым серьезным видом стал рассматривать на свет.

— Я наверняка справлюсь, — кивнул он.

— Вы все еще ходите в церковь? — спросил Стив.

— Да. Но не в ту, куда мы ходили раньше, а в ту, которая нравится Брайану. Но Ронни не всегда ходит с нами. Запирается у себя и отказывается выходить. А как только остается одна, бежит к приятелям в «Старбакс». Ма так злится!

— Такое случается, когда дети становятся подростками. Постоянно испытывают родителей на прочность.

Джона положил стекло на стол.

— Я таким не стану. Всегда буду хорошим мальчиком. Но мне не слишком нравится новая церковь. Она скучная. Я бы тоже в нее не ходил.

— Вполне справедливо.

Стив помедлил.

— Я слышал, что этой осенью ты не будешь играть в футбол.

— Я не слишком-то хороший игрок.

— И что из того? Зато весело, верно?

— Нет, когда другие ребята над тобой издеваются.

— Они над тобой издеваются?

— Да ладно! Мне плевать.

— Вот как, — кивнул Стив.

Джона шаркнул ногой, очевидно, что-то обдумывая.

— Ронни не читала тех писем, что ты ей посылал. И к пианино больше не подходит.

— Знаю.

— Мама говорит, это потому, что у нее ПМС.

Стив едва не поперхнулся.

— Ты хотя бы знаешь, что это означает?

Джона подтолкнул очки указательным пальцем.

— Я уже не маленький. Это означает «плюет-на-мужчин-синдром».

Стив, смеясь, взъерошил волосы Джоны.

— Может, пойдем поищем твою сестру? По-моему, я видел, как она шла к цирку.

— А можно мне на колесо обозрения?

— Все, что захочешь.

— Потрясающе!

Ронни

На Фестивале морепродуктов в Райтсвилл-Бич яблоку негде упасть.

Заплатив за газировку, она огляделась и увидела море машин, припаркованных бампер к бамперу вдоль обеих дорог, ведущих на пирс, и заметила даже, что несколько предприимчивых подростков сдают напрокат свои места, те, что были поближе к месту действия.

Но пока что Ронни было ужасно скучно. Наверное, она надеялась, что колесо обозрения стоит здесь постоянно и на пирсе полно магазинчиков и лавчонок, как на набережной в Атлантик-Сити. Иными словами, она представляла, что именно в этом месте проведет лето. Как же, обрадовалась! Фестиваль проходил на парковке в начале пирса и до смешного напоминал небольшую сельскую ярмарку. Проржавевшие аттракционы принадлежали бродячему цирку, а на парковке в основном располагались игровые автоматы, выиграть в которые невозможно, и лотки с жирной едой. Все это место — настоящее убожество и глухая провинция.

Впрочем, ее мнение разделяли не многие. Парковка была буквально забита людьми. Старые, молодые, стайки школьников, целые семьи азартно толкались, пробираясь к аттракционам. Куда бы ни ступила девушка, приходилось бороться с наплывом тел — больших потных тел, и два из них зажали ее, едва не раздавив. Оба явно предпочитали жареные хот-доги и сникерсы, которые она только что видела на соседнем лотке.

Ронни поморщилась.

Ну полный отстой.

Заметив свободное место, она удрала от аттракционов и цирка и зашагала к пирсу. К счастью, толпа сильно поредела: очевидно, никого не интересовали магазинчики, предлагавшие домашние поделки. Ничего, что она могла бы купить! Кому, спрашивается, нужен слепленный из ракушек гном? Но очевидно, кто-то это все покупал, иначе магазинчики давно перестали бы существовать.

Задумавшись, она наткнулась на столик, за которым на складном стуле сидела пожилая женщина в мягкой спортивной куртке с логотипом местной организации защиты животных. Седые волосы, открытое жизнерадостное лицо типичной бабушки, которая целыми днями проводит дни за стряпней у плиты. На столике лежала пачка листовок и стояли кружка для пожертвований и большая картонная коробка. В коробке копошились четыре серых щенка, то и дело встававших на задние лапки, чтобы посмотреть по сторонам.

— Привет, малыш, — прошептала Ронни.

Женщина улыбнулась.

— Хочешь подержать его? Он смешной. Я назвала его Сайн-
фелдом*.

Щенок пронзительно взвизгнул.

— Не бойся, маленький, — успокоила Ронни.

Он был такой симпатичный. Ужасно милый, хотя, по мнению Ронни, кличка не слишком ему подходила. Ей хотелось подержать его, но тогда она уже не сможет отдать щенка обратно.
Ронни обожала животных, особенно брошенных. Вроде этих ма-
лышей.

— У них все будет хорошо? Вы не собираетесь их усыпить?

— Не волнуйся, все в порядке. Поэтому мы и поставили этот
столик. Чтобы кто-то смог взять их себе. В прошлом году мы
нашли хозяев для более чем тридцати животных, да и на этих
уже есть заявки. Я просто жду, пока новые владельцы их разбе-
рут на обратном пути. Но если интересуешься, в приюте есть и
другие.

— Я приехала в гости, — пояснила Ронни.

С пляжа донесся рев толпы. Она вытянула шею, пытаясь разглядеть, что происходит.

— Что там? Концерт?

Женщина покачала головой.

— Пляжный волейбол. Что-то вроде турнира. Продолжается уже несколько часов. Ты тоже можешь посмотреть. Я эти вопли слушаю весь день, так что зрелище, должно быть, волнующее.

Ронни обдумала предложение. Почему нет? Хуже все равно
не будет.

Она бросила пару долларов в кружку для пожертвований,
прежде чем сбежать вниз, на пляж.

Солнце уже садилось, превращая поверхность океана в жид-
кое золото. На песке все еще лежали люди, расстелив полотенца

---

* Популярный американский комедийный сериал, много лет
шедший по телевидению. — *Здесь и далее примеч. пер.*

у самой воды. Кто-то уже успел построить песочные замки, которые вот-вот будут смыты нарастающим приливом. Повсюду шныряли охотившиеся на крабов крачки.

Совсем немного времени ушло на то, чтобы добраться до места действия. Подходя к корту, она заметила, что почти все девушки не сводят глаз с двух игроков на правом краю. И неудивительно. Оба парня (ее ровесники? постарше?) принадлежали к тому типу, который ее подруга Кейла обычно именовала «усладой взора». Хотя ни один не был в ее вкусе, все же невозможно было не восхищаться идеальным сложением и грациозными движениями. Они словно скользили по песку. Особенно тот, что повыше, с темно-каштановыми волосами и плетеным браслетом на запястье. Кейла определенно положила бы на него глаз — она всегда западала на высоких парней, совсем как вон та блондинка в бикини на другом конце корта. Ронни сразу заметила и ее, и ее подругу. Обе стройные, хорошенькие, с ослепительно белыми зубами и, очевидно, привыкшие быть в центре внимания. Они держались в стороне от толпы и не проявляли чрезмерного энтузиазма. Возможно, чтобы не испортить прически. Обе походили на рекламных красоток, буквально кричащих о том, что восхищаться можно только на расстоянии, но близко не рекомендуется. Ронни не знала их, но они сразу ей не понравились.

Она снова стала смотреть игру. В этот момент красавчики заработали очередное очко. А потом еще одно. И еще. Она не знала, какой счет, но, очевидно, их команда выигрывала. И все же Ронни почему-то болела за проигрывавших. Не говоря о том, что она всегда сострадала лузерам, парочка победителей напоминала ей избалованных мажоров из частной школы, которых она иногда видела в клубах: мальчиков из Верхнего Ист-Сайда, считавших себя выше остальных просто потому, что их папаши были инвестиционными банкирами.

Ронни видела достаточно людей, принадлежавших к привилегированному классу, чтобы узнать их с первого взгляда, и была готова дать голову на отсечение, что эти двое были сынками богатеньких родителей. Ее подозрения подтвердились, когда, заработав очередное очко, партнер парня с каштановыми волосами подмигнул загорелой куколке Барби, подружке блондинки. В этом городе все красавцы, похоже, друг друга знали.

Почему это ее не удивляет?

Игра вдруг показалась не такой интересной, и во время следующей подачи она повернулась, чтобы уйти, но краем уха услышала, что кто-то кричит, когда вторая команда вернула подачу. Не успела она сделать два шага, как болельщики стали толкаться, едва не сбив ее с ног.

Девушка повернулась как раз вовремя, чтобы увидеть, как один из игроков на полной скорости мчится к ней, стараясь поймать улетевший мяч. У нее не было времени среагировать, прежде чем он врезался в нее, схватив за плечи, чтобы не дать упасть. Ее рука дернулась, и девушка почти зачарованно наблюдала, как с пластикового стаканчика с газировкой слетает крышка. Струя взметнулась вверх, прежде чем выплеснуться на ее лицо и майку.

И тут все мгновенно закончилось. Она увидела, как потрясенно смотрит на нее парень с темно-каштановыми волосами.

— Ты в порядке? — пропыхтел он.

Вода стекала с ее лба, впитываясь в майку. Кто-то в толпе засмеялся. И почему бы нет? Это действительно забавно.

— Я в порядке, — отрезала она.

— Уверена? — выдохнул парень. Он казался искренне взволнованным. — Я ведь врезался в тебя на полном ходу!

— От-пус-ти меня, — процедила она сквозь зубы.

Он как будто не сознавал, что все еще сжимает ее плечи, и сейчас мгновенно разжал пальцы, отступил и стал рассеянно вертеть браслет.

— Прости, пожалуйста. Я бежал за мячом и...

— Я поняла, — перебила она. — Но выжить мне все-таки удалось. Так что все о'кей. Пока!

Она отвернулась. Сейчас ей хотелось одного: убраться отсюда как можно дальше.

— Давай, Уилл! — позвал кто-то. — Игра не закончена!

Но, пробираясь сквозь толпу, она остро ощущала его внимательный взгляд.

Майка не была испорчена, но лучше от этого она себя не чувствовала. Ей нравилась эта майка с концерта группы «Фолл аут бой», на который она тайком ходила с Риком в прошлом году. Ма едва на стенку не полезла, и не только потому, что у Рика на шее вытатуирован паук, а пирсингов еще больше, чем у Кейлы. Главное, она допыталась, что дочь солгала насчет того, куда идет, не говоря о том, что вернулась домой Ронни только на следующий день, поскольку они вломились в дом брата Рика в Филадельфии и устроили там вечеринку. Ма запретила Ронни видеться и даже говорить с Риком, но запрет был нарушен на следующий же день.

Не то чтобы она любила Рика: откровенно говоря, он даже не очень ей нравился, — но она злилась на мать и чувствовала себя полностью правой. Когда она добралась до дома Рика, он уже обкурился и был пьян, как тогда, на концерте. Ронни поняла, что, если будет общаться с ним, он начнет на нее давить, уговаривая выпить или раздавить косячок, как вчера ночью. Она пробыла в его квартире всего несколько минут, прежде чем отправиться на весь день на Юнион-сквер, зная, что между ними все кончено.

Ронни отнюдь не была наивной, если речь шла о наркотиках. Кто-то из друзей курил марихуану, кто-то увлекался кокаином и экстази, а один даже принимал амфетамины. Все это легко можно было получить в любом клубе или на вечеринке. Она прекрасно знала, что каждый раз, когда ее друзья курили, пили или глотали «колеса», они начинали шататься, блевать или полностью теряли контроль над собой и могли натворить глупостей. Для девушек это обычно кончалось ночью, проведенной с полузнакомым парнем.

Ронни не хотела такого для себя. Особенно после того, что случилось с Кейлой прошлой зимой. Кто-то подлил ей в выпивку жидкого экстази, и хотя она крайне смутно припоминала все, что случилось дальше, все-таки была почти уверена, что оказалась в комнате с тремя парнями, которых встретила в ту ночь впервые. Проснувшись, она обнаружила, что одежда разбросана по комнате. Кейла никогда не распространялась на эту тему и предпочитала делать вид, будто ничего не случилось; мало того, жалела, что вообще поделилась с Ронни. И хотя рассказала не много, было нетрудно домыслить остальное.

...Добравшись до пирса, Ронни поставила полупустой стаканчик на землю и стала яростно промокать салфеткой майку. Вроде бы получилось, но салфетка мигом скаталась в крошечные, напоминавшие перхоть хлопья.

Супер!

Ну почему этот парень врезался именно в нее? Она пробыла там не более десяти минут! Кто мог подумать, что стоит отвернуться, как в нее полетит мяч? И что она будет держать стаканчик с водой в толпе, на волейбольном матче, который ей не слишком хотелось смотреть. Подобное случается раз в миллион лет! При таком везении ей, наверное, стоило бы купить лотерейный билетик!

И еще. Тот парень, который это сделал, кареглазый красавчик шатен, при ближайшем рассмотрении был не просто хорош собой, а красив. Особенно запомнился его мягкий сочувственный взгляд. Он мог быть из компании мажоров, но когда на секунду их глаза встретились, у нее возникло крайне странное чувство. Ей показалось, что этот парень настоящий...

Ронни тряхнула головой, чтобы прийти в себя. Очевидно, солнце ударило ей в голову.

Довольная тем, что сделала все возможное, Ронни подхватила стаканчик с водой. Она уже решила выбросить его, но, развернувшись, натолкнулась на стоящую к ней вплотную девушку. На этот раз все происходило очень быстро: остаток воды оказался на ее майке.

Перед ней стояла девушка со стаканчиком смути* в руке. Она была одета в черное, и немытые темные волосы непокорными локонами обрамляли лицо. У нее, как у Кейлы, было по дюжине сережек в каждом ухе. С мочек свисали миниатюрные черепа, а черные тени и густо подведенные глаза придавали ей хищный вид. Сочувственно покачав головой, девчонка-гот ткнула стаканчиком в расплывающееся пятно:

— Не хотела бы я оказаться на твоем месте.

— Ты так думаешь?

— По крайней мере теперь ты одинаково мокрая с двух сторон.

— О, поняла. Пытаешься шутить!

— Остроумие — большое достоинство, не находишь?

— Тогда тебе следовало сказать что-то вроде: «Тебе следовало обходиться поильниками».

Девчонка-гот рассмеялась на удивление звонким смехом.

— Ты нездешняя, верно?

— Я из Нью-Йорка. Приехала в гости к отцу.

— На уик-энд?

— Нет. На лето.

— Нет, точно не хотелось бы оказаться на твоем месте.

На этот раз была очередь Ронни рассмеяться.

— Я Ронни. Сокращенное от «Вероника».

— Зови меня Блейз.

— Блейз?

— Мое настоящее имя Галадриель. Это из «Властелина колец». У моей ма свои тараканы в голове.

_____

* Замороженный фруктовый напиток.

— Хорошо еще, что она не назвала тебя Голлум.

— Или Ронни.

Она кивком показала куда-то назад.

— Если хочешь что-нибудь посуше, вон там на лотке продаются майки с Немо.

— Немо?

— Да, Немо. Из фильма. Такая оранжево-белая рыбка. Попала в аквариум, и отец собирается ее найти.

— Не хочу я майку с Немо. Ясно? — отрезала Ронни.

— Немо — это круто.

— Может быть, если тебе шесть лет.

— Дело твое.

Еще не успев ответить, Ронни заметила трех парней, проталкивавшихся сквозь расступающуюся толпу. Они очень выделялись из пляжной публики своими рваными шортами и татуировками на голой груди, едва прикрытой тяжелыми кожаными куртками. Один — с пирсингом в брови и старым кассетным магнитофоном в руках. Второй — с выбеленным «ирокезом» и предплечьями, покрытыми татуировкой. У третьего — черные, как у Блейз, волосы, резко контрастирующие с молочно-белой кожей. Ронни инстинктивно повернулась к Блейз, но той уже не было. Вместо нее рядом крутился Джона.

— Что это ты пролила на майку? Вся мокрая и липкая.

Ронни поискала глазами Блейз, гадая, куда она подевалась.

— Проваливай, ладно?

— Не могу. Па тебя ищет. Наверное, хочет, чтобы ты вернулась домой.

— Где он?

— Пошел в туалет, но сейчас будет.

— Скажи, что ты меня не видел.

Джона призадумался.

— Пять баксов.

— Что?

— Пять баксов, и я забуду, что ты была здесь.

— Ты это серьезно?

— У тебя мало времени, — изрек Джона. — Теперь уже не пять, а десять!

Ронни взглянула по сторонам и заметила отца, обыскивавшего взглядом толпу. Девушка инстинктивно пригнулась, зная, что никак не сможет пробраться мимо незамеченной, и окинула яростным взглядом своего шантажиста-братца, который, возможно, тоже это понимал. Он умный парень, и она любит его и восхищается талантами шантажиста, но все же он ее младший брат. В идеале ему следовало быть на ее стороне. Но разве это так? Конечно, нет.

— Ненавижу тебя, — прошипела она.

— И я тебя тоже. Но все равно это будет стоить тебе десять баксов.

— Как насчет пяти?

— Ты упустила свой шанс. Но я свято храню тайны.

Отец все еще не успел их заметить, хотя подошел совсем близко.

— Прекрасно! — Она порылась в карманах, сунула ему смятую десятку, и Джона прикарманил деньги. Оглянувшись, она увидела, что отец движется в их направлении, и нырнула за лоток. К ее удивлению, Блейз тоже оказалась там и преспокойно курила.

— Проблемы с отцом? — ухмыльнулась она.

— Как мне выбраться отсюда?

— Дело твое, — пожала плечами Блейз. — Но он знает, какую майку ты носишь.

Час спустя девушки сидели на скамье в конце пирса. Ронни по-прежнему скучала, но уже не так сильно. Блейз оказалась прекрасной слушательницей с весьма оригинальным чувством юмора и, что важнее всего, любила Нью-Йорк не меньше Ронни, хотя никогда там не была.

И расспрашивала новую подругу о самом обыденном. Ей было интересно все: Таймс-сквер и Эмпайр-Стейт-билдинг, статуя Свободы — словом, все туристические приманки, которых Ронни всячески старалась избегать, но все-таки постаралась порадовать новую подругу, прежде чем рассказать о настоящем Нью-Йорке: клубах в Челси, музыкальном театре в Бруклине, уличных торговцах в Чайнатауне, где можно было купить контрафактные записи или фальшивые сумочки от Прада, да и, собственно говоря, почти все, причем за сущие гроши.

Она говорила, и в ней все сильнее росло желание оказаться дома. Где угодно, только не здесь.

— Я бы тоже не хотела приезжать сюда, — согласилась Блейз. — Тут тоска зеленая.

— Сколько ты здесь живешь?

— Всю жизнь. Но я по крайней мере хоть одета классно.

Ронни купила дурацкую майку с Немо, зная, что выглядит глупо. На лотке были майки только самых больших размеров, и эта штука доходила Ронни практически до колен. Единственным преимуществом майки было то, что в ней можно незамеченной проскользнуть мимо отца. В этом Блейз оказалась права.

— Кто-то говорил, что Немо — это круто.

— Она лгала.

— Что мы тут делаем? Па, должно быть, давно ушел.

— А чем тебе тут плохо? — удивилась Блейз. — Хочешь обратно на фестиваль? И может даже, побывать в доме с привидениями?

— Нет. Но неужели здесь нечем заняться?

— Пока нет. Позже. А пока подождем.

— Чего именно?

Блейз, не отвечая, встала и повернулась лицом к потемневшей воде. Волосы развевал ветер.

— Знаешь, я видела тебя раньше.

— Когда?

— На волейболе. Я стояла вон там. — Она показала на другой конец пирса.

— И?..

— Ты казалась чужой в этой толпе.

— Ты тоже.

— Поэтому я стояла на пирсе.

Она подтянулась и уселась на перилах лицом к Ронни.

— Понимаю, тебе не хочется здесь быть, но почему ты так зла на отца?

Ронни вытерла ладони о шорты.

— Это длинная история.

— Он живет с женщиной?

— Не думаю, а что?

— Считай, тебе повезло.

— Ты это о чем?

— Мой па живет с подружкой. Кстати, после развода это уже третья, и она самая противная из всех! Всего на несколько лет старше меня и одевается как стрипушка. Насколько я знаю, она и была стрипушкой. Меня тошнит каждый раз, когда я к ним прихожу. Она, типа, не знает, как вести себя со мной. То пытается давать мне советы, этак по-матерински, то разыгрывает лучшую подругу. Ненавижу ее.

— Ты живешь с матерью?

— Да, но теперь у нее бойфренд, который почти все время торчит дома. Лузер паршивый! Носит идиотскую накладку, потому что облысел чуть не в двадцать лет. И вечно талдычит, что стоило бы поступать в колледж! Можно подумать, мне не наплевать на его дурацкие нотации! Все так перепуталось... одна тоска!

Прежде чем Ронни успела ответить, Блейз спрыгнула с перил.

— Пойдем. Думаю, сейчас начнется. Тебе нужно это увидеть.

Девушки пошли по пирсу, к толпе, где происходило нечто вроде уличного шоу. Ронни с удивлением поняла, что это выступали те приблатненные парни, которых она видела раньше.

42

Двое выделывали па брейк-данса под музыку, несущуюся из магнитофона, а длинноволосый брюнет стоял в центре, жонглируя предметами, казавшимися похожими на горящие мячи для гольфа. Время от времени он прекращал жонглировать и просто катал мяч между пальцами или вверх и вниз по руке. Дважды он сжимал мяч в кулаке, почти гася огонь, но потом чуть раздвигал пальцы, и пламя снова вырывалось сквозь крохотное отверстие.

— Знаешь его? — спросила Ронни.

Блейз кивнула:

— Это Маркус.

— На его руках защитное покрытие?

— Нет.

— Ему больно?

— Нет, если правильно держать мяч. Здорово, правда?

Ронни была вынуждена согласиться. Маркус погасил два шара и снова зажег, поднеся к третьему. На земле вниз тульей лежал цилиндр волшебника. Ронни увидела, что в него бросают деньги.

— Где он берет огненные мячи?

— Сам делает. Могу показать как. Это не сложно. Нужны только хлопчатая майка, нитка и жидкость для зажигалок.

Маркус бросил мячи Ирокезу и зажег еще два. Они стали жонглировать вместе, как цирковые клоуны, все быстрее и быстрее, пока один мяч едва не упал.

Парень с пирсингом в брови поймал его, как вратарь, и стал перебрасывать с ноги на ногу. Погасив три мяча, остальные двое последовали его примеру и стали перебрасываться мячом, словно играли в футбол. Публика зааплодировала, деньги дождем посыпались в цилиндр, и, пока музыка достигла крещендо, все остальные мячи были пойманы и погашены одновременно, как раз в тот момент, когда мелодия смолкла.

Ронни честно призналась себе, что в жизни не видела ничего подобного.

Маркус подошел к Блейз и, схватив в объятия, стал долго, нежно целовать, что показалось Ронни крайне неприличным. Потом медленно открыл глаза и долго глядел прямо на нее, перед тем как оттолкнуть Блейз.

— Кто это? — спросил он, показывая на Ронни.

— Это Ронни. Она из Нью-Йорка. Мы только познакомились, — пояснила Блейз.

Ирокез и Пирсинг дружно уставились на Ронни, отчего той стало не по себе.

— Нью-Йорк, вот как? — хмыкнул Маркус, снова вынимая и зажигая мяч. Сейчас он держал мяч неподвижно, крепко зажав большим и указательным пальцами. Интересно, неужели ему ничуть не больно?

— Ты любишь огонь? — крикнул он и, не ожидая ответа, кинул ей огненный мяч. Ронни, слишком испуганная, чтобы поймать его, проворно отскочила. Мяч приземлился за ее спиной, и полисмен в ту же минуту затоптал пламя.

— Эй вы, трое! — завопил он, грозя пальцем. — Проваливайте! Немедленно! Я уже предупреждал, что не позволю устраивать шоу на пирсе, и, клянусь, в следующий раз я вас заберу!

Парни похватали куртки и направились к аттракционам. Блейз, забыв о Ронни, пошла за ними. Ронни почувствовала взгляд полисмена, но решила не обращать внимания и, немного поколебавшись, последовала за парнями.

Маркус

Он знал, что так и будет. Девчонки всегда таскались за ним, особенно приезжие. В этом весь секрет: чем хуже с ними обращаешься, тем больше они к тебе липнут.

Глупы как пробки. Предсказуемые идиотки.

44

Он прислонился к кадке с деревом, стоящей перед отелем. Блейз обняла его. Ронни сидела напротив, на скамье. Тедди и Ланс говорили неразборчиво, глотая слова, как всегда, когда пытались привлечь внимание проходивших мимо девушек. Они уже под мухой; впрочем, они были навеселе еще до начала шоу. Девушки, кроме самых уродливых, не обращали на них внимания. Впрочем, Маркус и сам нечасто обращал на них внимание.

Блейз тем временем покусывала его шею. Его тошнило от ее манеры лизаться на людях. И вообще от нее самой. Не будь она так хороша в постели, не знай штучек, которые в самом деле его заводили, отделался бы от нее еще месяц назад, благо у него было четыре-пять телок, с которыми он регулярно спал. Но сейчас он плевал и на них, потому что уставился на Ронни. Ему нравилась фиолетовая прядь в ее волосах, тугое стройное тело, блестящие тени для век. Несмотря на дурацкую майку, девчонка была классная! И ему это нравилось. Очень.

Он на миг прижался бедрами к бедрам Блейз, жалея, что она вообще тут торчит.

— Пойди принеси мне жареной картошки. Я голоден.

Блейз отстранилась.

— У меня осталась только пара баксов, — заискивающе проныла она.

— И что? На картошку хватит. Да, и постарайся ничего не слопать по дороге.

Он не шутил. Последнее время живот Блейз стал мягковат и немного обвис, а лицо казалось одутловатым. И неудивительно, учитывая, что последнее время она пьет почти как Тедди и Ланс.

Блейз притворно надулась, но Маркус подтолкнул ее, и она поплелась в сторону лотков с едой. Маркус тем временем подошел к Ронни и уселся рядом. Близко, но не слишком. Блейз ужасно ревнива, и он не хотел, чтобы она прогнала девушку, прежде чем у него появится шанс узнать ее поближе.

— И что ты думаешь?

— О чем?

— О шоу. Видела что-то подобное в Нью-Йорке?

— Не видела, — признала она.

— Где ты живешь?

— Недалеко от пляжа.

Судя по ответу, ей было неловко — возможно, из-за отсутствия Блейз.

— Блейз говорит, что ты сбежала от папаши.

Вместо ответа она пожала плечами.

— Как, ты не хочешь об этом говорить?

— Нечего тут говорить.

— А с Блейз откровенничаешь?

— Тебя я даже не знаю.

— Ты и Блейз не знаешь. Вы только что познакомились.

Похоже, резкая отповедь ей не понравилась.

— Я просто не хотела с ним разговаривать. И проводить здесь лето.

— Так уезжай! — посоветовал он, откинув волосы с глаз.

— Ага, только шнурки поглажу. И куда мне ехать?

— Давай вместе во Флориду?

— Ч-что? — изумилась она.

— Я знаю парня, у которого есть там пляжный домик, почти рядом с Тампой. Если хочешь, отвезу тебя туда. Можем оставаться столько, сколько захотим. Моя машина вон там.

Она потрясенно уставилась на него.

— Я не могу ехать с тобой во Флориду — мы... мы только познакомились. И как насчет Блейз?

— А что насчет Блейз?

— Ты с ней.

— И что? — хладнокровно осведомился он.

— Все это очень странно.

Ронни встала и покачала головой.

— Пожалуй, пойду посмотрю, как там Блейз.

Маркус полез в карман за огненным мячом.

— Ты знала, что я шучу, верно?

Собственно говоря, он не шутил. И сказал это по той же причине, что и бросил в нее огненным мячом: чтобы увидеть, как далеко сможет с ней зайти.

— Да... все о'кей. Нормально. Но я все равно пойду поговорю с Блейз.

Маркус проводил ее взглядом. Он восхищался ее потрясающим телом, но не совсем понимал, что она собой представляет. Одевалась она как все в его среде, но в отличие от Блейз не курила, не выказывала ни малейшего интереса к тусовкам, и он чувствовал, что она не совсем та, какой кажется. Может, богатые родители? Вполне вероятно. Квартира в Нью-Йорке, пляжный домик... Семейка должна иметь деньги на все это. Но с другой стороны, никаких шансов на то, что она войдет в круг здешних мажоров. По крайней мере тех, которых он знал. Так кто она? И почему это должно что-то для него значить?

Он терпеть не мог людей с деньгами и манеру размахивать ассигнациями. Однажды, перед тем как бросить школу, он слышал, как богатенький парень толковал о новой яхте, подарке на день рождения. Не какой-то дерьмовый скиф, а настоящая яхта водоизмещением двадцать один фут, с джи-пи-эс и сонаром, и парень безостановочно хвастался, как собирается использовать яхту все лето и ставить у загородных клубов.

Через три дня Маркус поджег яхту и, прячась за раскидистой магнолией, наблюдал, как она горит.

Он, разумеется, никому не сказал, что наделал. Проболтаться одному — все равно что исповедоваться копам. Тедди и Ланс вообще в расчет не идут. Запри их в камере на денек, и они расколются в ту же минуту, как откроется дверь. Поэтому в последнее время он настаивал, чтобы они делали всю грязную работу. Лучший способ заставить их молчать — вдолбить, что они еще более виноваты, чем он. Ведь это они крали спиртное, они избили в аэропорту парня до потери сознания, прежде чем украсть его бумажник, они нарисовали свастику на синагоге. Он не очень им доверял и, в общем, не особенно симпатизировал, но они вписывались в его планы. И помогали достичь цели.

Тедди и Ланс продолжали валять дурака. Впрочем, они всегда были идиотами. После ухода Ронни Маркусу не сиделось на месте. Нечего торчать тут и бездельничать!

После того как Блейз вернется и он съест картошку, вполне можно и погулять. Посмотреть, что подвернется. Никогда не знаешь, что может случиться в подобном городишке в такую ночь, в такой толпе. Одно ясно: после шоу ему всегда требуется нечто большее. Чего бы это ни стоило.

Оглянувшись на лоток с едой, он увидел, что Блейз платит за картошку, а Ронни стоит у нее за спиной. Он снова уставился на Ронни, мысленно приказывая посмотреть на него. И в конце концов это ему удалось. Ничего особенного, просто взгляд мельком, но этого было достаточно, чтобы он вновь задался вопросом, какова она в постели.

Возможно, тигрица. Как большинство из этих девиц, если умеешь их завести.

Уилл

Что бы Уилл ни делал, все время ощущал тяжесть давящей на него тайны. Вроде бы все шло как обычно: он ходил в школу, играл в баскетбол, сдавал выпускные экзамены, веселился, а осенью собирался в колледж. Конечно, не все было так уж идеально. Шесть недель назад он порвал с Эшли, но это не имело ничего общего с тем, что случилось в ту ночь, которую он никогда не забудет. Большую часть времени он ухитрялся не вспоминать, но иногда все с ужасающей силой к нему возвращалось. Картинки не менялись, не тускнели, изображения не расплывались. Иногда, словно наблюдая все глазами постороннего, он видел, как бежит по берегу и хватает Скотта, зачарованно уставившегося на огонь.

— Что ты наделал, черт возьми! — завопил он.

— Я не виноват! — крикнул в ответ Скотт.

Только тогда Уилл сообразил, что они не одни. Неподалеку стояли Маркус, Блейз, Тедди и Ланс, наблюдая за ними. Уилл сразу понял, что они все видели.

Видели и знают.

Уилл схватился за мобильник, но Скотт сжал его руку.

— Не звони в полицию! Говорю тебе, все вышло случайно! — взмолился он. — Брось, старина! Ты мне обязан!

Первые два дня в газете и по телевизору только об этом и кричали. Уилл с упавшим сердцем слушал новости и читал репортажи. Одно дело — случайный пожар. Но священник попал в больницу, и каждый раз, проезжая мимо сгоревшей церкви, Уилл испытывал тошнотворное чувство вины. И пусть церковь выстроили вновь и пастор давно поправился — это ничего не меняло: он обо всем знал и ничего не сделал.

— ТЫ МНЕ ОБЯЗАН...

Больше всего его преследовали именно эти слова.

Не просто потому, что они со Скоттом лучшие друзья еще с детского сада, но по другой, куда более важной причине. Иногда, среди ночи, он долго лежал без сна, отчасти признавая правоту Скотта и пытаясь придумать, как все исправить.

Как ни странно, на этот раз именно случай на сегодняшней игре вызвал поток воспоминаний. Вернее, та девушка, с которой он столкнулся. Ее не интересовали его извинения, и в отличие от большинства здешних девушек она не пыталась скрыть гнев. Не визжала и не пыталась с ним заигрывать. И выглядела сдержанной, спокойной, что поразило его как нечто необычное.

После того как она убежала, они закончили сет, и он должен был признать, что раза два пропустил подачи, чего обычно с ним не бывало. Скотт бросал на него злобные взгляды и, может, из-за игры света выглядел точно так же, как в ночь пожара, когда Уилл выхватил мобильник, чтобы позвонить в полицию. Этого оказалось достаточно, чтобы воспоминания вновь вырвались на волю.

Он сумел держать себя в руках, пока они не выиграли, но потом решил, что неплохо бы побыть одному. Поэтому отправился на фестиваль и остановился у одной из тех игровых кабинок, выиграть в которых было невозможно. И был готов бросить чересчур плоский волейбольный мяч в слишком высоко прикрепленную корзинку, когда сзади раздался голос:

— Вот ты где! — протянула Эшли. — Намеренно избегаешь нас?

«Да, — подумал он, — именно избегаю».

— Нет, — пробормотал он вслух. — Просто не играл с самого конца сезона и хотел проверить, насколько потерял форму.

Эшли улыбнулась. Ее белый топ и длинные серьги выгодно оттеняли голубые глаза и светлые волосы. Она переоделась после финальной игры турнира. Она была единственной из его знакомых девушек, кто регулярно носил с собой полный комплект сменной одежды, даже отправляясь на пляж. В прошлом мае на выпускном балу она переодевалась трижды: к ужину, к танцам и к последующей вечеринке. Подумать только, принесла с собой чемоданчик! Приколов корсаж к ее груди и сфотографировавшись, он был вынужден тащить чемодан в машину. Мать Эшли не находила ничего необычного в том, что она тащит с собой столько вещей, словно отправляется на каникулы, а не на школьный вечер. Но может, в этом и кроется часть проблемы. Эшли как-то позволила ему заглянуть в гардеробную матери: эта женщина имела не менее двухсот пар обуви и тысячи различных предметов одежды. В этой гардеробной поместился бы «бьюик»!

— О, я тебе не помешаю! Страшно подумать, что можешь потерять целый доллар!

Уилл отвернулся и ударом направил мяч к корзинке, он отскочил от ободка и щита, прежде чем упасть внутрь. Раз! Еще два раза повезет, и он выиграет!

Когда мяч покатился назад, местный служащий уставился на Эшли. Та, похоже, даже не заметила его присутствия.

Когда мяч покатился по сетке и вернулся к Уиллу, тот взглянул на служащего:

— Кто-нибудь выиграл сегодня?

— Конечно! Полно выигравших каждый день, — ответил он, продолжая смотреть на Эшли.

Ничего удивительного: все и всегда замечали Эшли. Она как вспыхивающая неоновая вывеска для всех, у кого в крови бурлит хоть капля тестостерона.

Эшли шагнула вперед, сделала пируэт и прислонилась к кабинке. И снова улыбнулась Уиллу. После того как ее объявили королевой вечера, она всю ночь носила тиару.

— Ты хорошо играл сегодня, — заметила она. — Подача стала намного лучше.

— Спасибо.

— По-моему, ты почти так же хорош, как Скотт.

— Невозможно, — покачал он головой. Скотт играл в волейбол с шести лет, а Уилл начал в старших классах. — У меня хорошая реакция и прыжок. Но не такая техника, как у Скотта.

— Я говорю только о том, что вижу.

Сосредоточившись на ободке корзины, Уилл выдохнул, стараясь расслабиться перед броском, как советовал тренер. Мяч просвистел сквозь корзинку. Два — два.

— Что будешь делать с плюшевой зверюшкой, если выиграешь?

— Не знаю. Хочешь, подарю?

— Только если хочешь подарить именно мне.

Он понимал, что, по ее мнению, должен сам предложить ей игрушку, поскольку просить — ниже ее достоинства. После двух лет, проведенных с Эшли, осталось очень мало того, что он о ней не знал.

Уилл схватил мяч, снова выдохнул и сделал последний бросок — к сожалению, слишком резкий. Мяч отскочил от заднего края ободка.

— Почти, но не совсем, — покачал головой служащий. — Вам нужно бы попробовать еще раз.

— Я проиграл и знаю это.

— Вот что я вам скажу. Сбрасываю доллар. Два доллара за три броска.

— Не стоит.

— Два доллара, и каждый из вас сделает по три броска.

Он схватил мяч и протянул Эшли.

— Я бы хотел, чтобы вы попробовали.

Эшли презрительно воззрилась на мяч, всем своим видом показывая, что подобная мысль ей в голову не могла прийти. И возможно, это было чистой правдой.

— Не стоит, — отказался Уилл. — Но спасибо за предложение. Эшли, не знаешь, Скотт еще не ушел?

— Он за столом, с Касси. Или по крайней мере был, когда я пошла тебя разыскивать. По-моему, она ему нравится.

Уилл направился туда. Эшли не отставала.

— Тут мы поговорили, — небрежно бросила она, — и Скотт с Касси решили, что неплохо бы поехать ко мне. Мои родители в Райли, на приеме у губернатора, и нам никто не помешает.

Уилл знал, чем это кончится.

— Я пас, — коротко ответил он.

— Почему нет? Можно подумать, здесь так уж интересно.

— Просто не считаю, что это хорошая мысль.

— Это потому что мы больше не вместе? Но я вовсе не стремлюсь тебя вернуть.

Но ведь именно поэтому она вернулась на турнир! И разоделась сегодня вечером. И отправилась его искать. И предложила ехать к ней домой, поскольку родители в отъезде.

Но вслух он ничего не сказал. Был не в настроении спорить и не хотел усложнять и без того непростые отношения. Она вовсе не плохой человек. Просто это не его женщина.

— Завтра с утра мне нужно быть на работе, и я провел целый день, играя на солнце в волейбол, — объяснил он. — Просто хочу лечь пораньше.

Но она схватила его за руку и остановила.

— Почему ты больше не отвечаешь на мои звонки?

Он промолчал. Да и что он мог сказать?

— Я хочу знать, что сделала не так, — допытывалась она.

— Ты все сделала так.

— Что же случилось?

Не дождавшись ответа, она умоляюще улыбнулась:

— Поедем и там поговорим обо всем, ладно?

Уилл сознавал, что она по крайней мере заслуживает ответа. Беда в том, что ответ вряд ли ей понравится.

— Я уже ответил. Просто устал.

— Ты устал?! — прогремел Скотт. — Ты сказал ей, что устал и хочешь спать?!

— Что-то в этом роде.

— У тебя крыша поехала?

Сидевший напротив Скотт в упор смотрел на него. Касси и Эшли ушли на пирс поговорить: вне всякого сомнения, чтобы обсудить каждое слово, сказанное Уиллом Эшли, придав некий драматический оттенок ситуации, которой следовало бы оставаться закрытой для посторонних. Но там, где Эшли, всегда присутствует драма. У него вдруг появилось чувство, что лето будет чересчур длинным.

— Я действительно устал, — пожал он плечами. — А ты разве нет?

— Может, ты не слышал, что предлагала Эшли. У нее никого нет! Двое на двое в пляжном домике...

— Да, она упоминала об этом.

— И мы все еще здесь, потому что...

— Я уже сказал.

Скотт покачал головой:

— Но послушай: ничего не понимаю! Ты пользуешься предлогом «я устал», когда родители просят тебя помыть машину или встать пораньше, чтобы успеть в церковь. Не тогда же, когда появляется возможность вроде этой?

Уилл промолчал. Хотя Скотт был только на год младше (осенью он пойдет в выпускной класс), все же часто вел себя так, словно был старшим и куда более мудрым братом Уилла.

«Если не считать той ночи в церкви...»

— Видишь вон того парня у баскетбольной кабинки? Вот его я понимаю. Он стоит там весь день, пытаясь соблазнить людей на игру, чтобы заработать немного денег на пиво и сигареты и повеселиться в конце смены. Простая, скучная жизнь, не та, которую я хотел бы вести. Но повторюсь: я его понимаю. А вот тебя... Ты видел Эшли сегодня? Классная телка! Выглядит как та крошка в «Максиме».

— И?..

— По-моему, горячая штучка!

— Знаю. Мы были вместе пару лет, помнишь?

— Я и не говорю, что нужно все начинать сначала. Просто предлагаю поехать к ней, повеселиться и посмотреть, что из этого выйдет. И кстати, я так и не уразумел, почему ты вообще с ней порвал. Ее заклинило на тебе, и вы двое казались идеальной парой.

— Мы не были идеальной парой, — покачал головой Уилл.

— Ты уже говорил... И что это означает? Она что, истеричка или что-то происходит, когда вы остаетесь одни? Ты обнаружил ее стоящей над тобой с мясницким ножом? Или она воет на луну, когда ты идешь на пляж?

— Нет, ничего подобного. Не вышло, вот и все.

— «Не вышло, вот и все», — повторил Скотт. — Ты хоть сам себя слышишь?

Видя, что Уилл по-прежнему неприступен, Скотт перегнулся через стол.

— Ну же, дружище! Сделай это для меня! Повеселись немного! Сейчас каникулы! У нас команда!

— По-моему, ты совсем отчаялся.

— Именно так. Если ты не согласишься, Касси со мной не поедет. А мы говорим о девушке, которая почти готова залезть ко мне в постель...

— Прости, но ничем не могу помочь.

— Прекрасно! Порти мне жизнь! Кому оно надо, верно?

— Выживешь! — пообещал Уилл. — Кстати, ты голоден?

— Немного, — проворчал Скотт.

— Пойдем купим чизбургеров.

Уилл поднялся, но Скотт продолжал дуться:

— Тебе нужно больше тренироваться. Посылаешь мяч во всех направлениях. Не пойму, как мы ухитрились не проиграть.

— Эшли сказала, что я играл не хуже тебя.

Скотт фыркнул и, оттолкнувшись, встал.

— Она сама не знает, о чем говорит.

Постояв в очереди, Уилл и Скотт подошли к стойке с приправами, где Скотт залил свой бургер кетчупом. Кетчуп вылез по бокам, когда Скотт снова придавил котлету булочкой.

— Отвратительно, — прокомментировал Уилл.

— Начнем с того, что этот парень, Рэй Крок, основал компанию, которую назвал «Макдоналдс». Так или иначе, к первому гамбургеру, во многих отношениях первому американскому гамбургеру, по его настоянию добавили кетчуп. Одно это должно объяснить тебе, как это важно для общего вкуса.

— Продолжай. Все это так интересно! Я пойду раздобуду чего-нибудь попить.

— Мне бутылку воды, ладно?

Едва Уилл отошел, как что-то полетело в Скотта. Тот тоже успел это увидеть и инстинктивно отпрыгнул, уронив чизбургер.

— Какого черта ты вытворяешь? — завопил он, разворачиваясь. На земле лежала скомканная коробка с жареным картофелем. Чуть в стороне, засунув руки в карманы, стояли Тедди и Ланс. Между ними возвышался Маркус, безуспешно пытаясь принять невинный вид.

— Не пойму, о чем ты, — усмехнулся он.

— Об этом! — прорычал Скотт, пнув коробку обратно.

Позже Уилл решил, что именно его тон заставил всех насторожиться. Сам он ощутил, как встали дыбом волосы на затылке, когда в воздухе запахло насилием.

Насилием, которого, очевидно, добивался Маркус...

Уилл заметил, как какой-то отец подхватил сына и отошел. Эшли и Касси, возвращавшиеся с пирса, замерли на месте.

Галадриэль, как сама называла себя Блейз, наоборот, подвинулась ближе.

Скотт, стиснув челюсти, злобно смотрел на них.

— Знаешь, мне до тошноты осточертело твое дерьмо.

— И что ты мне сделаешь? — ехидно улыбнулся Маркус. — Швырнешь бутылочную ракету?

Больше ничего не потребовалось.

Скотт внезапно шагнул вперед. Уилл лихорадочно продирался сквозь толпу, пытаясь вовремя подбежать к другу.

Маркус не двигался. Плохо дело! Уилл знал, что эта троица способна на все... И что еще хуже, знала, что наделал Скотт...

Но Скотт так разозлился, что плевал на все!

Уилл рванулся вперед, но Тедди и Ланс уже успели взять Скотта в клещи. Уилл попытался перекрыть разделяющее их расстояние, но Скотт двигался слишком быстро, и, похоже, все происходило одновременно. Маркус немного отступил как раз в тот момент, когда Тедди пинком свалил табурет, вынудив Скотта отскочить. Тот врезался в стол, перевернув его. К счастью, сам не упал и выпрямился, сжав кулаки. Ланс снова подобрался к нему. Пока Уилл продолжал пробираться вперед, до него донесся детский рев. Вырвавшись наконец на волю, Уилл бросился к Лансу, но тут в самую гущу драки ворвалась девушка.

— Прекратить! — заорала она, выкинув руки вперед. — Разошлись немедленно!

Ее голос был на удивление громким и властным, достаточно властным, чтобы Уилл замер на месте. Все остальные оцепенели, и во внезапной тишине еще пронзительнее звучали крики малыша. Девушка развернулась, разъяренно глядя на драчунов, и, едва заметив фиолетовую прядь в ее волосах, Уилл понял, где видел ее раньше. Только сейчас на ней была мешковатая майка с рыбкой на груди.

— Брейк! Конец драке! И не сметь кулаками размахивать! Неужели не видите, что сбили ребенка?

Она решительно протиснулась между Скоттом и Маркусом и присела на корточки перед плачущим малышом, которого едва не растоптали в общей давке. Ему было три или четыре года: светлые вихры, ярко-оранжевая рубашечка...

— Все хорошо, солнышко? — улыбаясь, нежно спросила девушка. — Где твоя мама? Давай ее найдем?

Мальчик мгновенно уставился на ее майку.

— Это Немо, — пояснила она. — Он тоже потерялся. Тебе нравится Немо?

Сквозь толпу протолкнулась охваченная паникой женщина с младенцем на руках.

— Джейсон! — кричала она. — Ты где? Вы не видели маленького мальчика? Светлые волосы, оранжевая рубашка...

При виде сына она с облегчением улыбнулась и, поудобнее усадив младенца, подбежала ближе.

— Нельзя убегать от мамы! — воскликнула она. — Ты меня перепугал! С тобой все в порядке?

— Немо, — объявил он, показывая на девушку.

Мать обернулась, впервые заметив ее.

— Спасибо! Он удрал, пока я меняла ребенку памперс, и...

— Ничего страшного, — покачала головой девушка. — С ним ничего не случилось.

Уилл, посмотрев вслед матери, уводящей детей, тоже повернулся к девушке и заметил, с какой доброй улыбкой она наблюдает за удаляющимся малышом. Но как только они отошли достаточно далеко, девушка вдруг заметила, что все на нее глазеют, и смущенно скрестила руки на груди. Собравшиеся быстро расступились перед появившимся полисменом.

Маркус что-то пробормотал Скотту, прежде чем раствориться в толпе. Тедди и Ланс последовали его примеру. Блейз пошла за ними, но, к удивлению Уилла, девушка с фиолетовой прядью схватила ее за руку:

— Погоди! Куда ты?

Блейз вырвала руку.

— «Боуэрс-Поинт».

— Где это?

— Иди вдоль берега — и найдешь, — крикнула на бегу Блейз.

Девушка, казалось, не знала, что делать. К тому времени напряжение, такое ощутимое всего несколько минут назад, рассеялось так же быстро, как возникло. Скотт поднял стол и направился к Уиллу как раз в тот момент, как к девушке подошел какой-то мужчина — по-видимому, ее отец.

— Вот ты где! — воскликнул он со смесью облегчения и раздражения. — Мы тебя искали. Пойдем?

Девушка насупилась.

— Нет, — отрезала она и зашагала к толпе, идущей на пляж. К мужчине подбежал мальчишка.

— Полагаю, она не голодна, — заметил он. Мужчина положил руку на плечо мальчика, наблюдая, как девушка не оглядываясь спускается на пляж.

— Наверное, нет, — кивнул он.

— Нет, подумай только, — бесился Скотт. — Я едва не врезал этому подонку!

— Э... да, — отозвался Уилл, грубо оторванный от сцены, за которой так пристально наблюдал. — Но не уверен, что Тедди и Ланс тебе позволили бы.

— Попробовали бы! Наверняка бы струсили! Все это одни понты.

Уилл думал иначе. Но ничего не сказал.

Скотт перевел дух.

— Держись, сюда идет коп.

Полицейский медленно приближался, очевидно, пытаясь оценить ситуацию.

— Что здесь происходит? — рявкнул он.

— Ничего, офицер, — смиренно ответил Скотт.

— Я слышал, здесь была драка.

— Нет, сэр.

Полицейский, скептически усмехаясь, ждал, что будет дальше. Но парни молчали. К этому времени возле стойки со специями уже толпились другие люди, решившие поесть. Полицейский обозрел сцену, уверился, что ничего не пропустил, но при виде кого-то стоявшего за спиной Уилла лицо его озарилось улыбкой узнавания.

— Это ты, Стив? — окликнул он, спеша подойти к отцу девушки. Рядом с Уиллом появились Эшли и Касси. Лицо Касси раскраснелось.

— Ты в порядке? — спросила она Скотта.

— Абсолютном.

— Этот парень — псих! Что случилось? Я не видела, как это началось.

— Он швырнул в меня чем-то, а я такого не потерплю! Меня тошнит от этого типа! Вообразил, что все его боятся, что он может делать все, что в голову взбредет, но в следующий раз пусть только попробует — ему не поздоровится...

Остальное можно пропустить мимо ушей. Скотт ужасный трепач, но Уилл давно уже научился не слушать его. И сейчас отвернулся, снова увидев полицейского, болтавшего с отцом девушки. Ему вдруг стало интересно, почему та сбежала от папаши и почему тусуется с Маркусом. Она не такая, как эти подонки. Сомнительно, что она знает, в какое дерьмо вляпалась!

Пока Скотт распространялся на тему собственной храбрости, уверяя Касси, что легко справился бы со всеми тремя, Уилл вдруг сообразил, что старается подслушать разговор полицейского и отца девушки.

— Привет, Пит, как дела?

— Все та же дребедень, — вздохнул коп. — Стараюсь держать ситуацию под контролем. Как подвигается витраж?

— Медленно.

— То же самое ты отвечал, когда я в последний раз спрашивал.

— Да, но теперь у меня появилось тайное оружие. Это мой сын Джона. Этим летом он будет моим помощником.

— Правда? Вот здорово, маленький человечек! Стив, кажется, твоя дочь тоже должна была приехать?

— Она здесь.

— Да, но сразу сбежала, — добавил мальчик. — Здорово зла на па.

— Мне очень жаль, если так.

Уилл увидел, как отец показал на берег.

— Не знаешь, куда она могла уйти?

Коп, прищурившись, рассматривал полосу пляжа.

— Да куда угодно. Но здесь есть парочка паршивцев. Особенно Маркус. Поверь, ты бы не захотел, чтобы она водила с ним компанию.

60

Скотт все еще бахвалился. Касси и Эшли зачарованно его слушали, не обращая внимания на Уилла. Того так и подмывало окликнуть полицейского. Он знал, что сейчас не время что-то говорить. Он не знаком с девушкой и понятия не имеет, почему та убежала. Может, у нее на это была веская причина.

Но, увидев встревоженное лицо ее отца, он вспомнил, с каким терпением и добротой она обращалась с малышом, и слова вырвались прежде, чем он успел опомниться.

— Она пошла в «Боуэрс-Поинт»! — объявил он.

Скотт осекся на полуслове. Эшли, хмурясь, недоуменно уставилась на Уилла. Остальные трое нерешительно изучали его.

— Ваша дочь, верно?

Дождавшись, пока отец слегка кивнет, он повторил:

— Она собиралась в «Боуэрс-Поинт».

Коп, покачав головой, обратился к отцу:

— Когда я закончу здесь, поговорю с ней и, может, сумею убедить вернуться домой.

— Ты не обязан это делать, Пит.

Полицейский тяжело вздохнул.

— Думаю, в этой ситуации обязан.

Неожиданно волна облегчения накрыла Уилла с головой. Должно быть, по его лицу все было понятно, потому что, повернувшись к друзьям, он наткнулся на их внимательные взгляды.

— И какого черта все это значит? — взорвался Скотт.

Уилл не ответил. Вернее, не мог ответить, потому что сам ничего не понимал.

Ронни

В обычных обстоятельствах Ронни, возможно, была бы рада провести вечер подобным образом. В Нью-Йорке огни города мешали увидеть звезды, но здесь все было наоборот. Даже сквозь дымку приморского тумана она могла легко различить Млечный

Путь, а прямо на юге горела Венера. Волны разбивались о пирс, а на горизонте виднелись далекие огни рыбацких лодок.

Только обстоятельства не были обычными. Стоя на крыльце, взбешенная девушка сверлила взглядом полицейского.

Нет, не просто взбешенная. Она сейчас взорвется! Происходило нечто совершенно невероятное. Можно подумать, она маленький ребенок!

Ее прямо трясло от злости! Первой мыслью было просто повернуться и направиться автостопом до автобусной станции, где купить билет до Нью-Йорка. Она ничего не скажет ни маме, ни отцу, а лучше позвонит Кейле. Как только она доберется до Нью-Йорка, там придумает, что делать дальше. Что бы она ни решила, хуже уже не будет.

Но теперь это невозможно. Только не в присутствии офицера Пита. Он стоял за ее спиной, не давая ускользнуть.

Поверить невозможно, что ее па, ее собственный отец, сделает нечто подобное! Она почти взрослая, ничего дурного не делает, и еще даже нет полуночи! В чем проблема? Почему ему понадобилось раздувать из мухи слона? О, конечно, сначала офицер Пит велел им освободить место на «Боуэрс-Поинт», чему остальные ничуть не удивились, но потом обратился именно к ней.

— Я отвезу тебя домой, — объявил он с таким видом, будто говорил с восьмилетней девочкой.

— Нет, спасибо, — бросила она.

— В таком случае мне придется арестовать тебя за бродяжничество и позвонить отцу, чтобы забрал тебя домой.

И тут до нее дошло: это отец попросил полицейских приехать сюда.

Девушка сгорала от стыда.

Да, у нее были проблемы с ма, и да, она нарушала «комендантский час», но никогда, ни разу мать не посылала за ней полицейских.

— Заходи, — поторопил коп, ясно давая понять, что если она не откроет дверь, он сделает это за нее.

Из дома доносилась тихая музыка. Ронни узнала сонату Эдварда Грига ми-минор. Глубоко вздохнув, она открыла дверь и тут же с силой захлопнула за собой.

Отец перестал играть и спокойно встретил ее разъяренный взгляд.

— Ты послал за мной копов?

Отец не ответил, но молчание было достаточно красноречивым.

— Зачем тебе это? Как ты мог решиться на такое?

Отец по-прежнему не проронил ни слова.

— Зачем? Не хотел, чтобы я немного развлеклась? Не сообразил, что я не хочу оставаться здесь?

Отец сложил руки на коленях.

— Я знаю, тебе не по душе приезд сюда...

Ронни шагнула вперед.

— Поэтому ты решил, что можешь разрушить и мою жизнь?

— Кто такой Маркус?

— Кому какое дело? — заорала она. — Это не важно! Тебе не удастся контролировать каждого, кто заговорит со мной. Так что даже не пытайся!

— Я и не пытался...

— Ненавижу это место! Неужели до тебя еще не дошло? И тебя ненавижу!

Она вызывающе уставилась на него, словно подначивая возразить. Надеясь, что, когда он попытается, она повторит все сначала.

Но отец опять ничего не сказал. Как обычно. Она терпеть не могла его сдержанность, считая ее слабостью. Окончательно взбесившись, она схватила собственную фотографию и швырнула в противоположный конец комнаты. Хотя па поморщился от резкого звона бьющегося стекла, все же остался спокойным.

— Что?! Нечего сказать?

Отец откашлялся.

— Твоя спальня — за первой дверью направо.

Не удостоив его ответом, она вылетела в коридор, полная решимости не иметь с ним ничего общего.

— Доброй ночи, солнышко! Я люблю тебя! — крикнул он вслед.

Был момент, всего один момент, когда у нее сжалось сердце от всего того, что она ему наговорила. Но сожаление исчезло так же быстро, как и появилось. Похоже, он даже не сообразил, что она на него злится. Она услышала, что он снова заиграл с того места, на котором остановился.

В спальне, которую оказалось нетрудно найти, учитывая, что в коридоре было еще только две двери: одна — в ванную, вторая — в комнату отца, — Ронни включила свет и, раздраженно вздохнув, стащила идиотскую майку с Немо, о которой почти забыла.

Это был худший день ее жизни.

О, она знала, что слишком драматизирует ситуацию. Не настолько она глупа! Все же неприятностей было немало. И единственное светлое пятно — встреча с Блейз, давшая робкую надежду на то, что есть по крайней мере человек, с которым можно провести это лето.

При условии, конечно, что Блейз все еще хочет общаться с ней. После милой выходки папаши даже это поставлено под сомнение. Блейз и остальные, должно быть, все еще это обсуждают. И возможно, смеются. На их месте Кейла вспоминала бы о случившемся последующие сто лет.

А ей делалось нехорошо при одной мысли об этом.

Она швырнула майку с Немо в угол (хорошо бы никогда больше эту гадость не видеть!) и принялась раздеваться.

— Прежде чем ты зайдешь дальше, следует знать, что я тоже здесь.

Ронни от неожиданности подскочила и, развернувшись, увидела Джону.

— Вон отсюда! — завопила она. — Что ты здесь делаешь? Это моя комната!

— Нет, это наша комната, — поправил Джона. — Видишь, тут две кровати.

— Я не собираюсь делить с тобой спальню!

Джона вопросительно склонил голову набок:

— Собираешься ночевать в комнате па?

Она решилась было перебраться в гостиную, но поняла, что ни за что туда не пойдет. Потопала к своему чемодану и расстегнула «молнию». На самом верху лежала «Анна Каренина». Ронни откинула ее в сторону и стала искать пижаму.

— Я катался на колесе обозрения! — сообщил Джона. — Круто! Па увидел тебя сверху!

— Супер!

— Потрясно! Ты каталась на нем?

— Нет.

— А следовало бы. Я видел все до самого Нью-Йорка!

— Сомневаюсь.

— Точно! На мне же очки! Па сказал, что у меня орлиный взгляд!

— Ага, точно.

Джона, ничего не ответив, потянулся к привезенному из дома медведю и прижал к себе, как делал всегда, когда нервничал. Ронни немедленно пожалела о своих словах. Иногда он говорил и вел себя как взрослый, но сейчас, видя, как он обнимает медведя, она поняла, что не следовало быть такой резкой. Хотя он был красноречив и заносчив и временами ужасно ее раздражал, все же был мал для своего возраста и скорее походил на шести-семи-, чем на десятилетнего. Жизнь его не баловала. Он родился на три месяца раньше срока, следствием чего были астма, близорукость, недостаток координации и плохая моторика мелких движений. Она знала, как могут быть жестоки дети его возраста!

— Я не это хотела сказать. С такими очками, как у тебя, взор действительно получается орлиным!

— Да, они очень хорошие, — промямлил он, но когда отвернулся к стене, она поежилась. Он хороший парень. Конечно, иногда доводит ее. Но это он не со зла.

Она подошла и присела на его кровать.

— Эй, прости, я не хотела. Просто у меня настроение не то.

— Знаю, — кивнул он.

— А ты побывал на других аттракционах?

— Па водил меня почти на все. Его чуть не укачало! А меня нет! И я не боялся в доме в привидениях. Сразу увидел, что они ненастоящие!

Она похлопала его по спине:

— Ты всегда был храбрецом.

— Да! Помнишь, когда в квартире погас свет? Ты испугалась, а я нет!

— Помню.

Видимо, он удовлетворился ответом. Но вдруг снова притих, а когда заговорил снова, она едва расслышала:

— Ты скучаешь по ма?

Ронни получше укрыла его.

— Да.

— Я вроде как тоже. И мне не понравилось быть здесь одному.

— Па был в соседней комнате, — напомнила она.

— Знаю. Но все равно рад, что ты вернулась.

— Я тоже.

Он улыбнулся, но тут же вновь помрачнел.

— Как по-твоему, с ма все в порядке?

— Конечно, — заверила она. — Но я точно знаю, что и она по тебе скучает.

* * *

Утром Ронни разбудило солнце, заглядывающее в окна. Она не сразу поняла, где находится. Посмотрела на часы и не поверила глазам.

Восемь утра?

Она плюхнулась обратно в постель и уставилась в потолок, прекрасно понимая, что о сне не может быть речи. При таком ярком солнце? Да и отец уже барабанит на пианино в гостиной.

Тут она вспомнила прошлый вечер, и гнев на отца разгорелся с новой силой.

Добро пожаловать в очередной день в раю!

За окном слышался отдаленный рев моторов. Ронни встала, раздвинула занавески и тут же испуганно отскочила при виде енота, сидевшего на рваном мешке с мусором. Енот уже успел разбросать мусор по всему двору, но выглядел таким симпатичным, что она постучала пальцами по стеклу, стараясь привлечь его внимание. И только сейчас заметила на окне решетки.

Решетки на окне. Как в тюрьме.

Стиснув зубы, она развернулась и промаршировала в гостиную. Джона смотрел мультики и ел хлопья из миски. Отец мельком взглянул на нее и продолжил играть.

Она подбоченилась, ожидая, пока он остановится. Он не остановился. Она заметила, что фотография, хоть и лишилась стекла, по-прежнему стоит на пианино.

— Ты не можешь держать меня взаперти все лето! Не будет этого! — выпалила она.

Отец, продолжая играть, поднял глаза:

— О чем ты?

— Ты поставил решетки на окно. Я что, заключенная?

— Говорил я, что у нее крыша едет, — прокомментировал Джона, не отводя взгляда от телевизора.

Стив покачал головой. Пальцы по-прежнему бегали по клавишам.

— Я ничего не ставил. Они уже были в доме.

— Не верю!

— Были. Чтобы произведения искусства не украли, — подтвердил Джона.

— Я не с тобой говорю! — огрызнулась она. — Давай начистоту: этим летом ты не посмеешь обращаться со мной как с ребенком! Мне уже восемнадцать.

— Восемнадцать тебе исполнится только двадцатого августа, — напомнил Джона.

— Не будешь ли так любезен не лезть в чужие дела? Это касается только меня и отца.

— Но тебе еще нет восемнадцати, — нахмурился Джона.

— Суть не в этом.

— Я думал, ты забыла.

— Не забыла! Не настолько я глупа.

— Но ты сказала...

— Может, заткнешься хоть на секунду? — прошипела она, не сумев скрыть раздражение.

Отец продолжал сосредоточенно играть.

— То, что ты сделал вчера... — начала она и осеклась, не умея облечь в слова все, что происходило, все, что уже произошло. — Я достаточно взрослая, чтобы самостоятельно принимать решения. Неужели сам не понимаешь? После того как ты нас бросил, у тебя больше нет прав приказывать мне, что делать. И не можешь ли ты меня послушать?

Отец немедленно опустил руки.

— Мне не нравится твоя дурацкая игра.

— Какая игра? — удивился он.

— Вот эта, на пианино! Непрерывная! Плевать мне на твои усилия заставить меня тоже сесть за пианино! Я больше никогда не буду играть! Особенно для тебя!

— Договорились.

Она ждала, что он что-то добавит, но отец молчал.

— И это все?! — вскинулась она. — Все, что ты можешь сказать?

Отец, казалось, не находил подходящего ответа.

— Хочешь есть? Я поджарил бекон.

— Бекон?! Ты поджарил бекон?

— Ой-ой, — пробормотал Джона.

Отец вопросительно взглянул на него.

— Она вегетарианка, па, — объяснил он.

— Правда? — хмыкнул отец.

— Уже три года, — ответил за нее Джона. — Но она иногда бывает не в себе, так что тут нет ничего удивительного.

Ронни потрясенно воззрилась на него, гадая, почему беседа приняла какой-то странный оборот. Речь шла не о беконе, а о том, что случилось вчера вечером.

— Давай сразу договоримся, — отчеканила она. — Если ты когда-нибудь еще пошлешь копа, чтобы привести меня домой, я не просто откажусь играть на пианино. Я не просто уеду домой. Я больше в жизни не буду с тобой разговаривать. А если не веришь, попробуй проверить! Я уже прожила три года, ни единого слова тебе не сказав, и мне это далось легче легкого!

С этими словами она потопала обратно в спальню. Приняла душ, оделась и ушла из дома.

И первое, о чем подумала, шагая по песку, что зря не надела шорты. Было уже жарко, и воздух был горячим и влажным. По всему пляжу на разостланных полотенцах лежали люди; дети играли в волнах прибоя. Она заметила с полдюжины виндсерферов со своими досками, ожидавших подходящей волны.

Бродячий цирк уже уехал, аттракционы разобрали и лотки увезли. Остались только кучи мусора и остатков еды.

Вскоре Ронни добралась до небольшого делового центра. Магазины еще не открылись, но большинство были из тех, куда она ногой не ступала: туристические пляжные лавчонки, пара магазинов одежды, специализирующихся на продаже блузок и юбок, которые могла бы носить ее мать. «Бургер-кинг» и «Макдоналдс», два места, куда она из принципа отказывалась заходить. Отель и несколько модных ресторанчиков — вот почти и все. Ее заинтересовали только магазин для серферов, музыкальный и старомодная закусочная, где было бы приятно посидеть с друзьями... будь у нее друзья.

Ронни вернулась обратно на пляж и, огибая дюну, отметила, что народу прибавилось. День выдался прекрасный: солнечный, ветреный, небо было безоблачным и синим. Будь рядом Кейла, Ронни, возможно, решила бы провести весь день на солнышке, но Кейлы здесь не было, а она вовсе не собиралась надевать купальник и сидеть в одиночестве. Но что еще остается делать?

Что, если попытаться найти работу? Под этим предлогом можно целыми днями не появляться в городе. Она не видела в витринах объявлений «Требуется», но кому-то нужны люди, верно?

— Ты вчера добралась до дома? Или коп начал к тебе приставать?

Оглянувшись, Ронни увидела Блейз, сидевшую на дюне. Подумать только, Ронни так задумалась, что даже ее не заметила.

— Никто ко мне не приставал.

— О, значит, это ты к нему приставала?

— Ты закончила? — сухо спросила Ронни.

Блейз пожала плечами, лукаво подмигнула, и Ронни невольно улыбнулась.

— Так что случилось после моего ухода? Что-нибудь волнующее?

— Нет. Парни ушли, не знаю куда. Оставили меня одну.

— Ты не пошла домой?

— Нет.

Она встала и стряхнула песок с джинсов.

— Деньги есть?

— А что?

Блейз выпрямилась.

— Я ничего не ела со вчерашнего утра. Я дико голодна.

Уилл

Уилл стоял в яме под «фордом-эксплорером», следя за маслопроводом и одновременно стараясь отвязаться от Скотта: легче сказать, чем сделать. Скотт постоянно приставал к нему насчет вчерашнего вечера, с тех пор как они утром приехали на работу.

— Ты все не так понимаешь, — продолжал Скотт, пытаясь зайти с другой стороны. Он уже успел снять с полки три банки с маслом. — Есть разница между «перепихнуться» и «вновь сойтись».

— Мы с этим еще не покончили?

— Покончили бы, будь у тебя хоть капля здравого смысла. Но, судя по всему, очевидно, ты сбит с толку. Эшли не хочет возвращаться к тебе.

— Ничего подобного, — отмахнулся Уилл, вытирая руки бумажным полотенцем. — Она хотела именно этого.

— А Касси говорит иначе.

Уилл отложил полотенце и потянулся к бутылке с водой. Мастерская его отца специализировалась на ремонте тормозов, и па всегда хотел, чтобы она выглядела так, словно пол только что натерт и двери пять минут назад распахнулись для клиентов. К сожалению, кондиционер был для него далеко не так важен, и летом средняя температура чем-то напоминала пустыню Мохаве и Сахару.

Он долго пил, не торопясь осушить бутылку, в нелепой надежде, что Скотт заткнется. Более упертого человека, чем он, нет на свете. Этот парень способен кого хочешь свести с ума!

— Ты не знаешь Эшли, как знаю ее я, — вздохнул Уилл. — И кроме того, все кончено. Не знаю, почему ты постоянно об этом талдычишь.

— Но я твой друг, и ты мне небезразличен. Я хочу, чтобы ты наслаждался этим летом. И сам хочу наслаждаться. Хочу наконец заполучить Касси.

— Ну и кто тебе мешает?

— Все не так-то просто. Видишь ли, прошлой ночью я тоже так посчитал. Но Эшли ужасно расстроилась, и Касси не захотела ее оставить.

— Мне очень жаль, что ничего не вышло.

— Да, сразу видно, что жаль, — с сомнением пробормотал Скотт.

К этому времени масло успело стечь. Уилл схватил банки и стал взбираться по лестнице, пока Скотт оставался внизу, чтобы вставить сливную пробку и слить использованное масло в канистру для переработки.

Уилл открыл банку и, вставив воронку, глянул вниз, на Скотта.

— Эй, кстати, ты видел девушку, которая остановила драку? — спросил он. — Ту, что помогла малышу найти мать?

Скотт не сразу понял, о чем он.

— Ту крошку с вампирским макияжем и в майке с дурацкой рыбкой?

— Она не вампир.

— Да. Видел. Коротышка с уродливой фиолетовой прядью в волосах и черным лаком для ногтей? Ты еще вылил на нее газировку. Она посчитала, что от тебя несет потом.

— Что?!

— Я только говорю, что ты не заметил выражения ее лица, после того как с ней столкнулся. Зато я видел. Она отскочила как ошпаренная. Отсюда вывод, что от тебя, возможно, несло потом.

— Ей пришлось купить новую майку.

— И что?

Уилл опрокинул над воронкой вторую банку.

— Не знаю. Она просто меня удивила. И раньше я ее здесь не видел.

— Я повторяю: что из этого?

Дело в том, что Уилл сам не знал точно, почему думает о девушке. Особенно учитывая, как мало о ней знал. Да, она хорошенькая, он заметил это сразу, даже несмотря на фиолетовые волосы и темный макияж, но на этом пляже полно хорошеньких девушек. И дело не в решимости, с которой она остановила драку. Нет, он постоянно вспоминал, как нежно она утешала упавшего малыша. Он заметил эту нежность под напускной резкостью и теперь сгорал от любопытства.

Она совсем не похожа на Эшли. И не потому, что Эшли плохой человек, это не так. Но в Эшли чувствовалась некоторая ограниченность, даже если Скотт предпочитает в это не верить. В мире Эшли все разложено по аккуратным маленьким коробочкам: популярный или нет, дорогой или дешевый, богатый или бедный, красивый или уродливый. И он наконец устал от этих поверхностных суждений и неспособности видеть другие оттенки, кроме черного и белого.

Но девушка с фиолетовой прядью в волосах...

Он сразу понял, что она не такая. Конечно, нельзя быть абсолютно уверенным, но он побился бы об заклад, что это так. Она не расклеивает ярлыки на аккуратных коробочках, потому что и свое «я» не помещает ни в одну, и это поразило его как нечто свежее и новое, особенно по сравнению с девушками, которых он знал в школе. Не говоря об Эшли.

Хотя в гараже было полно работы, мысли возвращались к девушке чаще, чем ему хотелось бы.

Не все время. Не постоянно. Но достаточно, чтобы он понял: по какой-то причине ему хочется узнать ее получше. Недаром он гадал, когда снова ее увидит.

Ронни

Блейз направилась к закусочной, которую Ронни видела, проходя через деловой центр, и нужно признать, в этой забегаловке было некоторое очарование для тех, кто тосковал по пятидесятым годам прошлого столетия. Перед старомодной стойкой стояли табуреты, пол был вымощен черно-белыми плитами. Вдоль стен стояли кабинки, обтянутые потрескавшимся красным винилом. Меню было написано мелом на доске, и насколько могла судить Ронни, за последние тридцать лет менялись только цены.

Блейз заказала чизбургер, шоколадно-молочный коктейль и жареный картофель. Ронни не смогла решить, что выбрать, и ограничилась диетической колой. Она была голодна, но не знала, на каком масле здесь жарят. Впрочем, вряд ли это было известно кому-то из обедающих. Быть вегетарианкой не так просто, и иногда ей очень хотелось отказаться от своих принципов. Особенно когда в животе урчало. Как сейчас.

Но она не станет здесь есть. Не сможет. Не потому что одержима идеями вегетарианства — просто не хотела, чтобы ее тошнило от мяса. Плевать ей на то, что едят другие: просто каждый раз, когда она думала, откуда берется мясо, представляла корову на лугу или поросенка Бейба, и ее сразу начинало подташнивать.

Однако Блейз была вполне довольна. Сделав заказ, она откинулась на стенку кабинки.

— Как тебе здесь? — спросила она.

— Чисто. Немного необычно.

— Я прихожу сюда с детства. Па приводил меня сюда каждое воскресенье, после церкви, и покупал шоколадный коктейль. Они здесь лучшие. Мороженое привозят из какого-то крохотного местечка в Джорджии, но оно изумительное. Тебе следует попробовать.

— Я не голодна.

— Врешь! — воскликнула Блейз. — Я слышу, как урчит у тебя в желудке, но как хочешь. Тебе же хуже. Спасибо за то, что накормила.

— Не за что.

Блейз улыбнулась.

— Так что случилось вчера ночью? Ты знаменитость или что-то вроде?

— Что за вопрос?

— Коп пришел именно за тобой.

Ронни сделала гримаску.

— Скорее всего это отец сказал ему, где меня найти. Только и всего.

— Да уж, тебе не позавидуешь.

Когда Ронни рассмеялась, Блейз потянулась к шейкеру с коктейлем. Допив до конца, она высыпала на стол соль и стала делать горку.

— Что ты думаешь о Маркусе? — спросила она.

— Я почти с ним не разговаривала, а что?

Блейз, казалось, очень осторожно выбирала слова.

— Я никогда Маркусу не нравилась... раньше. Не могу сказать, что и он мне очень нравился. Он всегда был каким-то... подлым, что ли... Но потом, года два назад, все изменилось. И когда я действительно в ком-то нуждалась, он всегда оказывался рядом.

Ронни сосредоточенно наблюдала, как растет горка.

— И?..

— Я просто хотела, чтобы ты знала.

— Прекрасно. Да ладно. Мне все равно.

— И тебя туда же.

— О чем ты?

Блейз соскребла с указательного пальца черный лак.

— Когда-то я занималась гимнастикой, и четыре-пять лет она оставалась главной в моей жизни. Но я ушла из секции из-за тренера. Настоящая тварь: всегда тыкал в ошибки и никогда не хвалил за успехи. Как-то раз я тренировалась в низком соскоке с бревна. Он подскочил ко мне и заорал, что я не так ставлю ноги и что нужно застыть на месте, — словом, все то, что я уже сто раз слышала. Мне это чертовски надоело! Ну я ответила «да ладно», и он стиснул мне руку так сильно, что синяки остались. Стал вопить, что в моем возрасте нужно быть повежливее, и если я говорю так, все равно что посылаю кого-то подальше. Поэтому, когда мне говорят «как бы там ни было», я всегда отвечаю «и тебя туда же».

Появилась официантка с заказом. После ее ухода Ронни потянулась к стакану с кока-колой.

— Спасибо за интересную историю.

— Да ладно!

Ронни снова рассмеялась. Ей импонировало чувство юмора Блейз.

— Расскажи о самом плохом, что ты сделала в жизни, — попросила Блейз, подавшись вперед.

— Что?!

— Я серьезно. Всегда задаю людям этот вопрос. Мне вправду интересно.

— Ладно, — согласилась Ронни, — только сначала ты расскажи о самом плохом, что сделала в жизни.

— Легко. Когда я была маленькой, у нас была соседка, миссис Бандерсон. Ее нельзя было назвать добрейшей душой, но к ведьмам ее не отнесешь. И не то чтобы она закрывала двери перед ребятами на Хэллоуин или что-то в этом роде, но была помешана на своем саде и газоне. Если мы проходили по газону по пути к школьному автобусу или обратно, она вылетала из дома и орала так, что уши закладывало. В общем, как-то весной посадила она цветочки в саду. Сотни цветочков. Классно вышло. А напротив жил парень по имени Билли, и он очень не любил миссис Бандерсон, потому что когда однажды его бейсбольный мяч залетел в ее сад, она его не отдала. Однажды мы рылись в садовом сарае и нашли большую бутылку спрея «Раундап». Средство от сорняков. В общем, мы с ним как-то ночью прокрались в ее сад и полили все цветочки. Не спрашивай, зачем я это сделала. Полагаю, в то время нам это казалось ужасно смешным. Подумаешь! Пусть посадит новые, верно?

Поначалу никто ничего не заметил. Прошло несколько дней, прежде чем средство начало действовать. Миссис Бандерсон каждый день поливала и пропалывала цветы, прежде чем заметила, что они начали вянуть. Мы с Билли потихоньку смеялись, потом я увидела, что она выходит в сад перед школьными занятиями, пытаясь сообразить, что творится с цветами. И даже когда я возвращалась из школы, она по-прежнему торчала в саду. К концу недели все цветы были мертвы.

— Какой ужас! — вскричала Ронни, давясь рвотным спазмом.

— Знаю. И мне все еще стыдно из-за этого. Одна из тех вещей, с которыми я ничего не могу поделать.

— Ты ей так и не сказала? Не предложила самой посадить цветы?

— Родители убили бы меня. Но больше я никогда не ходила по ее газону.

— Вау!

— Я же сказала: ничего худшего в жизни не делала. Теперь твоя очередь.

Ронни немного подумала.

— Я три года не разговаривала с отцом.

— Это мне уже известно. И не так уж все плохо. Я же сказала, что тоже стараюсь не разговаривать с отцом. А ма представления не имеет, где я пропадаю целыми днями.

Ронни отвела глаза.

Над музыкальным ящиком висел плакат с Биллом Хейли с его «Кометами».

— Я воровала в магазинах, — едва слышно призналась она. — Часто. Ничего дорогого. Просто ради адреналина.

— Воровала?

— Но больше ни за что! Меня поймали дважды, во второй раз — по ошибке. Дошло до суда. Но приговор отложили на год. Если я больше не попаду в неприятности, обвинение будет снято.

Блейз опустила поднесенный ко рту бургер.

— И это все? Ничего хуже ты не наделала?

— Я никогда не убивала чьи-то цветы, если ты об этом. Ничего чужого не рушила и не рвала.

— Никогда не совала голову брата в унитаз? Не била машину? Не брила чужих котов?

— Нет, — улыбнулась Ронни.

— Ты, вероятно, самый занудный тинейджер в мире.

Ронни снова хихикнула, прежде чем глотнуть колы.

— Можно тебя спросить?

— Валяй!

— Почему ты не пошла домой вчера ночью?

Блейз взяла со стола щепотку соли и посолила картофель.

— Не хотела.

— А твоя ма? Она разозлилась?

— Возможно, — пожала плечами Блейз.

Дверь закусочной распахнулась, и Ронни, обернувшись, увидела, что к их кабинке шагают Маркус, Тедди и Ланс. На Маркусе была майка, украшенная изображениями черепа и цепочкой, зацепленной за петлю для ремня на джинсах.

78

Блейз подвинулась, но, как ни странно, с ней сел Тедди, а Маркус втиснулся рядом с Ронни. Ланс взял стул в соседней кабинке и сел задом наперед. Маркус потянулся к тарелке Блейз. Тедди и Ланс мигом расхватали жареную картошку.

— Эй, это для Блейз, — крикнула Ронни, пытаясь спасти остатки. — Купите себе и ешьте!

Маркус оглядел девушек.

— И?..

— Все в порядке, — заверила Блейз, подвигая к нему тарелку. — Я все равно столько не съем.

Маркус потянулся к кетчупу с таким видом, словно был кругом прав.

— О чем вы тут говорили? Судя по тому, что я видел в окно, разговор был напряженным.

— Ни о чем, — буркнула Блейз.

— Я сам догадаюсь. Она рассказывала тебе, Ронни, о сексуальном дружке ее матушки и их поздних постельных упражнениях, верно?

— Не хами, — прошипела Блейз.

Маркус в упор уставился на Ронни.

— Она рассказывала тебе о той ночи, когда один из приятелей ее мамаши прокрался в ее комнату? Знаешь, что сказала наша Блейз? «У тебя пятнадцать минут, чтобы убраться отсюда!»

— Заткнись, понял! Это не смешно. И мы говорили не о нем.

— Да ладно! — ухмыльнулся он, принимаясь за чизбургер.

Блейз потянулась к солонке. Тедди и Ланс дожевывали картошку. Вскоре на тарелке почти ничего не осталось. К досаде Ронни, Блейз ничего не сказала, и Ронни молча гадала о причинах такой уступчивости.

А, собственно говоря, чему удивляться? Блейз не хотела, чтобы Маркус на нее разозлился, вот и позволяла ему вытворять что в голову взбредет. Она уже видела нечто подобное раньше: Кейла, несмотря на то что считалась твердым орешком, вела себя точно так же, когда речь заходила о парнях. А те обычно только что ноги об нее не вытирали.

Блейз молча вертела в руках стакан от коктейля.

— И чем предлагаете заняться, парни?

— Мы — пас, — пробурчал Тедди. — Старик велел нам с Лансом работать сегодня.

— Они братья, — пояснила Блейз.

Ронни недоуменно уставилась на парней, не находя ни малейшего сходства.

— Это правда?

Маркус прикончил бургер и отодвинул тарелку в центр стола.

— Знаю, трудно поверить, что у родителей могут родиться такие уроды, верно? Так или иначе, их семейка владеет дерьмовым мотелем как раз за мостом. Канализации на днях исполнилось сто лет, и обязанность Тедди — прочищать засорившиеся сортиры.

Ронни сморщила нос, пытаясь представить эту картину.

— Правда?

Маркус кивнул.

— Грубовато, верно? Но не волнуйся насчет Тедди. Он просто мастер своего дела. И оно ему нравится. А Лансу приходится менять белье, после того как ночные визитеры на нем побарахтались.

— Фу, — скривилась Ронни.

— Знаю, это отвратительно, — кивнула Блейз. — Не представляешь, какие мерзкие типы ночуют в мотелях! Можно заразиться, всего лишь войдя в комнату!

Ронни не совсем понимала, как на это реагировать.

— А ты что делаешь? — спросила она Маркуса.

— Что хочу.

— А точнее?

— Какое тебе дело?

— Никакого, — спокойно ответила она. — Просто спросила.

— Он вечно торчит с нами в мотеле, — поспешил сообщить Тедди. — Только в своей комнате.

— У тебя комната в мотеле?

— Я там живу, — коротко ответил он.

Ее так и подмывало спросить почему, но она ждала, что он скажет больше. Маркус, однако, молчал — видимо, хотел, чтобы она дала волю любопытству. Может, это игра воображения, но ей показалось, что он хочет ее заинтересовать. А может быть, и понравиться. Хотя Блейз сидит тут же.

Ее подозрения подтвердились, когда он потянулся за сигаретой. Выпустив кольцо дыма в сторону Блейз, он повернулся к Ронни:

— Что ты делаешь сегодня вечером?

Ронни отчего-то стало не по себе, но, похоже, все, включая Блейз, ждали ее ответа.

— А что?

— У нас небольшая вечеринка в «Боуэрс-Поинт». Соберемся не только мы. Там будет куча народу. Я хочу, чтобы ты пришла. Но на этот раз без копов.

Блейз внимательно изучала столешницу, водя пальцем по рассыпанной соли. Не дождавшись ответа, Маркус встал и направился к выходу. Он ни разу не обернулся.

Стив

— Эй, па! — позвал Джона. Он стоял в нише за пианино, глядя, как Стив несет к столу тарелки со спагетти. — На снимке ты с бабушкой и дедушкой?

— Да. Это мои па и ма.

— Я не помню этого фото. В квартире его не было.

— Оно долгое время висело в школе, в моем кабинете.

Джона кивнул и подвинулся ближе к снимку, внимательно его изучая.

— Ты, кажется, похож на деда.

Стив не знал, что ответить.

— Может быть... немного.

— Ты по нему скучаешь?

— Он был моим па. Как ты думаешь?

— Я бы по тебе скучал.

Джона направился к столу. Стив неожиданно подумал, что день был неплох, хоть и прошел без особых событий. Утро они провели в мастерской, где Стив учил Джону резать стекло; они пообедали на крыльце сандвичами, а во второй половине дня собирали раковины. Стив пообещал, что, как только стемнеет, они с Джоной прогуляются с фонарями по берегу и посмотрят на сотни морских паучков, вылезающих по ночам из своих песчаных норок и шныряющих по песку.

Джона плюхнулся на стул, глотнул молока, от чего его физиономия украсилась белыми усами.

— Как по-твоему, Ронни скоро придет?

— Надеюсь, что так.

Джона вытер губы тыльной стороной ладони.

— Иногда ее не бывает допоздна.

— Знаю.

— А что, полицейский опять приведет ее домой?

Стив выглянул в окно.

Спускались сумерки, и вода казалась непрозрачной и матовой. Где сейчас Ронни и что делает?

— Нет, — ответил он. — Не сегодня.

После прогулки по берегу Джона принял душ, прежде чем лечь в постель. Стив укрыл его и поцеловал в щеку.

— Спасибо за классный день, — прошептал Стив.

— Не за что, — сонно отозвался Джона.

— Спокойной ночи. Я тебя люблю.

— И я тебя, па.

Стив поднялся и направился к двери.

— Эй, па!

— Что? — спросил Стив, оборачиваясь.

— А твой па когда-нибудь водил тебя смотреть на морских пауков?

— Нет.

— Но почему? Это было потрясающе!

— Он просто был не таким отцом.

— А каким он был отцом?

Стив тщательно обдумал ответ.

— Дед был человеком сложным, — высказался наконец он.

Сидя за пианино, Стив вспоминал тот день шесть лет назад, когда он впервые в жизни взял отца за руку. Сказал, что знает, как тот старался, чтобы вырастить его, что ни в чем не винит и, главное, любит его.

Отец повернулся к нему. Взгляд был сосредоточенным, и, несмотря на огромные дозы морфия, которые ему кололи, ум оставался ясным. Он долго смотрел на Стива, прежде чем отнять руку.

— Кудахчешь как баба, — медленно выговорил он.

Они находились в частной палате на четвертом этаже больницы. Отец пролежал здесь уже три дня. По руке змеились трубки капельницы, и он больше трех месяцев не ел твердой пищи. Щеки запали, кожа казалась полупрозрачной. Стиву показалось, что его дыхание пахнет разложением: еще один признак, что рак празднует победу.

Стив отвернулся к окну. За стеклом ничего, кроме синего неба и яркого беспощадного солнечного сияния, врывающегося в комнату. Ни птиц, ни облаков, ни деревьев. За спиной слышался размеренный писк сердечного монитора. Он звучал сильно и ритмично, так что казалось, будто отец проживет еще двадцать лет.

Но убивало его не больное сердце.

— Как он? — спросила Ким вечером, когда они говорили по телефону.

— Плохо. Не знаю, сколько ему еще осталось, но...

Стив осекся, представляя, как Ким стоит у плиты, помешивает пасту или режет томаты, зажав телефон между ухом и плечом. Разговаривая по телефону, она никогда не могла усидеть на месте.

— Кто-то еще приходил? — продолжила она.

— Нет.

Он не объяснил, что, если верить медсестрам, отца вообще никто не навещал.

— Ты смог поговорить с ним?

— Недолго. Он почти все время впадал в забытье.

— Ты сказал ему все, что я велела?

— Да, — выдохнул он.

— И что он ответил? Что тоже тебя любит?

Стив знал, какой ответ она хочет услышать. Он стоял в доме отца, рассматривая снимки на каминной доске: крестные родители Стива, свадебные фото его и Ким, маленькие Ронни и Джона.

Рамки были пыльными: очевидно, к ним не прикасались годами. Он знал, что снимки поставила сюда мать, и, глядя на них, гадал, что думал отец, когда смотрел... Да видел ли он их вообще или хотя бы понимал, что они тут?

— Да, — выдавил он наконец. — Он сказал, что любит меня.

— Я рада! — облегченно воскликнула Ким, словно его ответ подтвердил ее понимание этого мира. — Я знала, как это важно для тебя!

Стив вырос в белом домике в стиле ранчо, в окружении таких же домиков в центральной части острова. Домик был маленьким, с двумя спальнями и отдельным гаражом, где хранились инструменты отца и вечно пахло опилками. Задний двор, затененный огромным искривленным дубом, который круглый год не сбрасывал листву, не получал достаточно света, поэтому мать посадила огород перед домом. Она выращивала томаты, лук, репу, бобы, капусту и кукурузу, и летом с крыльца было невозможно увидеть дорогу, проходившую неподалеку от дома. Иногда Стив слышал, как ворчат соседи, жалуясь, что наличие деревенского огорода сильно обесценивает их собственность, но открытого бунта не было, и, кроме того, никто ничего не смел сказать отцу. Все прекрасно сознавали, что ничего хорошего из этого не выйдет. Кроме того, они любили его жену и помнили, что в один прекрасный день им понадобятся его услуги.

Его отец по профессии был прекрасным столяром, но обладал даром починить все на свете. Много лет Стив наблюдал, как он ремонтирует радио, телевизоры, моторы машин и газонокосилок, текущие трубы, засорившиеся канавы, разбитые окна, а однажды даже гидравлические прессы маленького завода по производству инструментов. Он не закончил среднюю школу, но обладал поразительным интуитивным знанием механики и основ строительного дела. По ночам, когда звонил телефон, отец всегда сам поднимал трубку, потому что обычно звонили ему. Он почти ничего не говорил, выслушивал описание очередной аварии, записывал адрес на клочке бумаги, оторванной от старой газеты. Повесив трубку, отец шел в гараж, набивал ящик инструментами и уходил, не говоря, куда именно и когда вернется.

Как правило, утром под статую Роберта Е. Ли, вырезанную отцом из куска плавника, был аккуратно подсунут чек. Мать брала его, гладила отца по спине и обещала обналичить в банке. Отец тем временем завтракал. Это были единственные регулярные проявления нежности, которые замечал Стив. Правда, они никогда не спорили и избегали ссор. И казалось, им нравилось общество друг друга. Однажды Стив увидел, как они, глядя в телевизор, держатся за руки. Но за все восемнадцать лет, прожитых Стивом в доме, он не заметил, чтобы родители целовались.

У отца была одна страсть в жизни — покер. В те ночи, когда телефон не звонил, отец шел играть в одну из трех лож, членом которых он состоял исключительно из-за игры, и ни с кем там не приятельствовал. Спокойно садился за стол с масонами или ветеранами и играл в покер много часов подряд. Игра завораживала его. Он любил просчитывать различные варианты и возможности, решая, выложить ли карты на стол или сблефовать, имея на руках пару шестерок.

Он говорил об игре как о науке, словно удачливость не имела ничего общего с выигрышем. «Секрет в том, чтобы уметь лгать и знать, когда кто-то лжет тебе», — говаривал он.

Со временем Стив решил, что отец действительно умел лгать. В свои пятьдесят, когда руки скрючились от многолетних столярных работ, он отказался делать резные панели и устанавливать дверные рамы в домах на океанском побережье, во множестве появлявшихся на острове. Кроме того, по вечерам он больше не отвечал на звонки, но каким-то образом ухитрялся оплачивать счета и к концу жизни имел достаточно денег, чтобы оплатить лечение, которое медицинская страховка не покрывала.

Отец никогда не играл в покер по субботам и воскресеньям. Субботы посвящались работам по дому, и хотя огород явно не нравился соседям, зато интерьер был настоящим шедевром: панели, резьба по дереву, каминная консоль из двух кленовых блоков... Он сколотил шкафчики на кухне, а деревянные полы были такими же плоскими и гладкими, как бильярдный стол. Переделал ванную, один раз, другой — через восемь лет. Субботними вечерами он надевал пиджак, галстук и вел жену ужинать. Воскресенья он оставлял для себя. После церкви работал в мастерской, пока жена пекла пироги или консервировала овощи на кухне.

В понедельник все начиналось сначала.

Отец никогда не учил его игре в покер. Стив был достаточно умен, чтобы самостоятельно овладеть основами, и считал, что может различить, когда кто-то блефует. Несколько раз сыграв с однокурсниками в колледже, обнаружил, что игрок он абсолютно средний, не лучше и не хуже других. После окончания колледжа Стив перебрался в Нью-Йорк, но иногда навещал родителей. Впервые он приехал только через два года, и когда вошел в дверь, мать крепко стиснула его в объятиях и поцеловала в щеку. Отец пожал ему руку и сказал:

— Твоя ма скучала.

Подали кофе и яблочный пирог. Когда все поели, отец встал и потянулся за пиджаком и ключами от машины.

Был четверг, а это означало, что он идет в ложу Элкс. Игра заканчивалась в десять, и через пятнадцать минут он уже будет дома.

— Сегодня ты никуда не пойдешь, — сказала ма с более сильным, чем обычно, европейским акцентом. — Стив только что приехал.

Насколько помнил Стив, мать впервые попросила отца не ходить в ложу. Но если тот и удивился, все же виду не подал. Остановился на пороге, а когда повернулся, лицо его было непроницаемым.

— Или возьми его с собой, — настаивала мать.

Отец перекинул пиджак через руку.

— Хочешь пойти?

— Конечно. Почему бы нет? Это совсем неплохо.

На губах отца мелькнула едва заметная улыбка. Сиди они за игорным столом, вряд ли отец позволил бы себе хоть намек на улыбку.

— Лжешь, — бросил он.

...Мать умерла внезапно, через несколько лет после этой встречи. В мозгу лопнула артерия...

В больнице, сидя у постели отца, Стив думал о ее безграничной доброте.

Отец закашлялся и проснулся. Повернул голову и увидел в углу Стива. Сейчас, когда на его лице играли зловещие тени, старик был похож на скелет.

— Ты еще здесь?

Стив ближе подвинул стул.

— Да, я все еще здесь.

— Почему?

— Что значит «почему»? Потому что ты в больнице.

— Я в больнице, потому что умираю. И умру независимо от того, сидишь ты тут или нет. Тебе следует ехать домой, к жене и детям. Ты все равно ничего не можешь для меня сделать.

— Мне хочется быть здесь, — объяснил Стив. — Ты мой отец. Почему ты не хочешь, чтобы я был с тобой?

— Наверное, просто не желаю, чтобы ты видел, как я умираю.

— Если считаешь, что мне лучше уйти, я уйду.

Отец издал странный звук, больше похожий на фырканье.

— Видишь ли, это твоя проблема. Ты стараешься, чтобы я принял решение за тебя. В этом весь ты.

— Может, я просто хочу посидеть с тобой.

— Ты хочешь? Или жена?

— Какая разница?

Отец попытался улыбнуться, но получилась гримаса.

— Не знаю. А разница есть?

Со своего места, за пианино, Стив услышал шум машины. Свет фар прошелся по стенам, и на минуту ему показалось, что это Ронни попросила ее подвезти. Но свет мгновенно пропал, а Ронни по-прежнему не было.

Начало первого. Может, пойти ее поискать?

Несколько лет назад, до того как Ронни перестала с ним разговаривать, они с Ким отправились к семейному психологу, офис которого был расположен около Грамерси-парка, в отреставрированном здании. Стив вспомнил, как сидел на диване рядом с Ким, глядя на довольно молодую угловатую женщину в серых слаксах, имевшую привычку складывать кончики пальцев домиком. Стив заметил, что она не носит обручальное кольцо.

Стиву стало не по себе: поход к психологу был идеей Ким, и она уже приходила сюда одна. Это была их первая совместная встреча, и в качестве вступления Ким поведала психологу, что Стив держит свои ощущения и эмоции при себе, но в этом не он виноват. Его родители тоже были людьми сдержанными, и он вырос в семье, где не привыкли обсуждать свои проблемы. Он искал убежища в музыке, и только сидя за пианино давал волю всем своим эмоциям.

— Это правда? — спросила психолог.

— Мои родители были хорошими людьми.

— Это не ответ на вопрос, — возразила она.

— Я не знаю, какого ответа вы от меня ждете.

Психолог вздохнула.

— Ладно, как насчет обращения к специалисту? Мы все знаем, что случилось и почему вы здесь. Думаю, Ким хочет, чтобы вы ей сказали, какие ощущения вызывает у вас визит ко мне.

Стив долго обдумывал вопрос. Он хотел сказать, что все разговоры о чувствах не имеют смысла. Что эмоции нельзя не контролировать и нет никаких причин волноваться из-за этого. Что, в конце концов, людей судят по их поступкам, поскольку именно они все определяют.

Но он ничего этого не сказал. Только крепко сцепил пальцы.

— Хотите знать, что я при этом чувствую?

— Да, но говорите не мне, а Ким.

Он повернулся к жене, чувствуя, с каким нетерпением она ожидает его слов.

— Я испытываю...

Он был в кабинете вместе с женой и незнакомкой, занятый разговором, который и начинать не следовало бы.

Было пять минут одиннадцатого утра, и он вернулся в Нью-Йорк всего на несколько дней. Турне проходило по двадцати четырем городам, пока Ким работала помощницей адвоката в юридической фирме на Уолл-стрит.

— Я испытываю... — повторил он.

Час ночи.

Стив вышел на заднее крыльцо. Ночь выдалась такой лунной, что можно было легко разглядеть пляж. Он не видел дочь шестнадцать часов и начинал беспокоиться. Правда, она умна и может о себе позаботиться.

И все равно он тревожился...

Неужели завтра она тоже исчезнет и так будет повторяться все лето?

Проводить время с Джоной все равно что обрести несказанное сокровище, но он хотел побыть и с Ронни.

Стив ушел с крыльца, сел за пианино и почувствовал то же самое, о чем когда-то сказал психологу.

Полную опустошенность.

Ронни

В «Боуэрс-Поинт» собралась довольно большая компания, но мало-помалу все стали расходиться, до тех пор пока не осталось пятеро постоянных посетителей. Некоторые были совсем не плохи, а двое казались весьма интересными. Но потом под действием алкоголя началось пьяное веселье и все стало скучным и знакомым, по крайней мере для Ронни.

Она стояла одна у края воды. За спиной горел костер, у которого курили и пили Тедди и Ланс, изредка перебрасываясь горящими шарами. Блейз глотала слова и только что не облизывала Маркуса.

Время было позднее: не по нью-йоркским стандартам, там она показывалась в клубах не раньше полуночи, но из-за раннего пробуждения день казался слишком долгим. Она устала.

Завтра она будет спать допоздна. Вернется домой, занавесит окошко одеялом... Черт, если понадобится, прибьет его гвоздями к стене. Она не собирается все лето вставать вместе с фермерами. Даже если придется проводить день с Блейз на пляже! К ее удивлению, Блейз сама это предложила, и, по мнению Ронни, просьба сильно смахивала на мольбу. Но так или иначе, делать особенно нечего. После закусочной они обошли большинство соседних магазинов, включая музыкальный, оказавшийся довольно крутым, а потом пошли к Блейз смотреть «Клуб выходного дня», пока ее ма была на работе. Конечно, это кино восьмидесятых, но Ронни фильм любила и смотрела раз пятнадцать. Фильм не казался ей устаревшим, все события и герои для нее были удивительно реалистичны. Более достоверны, чем происходящее здесь и сейчас. Особенно потому, что чем больше Блейз пила, тем больше забывала о присутствии Ронни и висла на Маркусе.

Ронни уже успела понять, что Маркус ей не нравится. Мало того, она ему не доверяла. Внутри у нее был некий камертон, позволявший довольно быстро разбираться в парнях, и она чувствовала, что с ним что-то не так. Словно во взгляде Маркуса что-то отсутствовало, когда он обращался к ней. Нет, ничего такого, все было спокойно, никаких безумных предложений сбежать во Флориду, но чем больше времени она проводила с ним, тем сильнее он ее отпугивал. Ей и Тедди с Лансом не нравились. Но Маркус... Ей казалось, что нормальное поведение для него — просто способ манипулировать людьми.

А Блейз...

Пребывание в ее доме тоже казалось странным, потому что все было таким обыденным. Дом стоял в тихом тупичке и мог похвастаться ярко-голубыми ставнями и американским флагом, трепетавшим на ветру. Внутри стены были выкрашены в теплые тона, а на обеденном столе стояла ваза с живыми цветами. Всюду прибрано, но без культа чистоты. На кухонном столе лежали деньги вместе с адресованной Блейз запиской. Блейз объяснила, что мать всегда оставляет ей деньги. Таким образом она, даже если не приходит домой, знает, что дочка ни в чем не нуждается.

И все-таки здесь что-то настораживало.

Ронни очень хотелось поговорить с Блейз о Маркусе, но она понимала, что из этого ничего хорошего не выйдет. Так было и с Кейлой: та никогда не слушала советы. Бесспорно, Маркус — дурной человек; почему же Блейз этого не видит? Может, завтра удастся поговорить об этом на пляже?

— Мы тебя утомляем?

Обернувшись, она оказалась лицом к лицу с Маркусом. Он катал огненный мяч на тыльной стороне ладони.

— Я просто хотела спуститься к воде.

— Принести тебе пива?

Судя по тону вопроса, он уже знал ответ.

— Я не пью.

— Почему?

«Потому что это толкает людей на дурацкие поступки», — хотела она сказать, но промолчала. Любое объяснение только затянет разговор.

— Не пью, и все, — коротко ответила она.

— Значит, нет? — не отставал он.

— Значит, нет.

Губы Маркуса искривились в подобии улыбки, но глаза потемнели от злости.

— Считаешь себя лучше всех нас?

— Нет.

— Тогда пойдем.

Он показал в сторону костра.

92

— Посиди с нами.

— Мне и здесь хорошо.

Он оглянулся. Ронни увидела, как Блейз роется в переносном холодильнике в поисках пива. Только этого ей и не хватает! Она и так едва стоит на ногах!

Неожиданно Маркус шагнул ближе, обнял ее за талию и притянул к себе.

— Пойдем погуляем!

— Нет, — прошипела она. — Я не в том настроении. И убери руку!

Но он не послушался и, похоже, наслаждался происходящим.

— Волнуешься о том, что подумает Блейз?

— Просто не хочу, и все!

— Блейз наплевать!

Ронни отступила, увеличивая расстояние между ними.

— Мне не наплевать. И пора домой.

Он продолжал смотреть на нее в упор.

— Давно пора.

Потом, почти без паузы, воскликнул так громко, чтобы услышали остальные:

— Нет, я, пожалуй, останусь. Но спасибо за приглашение.

Ронни была слишком шокирована, чтобы ответить, и молча пошла по берегу, зная, что Блейз смотрит ей вслед. Ей вдруг захотелось как можно скорее убраться отсюда.

Подходя к дому, она услышала музыку. Отец по-прежнему играл, но как только она вошла, покосился на часы. После того, что сейчас произошло, ей не хотелось спорить еще и с ним, и она молча пошла по коридору. Но он, должно быть, что-то понял по ее лицу, потому что окликнул:

— Ты в порядке?

— Да, — поколебавшись, выдавила она.

— Уверена?

— Не хочу об этом говорить.

— О'кей, — кивнул он, присмотревшись к ней.

— Что-то еще?

— Уже почти два ночи.

— И?..

Он склонился над клавиатурой.

— Если ты голодна, возьми в холодильнике пасту.

Нужно признать, что ему удалось ее удивить. Ни лекций, ни приказов, ни скандалов. На его месте ма вела бы себя совершенно иначе.

Она покачала головой и зашагала в спальню, задаваясь вопросом, есть ли в ее жизни что-то нормальное.

Она забыла занавесить окно одеялом, и солнце яркими лучами ворвалось в комнату, опять разбудив ее на рассвете.

Застонав, Ронни повернулась лицом к стене, накрыла голову подушкой. И сразу вспомнила вчерашний вечер на пляже.

Ронни тут же села, поняв, что больше ей не уснуть.

Маркус определенно ее пугал.

Наверное, следовало бы ответить что-то, когда он демонстративно отказался от ее якобы приглашения. Что-нибудь вроде: «О чем это ты, черт возьми?» Или: «Ты спятил, если воображаешь, будто я способна остаться наедине с тобой!»

Но она ничего не сказала, и, похоже, поступила по-дурацки, когда молча ушла. Ничего хуже она не могла сделать.

Ей действительно необходимо поговорить с Блейз.

Ронни со вздохом встала и босиком пошла в ванную. Наскоро вымылась, натянула купальник, оделась, сунула в сумку лосьон и полотенца.

Отец уже играл на пианино.

Опять.

Дома он никогда не играл так много.

Прислушавшись, она узнала одну из тех мелодий, которую когда-то играла в «Карнеги-холле». Та самая, диск с которой ставила ма в машине.

Можно подумать, мало ей всего, так еще и это!

Нужно найти Блейз и объяснить, что произошло. Только непонятно, как это сделать, не выставив Маркуса лжецом. Блейз, естественно, поверит ему, и кто знает, что этот тип наговорил после ухода Ронни!

Но об этом она будет беспокоиться, когда настанет время. Может, лежание на солнце размягчит мозги Блейз и все пройдет как по маслу.

Ронни вышла из спальни как раз в ту минуту, когда музыка смолкла, только для того чтобы вновь начаться второй пьесой, которую она играла в «Карнеги-холле».

Девушка остановилась, поправляя на плече сумку. Конечно, следовало ожидать, что он это сделает: услышал шум воды и понял, что она проснулась. Пытается найти с ней общий язык.

«Только не сегодня, папочка! Прости, но у меня есть дела. И никакого настроения начинать с тобой разговор!»

Она уже хотела метнуться к двери, когда из кухни появился Джона.

— Разве я не говорил, чтобы ты взял себе на завтрак что-нибудь полезное? — спросил его отец.

— Я взял. Это поп-тарт*.

— Я имел в виду что-то вроде овсяных хлопьев.

— Но в печенье много сахара, — серьезно напомнил Джона, — а мне нужно побольше энергии.

Ронни быстро прошла через гостиную, надеясь добраться до двери прежде, чем Джона попробует с ней заговорить.

— Привет, Ронни! — улыбнулся брат.

— Привет, Джона. До свидания, Джона.

Она потянулась к дверной ручке.

---

* Сладкое двухслойное печенье компании «Келлог».

— Солнышко! — окликнул отец. — Можем мы поговорить о прошлой ночи?

Как ни странно, он перестал играть.

— У меня нет времени разговаривать, — проворчала она, поправляя ремень сумки.

— Я всего лишь хочу знать, где ты была весь день.

— Нигде. Это не важно.

— Очень важно.

— Нет, па, — твердо возразила она. — Не важно. И у каждого свои дела, верно?

Джона тут же встрял в разговор, размахивая печеньем:

— Какие дела? И куда ты идешь сейчас?

Именно этого она и старалась избежать.

— Не твое дело.

— И сколько тебя не будет?

— Не знаю.

— Вернешься к обеду или к ужину?

— Не знаю, — повторила она. — Я ухожу.

Отец снова стал играть. Третья пьеса, с которой она выступала в «Карнеги-холле»!

С таким же успехом он мог поставить диск матери!

— Мы сегодня собираемся запускать змеев! Я и па!

Ронни, словно не слыша его, резко повернулась к отцу:

— Да замолчи ты!

Он перестал играть.

— Что?

— Музыка, которую ты играешь! Вообразил, что я не узнаю пьесы? Я понимаю, что ты делаешь, и уже сказала, что не подойду к пианино!

— Я тебе верю, — кивнул отец.

— Почему же ты пытаешься заставить меня изменить решение? Почему каждый раз, когда я тебя вижу, ты сидишь тут и барабанишь по клавишам?

Отец, казалось, искренне недоумевал.

— К тебе это не имеет никакого отношения. Просто... так я себя лучше чувствую.

— А меня от этого тошнит! Не понял еще? Ненавижу пианино! Ненавижу, когда приходится играть каждый день! И видеть не могу эту чертову штуку!

Не дожидаясь ответа, она повернулась, выхватила печенье у Джоны и вылетела за дверь.

Прошло часа два, прежде чем она отыскала Блейз в том же музыкальном магазине, где они были вчера, в паре кварталов от пирса. В первое посещение Ронни не знала, чего ожидать: подобные магазины казались устаревшими в век айподов и «YouTube», но Блейз заверила, что оно того стоит, и не преувеличила. Кроме дисков там были настоящие альбомы с виниловыми пластинками: тысячи альбомов, многие — коллекционные, включая ни разу не открытый экземпляр «Эбби-роуд», и пластинки на сорок пять оборотов, просто висевшие на стенах, с подписями знаменитостей вроде Элвиса Пресли, Боба Марли и Ричи Валенса. Ронни поразилась тому, что пластинки не заперты под замком. Они, должно быть, дорогие, но парень, который управлял магазином, выглядел так, словно навек остался в шестидесятых и знал всех музыкантов. Длинные седые волосы были стянуты в доходивший до талии хвост, а на носу сидели очочки, как у Джона Леннона. Сандалии, гавайская рубашка... И хотя Ронни он годился в дедушки, все же знал о музыке больше, чем любой из ее знакомых, и со знанием дела рассуждал о многих представителях андеграунда, которые были абсолютно Ронни неизвестны. Вдоль задней стенки были разложены наушники, чтобы покупатели могли прослушать альбомы и диски и записать музыку на айподы.

Заглянув в окно этим утром, она увидела Блейз, прижимавшую наушники к уху одной рукой и отбивавшую ритм по столу — другой.

Видимо, она вовсе не собиралась проводить день на пляже. Ронни глубоко вздохнула, прежде чем войти. Как бы ни паршиво это звучало, она считала, что Блейз вообще не должна пить, но все же надеялась, что та была настолько не в себе, что не помнила случившегося. А еще лучше, если бы она была настолько трезвой, чтобы понять: Ронни Маркус не интересует.

Шагнув в проход, где продавались диски, она сразу поняла, что Блейз ее ждет, потому что уменьшила громкость, хоть и не сняла наушники совсем, и обернулась. Ронни все же слышала музыку, что-то оглушительное и агрессивное, хотя не знала названия. Блейз собрала диски.

— Я думала, мы подруги, — начала она.

— Мы и есть подруги. И я искала тебя, потому что не хотела, чтобы ты не так поняла случившееся прошлой ночью.

Лицо Блейз было словно высечено изо льда.

— Это когда ты просила Маркуса погулять с тобой?

— Все было не так, — умоляюще пробормотала Ронни. — Я не просила его. И не понимала, в чем заключается его игра.

— Его игра? Его?

Блейз отшвырнула наушники.

— Я видела, как ты на него смотришь! И слышала, что ты сказала!

— Но я ничего не говорила! И не просила его погулять...

— Ты пыталась его поцеловать!

— О чем ты? Я ничего подобного не делала.

Блейз шагнула вперед:

— Он сам мне сказал!

— В таком случае он лжет! — отрезала Ронни, стараясь держаться спокойно. — С этим парнем явно что-то не так!

— Нет-нет... даже не начинай...

— Он лгал тебе. Я бы ни за что не стала его целовать. И он мне даже не нравится. Я и пошла с вами только потому, что ты настояла!

Блейз долго молчала. Ронни гадала, сумела ли достучаться до нее.

— Да ладно, — сказала наконец она тоном, не оставлявшим сомнения в значении слов. Она прошла мимо Ронни, толкнув ее, и направилась к двери. Ронни смотрела вслед, не понимая, обижена она или рассержена таким обращением, прежде чем решить, что, вероятно, тут присутствует и то и другое.

Вот тебе и попытка помириться!

Ронни не представляла, что делать дальше. Она не хотела идти на пляж, но и домой возвращаться не было ни малейшего желания. Машины у нее не было. И она никого здесь не знала. Это означало... что? Провести лето на скамейке, где она будет кормить голубей, как полубезумные старики в Центральном парке? В конце концов она даже будет давать им имена...

Она подошла к выходу, но остановилась, оглушенная воем сигнализации. С любопытством оглянулась, и только тогда поняла, что случилось. Из магазина был всего один выход.

Не успела она опомниться, как менеджер бросился к ней. Ронни не пыталась бежать, зная, что ни в чем не виновата. Когда менеджер попросил у нее сумку, Ронни спокойно ее протянула, посчитав, что произошла ошибка. И пребывала в этой уверенности, пока мужчина не вынул из сумки два диска и с полдюжины пластинок с автографами. Значит, Блейз специально поджидала ее. Именно эти диски она держала и, кроме того, успела снять пластинки со стен. Потрясенная, девушка с трудом сообразила, что Блейз все это задумала заранее.

Почти теряя сознание, она услышала, как менеджер предупреждает, что полиция уже едет.

Стив

Купив необходимые материалы, в основном клееную фанеру и гвозди, Стив и Джона все утро заколачивали нишу. Получилось не очень красиво, отец, наверное, умер бы от позора, но Стив считал, что сойдет. Коттедж рано или поздно снесут, поскольку без него земля будет стоить больше. Домик стоял в окружении трехэтажных особняков, и Стив был уверен, что соседи считали коттедж бельмом на глазу, обесценивавшим их собственность.

Стив забил гвоздь, повесил фотографию Ронни и Джона, которую забрал из алькова, и отступил, чтобы полюбоваться делом рук своих.

— Что ты думаешь? — спросил он.

Джона наморщил нос.

— Думаю, мы сделали уродливую фанерную перегородку и повесили на нее фотографию. И больше ты не сможешь играть на пианино.

— Знаю.

Джона склонил голову набок:

— Вдобавок она еще и кривая. Вроде бы в одном месте выпирает.

— Я ничего не вижу.

— Тебе нужны очки. Не понимаю, почему ты их не хочешь носить.

— Ронни сказала, что она не может видеть пианино.

— И что?

— Здесь нет места, чтобы спрятать пианино, поэтому я сделал перегородку. Теперь она его не увидит.

Джона нахмурился:

— Знаешь, я не слишком люблю делать уроки. Мало того, терпеть не могу, когда на столе громоздятся учебники.

— Сейчас лето. Тебе не нужно делать уроки.

— Я к тому, чтобы сделать перегородку вокруг письменного стола.

Стив едва сдержал смех.

— Тебе стоит поговорить об этом с ма.

— А может, ты поговоришь?

Стив усмехнулся.

— Ты есть хочешь?

— Ты сказал, что мы будем запускать змеев.

— Обязательно. Я просто хотел узнать: ты не хочешь пообедать?

— Я лучше бы съел мороженого.

— Не стоит, пожалуй.

— Печенье? — с надеждой спросил Джона.

— Как насчет сандвича с арахисовым маслом и желе?

— Ладно. Только потом пойдем запускать змеев, верно?

— Да.

— Весь день?

— Сколько захочешь.

— Ладно, съем сандвич. Только ты тоже должен поесть!

Стив улыбнулся и хлопнул Джону по плечу:

— Заметано!

Они дружно направились на кухню.

— Знаешь, гостиная стала намного меньше, — заметил Джона.

— Знаю.

— И стена кривая.

— Знаю.

— И отличается от других стен.

— И что ты хочешь сказать?

— Просто хотел убедиться, что ты не сходишь с ума, — серьезно ответил Джона.

Погода для запуска змеев была идеальной. Стив сидел на дюне, в двух домах от своего, наблюдая, как порхает в небе змей. Джона, как обычно полный энергии, бегал по берегу. Стив с гордостью наблюдал за сыном, изумленно припоминая, что, когда в детстве запускал змеев, ни отец, ни мать не ходили с ним.

Они были неплохими людьми. Он это знал. Они в жизни пальцем его не тронули, хорошо кормили, никогда не скандалили в его присутствии. Раз или два в год его водили к педиатру и дантисту, дома всегда было полно еды, на зиму у него имелась теплая одежда. Была и мелочь в кармане, которая выдавалась на молоко в школе. Но отец был человеком замкнутым, а мать мало чем от него отличалась, и, видимо, в этом крылась причина их прочного брака. Мать была румынкой. Отец встретил ее, когда их дивизия находилась в Германии. Когда они поженились, она почти не говорила по-английски. И всю жизнь оставалась верна идеалам культуры, в которой была воспитана. Готовила, убирала, стирала и неполную смену работала швеей. К концу жизни она научилась довольно сносно говорить по-английски. Достаточно, чтобы общаться в банке и бакалее, но и тогда акцент был достаточно заметен, и иногда окружающие с трудом ее понимали.

Она также была благочестивой католичкой, что в те времена в Уилмингтоне казалось весьма странным. Ходила к мессе каждый день, а вечерами молилась, перебирая четки. И хотя Стиву нравились торжественные воскресные мессы, священник всегда казался ему человеком холодным и надменным, более заботившимся о церковных правилах, чем о нуждах паствы. Не раз Стив гадал, как пошла бы его жизнь, если бы в восемь лет он не услышал музыку, доносившуюся из первой баптистской церкви.

За сорок лет подробности почти стерлись из памяти. Вроде бы однажды он шел мимо и услышал, как пастор Харрис играет на пианино. Должно быть, он приветил мальчика, потому что тот вернулся и пастор стал его первым учителем музыки. Со временем он стал ходить на уроки закона Божия. Во многих отношениях церковь стала его вторым домом, а пастор Харрис — вторым отцом.

Он помнил, что мать была не очень рада этому. Расстраиваясь, она бормотала что-то по-румынски, и много лет он слышал эти тирады, когда собирался в церковь. Она всегда крестила его и заставляла носить нарамник в церковь. По ее мнению, иметь учителя-баптиста было все равно что играть в чехарду с дьяволом.

Но она ни разу не попыталась помешать ему, и этого было достаточно. Не важно, что она никогда не встречалась с его учителями, никогда не учила сына читать, что никто никогда не приглашал его семью на вечеринки или барбекю. Главное, она позволила ему не только найти призвание, но и заниматься любимым делом, хоть и не верила, что это дело богоугодное. И каким-то образом уговорила отца, не признававшего подобных занятий, не вмешиваться. И за это он будет всегда ее любить.

Джона продолжал носиться по песку, хотя этого вовсе не требовалось: ветер был достаточно сильным, чтобы змей мог парить в воздухе. Он любовался силуэтом Бэтмена на фоне грозовых облаков. Очевидно, скоро начнется дождь. Хотя летние грозы всегда недолги и самое большее через час небо вновь прояснится. Стив поднялся, чтобы позвать Джону и объяснить, что пора домой. Сделав несколько шагов, он заметил на песке еле видные линии, тянущиеся к дюне за домом, — следы, которые он видел в детстве множество раз. Стив улыбнулся.

— Джона, сюда. Я хочу кое-что тебе показать.

Джона припустил к нему.

— Что там?

Стив подошел к месту, где дюна сливалась с берегом. В нескольких дюймах под поверхностью, в норке, находилось несколько яиц.

— Это что? — спросил Джона.

— Гнездо морской черепахи. Но не подходи слишком близко и не прикасайся. Не стоит ее тревожить.

Все еще не выпуская змея, Джона наклонился ниже.

— Что такое морская черепаха? — пропыхтел он.

Стив взял обломок плавника и очертил гнездо.

— Вот она. Та, которая занесена в Красную книгу. По ночам они выходят на берег и кладут яйца.

— За нашим домом?

— Это только одно из мест. Но главное, что ты должен знать: черепахи — исчезающий вид. Знаешь, что это означает?

— Что они умирают, — кивнул Джона. — Я смотрю «Энимал пленет».

Стив дорисовал круг и отбросил плавник. Встав, он ощутил вспышку боли, но постарался не обращать на нее внимания.

— Не совсем. Это означает, что, если мы им не поможем и не будем их беречь, они перестанут существовать.

— Как динозавры?

Стив хотел было ответить, но услышал, что на кухне звонит телефон. Вспомнив, что оставил заднюю дверь открытой, он побежал, пока не добрался до крыльца.

Тяжело дыша, он поднял трубку и услышал голос дочери:

— Па!

— Ронни?

— Нужно, чтобы ты за мной заехал. Я в полицейском участке.

Стив нервно потер переносицу:

— Сейчас. Я сейчас буду.

Полицейский Пит Джонсон рассказал обо всем, что случилось, но Стив знал, что Ронни не готова об этом говорить. Джоне, похоже, было все равно.

— Ма на стенку полезет, — спокойно заметил он. Стив увидел, как Ронни сжала челюсти.

— Я не делала этого, — процедила она.

— Кто же тогда?

— Не хочу об этом говорить, — обронила она, прислонившись к дверце машины.

— Маме это не понравится.

104

— Я ничего не делала, — повторила Ронни, повернувшись к Джоне. — И не смей ей докладывать об этом.

Она дала понять, что не шутит, прежде чем обратиться к отцу.

— Я не делала этого, па, — повторила она. — Клянусь Богом. Ты должен мне поверить.

Он расслышал отчаяние в ее голосе, но не мог не вспомнить, с какой тоской рассказывала Ким историю дочери. Он подумал о том, как Ронни вела себя, и вспомнил, с кем водилась все это время.

Вздохнув, Стив ощутил, как вытекают из него жалкие остатки энергии.

Его дочь нуждается в поддержке.

— Я тебе верю, — кивнул он.

К тому времени как они вернулись домой, уже темнело. Стив вышел наружу, проверить, цело ли черепашье гнездо. Был один из прекрасных вечеров, типичных для Северной Каролины: легкий ветерок, многоцветье неба и стайка дельфинов, игравших около волнолома. Они проплывали мимо дома дважды в день. Нужно не забыть сказать Джоне, чтобы последил за ними. Тот, конечно, захочет подплыть к ним и попробовать дотронуться хотя бы до одного. Стив делал то же самое, когда был маленьким, но ему это ни разу не удалось.

Ужасно не хотелось звонить Ким и рассказывать о случившемся. Решив повременить с неприятным делом, он уселся на дюне рядом с гнездом, глядя на то, что осталось от следов черепахи, почти стертых морем и людскими ногами. Если не считать маленькой ямки в том месте, где дюна переходила в берег, гнездо было практически невидимым, и яйца напоминали гладкие светлые камешки.

На песок выбросило кусочек пенопласта, и, нагнувшись, чтобы его подобрать, Стив заметил приближающуюся Ронни.

Она шла медленно, скрестив руки, опустив голову, так что волосы почти скрывали лицо. Она остановилась в нескольких шагах от отца.

— Злишься? — спросила она, в первый раз обращаясь к нему без гнева и раздражения.

— Нет. Ничуть.

— Тогда что ты здесь делаешь?

Он показал на гнездо:

— Морская черепаха отложила здесь яйца. Ты когда-нибудь их видела?

Ронни покачала головой, и Стив продолжил:

— Они очень красивые создания, с красновато-коричневым панцирем. А весят до восьмисот фунтов. Северная Каролина — одно из немногих мест, где они откладывают яйца. Но все равно это исчезающий вид. Думаю, одна из тысячи достигает зрелости, и я не хочу, чтобы еноты добрались до гнезда, прежде чем черепашки вылупятся.

— Но откуда енотам знать, что гнездо здесь?

— Когда самка кладет яйца, она выпускает мочу. Еноты ее чуют и добираются до яиц. В детстве я нашел гнездо по другую сторону пирса. Еще вчера все было в порядке, а на другой день остались одни скорлупки. Я так расстроился!

— Вчера я видела енота на нашем крыльце.

— Знаю. Он приходил рыться в мусоре. И как только я войду в дом, немедленно позвоню в «Аквариум» — пусть пришлют специальную клетку, которой можно оградить гнездо.

— А сегодня ночью?

— Будем надеяться, что ничего такого не случится.

Ронни заправила прядь волос за ухо:

— Па, можно что-то спросить?

— Все, что угодно.

— Почему ты сказал, что веришь мне?

В профиль она походила и на молодую женщину, которой становилась, и на маленькую девочку, которую он помнил.

— Потому что это действительно так.

— И поэтому ты спрятал пианино за перегородкой? Я сразу поняла, когда вошла.

Стив покачал головой:

— Нет. Я сделал это, потому что люблю тебя.

Ронни коротко улыбнулась и, поколебавшись, села рядом. Они молча наблюдали, как волны непрерывно накатывают на песок. Скоро начнется прилив, и пляж почти скрылся под водой.

— Что со мной будет? — спросила она.

— Пит поговорит с владельцем, но я не знаю точно. Пара этих пластинок были коллекционными и довольно дорогими.

Ронни стало нехорошо.

— Ты уже сказал маме?

— Нет.

— Собираешься?

— Возможно.

Оба помолчали. Мимо дома прошла компания виндсерферов, державших доски. Волны постепенно поднимались, вскипали и разбивались о берег, прежде чем возродиться снова.

— Когда ты позвонишь в «Аквариум»?

— Когда вернусь в дом. Так или иначе, а Джона голоден. Нужно начинать готовить ужин.

Ронни уставилась на гнездо. Она так волновалась и переживала, что не могла есть.

— Не хочу, чтобы сегодня ночью что-то случилось с черепашками.

— Так что ты решила делать? — спокойно спросил Стив.

Несколько часов спустя, уложив Джону, Стив вышел на заднее крыльцо посмотреть, что с Ронни. Позвонив в «Аквариум», он отправился в магазин и купил все, что, по его мнению, могло понадобиться Ронни: легкий спальник, походный фонарь, дешевую подушку и спрей от комаров.

Ему не нравилось, что Ронни будет спать одна на берегу, но она была полна решимости, и он восхищался ее стремлением защитить гнездо. Она твердила, что все обойдется, и до некоторой степени он верил, что это правда. Как большинство тех, кто вырос на Манхэттене, она рано усвоила необходимость вести себя осторожно и была достаточно умудренной жизненным опытом, чтобы знать, каким опасным местом может быть большой город. Кроме того, гнездо было менее чем в пятидесяти футах от окна спальни, которое он решил не закрывать. Если что-то случится, он наверняка услышит. Благодаря высоченной дюне и расположению гнезда вряд ли кто-то, проходя по берегу, увидит ее.

Все же Ронни только семнадцать, и он ее отец, а это значит, что скорее всего каждые несколько часов придется проверять, как она тут. Понятно, что спать ему не придется.

От луны остался узкий ломтик, но небо было ясное, и он, идя по берегу, обдумывал их разговор. Интересно, что она думает по поводу спрятанного пианино? И проснется ли утром в том же настроении, как все эти дни?

Стив не знал. Подходя ближе и уже различая фигурку спящей Ронни, он думал о потерянных годах, которые никогда не вернуть.

Игра света и теней делала ее одновременно моложе и старше своего возраста, и он долго любовался ею, не забывая оглядывать берег. Ни души.

Поэтому Стив вошел в дом и включил телевизор. Несколько раз нажал кнопку пульта, переключая каналы, после чего бросил эту затею и забрался в кровать.

Он заснул почти немедленно, но через час проснулся, осторожно вышел и зашагал туда, где спала дочь, которую любил больше жизни.

Ронни

Проснувшись, Ронни поняла, что у нее все болит. Все, что может болеть: спина, шея, — и когда она набралась мужества сесть, боль пронзила плечо.

Неужели кому-то нравится спать на земле? Многие ее приятели превозносили радости жизни в лагере и походы, но она уже тогда считала их спятившими. Спать на земле ужасно неудобно!

И конечно, чертово солнце било прямо в глаза. Судя по тому, что она каждый день просыпалась с фермерами, ничего не изменилось, и сейчас еще нет семи. Солнце висело низко над океаном. Немногочисленные люди бегали или прогуливали собак у края воды. Они уж точно спали в кроватях!

Она представить не могла прогулок в такой час, не говоря уже о пробежках. Сейчас ей даже дышать было трудно. Еще немного, и она просто свалится без сознания!

Набравшись храбрости, она встала и только тогда вспомнила, почему провела здесь всю ночь. Девушка проверила гнездо, с облегчением отметив, что оно не тронуто. Кроме того, боль потихоньку утихала. Интересно, как Блейз перенесла ночевку на берегу...

И тут все вернулось. Ведь это Блейз так ее подставила!

Девушка закрыла глаза, воскрешая в памяти всю историю. Каким злобным взглядом сверлил ее менеджер, пока не прибыла полицейская машина! Как расстроился офицер Пит, увидев, кого задержал! А ведь ей пришлось еще и отцу звонить!

По пути домой ее чуть не вырвало прямо в машине.

Слава Богу, есть и светлое пятно! Отец не взорвался, не стал ее отчитывать. И что всего невероятнее, сказал, что верит в ее невиновность. Впрочем, он еще не говорил с ма. Как только это случится, все пропало! Мать наверняка будет орать и бесноваться, пока па не сдастся. И тогда он буквально сотрет ее в порошок, потому что так пообещал матери. После того инцидента ма терзала ее месяц, а это куда хуже, чем просто инцидент.

Ей снова стало плохо. Она не представляла, как может провести месяц в комнате, которую приходится с кем-то делить. В месте, где она вовсе не желает находиться. Неужели с ней может случиться что-то худшее, чем то, что случилось?

Вытянув руки, она вскрикнула от режущей боли в плече и медленно, осторожно их опустила.

Следующие несколько минут она перетаскивала вещи к заднему крыльцу. Хотя гнездо было за домом, не стоит, чтобы соседи гадали, почему она спит на пляже. Судя по великолепию домов, окружавших их коттедж, в них жили люди, желавшие, чтобы все было в порядке и их взору представала идеальная картина, когда они стоят на заднем крыльце или пьют по утрам кофе. Сознание того, что кто-то спит рядом с их домом, возможно, не вписывается в общий сценарий совершенства, и не хватало еще, чтобы здесь снова появилась полиция! При своем невезении она, возможно, будет арестована за бродяжничество. За злостное бродяжничество.

Перенести все удалось в два приема — у нее не хватило сил утащить все сразу, — и тут она поняла, что оставила около дюны «Анну Каренину». Она собиралась почитать прошлой ночью, но слишком устала и положила книгу под обломок плавника, чтобы туман ее не испортил. Возвращаясь на берег, она заметила парня в бежевом комбинезоне с логотипом «Блейкли брейкс». Он нес большую катушку желтой ленты и охапку палочек. Ронни показалось, что он направляется к их дому.

К тому времени, когда она нашла книгу, парень приблизился еще и сейчас огибал дюну. Потом он направился к ней. Когда их глаза встретились, Ронни лишилась дара речи, что бывало крайне редко.

Несмотря на комбинезон, она сразу его узнала. И покраснела, увидев, какой он без рубашки: загорелый и мускулистый, каштановые волосы влажны от пота, браслет-макраме сполз с запястья. Это тот парень с волейбольного поля, который врезался в нее, тот парень, друг которого едва не подрался с Маркусом.

Остановившись перед ней, он, похоже, тоже не знал, что сказать. И просто смотрел на нее. И хотя она знала, что это безумие, все же чувствовала, что он рад снова ее видеть. Она видела это по его улыбке, хотя все это не имело для нее смысла.

— Эй, это ты! — воскликнул он. — Доброе утро!

Она не знала, что думать и почему он так дружелюбно настроен.

— Что ты здесь делаешь? — спросила она наконец.

— Мне позвонили из «Аквариума». Кто-то прошлой ночью рассказал, что нашел гнездо черепахи, и меня просили приехать и проверить.

— Ты работаешь в «Аквариуме»?

Парень покачал головой.

— Просто волонтер. Тружусь в мастерской па по ремонту тормозов. Ты, случайно, не видела здесь черепашьего гнезда?

Ронни немного расслабилась.

— Оно вон там, — показала она.

— Здорово! — улыбнулся он. — Я надеялся, что оно рядом с домом.

— Почему?

— Из-за штормов. Волны вымывают яйца из гнезда, и они уже ни на что не годятся.

— Но это же морские черепахи!

Парень воздел руки к небу:

— Знаю и тоже ничего не понимаю, но такова их природа. В прошлом году мы потеряли пару гнезд после тропического шторма. Такая беда! Это же исчезающий вид! Только одна из тысячи доживает до зрелости.

— Знаю.

— Правда? — спросил он с уважением.

— Па рассказал.

— Вот как?

Он обвел рукой пляж:

— Насколько я понял, ты здесь живешь?

— Зачем тебе знать?

— Просто чтобы поддержать разговор, — легко ответил он. — Кстати, меня зовут Уилл.

— Привет, Уилл.

— Интересно, — заметил он, помолчав.

— Что именно?

— Обычно, когда кто-то называет себя, собеседник делает то же самое.

— Я не совсем обычный собеседник, — бросила Ронни, стараясь держаться как можно холоднее.

— Это я уже понял, — улыбнулся он. — Прости, что тогда едва не сбил тебя с ног.

— Ты уже извинялся, помнишь?

— Знаю. Но ты тогда здорово разозлилась.

— Газировка выплеснулась на майку.

— Мне очень жаль. Но тебе следовало бы обращать больше внимания на то, что происходит вокруг.

— Прости, ты о чем?

— Это очень энергичная игра.

Ронни картинно подбоченилась:

— Пытаешься доказать, что это я во всем виновата?

— Просто стараюсь сделать так, чтобы это не повторилось. Как уже было сказано, мне очень неловко из-за того, что случилось.

Ей вдруг показалось, что он пытается заигрывать с ней. Вот только почему? Она не в его вкусе, это сразу понятно, и, честно говоря, он тоже ей не слишком импонирует. Но сейчас еще очень рано, и у нее нет настроения гадать о причинах. Вместо этого она показала на его ношу, посчитав, что, возможно, лучше сразу приступить к делу:

— Как эта лента может отпугнуть енотов?

— Она и не отпугивает. Это для того, чтобы отметить гнездо. Я обмотаю лентой колышки, чтобы парни, которые придут ставить клетку, знали, где его найти.

— Когда они поставят клетку?

— Понятия не имею, — пожал он плечами. — Может, через пару дней.

Она вспомнила о страшно затекших конечностях, о ноющем теле и покачала головой:

— Нет. Это будет поздно. Позвони и объясни, что они просто обязаны защитить гнездо сегодня. Прошлой ночью я видела енота, бродившего неподалеку от гнезда.

— Правда видела?

— Скажи им, и все! Договорились?

— Как только закончу устанавливать колышки, обещаю, что позвоню.

Она недоверчиво прищурилась, посчитав, что он слишком легко согласился, но прежде чем успела что-то сказать, на заднем крыльце появился отец.

— Доброе утро, солнышко! — окликнул он. — Если ты голодна, у меня готовится завтрак.

Уилл перевел взгляд с Ронни на ее отца.

— Так ты живешь здесь?

Вместо ответа она отступила.

— Только обязательно скажи людям в «Аквариуме», хорошо?

Она направилась к дому и поднялась на крыльцо.

— Эй! — крикнул Уилл.

Ронни обернулась.

— Ты так и не сказала, как тебя зовут.

— Нет, и вряд ли скажу.

Она направилась к двери, понимая, что не должна оглядываться. Но все же не устояла.

Увидев, что он вскинул брови, она мысленно выругала себя, но обрадовалась, что не назвала своего имени.

113

* * *

Когда она вошла, отец колдовал над сковородкой, помешивая еду лопаткой. На стойке лежал пакет с тортильями, и Ронни должна была признать, что аромат стряпни просто умопомрачительный. Кроме того, она со вчерашнего дня ничего не ела.

— Привет! — воскликнул отец. — С кем ты разговаривала?

— С каким-то парнем из «Аквариума». Его прислали, чтобы отметить гнездо. Что ты готовишь?

— Вегетарианские буррито для завтрака.

— Шутишь?

— Рис, бобы и тофу. И все завернуто в тортильи. Надеюсь, тебе понравится. Я нашел рецепт в Интернете, так что за вкус не ручаюсь.

— Уверена, что вкус волшебный, — кивнула Ронни, помялась, но решила покончить с неприятным делом. — Ты уже говорил с ма?

Отец покачал головой:

— Нет еще. Но утром я потолковал с Питом. Он сказал, что еще не успел поговорить с владелицей. Ее нет в городе.

— Ее?

— Похоже, тот длинноволосый парень ее племянник. Но Пит говорит, что прекрасно знает хозяйку.

— Вот как, — промямлила она, гадая, какое это имеет значение.

Отец постучал лопаткой по сковороде.

— Так или иначе, я отложил разговор с мамой, пока не буду знать подробностей. Не стоит зря ее беспокоить.

— Хочешь сказать, что ей знать не обязательно?

— Если только сама не попросишь ей позвонить.

— Нет, все в порядке, — поспешно заверила она. — Ты прав: лучше подождать.

— Конечно, — согласился он и, помешав в сковороде вкуснятину в последний раз, выключил плиту. — Почти готово. Ты голодна?

114

— Умираю с голоду, — призналась она.

Отец взял тортилью, положил на нее начинку и завернул.

— Довольно?

— Даже много, — отмахнулась она.

— Хочешь кофе? Сейчас будет готов.

Он протянул ей чашку.

— Джона упомянул, что иногда ты ходишь в «Старбакс», я и купил кофе этой марки. Пусть он не так хорош, как готовят в тамошних кафе, но я сделал все, что мог.

Ронни уставилась в чашку:

— Почему ты все это делаешь для меня?

— А почему бы нет?

«Потому что я не слишком хорошо вела себя с тобой», — могла бы сказать она. Но вместо этого пробормотала «спасибо», думая, что они словно разыгрывают эпизод из «Сумеречной зоны», поскольку у отца, очевидно, начисто улетучились из памяти последние три года.

Она налила себе кофе и уселась за стол. Стив присоединился к ней, поставил перед собой тарелку и стал сворачивать буррито.

— Как прошла ночь? Хорошо спала?

— Да, нормально. А вот пробуждение было нелегким.

— Я слишком поздно сообразил, что нужно было купить и надувной матрас.

— Да ничего! Но думаю, после завтрака я прилягу. Что-то я устала. Последние дни вставала на рассвете.

— Тогда, может, не стоит пить кофе?

— Какая разница? Поверь, я все равно отключусь.

В кухню вошел Джона в пижаме с трансформерами. Волосы торчали в разные стороны, и Ронни невольно улыбнулась.

— Доброе утро, Джона, — приветствовала она.

— А черепашки в порядке?

— Живы и здоровы.

— Хорошая работа, — одобрил Джона и, почесав спину, подошел к плите. — Что у нас на завтрак?

— Буррито, — ответил отец.

Джона с подозрением оглядел смесь в сковородке и тортильи на стойке.

— Только не говори, па, что перешел на сторону темных сил!

— Но это вкусно! — едва сдержал улыбку Стив.

— Тофу? Терпеть не могу!

Ронни засмеялась.

— Может, хочешь вместо этого поп-тарт?

Джона задумался, точно ожидая подвоха:

— С шоколадным молоком?

Ронни глянула на отца.

— Его в холодильнике полно, — заверил он.

Она налила Джоне стакан и поставила на стол. Мальчик не двинулся с места.

— Ладно, что происходит?

— Ты о чем?

— Это неестественно! Кто-то должен злиться и орать. Кто-то всегда злится и орет по утрам.

— Это ты обо мне? — уточнила Ронни, положив два поп-тарта в тостер. — Я всегда жизнерадостна!

— Ага, как же, — фыркнул Джона. — Уверена, что с черепашками все в порядке? Потому что вы оба ведете себя так, словно они погибли.

— Честное слово, яйца целы, — поклялась Ронни.

— Я проверю.

— Давай. Кто мешает?

— После завтрака, — решил Джона.

Стив улыбнулся.

— Какие у тебя на сегодня планы? — спросил он Ронни. — После того как поспишь?

Джона потянулся к стакану с молоком.

116

— Ты же никогда не спишь днем.

— Сплю, когда устаю.

— Нет, — покачал головой Джона, — все это неправильно. Происходит что-то странное, и я не уйду, пока не узнаю, в чем дело.

Поев и успокоив Джону, Ронни вернулась к себе. Стив повесил несколько полотенец на гардинный карниз в ее комнате, но Ронни уже ничего не замечала, потому что мгновенно заснула. Проснулась она в середине дня, вся в поту, долго принимала холодный душ. Затем заглянула в мастерскую, чтобы сказать отцу и Джоне, куда идет. Отец по-прежнему не упоминал о наказании.

Конечно, возможно, он отчитает ее позже, после того как поговорит с полицейским или с мамой. А вдруг он говорит правду? Вдруг поверил ей, когда она сказала, что невиновна?

Вот будет удивительно!

Так или иначе, необходимо поговорить с Блейз, и следующие два часа Ронни ее искала. Заглянула в ее дом, в закусочную, и хотя не входила внутрь, все же прилипла к окнам музыкального магазина, пока менеджер стоял к ней спиной. Но Блейз нигде не было видно.

Стоя на пирсе, она безуспешно оглядывала берег. Возможно, конечно, что Блейз пошла в «Боуэрс-Поинт», любимое место шайки Маркуса. Но она не хотела идти туда одна. Не хватало еще столкнуться с Маркусом! Не шло и речи о том, чтобы в его присутствии попытаться образумить Блейз.

Она уже хотела сдаться и идти домой, когда увидела Блейз, бредущую вдоль берега. Ронни побежала к ступенькам, стараясь не терять ее из виду, и буквально слетела вниз. Если Блейз и заметила ее, то не подала виду. Мало того, уселась на дюне и стала смотреть на воду.

— Ты должна рассказать в полиции обо всем, что сделала, — без предисловий объявила Ронни.

— Ничего я не сделала. Поймали-то тебя!

Ронни очень захотелось хорошенько ее встряхнуть.

— Это ты подложила диски и пластинки в мою сумку!

— Ничего подобного.

— Диски были те самые, которые ты слушала!

— И когда я видела их в последний раз, они лежали у наушников, — проворчала Блейз, отказываясь взглянуть на нее.

Кровь прихлынула к лицу Ронни.

— Это серьезно, Блейз. Потому что это моя жизнь. Меня могут осудить за воровство! Это уже бывало раньше.

— И что?

Ронни сжала губы, чтобы не взорваться.

— Зачем ты меня подставляешь?

Блейз лениво поднялась, отряхивая песок с джинсов.

— Никого я не подставляю, — холодно обронила она. — И я тут ни при чем. Именно так и сказала в полиции сегодня утром.

Ронни в отчаянии смотрела вслед уходившей Блейз, которая вела себя так, будто в самом деле ни в чем не виновата.

Ронни вернулась на пирс.

Возвращаться домой не хотелось. Как только па поговорит с офицером Питом, он узнает, что сказала Блейз. Да, может, он все-таки не разозлится, но что, если ей не поверит?

Но зачем все это Блейз? Из-за Маркуса? Либо Маркус ее подговорил, потому что взбесился, когда Ронни его отвергла, либо сама Блейз поверила, что Ронни пыталась отбить ее бойфренда. Скорее все-таки второе, но в конце концов — какая разница? Какими бы ни были мотивы Блейз, она готова разрушить жизнь Ронни.

Она с утра ничего не ела, но когда волновалась, не могла проглотить ни кусочка. Поэтому она сидела на пирсе, пока солнце не зашло, наблюдая, как вода превращается из голубой в серую и, наконец, в почти черную. И она была не одна. Люди удили с берега рыбу, хотя, насколько можно судить, клев был не очень... Час назад она видела, как на пирс пришла молодая пара с сандвичами и змеем. Она заметила, как нежно они смотрели друг на друга. Наверное, учатся в колледже — на вид они года на два ее старше, — но между ними явно было большое настоящее чувство, которое ей еще только доведется испытать в будущих отношениях с парнями. Иногда она вообще сомневалась, что полюбит кого-то. После развода родителей в ней появилась изрядная доля цинизма. Как в большинстве ее друзей. Почти все жили в неполных семьях, так что, возможно, все дело в разводе родителей.

Когда погасли последние лучи солнца, она направилась домой. Сегодня она хотела прийти пораньше: самое малое, что можно сделать, чтобы показать отцу, как она ценит его отношение. И несмотря на долгий сон, она так и не чувствовала себя отдохнувшей.

Добравшись до начала пирса, Ронни решила пройти не вдоль берега, а через деловой центр. Завернув за угол около закусочной, она поняла, что этого делать не стоило. Темная фигура оперлась о капот машины, перекатывая огненный шар. Маркус.

Только на этот раз он был один.

Ронни остановилась, чувствуя, как перехватило дыхание.

Он оттолкнулся от машины и направился к ней. Лицо по-прежнему оставалось в тени. Он пристально наблюдал за ней, продолжая катать мяч, пока не зажал его в кулаке. Погасил мяч, продолжая идти.

— Привет, Ронни, — сказал он, и от его улыбки мороз пошел по коже.

Она продолжала стоять. Пусть видит, что она его не боится. Хотя на самом деле боится, и очень...

— Что тебе нужно? — грубо спросила она, ненавидя себя за дрогнувший голос.

— Я увидел тебя и решил подойти поздороваться.

— Поздоровался? Прощай! — отрезала она и уже хотела пройти мимо, но он встал перед ней.

— Я слышал, у тебя неприятности с Блейз? — прошептал он. Ронни передернуло, и она поспешно отстранилась.

— Что ты об этом знаешь?

— Знаю достаточно, чтобы не верить ей.

— Я не желаю это выслушивать.

Она снова попыталась обойти его, и на этот раз он позволил ей пройти, прежде чем крикнуть вслед:

— Не уходи! Я пришел, чтобы найти тебя и сказать, что мог бы убедить ее не подставлять тебя.

Ронни невольно заколебалась. На секунду фигура Маркуса в тусклом свете уличного фонаря показалась ей призрачной.

— Нужно было предупредить тебя, что она очень ревнива.

— Именно поэтому ты пытался пробудить в ней эту ревность?

— Я всего лишь шутил в ту ночь. Мне казалось это забавным. Думаешь, я имел хоть малейшее представление о том, что она выкинет?

Еще бы не имел! И добивался именно этого!

— Так исправь положение, — процедила она. — Потолкуй с Блейз, сделай то, что должен сделать.

Маркус покачал головой.

— Ты не слушаешь меня. Я сказал — «мог бы». Если...

— Если — что?

Одним прыжком он перекрыл расстояние между ними. И тут она заметила, что улицы пусты. Никого. И ни одной машины на перекрестке.

— Я подумывал, что мы можем стать... друзьями.

Ронни почувствовала, как щеки снова вспыхнули.

— Что? — выпалила она, не успев опомниться.

— Ты слышала. Или мне объяснить лучше?

Ронни поняла: он стоит так близко, что может ее коснуться, и поскорее отскочила.

— Держись от меня подальше! — выкрикнула она и бросилась бежать, испугавшись, что он погонится за ней и вот-вот поймает. Она чувствовала лихорадочный стук сердца, слышала свое свистящее дыхание.

Ее дом находился недалеко, только она была не в форме. Несмотря на страх и выброс адреналина, ноги становились все тяжелее. Ронни понимала, что не может держать темп, и, завернув за угол, впервые посмела оглянуться.

И увидела, что она одна на улице. Никто за ней не гонится.

Ронни не сразу вошла в дом. В гостиной горел свет, но она хотела прийти в себя, прежде чем встретится с отцом. Сама не зная почему, не хотела, чтобы он видел, как она испугана. Поэтому Ронни уселась на крыльце.

Над головой ярко светили звезды. На горизонте плыла луна. Туман над океаном приносил запах соли и водорослей. При других обстоятельствах этот запах успокоил бы ее, но теперь казался чужим и неприятным, как и все остальное.

Сначала Блейз. Потом Маркус. Почему вокруг творится какое-то безумие?

Маркус уж точно не в себе, хотя не болен психически. Но он умен, и хитер, и, насколько она смогла увидеть, абсолютно лишен чувства сострадания и желания поставить себя на место другого. Он из тех, кто думает исключительно о себе и своих желаниях. Прошлой осенью на уроке английского ей задали прочитать роман современного автора, и она выбрала «Молчание ягнят». Тогда она поняла, что главный герой, Ганнибал Лектер, был не психопатом, а социопатом. В этот момент Ронни впервые осознала разницу. Хотя Маркус не был серийным убийцей-маньяком и каннибалом, все же Ронни чувствовала, что между этими двумя есть что-то общее. В их видении мира и своей в нем роли.

А Блейз всего лишь...

Ронни не знала, как точнее определить, что собой представляет Блейз. Находится под влиянием собственных эмоций, это точно. Обозленная и ревнивая. Но за день, который они провели вместе, Ронни ни разу не почувствовала, что с девушкой что-то неладно, если не считать того, что она постоянно напряжена: жертва эмоций, торнадо гормонов и незрелости, оставлявший на своем пути разрушенные жизни. Свою и чужие.

Она вздохнула и пригладила волосы. Не хочется идти домой. Мысленно она уже прокручивала разговор, который ее ждет.

«Привет, солнышко, как дела?»

«Не слишком хорошо. Блейз полностью подпала под влияние социопата-манипулятора и сегодня утром солгала копам, так что мне придется идти в тюрьму. И кстати, социопат решил, что не только хочет переспать со мной, но еще и появился из ниоткуда и перепугал до смерти. А ты? Как прошел твой день?»

Не слишком похоже на приятную беседу после ужина, которую, вероятно, хочет вести отец...

Значит, придется притворяться.

Ронни со вздохом встала и подошла к двери.

Отец сидел на диване с потрепанной Библией в руках. При виде дочери он захлопнул книгу.

— Привет, солнышко. Как дела?

Так она и знала.

Ронни вымучила улыбку, пытаясь выглядеть небрежной и беспечной.

— Я не сумела с ней поговорить, — пробормотала она.

Было очень трудно вести себя как ни в чем не бывало. Но ей каким-то образом это удалось. Отец немедленно потащил ее на кухню. Оказалось, что он снова приготовил пасту: томаты, баклажан, патиссон и цуккини на макаронах-перьях. Они поели на кухне, пока Джона складывал из лего аванпост из «Звездных войн». Конструктор принес пастор Харрис, когда приходил днем.

Потом все устроились в гостиной. И отец, поняв, что дочь не в настроении говорить, стал читать Библию, пока Ронни перелистывала «Анну Каренину», книгу, которая, как уверяла мать, должна ей понравиться. Хотя книга действительно казалась интересной, Ронни никак не могла сосредоточиться. Не только из-за Блейз и Маркуса. Из-за того, что отец читал Библию. Хорошенько подумав, Ронни решила, что впервые видит нечто подобное. Впрочем, может, прежде она просто не обращала внимания.

Джона закончил строить свое сооружение и объявил, что идет спать. Она дала ему несколько минут в надежде, что, когда придет, он уже будет спать, после чего отложила книгу и поднялась.

— Доброй ночи, солнышко, — окликнул па. — Знаю, тебе пришлось нелегко, но рад, что ты здесь.

Она помедлила, прежде чем подойти к нему. Нагнулась и впервые за три года поцеловала его в щеку.

— Спокойной ночи, па.

Войдя в спальню, Ронни села на кровать. Она была совершенно опустошена, и хотя не собиралась плакать, все же не могла сдержать внезапный наплыв эмоций.

Она прерывисто вздохнула.

— Плачь, не стесняйся, — прошептал Джона.

Здорово! Как раз то, что ей сейчас нужно.

— Я не плачу, — заверила Ронни.

— Судя по голосу, плачешь.

— Вовсе нет.

— Ладно, меня это не беспокоит.

Ронни шмыгнула носом, пытаясь взять себя в руки, и сунула руку под подушку, где спрятала пижаму. Прижав пижаму к груди, она встала и направилась в ванную, но по пути взглянула в окно. Луна поднялась уже высоко, посеребрила песок, и, посмотрев в ту сторону, где находилось черепашье гнездо, она вдруг заметила быстро мелькнувшую тень.

Понюхав воздух, енот направился к гнезду, защищенному только желтой лентой.

— О черт!

Ронни отбросила пижаму и вылетела из спальни. Пробегая через гостиную и кухню, она едва услышала оклик встревоженного отца, но ответить не успела. Выскочила на улицу и принялась кричать и махать руками:

— Нет! Уходи! Убирайся!

Енот поднял голову и поспешно удрал, затерявшись в высокой, росшей на дюне траве.

— Что происходит? Что случилось?

Повернувшись, она увидела стоявших в дверях отца и Джону.

— Они не поставили клетку!

Уилл

Двери «Блейкли брейкс» открылись всего десять минут назад, но Уилл увидел, как девушка пробегает по вестибюлю и направляется прямо в сервис-центр.

Вытерев руки полотенцем, он направился к ней.

— Привет! Не ожидал увидеть тебя здесь.

— Спасибо за заботу! — отрезала она.

— Ты о чем?

— Я просила тебя сделать простую вещь: позвонить и попросить, чтобы поставили клетку! Но ты даже этого не удосужился сделать!

— Что... что случилось? — недоуменно моргнул он.

— Я же говорила, что видела енота! И что он слонялся вокруг гнезда!

— Гнездо разорено?

— Можно подумать, тебе не все равно! Что? Или тебе мячом отбило все мозги?

— Я только хотел узнать, что с гнездом все в порядке.

Она продолжала сверлить его злобным взглядом.

— Угу! В порядке. Только тебя благодарить не за что!

Она повернулась и ринулась к выходу.

— Эй! Подожди! — крикнул он.

Она даже не обернулась. Потрясенный, Уилл словно прирос к месту, глядя вслед убегавшей девушке.

— И какого черта все это значит?

Уилл обернулся. Сзади стоял озадаченный Скотт.

— Сделай мне одолжение, — попросил Уилл.

— Что тебе?

Уилл нащупал в кармане ключи и направился к припаркованной на заднем дворе машине.

— Прикрой меня! Нужно кое о чем позаботиться.

Скотт поспешно шагнул вперед:

— Подожди! О чем ты?

— Я вернусь, как только смогу. Если придет па, передай, что я вышел ненадолго. Можешь пока начинать работу.

— Куда ты? — удивился Скотт.

На этот раз Уилл не ответил, и Скотт направился к нему:

— Брось, старина, я не хочу делать все это в одиночку! У нас куча машин, которые ждут ремонта.

Но Уиллу было совершенно все равно. Он уже шел к машине.

Час спустя он нашел Ронни у дюны. Она по-прежнему была так же зла, как в мастерской утром.

— Что тебе нужно? — рявкнула она, подбоченившись.

— Ты не дала мне договорить. Я звонил.

— Ну да, конечно.

Он осмотрел гнездо.

— Вроде все нормально.

— Нормально. Только не твоими молитвами.

Уилл раздраженно поморщился:

— И в чем проблема?

— Проблема в том, что прошлой ночью мне снова пришлось спать здесь, потому что енот вернулся. Тот самый, о котором я тебе говорила.

— Ты спала на улице?

— Ты вообще слышишь, что я тебе говорю? Да, мне пришлось спать на улице. Две ночи подряд, потому что ты не выполняешь свои обещания. Если бы я случайно не выглянула в окно, енот добрался бы до яиц! Он был всего в паре футов от гнезда, когда я наконец спугнула его. Пришлось остаться здесь, потому что он обязательно вернулся бы. Поэтому я и просила тебя первым делом позвонить в «Аквариум». Надеялась, что даже бездельник вроде тебя помнит свои обязанности!

Она смотрела на него, словно пытаясь уничтожить смертоносным взглядом. Он не смог устоять:

— Пожалуйста, еще раз, чтобы как следует уяснить все как следует: ты видела енота, просила меня позвонить, потом снова увидела енота. И поэтому провела ночь на улице. Это так?

Ронни открыла рот и тут же закрыла, после чего развернулась и направилась к дому.

— Они приедут утром! — крикнул он вслед. — И чтобы ты знала, я звонил. Дважды! Один раз сразу после того, как обмотал колышки лентой, второй раз после работы. Сколько раз мне повторять, прежде чем ты станешь слушать?

Она все же остановилась, но не обернулась.

— Сегодня после твоего ухода, — продолжал Уилл, — я пошел прямо к директору «Аквариума» и лично с ним поговорил. Он пообещал, что гнездо будет их первой остановкой завтра же

126

утром. Сказал, что они бы пришли сегодня, но в Холден-Бич нашли еще восемь гнезд.

Она медленно обернулась, пытаясь решить, правду ли он говорит.

— Но вчера это мало чем помогло моим черепашкам, верно?

— Твоим черепашкам?

— Да, — подчеркнула она, — моим. Мой дом. Мои черепашки.

И с этими словами она вернулась в дом, не заботясь о том, остался ли он у гнезда.

Она ему нравилась. Вот и все.

По пути на работу он все еще не совсем понимал, почему она ему нравится, но ни разу не бросил работу, чтобы побежать за Эшли. При каждой новой встрече ей удавалось удивить его. Нравилось, что она всегда говорит прямо, что у нее на уме. Нравилось, что она не вешается ему на шею. И как ни удивительно, ему еще предстояло произвести на нее хорошее впечатление. Сначала он пролил на нее газировку, потом она увидела, как он едва не ввязался в драку, а сегодня утром уверилась, что он либо лентяй, либо идиот.

Но какое, собственно говоря, ему до этого дело? Она не его друг, и он почти ее не знает.

Но какова бы ни была истинная причина, ему есть дело до того, что она о нем думает. И как ни глупо это выглядит, он хочет произвести на нее хорошее впечатление. Хочет ей понравиться.

Ощущения были странными, новыми для него, и остаток дня в мастерской — пришлось работать в обед, чтобы наверстать упущенное время, — Уилл то и дело возвращался мыслями к Ронни. Он видел искренность в ее словах и поступках. И как бы она ни ершилась, в ней чувствуются доброта и забота о людях. И хотя он пока что только расстраивал ее, но такая, как она, всегда даст шанс исправиться и стать лучше в ее глазах.

Вечером он нашел ее точно на том месте, где оставил. Она сидела на пляжном стуле и читала книгу при свете маленького фонаря.

Услышав шаги, она подняла глаза. Ему показалось, что она не обрадована и не удивлена.

— Так и знал, что ты здесь, — кивнул он. — Твой дом, твои черепашки и все такое.

Не дождавшись ответа, он отвел взгляд. Было не очень поздно. За занавесками маленького дома, в котором она жила, двигались тени.

— Енот не появлялся?

Она молча перевернула страницу книги.

— Погоди. Дай подумать. Ты не хочешь со мной водиться, верно?

На этот раз она вздохнула.

— Разве тебе не следует быть с приятелями? Дружно любоваться собой в зеркале?

— Смешно, — ухмыльнулся он. — Нужно будет запомнить.

— Я вполне серьезно.

— Это потому, что все мы такие красавцы?

Вместо ответа она вновь углубилась в книгу, но Уилл видел, что это больше напоказ. Поэтому он уселся рядом.

— «Все счастливые семьи похожи друг на друга, каждая несчастливая семья несчастлива по-своему», — процитировал он, показывая на книгу. — Это первая строчка «Анны Карениной». Я всегда считал, что в ней много правды. А может, это утверждал мой учитель английского. Точно не помню, прочитал книгу в последнем семестре.

— Родители должны гордиться твоим умением читать.

— Так и есть. Они купили мне пони и много еще чего, когда я пересказал «Кота в шляпе».

— Это было до или после того, как ты похвастался, что читал Толстого?

— Так ты меня слушаешь? Это я чтобы удостовериться.

Он протянул руки к горизонту:

— Прекрасная ночь, верно? Я всегда любил такие. Есть что-то успокаивающее в шуме ночного прибоя, не находишь?

Она закрыла книгу.

— Это массированное наступление?

— Люблю людей, которые любят черепашек.

— Так иди пообщайся со своими дружками из «Аквариума». О, погоди! Ты не можешь. Потому что они спасают других черепашек, а остальные твои приятели красят ногти и завивают волосы, так что у них нет времени, верно?

— Возможно. Но мне показалось, что ты не против побыть в компании.

— Мне и одной хорошо, — отрезала она. — А теперь иди.

— Это общественный пляж. Мне здесь нравится.

— Так ты останешься?

— Думаю, да.

— Тогда ты не будешь возражать, если я уйду в дом?

Уилл сел прямее и почесал подбородок.

— Не знаю, такая ли уж это хорошая идея. Откуда ты знаешь, что я останусь на ночь? А с этим нахальным енотом...

— Что тебе от меня нужно? — вышла из себя девушка.

— Для начала: как тебя зовут?

Она схватила полотенце и накинула на ноги.

— Ронни. Сокращенное от «Вероника».

— Ладно, Ронни, расскажи о себе. Почему ты так настроена против меня? Ну дай же мне возможность оправдаться! Я ведь стараюсь. Так?

Он не знал, что она думает обо всем этом. Но Ронни стала собирать волосы в хвост, очевидно, смирившись с мыслью о том, что его так легко не прогонишь.

— Хорошо. Моя история. Я живу в Нью-Йорке с матерью и младшим братом, но она отправила нас на лето к отцу. И сейчас, пока я нянчусь с черепашьими яйцами, игрок в волейбол-тире-волонтер паршивого грязного «Аквариума» пытается склеить меня.

— Я не пытаюсь тебя клеить, — запротестовал он.

— Нет?

— Поверь, если бы это было так, ты бы сразу поняла. И не устояла бы против моего обаяния.

Впервые за весь разговор он услышал, как она смеется. Посчитав это добрым знаком, он продолжал:

— Собственно говоря, я пришел, потому что меня совесть грызла из-за клетки. И я не хотел, чтобы ты была здесь одна. Как уже было сказано ранее, это общественный пляж. Никогда не знаешь, кто сюда забредет.

— Вроде тебя?

— Меня в расчет не принимай. Повсюду встречаются подонки. Даже здесь.

— И дай предположить: ты защитишь меня, верно?

— Если дело дойдет до этого, я немедленно встану на твою защиту.

Она не ответила, но он чувствовал, что удивил ее. Прилив уже наступал. И вместе они наблюдали, как волны, накатываясь на берег, вспыхивают серебром. В окнах дома трепетали занавески, словно кто-то наблюдал за ними.

— Ладно, — прервала она наконец молчание. — Твоя очередь. Расскажи о себе.

— Я игрок в волейбол-тире-волонтер паршивого грязного «Аквариума».

Он снова услышал ее смех, полный юного задора. Такой заразительный...

— Ничего, если я немного посижу с тобой?

— Это общественный пляж.

Уилл показал на дом:

— Может, скажешь отцу, что я здесь?

— Уверена, он уже знает. Прошлой ночью то и дело прибегал проверять, как тут я.

— Похоже, он хороший отец.

Она немного подумала, прежде чем покачать головой.

— Так ты любишь волейбол?

— Он позволяет мне держать форму.

— Это не ответ.

— Мне нравится. Вот не знаю, люблю ли я игру.

— Но ты любишь сбивать людей с ног, верно?

— Это зависит от того, кого я сбиваю. Но несколько дней назад, полагаю, все получилось отлично.

— Считаешь, что обливать меня водой — это здорово?

— Если бы я не облил тебя водой, меня бы здесь не было.

— И я бы наслаждалась спокойным, тихим вечером на пляже.

— Не знаю... по-моему, спокойные, тихие вечера на пляже сильно переоценивают.

— Но сегодня мне покоя не видать, верно?

Уилл рассмеялся:

— В какой школе ты учишься?

— Уже не учусь. Закончила две недели назад. А ты?

— Только что закончил старшую школу Лейни. Там учился Майкл Джордан.

— Бьюсь об заклад, все в твоей школе этим хвастаются.

— Нет. Не все. Только выпускники.

Ронни закатила глаза.

— Ну и что будет теперь? Собираешься продолжать работать на отца?

— Только до конца лета.

Он набрал в горсть песка и стал задумчиво пропускать его между пальцами.

— А потом?

— Боюсь, не могу тебе сказать.

— Не можешь?

— Я недостаточно хорошо знаю тебя, чтобы делиться важной информацией.

— Как насчет намека? — не унималась она.

— Ты первая! Что собираешься делать?

Она помедлила, прежде чем ответить.

— Я серьезно подумываю сделать карьеру смотрителя черепашьих гнезд. Возможно, у меня талант. Видел бы ты, как улепетывал енот! По-моему, он принял меня за Терминатора.

— Ты сейчас говоришь, как Скотт, — заметил он и, увидев ее недоумевающее лицо, пояснил: — Он мой партнер по волейболу и просто король киношных цитат! Без них не может закончить ни одной фразы. Конечно, у него все они имеют эротический подтекст.

— Тоже талант в своем роде.

— Это точно. Я мог бы уговорить его дать представление только для тебя одной.

— Нет, спасибо, я не нуждаюсь в просвещении такого рода.

— Тебе может понравиться.

— Вряд ли.

Пока они перебрасывались словами, Уилл не спускал с нее глаз, заметив, что она еще красивее, чем тогда, на матче. К тому же умна и остроумна, что еще лучше.

Осот, росший возле гнезда, гнулся на ветру, мерный шум прибоя убаюкивал, и Уилл чувствовал себя как в коконе. По всему пляжу в домах загорались огни.

— Можно тебя спросить?

— Не уверена, что смогу тебе помешать.

— Что произошло между тобой и Блейз?

— Ты о чем? — сухо обронила Ронни.

— Я просто хотел знать, почему ты была в ее компании той ночью.

— А, это...

Ему показалось, что в ее голосе звучат нотки облегчения.

132

— Собственно говоря, мы встретились в тот день, когда ты пролил на меня газировку. А потом я докончила начатое тобой.

— Шутишь?

— Ничуть. Насколько я поняла, обливание друг друга водой — это манера местного приветствия. Что-то вроде «как поживаешь, рад познакомиться». Откровенно говоря, думаю, что традиционное приветствие лучше, но кто я такая? Так или иначе, она казалась классной девчонкой, и я все равно никого здесь не знала, так что... пару дней мы держались вместе.

— Она оставалась с тобой вчера ночью?

Ронни покачала головой.

— Почему? Не хотела спасать черепашек? Или хотя бы составить тебе компанию?

— Я ничего ей не сказала.

Уилл увидел, что она не склонна откровенничать, и поэтому не стал допытываться.

— Хочешь погулять? — спросил он, показывая на пляж.

— Какую прогулку ты имеешь в виду? Романтическую или просто пройдемся?

— Скорее второе.

— Хороший выбор.

Она захлопала в ладоши.

— Но заранее предупреждаю: далеко я не пойду, если учесть, что волонтеры «Аквариума» не думают о енотах и что яйца по-прежнему беззащитны.

— В «Аквариуме» обеспокоены создавшимся положением. И я точно знаю, что один волонтер помогает охранять яйца прямо сейчас.

— Да, но тогда возникает вопрос: почему?

Они пошли по направлению к пирсу и миновали с дюжину особняков с массивными террасами и лестницами, ведущими к берегу. В одном из домов устраивалась вечеринка. Все огни на третьем этаже были зажжены, несколько пар стояли у перил, любуясь залитыми лунным светом волнами.

Они почти не говорили, но по какой-то причине молчание казалось дружелюбным. Ронни держалась на небольшом расстоянии, чтобы случайно не задеть спутника. Временами она смотрела под ноги, временами — вперед. Были моменты, когда он, казалось, видел мимолетную улыбку на ее губах, словно она вспоминала смешной случай, которым еще не поделилась с ним. Иногда девушка останавливалась и подбирала полузасыпанные песком раковины, и он отмечал, как сосредоточенно она их изучает, прежде чем отбросить. Правда, некоторые она прятала в карман.

В сущности, он не знал о ней ничего! Она казалась ему загадкой. В этом Ронни была полной противоположностью Эшли. Эшли была вполне предсказуемой, он видел ее насквозь и точно знал, что получает. Даже если это было не то, что нужно. А вот Ронни оказалась другой. И когда улыбалась своей беззащитной неожиданной улыбкой, у него возникало чувство, что она читает его мысли. Почему-то это ему было приятно. И когда они наконец повернули назад к своему маленькому лагерю около черепашьего гнезда, был момент, когда он представил, как в обозримом и не только будущем каждый вечер гуляет с ней по пляжу.

Ронни зашла в дом, чтобы поговорить с отцом, пока Уилл вытаскивал из грузовика свои вещи. Расстелил спальный мешок, расставил все необходимое по другую сторону гнезда. Жаль, что Ронни с ним не будет. Но она сразу предупредила, что отец ни за что не согласится. Не важно. Он все равно рад, что сегодня она будет спать в своей постели.

Уилл лег, устроился поудобнее и подумал, что сегодняшний день был началом. Конечно, может произойти все, что угодно. Но когда она вышла на крыльцо и с улыбкой помахала на

134

прощание, Уилл почувствовал, как внутри что-то дрогнуло при мысли о том, что она тоже может посчитать это началом чего-то хорошего.

— Кто этот парень?

— Никто. Просто приятель. Проваливай.

Пока слова путешествовали по затянутым дымкой лабиринтам его мозга, Уилл пытался вспомнить, где находится. Прищурившись на солнце, он вдруг сообразил, что смотрит в мальчишеское лицо.

— О, привет, — пробормотал Уилл.

Мальчишка потер нос.

— Что ты здесь делаешь?

— Просыпаюсь.

— Это я вижу. Но что ты здесь делал прошлой ночью?

Уилл улыбнулся. Парень держался серьезно, как коронер, что казалось довольно комичным, учитывая его возраст и рост.

— Спал.

— Угу.

Уилл оттолкнулся, сел и заметил, что рядом с мальчишкой стоит Ронни в черной майке и рваных джинсах. Она улыбалась. Так же весело, как вчера.

— Я Уилл. А ты?

Мальчик кивнул в сторону Ронни:

— Я ее сосед по комнате. Мы старые знакомые.

Уилл почесал затылок и ухмыльнулся.

— Понимаю.

Ронни шагнула вперед. Влажные после душа волосы висели тяжелыми прядями.

— Это мой вездесущий братец Джона.

— Вот как? — вежливо ответил Уилл.

— Да... если не считать слова «вездесущий», все так и есть, — заверил Джона.

— Рад это слышать.

Джона продолжал смотреть на него.

— По-моему, я тебя знаю.

— Вряд ли. Иначе я бы вспомнил тебя.

— Нет, знаю, — настаивал Джона, разулыбавшись. — Это ты сказал полицейскому офицеру, что Ронни пошла в «Боуэрс-Пойнт»!

Уилл ошеломленно уставился на мальчишку, но, что-то сообразив, повернулся к Ронни. И с ужасом увидел, как любопытство на ее лице сменилось недоумением и, наконец, пониманием, перешедшим в гнев.

О, только не это!

Джона, ничего не замечая, разошелся не на шутку.

— Да! Офицер Пит привез ее домой, а наутро они с па поскандалили из-за этого.

Уилл увидел, как сжались губы Ронни. Что-то пробормотав, она повернулась и устремилась к дому.

Джона осекся, гадая, что же такого он сказал.

— Спасибо, — прорычал Уилл и, вскочив, бросился за девушкой.

— Ронни! Подожди! Послушай, прости меня! Я не хотел, чтобы у тебя были неприятности!

Он догнал ее и попытался схватить за руку. Когда его пальцы коснулись ее майки, она круто развернулась.

— Убирайся!

— Только выслушай меня...

— У нас с тобой нет ничего общего! — отрезала она. — Ясно?

— А вчерашняя ночь?!

Ее щеки горели огнем.

— Оставь. Меня. В покое.

— Твое показное возмущение на меня не действует, — выпалил он.

По какой-то причине она не вскинулась и ничего не возразила, что дало ему возможность продолжать:

— Ты остановила драку, хотя все вокруг жаждали крови. Ты единственная, кто заметил, что малыш заплакал, и я видел, как ты улыбалась, когда мать его уводила. В свободное время ты читаешь Толстого. И любишь морских черепах.

Хотя Ронни вызывающе вскинула подбородок, он понял, что попал в яблочко.

— И что из этого?

— Из этого следует, что сегодня я хочу показать тебе кое-что.

Он замолчал, тихо радуясь, что она не отказала сразу. Но и согласия он не услышал, и прежде чем она успела собраться с мыслями, он шагнул вперед.

— Тебе понравится. Обещаю.

Уилл въехал на пустую стоянку «Аквариума», и дальше, на служебную дорожку, огибавшую заднюю часть здания.

Ронни сидела в грузовике рядом с ним, но по пути они почти не разговаривали. Провожая ее к служебному входу, он подумал, что хотя она и согласилась приехать, все же так и не решила: продолжать злиться на него или нет.

Он придержал для нее дверь, чувствуя, как в лицо ударил холодный воздух. Они прошли по длинному коридору, и Уилл толкнул еще одну дверь, ведущую в сам «Аквариум».

В офисах-клетушках работали люди, хотя «Аквариум» открывается только через час. Уилл любил бывать здесь до открытия. Неяркое освещение резервуаров и почти полная тишина позволяли чувствовать, что ты попал в некое тайное укрытие. Часто он зачарованно рассматривал ядовитые шипы крылаток, гадая, понимают ли они, что их среда обитания сильно уменьшилась в размерах. Да видят ли они его?

Ронни подошла к нему и стала рассматривать рыб. Она, похоже, не имела особого желания разговаривать.

Они прошли мимо большого резервуара с моделью потопленной германской подводной лодки времен Второй мировой войны, а когда остановились перед аквариумом с медленно колыхавшейся медузой, флуоресцировавшей под черным светом, она осторожно коснулась стекла.

— Аурелия аурита. Известная также как луна-медуза.

Она кивнула и вновь уставилась на медузу, зачарованная медленными движениями.

— Они очень нежные. Трудно поверить, что ожог может быть таким болезненным.

Высыхая, ее волосы сворачивались колечками, и сейчас она была похожа на озорного сорванца.

— Расскажи о ней. Помнится, в детстве я обжигалась каждый год.

— Не лучше ли держаться от них подальше?

— Я стараюсь. Но они все равно меня находят. По-моему, их ко мне влечет.

Слегка улыбнувшись, она повернулась к нему.

— Что мы здесь делаем?

— Я уже говорил. Хочу тебе кое-что показать.

— Я уже видела рыб раньше. И бывала в «Аквариуме».

— Знаю. Но этот особенный.

— Потому что здесь, кроме нас, никого нет?

Уилл покачал головой.

— Потому что ты увидишь то, что публике не показывают.

— Что именно? Нас с тобой рядом с медузами?

— Еще лучше, — ухмыльнулся Уилл.

В подобных ситуациях он, как правило, не постеснялся бы взять девушку за руку, но на этот раз понимал, что не стоит и пытаться. Вместо этого он показал на коридор в углу, почти незаметный с первого взгляда. В конце коридора он остановился у двери.

— Только не говори, что тебе дали здесь офис, — поддразнила она.

— Нет, — серьезно ответил Уилл. — Я здесь не работаю, помнишь? Я всего лишь волонтер.

Они вошли в большую комнату из шлакобетона, заполненную воздуховодами и десятками труб. На потолке жужжали лампы дневного света, но звук заглушался огромными водяными фильтрами, выстилавшими заднюю стенку. Гигантский открытый резервуар, наполненный доверху океанской водой, насыщал воздух запахом соли.

Уилл повел ее к стальной платформе, окружавшей резервуар, и поднялся по ступенькам. На дальней стенке резервуара находилась средних размеров плексигласовое оконце. Освещение было достаточным, чтобы различить медленно движущееся в воде создание.

Узнав, кто это, Ронни потрясенно пробормотала:

— Это и есть морская черепаха?

— Совершенно верно. Ее зовут Мейбл.

Когда черепаха проплывала мимо окна, стали заметны шрамы на панцире и отсутствие лапы.

— Что с ней случилось?

— Попала под винт лодки. Ее выловили месяц назад и едва спасли. Вызывали специалиста, который и удалил часть передней лапы.

Мейбл, видимо, была не в состоянии держаться прямо и слегка кособочилась. Ударилась о дальнюю стенку и снова поплыла по аквариуму.

— Она поправится?

— Чудо, что она столько прожила, и надеюсь, все будет в порядке. Теперь она немного оправилась. Но никто не знает, сможет ли она выжить в океане.

Ронни увидела, что Мейбл снова ударилась о стену, прежде чем возобновить свое путешествие.

— Почему ты хотел, чтобы я это увидела?

— Подумал, что ты полюбишь ее, как я. Несмотря на шрамы и все такое.

Ронни, казалось, удивилась, но ничего не сказала. И, нагнувшись к окошку, снова стала изучать Мейбл. Когда та исчезла, погрузившись на дно, Уилл услышал вздох Ронни.

— Тебе не надо в мастерскую? — спросила она.

— У меня выходной.

— Работа на папу, должно быть, имеет свои преимущества.

— Можно сказать и так.

Ронни постучала по стеклу, пытаясь привлечь внимание Мейбл, но, ничего не дождавшись, повернулась к нему.

— Итак, что ты делаешь в выходные?

— Короче говоря, добрый старый парень-южанин, верно? Ходишь на рыбалку, любуешься облаками. Еще немножко — наденешь бейсболку с эмблемой НАСКАР* и начнешь жевать табак.

Они провели в «Аквариуме» еще полчаса, потому что Ронни долго восхищалась выдрами. Потом Уилл повел ее в рыболовный магазинчик и купил замороженных креветок для наживки. Оттуда они поехали на пустой участок, где он вытащил из грузовика рыболовное снаряжение. Они уселись на маленьком причале, так что ноги болтались где-то в футе над водой.

— Не будь снобом, — упрекнул он. — Можешь не верить, но Юг — это здорово. У нас в домах канализация и все такое. А по уик-эндам мы устраиваем гонки по грязи.

— Как это?

— На грузовиках.

Ронни ехидно хихикнула:

— Развлечение для интеллектуалов!

Он шутливо толкнул ее в бок:

— Да-да, можешь издеваться сколько захочешь. Но это здорово. Грязная вода заливает лобовое стекло, колеса буксуют, и тот, кто едет сзади, промокает насквозь.

_____
* Автомобильные гонки в США.

140

— Поверь, у меня кружится голова от восторга! — с напускной серьезностью заверила Ронни.

— Полагаю, в Нью-Йорке ты проводишь уик-энды вовсе не так.

Ронни покачала головой:

— Э... нет. Не совсем.

— Бьюсь об заклад, ты никогда не выезжаешь из города.

— Конечно, выезжаю. Я же здесь, верно?

— Ты знаешь, о чем я. О выходных.

— Зачем мне уезжать из города по выходным?

— Может быть, для того, чтобы иногда побыть одной?

— Я всегда могу уйти к себе в комнату.

— А если захочешь посидеть под деревом и почитать?

— Поеду в Центральный парк. Там есть прекрасный холмик за ресторанчиком «Теверн-он-зе-грин». И я всегда могу купить себе латте за углом.

Уилл с шутливым упреком покачал головой:

— Настоящая городская девчонка! Ты хоть умеешь рыбу ловить?

— Подумаешь, великий труд! Насади на крючок наживку, забрось леску в воду и держи удочку. Как я до сих пор без тебя обходилась?

— Ладно, ты права. Но нужно знать, в каком месте забрасывать, и забросить именно туда, куда нацелилась. Знать, какую наживку выбрать, какую приманку использовать, а это зависит от всего — от вида рыбы до погоды и чистоты воды. Кроме того, нужно уметь подсекать. Если выдернешь удочку слишком рано или слишком поздно, рыба сорвется с крючка.

Ронни ненадолго задумалась.

— Почему же ты выбрал креветок?

— Потому что была распродажа, — пояснил Уилл.

Ронни фыркнула и легонько погладила его по плечу.

— Я сражена. Но думаю, заслужила такой ответ.

Он все еще ощущал тепло ее руки.

— Ты заслуживаешь худшего! Поверь, рыбалка — нечто вроде религии для многих здешних обитателей.

— Включая тебя?

— Нет. Для меня рыбалка — это... возможность спокойно размышлять. Дает время подумать без помех. Кроме того, я обожаю любоваться облаками, носить бейсболку НАСКАР и жевать табак.

Ронни сморщила носик:

— Надеюсь, на самом деле ты не жуешь табак?

— Нет. Не хочу заработать рак губы.

— Вот и прекрасно, — кивнула она, болтая ногами. — Я еще никогда не встречалась с кем-то, кто жует табак.

— Хочешь сказать, что мы встречаемся?

— Ни в коем случае. Это всего лишь рыбалка.

— Тебе еще многому нужно учиться. То есть... я имел в виду, ты жизни не знаешь.

Ронни подобрала прутик.

— Ты изъясняешься как в рекламе пива.

Скопа пролетела над ними как раз в тот момент, когда поплавок нырнул. Леска натянулась, и Уилл дернул за спиннинг, вскочил и принялся сматывать катушку. Спиннинг угрожающе гнулся. Все происходило так быстро, что Ронни едва успела сообразить, что случилось.

— Поймал рыбу? — спросила она, вскакивая.

— Подойди ближе! — крикнул он, продолжая вертеть катушку и протягивая ей спиннинг. — Бери!

— Не могу! — взвизгнула она, отступая.

— Это не сложно! Возьми и не забывай сматывать катушку.

— Я не знаю, что делать!

— Я же объяснил!

Ронни подвинулась вперед, и он буквально сунул спиннинг ей в руку.

— Верти катушку!

Ронни кивнула.

— Держи! Оставь леску натянутой!

— Я пытаюсь! — крикнула она.

— Молодец, все правильно!

Рыба плеснула хвостом у самой поверхности — маленький красный барабанщик, — и Ронни снова вскрикнула. Уилл засмеялся. Она тоже хихикнула, прыгая на одной ножке. Рыба опять плеснула. Ронни от неожиданности подпрыгнула еще выше, но на этот раз ее лицо сохраняло выражение свирепой решимости.

Уилл подумал, что ничего смешнее не видел, но благоразумно промолчал.

— Продолжай в том же духе, — подбадривал он. — Подводи ее ближе к причалу, а я позабочусь об остальном.

Взяв сачок, он лег на живот и вытянул руку. Ронни продолжала сматывать катушку. Уилл быстро подсек рыбу и встал. Стоило перевернуть сачок, как рыба упала на причал и забила хвостом. Ронни танцевала вокруг, а Уилл схватился за леску.

— Что ты делаешь?! — взвизгнула она. — Нужно бросить ее обратно в воду!

— Все будет о'кей!

— Она умирает!

Уилл присел на корточки и быстро прижал рыбу к бетону.

— Не умирает!

— Немедленно вытащи крючок! — настаивала она.

Он стал осторожно вытаскивать крючок.

— Я пытаюсь. Дай мне секунду!

— У нее кровь! Ты ее покалечил! — не унималась Ронни.

Не обращая на нее внимания, он продолжал возиться с крючком. Рыба лихорадочно била хвостом. Несмотря на небольшие размеры, она была на удивление сильна.

— Слишком долго! — изводилась Ронни.

Он сумел вынуть крючок, но продолжал придерживать рыбу.

— Уверена, что не хочешь принести ее домой к обеду? Можно ее поджарить.

Она молча открывала и закрывала рот, не веря собственным ушам, но прежде чем сумела что-то сказать, Уилл бросил рыбу в воду. Та, взмахнув хвостом, ушла на глубину. Уилл потянулся к полотенцу и стер с пальцев кровь. Ронни продолжала укоризненно смотреть на него. Щеки возбужденно пылали.

— Ты бы съел ее, верно? Если бы меня тут не было?

— Ошибаешься. Бросил бы ее в воду.

— Почему я тебе не верю?

— Потому что ты, возможно, права.

Он улыбнулся ей, прежде чем потянуться к спиннингу.

— Итак, кто будет насаживать в этот раз: ты или я?

— Поэтому мать с ума сходит, стараясь, чтобы свадьба сестры прошла идеально. Она у меня перфекционистка, — вздохнул Уилл. — Так что атмосфера в доме... немного напряженная.

— А свадьба когда?

— Девятого августа. Обстановка усугубляется еще и тем, что сестра хочет отпраздновать ее в нашем доме. Матери от этого, конечно, легче не приходится.

— Какая у тебя сестра? — с любопытством спросила Ронни.

— Живет в Нью-Йорке. Умна. Немного своевольна. В общем, мало чем отличается от других старших сестер.

Похоже, это Ронни понравилось.

Когда они вновь побрели по берегу, солнце уже садилось, и Уилл мог точно сказать, что Ронни немного расслабилась.

Они поймали и выпустили еще три рыбы, прежде чем он отвез ее в центр Уилмингтона, где они пообедали на террасе, выходившей на реку Кейп-Феа. Уилл показал ей «Северную Каролину», боевой корабль времен Второй мировой войны, стоявший у противоположного берега. Глядя на внимательно изучавшую корабль Ронни, Уилл внезапно осознал, как легко ему с этой девушкой. В отличие от многих его знакомых она говорила то, что думала, и не играла в глупые игры. Ему нравилось ее необычное чувство юмора, даже когда он сам становился объектом этих шуток.

Когда они уже подходили к ее дому, Ронни побежала вперед — проверить, цело ли гнездо. Остановилась у клетки, сделанной из мелкой проволочной сетки и закрепленной очень длинными колышками, и с сомнением взглянула на подошедшего Уилла:

— И это, по-твоему, отпугнет енота?

— По крайней мере так утверждают.

— Но как же черепашки выберутся наружу? Они же не могут пролезть через сетку?

Уилл покачал головой.

— Волонтеры «Аквариума» убирают сетку, прежде чем черепашки начнут вылупляться.

— Откуда волонтеры узнают, что пора вылупляться?

— Все по науке. Яйца должны прогреваться в песке около шестидесяти дней. Срок может немного меняться в зависимости от погоды. Чем выше температура, тем быстрее вылупятся черепашки. И учти: это не единственное гнездо на берегу и, конечно, далеко не первое. Как только первое гнездо пустеет, за ним обычно следуют остальные, и в течение недели все будет кончено.

— Ты когда-нибудь видел, как вылупляются черепашки?

— Четыре раза.

— Как это бывает?

— Настоящее сумасшествие. Когда приходит время, мы снимаем клетки и роем в песке мелкую канавку до самого края воды так, чтобы дно было гладким, а края — достаточно высокими, чтобы черепашки не свернули в сторону. Впечатление странное, потому что сначала шевелится только пара яиц, а потом и вся кладка. Не успеешь оглянуться, как гнездо напоминает спятивший пчелиный рой, который достаточно долго сидел на стероидах. Черепашки взбираются друг на друга, пытаясь поскорее выбраться из ямки, а когда важно, как на параде, идут к воде, ужасно напоминают крабов. Поразительно!

Рассказывая все это, он видел, что Ронни старается представить себе всю сцену.

На крыльцо вышел па, и Ронни махнула ему рукой.

Уилл показал на домик:

— Это принадлежит твоему отцу?

— Угу, — буркнула Ронни.

— Не хочешь нас познакомить?

— Нет.

— Обещаю хорошо себя вести.

— Вот и прекрасно.

— Так почему ты не хочешь нас познакомить?

— Потому что сам ты не подумал познакомить меня со своими родителями.

— Зачем тебе мои родители?

— Вот именно.

— Не совсем понимаю, о чем ты.

— В таком случае как тебе удалось прочитать Толстого?

Окончательно сбитый с толку, Уилл уставился на нее. Ронни медленно побрела по пляжу, и он в несколько шагов ее догнал.

— Тебя не так-то просто раскусить.

— И?..

— И ничего. Просто беру на заметку.

Она молча улыбнулась, глядя на горизонт. Вдалеке виднелся краболовный траулер, направлявшийся в порт.

— Я хочу быть здесь, когда это произойдет, — объявила она.

— Что именно?

— Когда черепашки вылупятся. А о чем мы, по-твоему, говорили?

146

Уилл покачал головой.

— О, мы снова об этом. Так когда ты уезжаешь в Нью-Йорк?

— В конце августа.

— Можешь не успеть. Будем надеяться на долгое жаркое лето.

— Начало неплохое. Я уже изжарилась.

— Потому что носишь черное. И джинсы.

— Я не знала, что целый день проведу на улице.

— Иначе надела бы бикини. Верно?

— Вряд ли, — обронила она.

— Не любишь бикини?

— Почему же, люблю.

— Но не в моем присутствии?

Ронни заносчиво вскинула голову.

— Не сегодня.

— А если я пообещаю снова взять тебя на рыбалку?

— Это не поможет.

— Охоту на уток?

Это остановило ее. А когда она вновь обрела дар речи, тон ее был явно неодобрительным.

— Скажи, что не убиваешь уток по-настоящему.

Уилл не ответил.

— Милые маленькие создания в перьях, — продолжала она. — Летают над своим маленьким утиным прудом и никого не трогают. И ты стреляешь в них?

— Только зимой, — подумав, честно ответил он.

— Когда я была маленькой, моим любимым чучелом была утка. У меня обои с утками. И был хомячок по кличке Даффи. Обожаю уток.

— Я тоже, — заверил он.

Ей не удалось скрыть недоверие. Уилл стал перечислять, загибая пальцы:

— Я люблю их жаренными в масле и на гриле, вареными, в кисло-сладком соусе...

Она толкнула его так сильно, что он отступил шага на два и пошатнулся.

— Это ужасно!

— Забавно!

— Ты просто злобный человечишка!

— Иногда, — согласился он и показал на дом. — Если ты еще не хочешь домой, может, пойдешь со мной?

— Зачем? Собираешься показать мне еще один способ убийства мелких животных?

— Скоро начинается игра в волейбол, и я приглашаю тебя. Увидишь, это здорово!

— Снова собираешься облить меня газировкой?

— Только если принесешь ее с собой.

Она молча пошла за ним к пирсу. Он подтолкнул ее локтем. Ронни ответила тем же.

— Думаю, у тебя проблемы, — заметила она.

— Какие именно?

— Ну... для начала... ты подлый истребитель уток.

Он рассмеялся, прежде чем взглянуть ей в глаза. Она покачала головой, стараясь сдержать улыбку, словно гадая, что именно происходит между ними, и наслаждаясь каждым моментом.

Ронни

Не будь он так чертовски симпатичен, ничего бы не случилось.

Рассеянно наблюдая за красивой игрой Уилла и Скотта, Ронни размышляла о цепи событий, приведших ее сюда. Неужели она действительно рыбачила сегодня утром? И видела, как раненая черепаха медленно плавает в резервуаре?

Ронни покачала головой, стараясь не особенно глазеть на стройное тело Уилла и играющие под загорелой кожей мускулы. Трудно не любоваться таким зрелищем, тем более что рубашки на нем нет.

Может, остаток лета окажется не таким уж кошмарным?

Конечно, она думала то же самое после встречи с Блейз, но кто мог знать, чем это обернется!

Правда, он не совсем в ее вкусе, но, наблюдая за игрой, она невольно спросила себя, так ли уж все плохо. В прошлом ее выбор был не слишком удачен. Взять хотя бы Рика. Ясно, что Уилл куда умнее любого из ее бывших парней. Более того, он к чему-то в жизни стремится. Работает у отца и волонтером, хороший спортсмен. И даже умудряется ладить с семьей. Он довольно сговорчив, но не слабоволен. И не собирается во всем с ней соглашаться, более того, не стесняется возразить. Нужно признать, ей это нравится.

Ее смущало одно: почему она ему приглянулась? Она совсем не похожа на девушек, которых видела с ним в ту ночь, и, по правде говоря, не была уверена, что он после сегодняшнего захочет встретиться с ней снова.

Она увидела, как он, возвращаясь к линии подачи, мельком глянул в сторону Ронни, очевидно, довольный ее присутствием. Уже готовясь бросить мяч, он посигналил Скотту, игравшему так, словно от этого зависела его жизнь.

Как только Скотт повернулся к сетке, Уилл закатил глаза, давая понять, что находит такое усердие несколько чрезмерным.

«Это всего лишь игра», — казалось, говорил он, и почему-то это немного ободрило ее.

Пытаясь поймать мяч, он сделал невероятный прыжок, подняв в воздух веер песчинок, и она подумала, действительно ли он смотрел на нее или ей показалось. Но тут мяч ушел за пределы поля, и Скотт, раздраженно вскинув руки, наградил друга яростным взглядом. Уилл, не обращая внимания, подмигнул Ронни и приготовился к следующей подаче.

— Ты с Уиллом, так?

Увлеченная, Ронни не сразу поняла, что кто-то сел рядом. Повернувшись, она узнала ту блондинку, которая была с Уиллом и Скоттом в ночь, когда сюда приезжал цирк.

— Прости?

Блондинка пригладила волосы и улыбнулась, продемонстрировав идеальные зубы:

— Ты и Уилл. Я видела, как вы пришли вместе.

— Вот как? — пробормотала Ронни, почему-то поняв, что лучше придержать язык.

Если блондинка и заметила ее настороженность, то никак этого не показала. Небрежным, но грациозным жестом откинув волосы, она снова широко улыбнулась. Очевидно, недавно отбелила зубы и была страшно горда собой.

— Я Эшли. А ты...

— Ронни.

Эшли продолжала глазеть на нее.

— Ты здесь на каникулах? Иначе я бы тебя знала. Мы знакомы с Уиллом с детства.

— Угу, — промычала Ронни, стараясь выглядеть безучастной.

— Вы познакомились, когда он пролил на тебя газировку? Вполне в его духе. Можно почти с уверенностью сказать, что он сделал это нарочно.

— Что-о?

— Это не впервые. Я уже видела нечто подобное. И признайся, он взял тебя на рыбалку. На маленький причал на другой стороне острова?

На этот раз Ронни не смогла скрыть удивления.

— Он всегда таким образом приручает девушек. Либо так, либо ведет их в «Аквариум».

150

Ронни потрясенно уставилась на нее, чувствуя, как окружающий мир стремительно сужается.

— О чем ты? — прохрипела она. Говорить не было возможности: голос ей изменил.

Эшли обхватила руками ноги.

— Новая девушка, новая победа? Не злись на него. Он такой, какой есть, и тут ничего не поделать.

Ронни почувствовала, как кровь отливает от лица. Она приказывала себе не слушать, не верить, потому что Уилл не такой, но слова Эшли эхом отзывались в голове: «Он взял тебя на рыбалку... Либо так, либо ведет ее в «Аквариум»...»

Неужели она ошиблась в нем? Выходит, она неверно судит обо всех, с кем знакомится здесь. Вероятно, ей вообще не стоило приезжать.

Ронни прерывисто вздохнула, заметив, что Эшли изучает ее.

— Ты в порядке? — спросила та, сочувственно хмуря идеальной формы брови. — Я чем-то тебя расстроила?

— У меня все тип-топ.

— Мне кажется, у тебя такой вид, будто сейчас стошнит.

— Я сказала, что все о'кей, — отрезала Ронни.

Рот Эшли открылся и закрылся. Выражение лица смягчилось.

— О нет, только не говори, что сама попалась на удочку.

«Новая девушка, новая победа? Он такой, какой есть...» Эти слова по-прежнему звенели в ушах, и Ронни все так же молчала, словно потеряла дар речи. Эшли продолжала снисходительно смотреть на нее:

— О, не стоит так уж расстраиваться, потому что он, когда захочет, может быть самым большим в мире очаровашкой. Поверь, я знаю, потому что тоже повелась на эту приманку.

Она кивком показала на толпу.

— И половина всех девушек, которые пришли сюда сегодня.

Ронни инстинктивно оглядела собравшихся, отметив с полдюжины хорошеньких девчонок в бикини, взгляды которых были устремлены на Уилла. Она по-прежнему не могла заставить себя говорить. Зато Эшли распустила язык:

— Я просто думала, что ты его раскусишь... то есть что окажешься немного более смышлёной, чем все эти особы. Я считала...

— Мне пора! — объявила Ронни, ничем не выдавая внутреннего смятения. Встав, она почувствовала, как слегка дрожат ноги. Уилл, похоже, заметил это, потому что, улыбаясь, повернулся к ней. Ведёт себя...

«Как самый очаровательный в мире парень...»

Она резко отвернулась, злая на него, но ещё больше на себя. За то, что была такой дурой! Единственное, чего она хочет, — убраться отсюда ко всем чертям.

Вбежав в спальню, она швырнула на кровать сумку и принялась бросать туда вещи. Дверь открылась. Оглянувшись, Ронни увидела, что на пороге стоит отец.

Она слегка поколебалась, прежде чем подойти к комоду и схватить охапку белья.

— Тяжёлый день? — спросил па тихо. Ждать ответа он не стал. — Я был с Джоной в мастерской и увидел, как ты идёшь по пляжу. Выглядела ты ужасно обозлённой.

— Я не хочу об этом говорить.

Отец не стал подходить ближе.

— Куда-то едешь?

Она шумно выдохнула и продолжила собирать вещи.

— Я сваливаю отсюда, ясно? Звоню ма и еду домой.

— Всё так плохо?

Она наконец повернулась к нему.

— Пожалуйста, не заставляй меня оставаться. Мне тут не нравится. Не нравятся эти люди. Я не вписываюсь в здешнее общество. Мне здесь не место. Я хочу домой.

Отец ничего не ответил, но она увидела его разочарованное лицо.

— Прости, — добавила она, — мне очень жаль. И дело не в тебе, честное слово. Ты можешь приехать в Нью-Йорк, и мы куда-нибудь пойдем вместе, договорились?

Отец продолжал молча смотреть на нее, отчего ей стало еще хуже. Ронни сложила последние вещи и закрыла сумку.

— Не уверен, что могу тебя отпустить.

Она знала, что так будет, и напряглась:

— Па...

Отец поднял руки:

— Это не по той причине, о которой ты думаешь. Я бы отпустил тебя, если бы мог. Сейчас позвоню маме. Но, учитывая все, что случилось в музыкальном магазине... С Блейз... и арест...

Ее плечи обреченно опустились. В своем гневе она забыла о краже и полиции.

Еще бы не забыть! Прежде всего она ничего не крала!

Она почувствовала себя обессиленной и устало опустилась на кровать. Это несправедливо. Так несправедливо!

Отец по-прежнему не двигался.

— Я попробую связаться с Питом, офицером Джонсоном, и спрошу, разрешит ли он. Скорее всего я не смогу дозвониться до него раньше завтрашнего утра. Не хочу, чтобы ты попала в очередную беду, но если он позволит и ты по-прежнему соберешься уезжать, я не стану тебя удерживать.

— Обещаешь?

— Честное слово. Хотя предпочел бы, чтобы ты осталась.

Ронни кивнула.

— И ты приедешь ко мне в Нью-Йорк.

— Если сумею.

— Что это значит?

Прежде чем отец успел ответить, в дверь громко и настойчиво постучали.

— Думаю, это тот мальчик, с которым ты была сегодня, — решил отец.

Откуда он знает?

— Я видел, как он направлялся сюда, когда сам зашел в дом, чтобы тебя поискать. Хочешь, я сам с ним поговорю?

«Не злись... он такой, какой есть... ничего не поделать...»

— Нет, я сама.

Отец улыбнулся, и ей вдруг показалось, что он выглядит старше, чем вчера. Словно ее намерение уехать его состарило.

Но даже если и так, она не может остаться. Ей здесь не место.

В дверь снова постучали.

— Эй, па!

— Что?

— Спасибо. Я знаю, ты не хочешь меня отпускать. Но я не могу остаться.

— Понимаю, солнышко.

Несмотря на улыбку, видно было, что он глубоко страдает.

Поднявшись с постели, она одернула джинсы и решительно направилась к двери.

Рука Уилла повисла в воздухе. Он, казалось, удивился, что она сама открыла дверь.

Она смотрела на него, гадая, как могла быть настолько глупа, чтобы довериться ему. Следовало довериться своей интуиции!

— О, привет, — пробормотал он, опуская руку. — Ты здесь? Я уж подумал...

Она захлопнула дверь перед его носом, но он немедленно принялся колотить снова.

— Брось, Ронни, — умолял он. — Погоди! Я просто хотел знать, что случилось. Почему ты ушла?

— Убирайся! — крикнула она в ответ.

— Что я сделал?

Она снова распахнула дверь.

— Я не собираюсь играть в твои игры!

— Какие игры? О чем ты?

— Я не дура. И мне нечего тебе сказать.

Она снова хлопнула дверью. Уилл немедленно принялся стучать.

— Не уйду, пока ты со мной не поговоришь!

Отец показал на дверь:

— Беда в раю?

— Здесь не рай.

— Да уж, — вздохнул он. — Хочешь, я его спроважу?

Грохот раздался снова.

— Он долго здесь не пробудет. Лучше не обращать внимания, — посоветовала она.

Отец согласно кивнул и показал на кухню.

— Ты голодна?

— Нет, — механически ответила она, но, прижав руки к бурчащему животу, передумала. — Ну... может, немного.

— Я нашел в компьютере еще один хороший рецепт: лук, грибы, томаты, все жарится в оливковом масле, подается с пастой и посыпается пармезаном. Как тебе?

— Вряд ли Джоне понравится.

— Он попросил хот-дог.

— Ах какой сюрприз!

Он улыбнулся, но тут стук возобновился с новой силой. Должно быть, на лице Ронни отразилось все унижение сегодняшнего дня, потому что отец распахнул руки. Ронни молча шагнула к нему и позволила себя обнять. В отцовской нежности было что-то всепрощающее, то, чего ей не хватало много лет. Она едва удержалась от слез, прежде чем отстраниться.

— Помочь тебе с ужином?

Ронни снова попыталась вспомнить содержание только что прочитанной страницы. Солнце зашло с час назад, и после долгого бесцельного переключения каналов она отложила пульт и взялась за книгу, но, как ни старалась, не смогла осилить даже главу, потому что Джона не отходил от окна и она не могла не думать о том, что там за окном... вернее, кто там за окном.

Она вновь попыталась вникнуть в содержание, но тут раздался тоненький голосок Джоны:

— Сколько еще, по-твоему, он тут просидит?

Ронни захлопнула книгу.

— Прекрасно! — завопила она, снова подумав, что младший братец прекрасно знает, на какую нажать кнопку, чтобы свести ее с ума. — Поняла! Уже иду!

Пока она была дома, подул сильный ветер, принесший запах соли и хвои. Ронни вышла на крыльцо и направилась к Уиллу. Если он и слышал, как хлопнула дверь, то не подал виду, продолжая бросаться ракушками в морских пауков, шнырявших по песку.

На небе, затянутом туманной дымкой, не было видно звезд, и ночь казалась холоднее и темнее, чем вчерашняя.

Она заметила, что Уилл был в тех же шортах и майке, которые носил весь день. Наверное, замерз...

Но она тут же постаралась выбросить из головы дурацкие мысли и напомнила себе, что это совсем не важно.

Он повернулся к ней. В темноте она не могла разглядеть его лица, но вдруг поняла, что не столько сердится на него, сколько раздражена такой настойчивостью.

— Ты совершенно вывел из равновесия моего брата, — заметила она, как надеялась, строго. — Тебе давно пора идти.

— Который час?

— Начало одиннадцатого.

— Много же времени потребовалось, чтобы выманить тебя сюда.

— Я вообще не должна быть здесь. И несколько раз просила тебя уйти, — прошипела Ронни.

Губы Уилла плотно сжались. На миг.

— Может, объяснишь, что случилось?

— Ничего не случилось.

— Тогда скажи, что Эшли тебе наговорила.

— Она ничего не наговорила.

— Я видел, как вы мило беседовали! — упрекнул он.

Вот поэтому она и не хотела выходить. Именно этого хотела избежать.

— Уилл...

— Почему ты убежала после разговора с ней? И почему только через четыре часа соизволила выйти и потолковать со мной?

Девушка покачала головой, отказываясь признать, что в душе все выжжено.

— Не имеет значения.

— Иными словами, она все-таки что-то тебе наговорила? Что именно? Что мы по-прежнему встречаемся? Но это неправда. Между нами все кончено.

Ронни даже не сразу поняла, о чем он.

— О... она была твоей девушкой?

— Была. Два года.

Ронни промолчала. Уилл встал и шагнул к ней.

— Так что она тебе сказала?

Но Ронни едва слышала его, потому что думала об их первой встрече. Тогда она увидела и Эшли. Эшли с ее идеальной, обтянутой бикини фигуркой. Как она смотрела на Уилла...

Его слова доносились будто откуда-то издалека.

— Что? Даже не соизволишь со мной поговорить? Заставляешь меня четыре часа сидеть здесь и не удостаиваешь простым ответом?

Но Ронни продолжала вспоминать, как в тот день Эшли смотрела на игроков... Принимала выигрышные позы, хлопала, улыбалась, хотела, чтобы Уилл ее заметил.

Почему? Старалась вернуть его? И побоялась, что Ронни встанет на пути?

Тут до нее стало что-то доходить, но она не успела придумать, что сказать. Уилл покачал головой.

— Я считал, ты другая. Я просто думал...

Он смотрел на нее со смесью гнева и разочарования, прежде чем повернуться и направиться к пляжу.

— Черт, я сам не знаю, что себе навоображал! — бросил он через плечо.

Ронни шагнула вперед и уже хотела окликнуть его, как заметила вспышку света на пляже, у самого края воды. Свет взметнулся вверх и упал, словно кто-то бросал... огненный мяч!

У Ронни перехватило дыхание. Маркус!

Она невольно отступила, представив, как он крадется к гнезду, пока она спит на песке. Как близко он посмеет подойти? И почему не оставит ее в покое? Он что, преследует ее?

Она читала истории в газетах и слышала о подобных вещах. И хотя считала, что знает, как поступать, и справится с любой ситуацией, тут нечто совсем другое. Потому что сам Маркус другой.

Потому что Маркус ее пугает.

Уилл уже отошел довольно далеко. Его силуэт исчезал в ночи. Она хотела было позвать его и рассказать все, но боялась оставаться одна в темноте.

И не желала, чтобы Маркус пронюхал о ее отношениях с Уиллом. В любом случае между ней и Уиллом все кончено. Теперь она совсем одна.

И Маркус маячит где-то близко.

Охваченная паникой, она отступила, но вынудила себя остановиться. Если он поймет, насколько она напугана, будет еще хуже. Вместо этого она вынудила себя ступить в круг света на крыльце и уставиться туда, где, по ее предположениям, прятался Маркус.

Она не видела его: только мелькающий огонек. Она понимала, что Маркус хочет окончательно ее запугать, покорить своей воле, и что-то в ней словно взорвалось. Подбоченившись, она вызывающе вскинула подбородок. Кровь шумела в ушах, но она стояла неподвижно, не опуская глаз. Через секунду огонек погас. Значит, Маркус стиснул мяч в кулаке, возвещая о своем приходе.

И все же она не шевельнулась, хотя сама не знала, что сделает, если он внезапно возникнет из темноты. Но секунды шли, и она поняла, что он решил держаться на расстоянии. Устав ждать и довольная, что безмолвное послание дошло до адресата, она повернулась и вошла в дом.

И только когда бессильно прислонилось к двери, поняла, что руки дрожат.

Маркус

— Я хочу поесть в закусочной, пока она не закрылась, — умоляюще пробормотала Блейз.

— Иди, — равнодушно обронил Маркус. — Я не голоден.

Блейз и Маркус были в «Боуэрс-Поинт» вместе с Тедди и Лансом, которые закадрили двух на редкость уродливых девчонок и сейчас целенаправленно накачивали их пивом. Маркус с самого начала разозлился, обнаружив их здесь. И в довершение всего Блейз нудно его доставала, допытываясь, где он был весь день.

Похоже, она знает, что он зол из-за Ронни, потому что Блейз глупой не назовешь. Она с самого начала знала о его интересе к Ронни: недаром подсунула той диски и пластинки. Идеальный способ держать Ронни на расстоянии. А это означает, что у Маркуса нет никаких шансов подобраться к девушке.

И это безумно его бесило. А эта... еще ноет, что голодна, и виснет на нем, и засыпает вопросами...

— Я не хочу идти одна, — заныла Блейз.

— Ты глухая? — прорычал он. — Плохо расслышала, что я сказал? Я. Не. Голоден.

— Ты вовсе не обязан что-то есть, — промямлила притихшая Блейз.

— Ты заткнешься или нет?

Она заткнулась. По крайней мере на несколько минут. Судя по тому, как она надулась, хочет, чтобы он извинился. Не дождется!

Повернувшись к воде, он зажег огненный мяч. Его выводило из себя присутствие Блейз, раздражал треп Тедди и Ланса, как раз когда ему нужно хоть немного покоя. На него это не похоже, и он ненавидел себя за эти странные ощущения. Хотелось ударить кого-то, и при виде надувшейся Блейз он понял, что она в этом списке первая.

Он отвернулся, желая одного: пить пиво, слушать музыку и немного думать в тишине. Без всех этих толкущихся здесь людей.

По правде сказать, не на Блейз он злился. Черт, да когда он услышал, что она выкинула, даже обрадовался, подумав, что это позволит ему ближе подобраться к Ронни. Рука руку моет, и все такое... Но когда он предложил все уладить в обмен на ее расположение, она повела себя так, словно он заразный и она скорее умрет, чем приблизится к нему. Но он не из тех, кто сдается, и считал что рано или поздно она осознает: он единственный, кто найдет выход из этого переплета.

160

Поэтому он нанес ей небольшой визит, надеясь на возможность потолковать. Маркус решил взять немного иной тон и сочувственно выслушать ее жалобы на Блейз. Если повезет, они погуляют, может быть, окажутся под пирсом, а потом... Чему быть, того не миновать, верно?

Но он увидел рядом с домом Уилла. Подумать только, именно его! Он сидел на дюне, ожидая, пока выйдет Ронни. И та вышла и поговорила с Уиллом. Нет, они, казалось, спорили, и между ними было нечто такое, что окончательно вывело его из себя. Это значит, что они знают друг друга. Это значит, что между ними, возможно, что-то есть.

Это значит, что его планы рушатся.

А потом? О, это было еще то зрелище! После ухода Уилла Ронни поняла, что у нее не один, а два незваных гостя. Когда она догадалась, кто стоит на берегу, стало ясно, что либо она выйдет и поговорит с ним в надежде заставить Блейз сказать правду, либо испугается и вбежит в дом. Ему нравилось, что он способен ее напугать. Это всегда можно обернуть в свою пользу.

Но она повела себя неожиданно. Посмотрела в его сторону, словно призывая выйти из тени. Постояла на крыльце, вызывающе подбоченившись, а потом преспокойно ушла.

Никто еще так не вел себя с ним. Особенно девушки. Кем она себя вообразила, черт возьми? Пусть тело у нее что надо, но такое поведение ему не нравится. Совсем не нравится!

Реплика Блейз вернула его к действительности:

— Уверен, что не хочешь пойти со мной?

Маркус повернулся к ней, ощущая внезапное желание взять себя в руки. Немного остыть. Он знал, что ему нужно и кто даст ему это.

— Поди сюда, — процедил он с деланой улыбкой. — Сядь рядом. Я пока не хочу никуда идти.

Стив

Когда Ронни вошла в комнату, Стив поднял глаза. Хотя она растянула губы в улыбке, он не мог не заметить, что ее что-то беспокоит. Ронни схватила книгу и убежала в спальню.

Что-то определенно неладно.

Он только не знал, что именно. Непонятно, испугана она, расстроена или рассержена. И хотя он рвался помочь ей, все же был уверен, что дочь хочет справиться с ситуацией сама. Впрочем, это нормально. Пусть он не слишком много времени проводил с ней, но много лет учил подростков и знал, что когда дети хотят поговорить с тобой, когда хотят рассказать что-то важное, они могут переволноваться до нервных спазмов в животе.

— Эй, па! — позвал Джона.

Пока Ронни была на крыльце, он запретил сыну подсматривать. Это казалось вполне логичным, и Джона чувствовал, что лучше не спорить. Он нашел на одном из каналов «Губку Боба» и последние пятнадцать минут был совершенно счастлив.

— Да?

Джона встал. Его личико было серьезным.

— Кто остался одноглазым, говорит по-французски и любит печенье перед сном?

— Хм... понятия не имею.

Джона закрыл глаз ладонью.

— Moi*.

Стив рассмеялся и, поднявшись, отложил Библию. Забавный парнишка у него растет!

— Пойдем. На кухне есть немного шоколадного печенья.

— По-моему, Ронни и Уилл поругались, — заявил Джона, подтягивая пижамные штаны.

— Его так зовут?

---

* Я (фр.).

— Не волнуйся, я все о нем знаю.

— Вот как? И почему они поссорились?

— Я все слышал. Уилл ужасно обозлился.

Стив нахмурился:

— Я думал, что ты смотришь мультики.

— Да, но все равно они слишком громко говорили, — деловито пояснил Джона.

— Не стоит подслушивать разговоры окружающих, — упрекнул Стив.

— Но иногда они такие интересные!

— Все равно это плохо.

— Ма старается подслушать Ронни, когда та говорит по телефону. Иногда, когда Ронни моется в душе, ма берет ее мобильник и читает эсэмэски.

— Правда? — Стив постарался не выказать удивления.

— Да. Иначе как она может за ней уследить?

— Не знаю... наверное, лучше поговорить, — предположил Стив.

— Да, как же! — фыркнул Джона. — Даже Уилл не может поговорить с ней без того, чтобы не поругаться. Она любого доведет!

В двенадцать лет у Стива было мало друзей: слишком много времени отнимала школа и уроки музыки, — так что чаще всего он говорил по душам с пастором Харрисом.

К тому времени он был одержим музыкой и играл по четыре — шесть часов в день, погрузившись в свой мир мелодий и композиций. Он уже успел выиграть множество конкурсов, не только в городе, но и в штате. Мать была только на первом, отец так и не пришел ни на один. Поэтому мальчик часто оказывался в машине вместе с пастором Харрисом. Они путешествовали в Райли, Шарлотт, Атланту или Вашингтон, проводя долгие часы в разговорах, и хотя пастор был служителем Божьим и в беседах часто упоминал о Создателе, в его устах это звучало так же обыденно, как если бы речь шла о спортивных победах чикагских «Кабс»*.

Пастор Харрис был добрым человеком, жившим весьма хлопотной жизнью. Он серьезно воспринимал свое призвание и по вечерам либо навещал прихожан в больнице, либо хлопотал о чьих-то похоронах, либо шел к друзьям. По уик-эндам он венчал и крестил, по средам присутствовал на собраниях братства, по вторникам и четвергам репетировал с хором. Но каждый вечер, на закате, независимо от погоды он с час гулял по пляжу в одиночестве. Стив часто думал, что пастору это жизненно необходимо. Было что-то умиротворенное в его лице, когда он возвращался с прогулок. Стив всегда полагал, что пастору нужно побыть наедине с собой, пока не спросил его об этом.

— Нет, — ответил тот, — одиночество для меня невозможно. Потому что я говорю с Богом.

— Хотите сказать, что молитесь?

— Нет, — повторил пастор. — Именно говорю. Никогда не забывай, что Господь — твой друг. И как все друзья, он жаждет услышать, что происходит в твоей жизни. Хороша она или плоха, полна печали или гнева, и даже когда ты вопрошаешь, почему на земле происходят ужасные вещи. Поэтому я говорю с ним.

— О чем именно?

— Обо всем, что ты рассказываешь своим друзьям.

— У меня нет друзей, — сухо усмехнулся Стив. — По крайней мере таких, с кем бы я мог поговорить.

Пастор ободряюще похлопал его по плечу:

— У тебя есть я.

Стив не ответил. Пастор крепче сжал его плечо:

— Я говорю с Богом точно так же, как с тобой.

---

* Бейсбольная команда Чикаго.

— Он отвечает? — скептически осведомился Стив.

— Всегда.

— И вы его слышите?

— Да, но не ушами.

Он положил руку на грудь.

— Здесь я получаю ответы. Здесь я чувствую его присутствие.

Поцеловав на ночь Джону и уложив его в постель, Стив немного помедлил в дверях, чтобы посмотреть на Ронни. К его удивлению, та крепко спала, и все, что волновало ее, пока что улетучилось. Лицо спокойное, волосы рассыпаны по подушке, руки прижаты к груди. Он хотел поцеловать и ее, но решил, что не стоит. Она так сладко спит, пусть ее ничто не потревожит.

И все же он не мог заставить себя уйти. Было что-то умиротворяющее в том, чтобы ночью смотреть на спящих детей. Сколько лет он не целовал Ронни на ночь? За год или около того перед разводом Ронни повзрослела и стала стесняться подобных нежностей. Он отчетливо помнил тот вечер, когда пришел ее укладывать, но услышал только:

— Не стоит, я сама справлюсь.

Тогда Ким посмотрела на него с невыразимой печалью. Она понимала, что девочка взрослеет, но у матери болело сердце от сознания того, что детства уже не вернуть.

В отличие от Ким Стив смирился с тем, что Ронни становится девушкой. Он помнил, как в ее возрасте составлял собственное мнение об окружающем мире, и, много лет проработав учителем, искренне считал, что эти перемены неизбежны; мало того, приносят своеобразные плоды. Иногда студенты рассказывали ему о разногласиях с родителями, о том, как мать старается стать другом, а отец — контролировать каждый шаг. Остальные учителя считали, что у него с учениками полное взаимопонимание, и, к его удивлению, многие студенты придерживались того же мнения. Он сам не понимал почему. Чаще всего он либо молча слушал, либо формулировал их вопросы таким образом, чтобы студенты приходили к собственным выводам и, нужно сказать, почти всегда правильным. Даже когда Стив чувствовал необходимость сказать что-то, это обычно были общие фразы, типичные для кабинетного философа:

— Конечно, мать хочет стать твоим другом, просто тяжело переживает твое взросление.

Или:

— Твой па помнит об ошибках, которые сам сделал в жизни, и не хочет, чтобы ты их повторял.

Обычные мысли обыкновенного человека, но, к его изумлению, студент иногда молча поворачивался к окну, словно пораженный какой-то мыслью. Иногда ему даже звонили родители студента и благодарили за то, что выслушал их ребенка, отмечая, что тот стал мягче и проще. Повесив трубку, он безуспешно пытался вспомнить, что сказал, в надежде, что оказался более проницательным, чем считал себя.

В тишине комнаты слышалось размеренное дыхание уже заснувшего Джоны: солнце и свежий воздух убаюкали его. Что же до Ронни... хорошо, что сон снял напряжение нескольких последних дней. Лицо безмятежное, почти ангельское, напоминавшее о том, как смотрел на него пастор Харрис после прогулок по берегу.

Стив смотрел на дочь и жаждал знака присутствия Господня. Завтра Ронни, возможно, уедет, и при этой мысли Стив нерешительно шагнул к ней. Лунный свет пробивался в окно, и за стеклом слышался мерный рокот волн. Нежный свет далеких звезд мерцал как божественное озарение, словно сам Господь объявлял о своем присутствии где-то там, в горных высях.

И неожиданно Стив почувствовал, как устал.

Нагнувшись, он нежно поцеловал Ронни в щеку, снова ощущая прилив любви, радости, такой же мучительной, как боль.

Как раз перед рассветом он проснулся с мыслью о том, что истосковался по игре. Поморщившись от уже привычной вспышки боли в желудке, он ощутил потребность бежать в гостиную и забыться в музыке.

Будет ли у него возможность снова играть? Теперь он жалел, что не свел знакомство с жителями города. Были моменты, когда он представлял, что подходит к приятелю с просьбой разрешить поиграть на стоявшем без толку в гостиной пианино, которое было для воображаемого друга чем-то вроде бутафории. Он так и видел, как садится на пыльную скамью, пока друг наблюдал за ним из кухни или прихожей — это он не совсем четко представлял, — и начинает играть вещь, вызывающую слезы на глазах слушателей. Представлял то, что ему никогда не удавалось во время долгих турне.

Он сознавал, что фантазия абсурдна, но без музыки чувствовал себя полным ничтожеством.

Поднявшись, он постарался выбросить из головы эти мрачные мысли. Пастор Харрис сказал, что для церкви заказали новое пианино — дар одного из прихожан, и, как только оно прибудет, Стив может играть на нем сколько захочет. Но нужно ждать до конца июля, а он не знал, сколько еще протянет.

Он сел за кухонный стол и положил руки на столешницу. Хорошенько сосредоточившись, он сможет мысленно слышать музыку. Бетховен сочинил Героическую симфонию, когда уже почти оглох, не так ли? Возможно, и он, подобно Бетховену, сумеет обрести внутренний слух.

Он выбрал концерт, который играла Ронни в «Карнеги-холле», и, закрыв глаза, сосредоточился. Сначала звуки были слабыми, но потом его пальцы задвигались. Постепенно ноты и аккорды стали более отчетливыми и ясными, и хотя это не могло сравниться с настоящей игрой, все же придется обойтись этим.

Финальные аккорды концерта еще звучали в его голове, когда он медленно открыл глаза и увидел, что сидит в полутемной кухне. Через несколько минут из-за горизонта выглянет солнце... И вдруг он услышал длинную ноту, си-бемоль, долгую, зовущую... Он знал, что нота звучит только в его воображении, но все же потянулся за бумагой и ручкой. Небрежно начертил нотный стан и стал записывать ноты, прежде чем снова прижать к столу палец. И опять прозвучала нота, только на этот раз за ней последовали еще несколько. Он записал и их.

Стив всегда сочинял музыку, но считал ее чем-то вроде фарфоровых статуэток по сравнению со «статуями», созданными великими композиторами. Конечно, и это всего лишь безделушка, но постепенно он увлекся. Что, если он сочинит нечто настоящее? То, что люди будут помнить еще долго после того, как забудут о нем?

Полет фантазии длился недолго. Он и в прошлом пытался и терпел неудачи и не сомневался, что то же самое ждет его на этот раз. Было что-то поразительное в самом процессе создания нечто из ничего. Хотя и не продвинулся очень далеко — после упорных трудов остановился на первых тактах и решил начать все сначала, — он почему-то ощущал удовлетворение.

Когда солнце повисло над дюнами, Стив вспомнил о своих ночных размышлениях и решил пройтись по берегу. Больше всего на свете он мечтал вернуться домой с тем же умиротворенным выражением, которое так часто наблюдал на лице пастора Харриса. Но, шагая по песку, он невольно чувствовал себя дилетантом, искавшим божьей правды, как ребенок ищет раковины. Было бы чудесно, если бы он обнаружил очевидный признак его присутствия: горящий куст например, — но вместо этого Стив пытался сосредоточиться на окружающем мире: солнце, вставшем из-за моря, птичьей трели, легком покрывале тумана над водой. Он бессознательно впитывал эту красоту, наслаждаясь шорохом песка под ногами и ветром, ласкавшим щеку. Но несмотря на все усилия, он ни на шаг не приблизился к ответу. И в тысячный раз задавался вопросом: что позволяло пастору Харрису слышать ответы в сердце своем? Что тот имел в виду, утверждая, что чувствует присутствие Бога? Возможно, стоило бы прямо спросить пастора Харриса, но вряд ли это что-то даст. Как можно объяснить подобные вещи? Все равно что описывать цвета слепому. Можно понять слова, но потаенный смысл по-прежнему останется загадкой.

Эти мысли были странны и новы для него. До недавнего времени его не одолевали такие вопросы — возможно, из-за обилия повседневных дел, — но так было, пока он не вернулся в Райтсвилл-Бич. Здесь время замедлило шаг одновременно с ритмом его жизни.

Продолжая идти по берегу, он снова раздумывал о своем судьбоносном решении испытать удачу в качестве концертирующего пианиста. Правда, он всегда гадал, сможет ли добиться успеха, и чувствовал, что его время истекает. Но как случилось, что эти мысли стали со временем такими настойчивыми? Почему он так легко оставлял свою семью и не бывал дома месяцами? Как он мог быть таким эгоистом? Оказалось, что решение было ошибочным. Он когда-то считал, что к этому решению его подтолкнула страсть к музыке, но теперь подозревал, что всего лишь искал способы заполнить пустоту, которую иногда ощущал в душе.

И может быть, осознав это, он рано или поздно найдет ответ?

Ронни

Проснувшись, Ронни посмотрела на часы, довольная тем, что со дня приезда впервые сумела выспаться. И хотя было не слишком поздно, все же она чувствовала себя отдохнувшей. Из гостиной доносился звук работающего телевизора, и Ронни, выйдя из спальни, сразу же увидела Джону. Лежа на диване, так что голова свисала с подушки, он уставился на экран. Шея, вытянутая словно у жирафа, была усыпана крошками поп-тарта. Джона откусил кусочек, и еще больше крошек посыпалось на ковер и его шею.

Она не хотела спрашивать, зная, что вразумительного ответа все равно не получит, но ничего не могла с собой поделать.

— Что ты делаешь?

— Смотрю телевизор вниз головой, — пояснил Джона. На экране мелькали кадры донельзя раздражавшего Ронни японского мультика с большеглазыми героями и невразумительным содержанием.

— Почему?

— Потому что мне так хочется.

— Я снова спрашиваю: почему?

— Не знаю.

Не нужно было и спрашивать.

Она мотнула головой в сторону кухни:

— Где па?

— Не знаю.

— Не знаешь, где па?

— Я ему не нянька, — неприветливо пробурчал Джона.

— Когда он ушел?

— Не знаю.

— Он был дома, когда ты встал?

— Не-а, — буркнул Джона, не отрывая глаз от телевизора. — Мы говорили о витраже.

— А потом...

— Не знаю.

— Хочешь сказать, что он растворился в воздухе?

— Нет. Хочу сказать, что после этого пришел пастор Харрис и они вышли на крыльцо поговорить.

— Почему же ты мне этого не сказал? — прошипела Ронни, раздраженно воздев руки к небу.

— Потому что пытаюсь смотреть фильм вверх ногами. Трудно говорить с тобой, когда кровь приливает к голове.

Ей очень хотелось съязвить так, чтобы надолго запомнил, но она не поддалась соблазну, потому что сегодня она выспалась и у нее было хорошее настроение. Потому что. А главное, потому что тоненький голосок где-то внутри шептал: «Сегодня ты, возможно, вернешься домой».

Больше никаких Блейз, Эшли и Маркусов. Никаких пробуждений ни свет ни заря.

И никаких Уиллов тоже...

При этой мысли она словно очнулась. До сих пор все казалось не так уж плохо. Вчера они прекрасно проводили время, пока не вмешалась Эшли. Ронни стоило бы рассказать, что именно ей наговорила Эшли. Следовало бы объясниться. Если бы не появление Маркуса...

Нет, она действительно хочет оказаться подальше от этого места!

Она откинула занавеску и выглянула в окно. На дорожке, ведущей к подъезду, стояли отец и пастор Харрис. Ронни вдруг поняла, что не видела пастора с самого детства, но он почти не изменился, хотя теперь опирался на трость. Зато белые волосы и брови были такими же густыми.

Ронни улыбнулась, вспомнив, как он сочувствовал им после похорон деда. Она знала, почему отец так любил его: в пасторе было нечто бесконечно доброе! А после службы он протягивал Ронни стакан свежего лимонада, который был слаще любой газировки.

Они, казалось, разговаривали с кем-то стоявшим на дорожке. С кем-то невидимым...

Ронни распахнула дверь, чтобы лучше видеть. Перед открытой дверью патрульной машины стоял офицер Пит Джонсон, очевидно, собиравшийся уезжать.

Услышав мерный рокот мотора, Ронни спустилась с крыльца. Отец нерешительно махнул рукой. Пит захлопнул дверь машины, и у Ронни упало сердце.

Когда она подошла к отцу и пастору Харрису, офицер Пит уже выезжал с дорожки, дав задний ход, и это только укрепило ее в мысли, что тот принес плохие новости.

— Проснулась? — обрадовался отец. — Я только недавно заглядывал к тебе, но ты спала как убитая. Помнишь пастора Харриса?

Ронни протянула руку.

— Помню. Здравствуйте, рада вас видеть.

Взяв руку пастора, она заметила множество мелких шрамов, покрывавших тыльные стороны ладоней и запястья.

— Поверить невозможно, что это та самая юная леди, которую я имел счастье встретить много лет назад. Теперь ты совсем взрослая и очень похожа на мать.

Ронни часто это слышала, но не знала, как реагировать. Означает ли это, что она выглядит старой? Или что ма выглядит молодо? Трудно сказать, но, кажется, пастор хотел сделать комплимент.

— Спасибо. Как поживает миссис Харрис?

Пастор оперся на трость.

— Не дает мне расслабиться, как, впрочем, всегда. И уверен, она захочет с тобой повидаться. Если будешь проходить мимо, я попрошу ее приготовить кувшин домашнего лимонада.

Вероятно, так оно и будет...

— Ловлю вас на слове!

— Очень на это надеюсь. Стив, спасибо еще раз за то, что предложил сделать витраж.

— О, не стоит, — отмахнулся Стив.

— Конечно, стоит! Но мне пора. Сегодня вместо меня урок закона Божьего проводят сестры Таусон, и если ты их знаешь, поймешь, почему их нельзя предоставить самим себе. Чрезвычайно вспыльчивые особы. Они любят пророка Даниила и Откровение и, похоже, забывают, что второе послание коринфянам — еще одна глава этой великой книги. Ронни, было чудесно вновь с тобой повидаться. Надеюсь, твой отец не причиняет тебе особых неприятностей. Сама знаешь, какими бывают эти родители!

— Нет, он ничего, — улыбнулась Ронни.

— Прекрасно. Но если он будет очень уж тебя притеснять, жалуйся мне, и я сделаю все, чтобы его вразумить. В свое время он был непослушным ребенком, и могу представить, как теперь доводит тебя!

— Я не был непослушным, — запротестовал па. — И часами играл на пианино.

— Не забудь рассказать, как ты налил в купель красной краски.

— Я никогда этого не делал, — пролепетал отец.

Пастор Харрис, казалось, искренне наслаждался происходящим.

— Может, и нет, но я стою на своем. Каким бы хорошим ни хотел казаться, все же твой па не был идеалом.

С этими словами он повернулся и зашагал по дорожке. Ронни весело покачала головой. Всякий, кто может заставить па корчиться от смущения, достоин того, чтобы узнать его получше. Особенно если ему есть что порассказать о па. Смешные истории. Добрые истории.

Отец с непроницаемым выражением лица смотрел вслед пастору. Однако когда повернулся к ней, вновь стал прежним отцом, которого она знала.

Ронни снова вспомнила, что коп только что уехал.

— Зачем приезжал офицер Пит? — встревоженно спросила она.

— Почему бы нам сначала не позавтракать? Ты наверняка проголодалась. За ужином почти ничего не ела.

Она потянулась к его руке:

— Скажи, па.

Отец поколебался, пытаясь найти нужные слова, но скрыть правду было невозможно.

— Ты не сможешь сейчас вернуться в Нью-Йорк. По крайней мере до того, как тебе предъявят обвинение, а это будет только на следующей неделе. Владелица магазина собирается подать иск.

Ронни сидела на дюне не столько рассерженная, сколько испуганная, думая о том, что происходит в доме. Прошел час с момента, как отец передал слова офицера Пита, и с тех пор она сидит тут. Отец, конечно, позвонит ма. Можно только представить, как та отреагирует! Хорошо, что Ронни сейчас не там... это единственное, что оправдывает ее пребывание здесь.

Если не считать Уилла...

Ронни покачала головой, гадая, почему никак не может перестать о нем думать. Между ними все кончено, особенно если учесть, что почти ничего и не начиналось. Почему он интересуется ею? Ведь они с Эшли были вместе почти два года, а это значит, что такой тип женщин в его вкусе. А Ронни твердо усвоила, что люди не меняются. Им нравится то, что нравится, даже если они не понимают, почему именно. А она ничуть на Эшли не похожа.

Никаких обсуждений, никаких споров. Потому что, будь она похожа на Эшли, она предпочла бы поплыть к горизонту, пока не исчезнет всякая надежда на спасение. Лучше уж покончить с собой сразу...

Но не это терзало ее сильнее всего. Ронни беспокоила ма. Сейчас она узнает об аресте, поскольку отец уже ей звонит. Ма кричит и закатывает истерики. И как только повесит трубку, немедленно позвонит своей сестре или матери и расскажет о последней ужасной выходке Ронни. И конечно, без зазрения совести преувеличит ее вину, чтобы свалить на Ронни все грехи. Ма, как всегда, игнорировала нюансы. А в этом случае самой важной деталью было то, что Ронни этого не делала!

Но имеет ли это значение? Конечно, нет! Она почти физически ощущала ярость ма, и от этого становилось дурно. Может, это к лучшему, что она сегодня не вернется домой.

За спиной послышались шаги па. Оглянувшись, она увидела, что он колеблется, не зная, хочет ли она побыть одна. Но все-таки нерешительно сел рядом. И продолжал молчать, наблюдая за идущим к берегу траулером.

— Она очень злилась?

Ронни уже знала ответ, но не могла не спросить.

— Немного, — признался отец.

— Всего лишь немного?

— Почти уверен, что, пока мы разговаривали, она, как Годзилла, громила кухню.

Ронни зажмурилась, представив эту сцену.

— Ты объяснил, что случилось на самом деле?

— Ну разумеется. И подчеркнул, что уверен в твоей невиновности. И что ты говоришь правду.

Он обнял дочь за плечи.

— Она успокоится и все рассудит здраво. Как всегда.

Ронни кивнула, чувствуя взгляд отца.

— Мне жаль, что ты не сумеешь поехать домой сегодня, — извиняющимся тоном сказал он. — Я знаю, как тебе ненавистно это место.

— Это не так, — механически пробормотала она и, к собственному изумлению, поняла, что, как бы ни пыталась убедить себя в обратном, говорит правду. — Просто я здесь чужая.

Он грустно улыбнулся.

— Если это послужит утешением, признаюсь: я, когда рос, тоже считал, что здесь чужой. Мечтал о жизни в Нью-Йорке. Странно, но стоило мне уехать, как я стал ужасно тосковать. Можешь назвать это зовом океана.

— Что теперь со мной будет? — спросила Ронни. — Офицер Пит больше ничего не сказал?

— Нет. Только то, что владелица считает нужным подать в суд, поскольку пластинки были ценными и в последнее время у нее возникли проблемы с магазинными ворами.

— Но я этого не делала! — отчаянно крикнула Ронни.

— Знаю, — кивнул отец, — и мы все уладим. Найдем хорошего адвоката.

— Но адвокаты дороги!

— Да. Особенно хорошие.

— А ты сможешь заплатить?

— Не волнуйся, придумаем что-нибудь.

Отец помолчал.

— Можно тебя спросить: почему Блейз так обозлилась? Ты мне так и не сказала.

Будь на его месте ма, она, возможно, не ответила бы. Еще два дня назад, может, и отцу не сказала бы... Но теперь у нее не было причин молчать.

— У нее очень неприятный, отталкивающий, на мой взгляд, бойфренд, и она считает, что я хочу его отбить.

— Что ты подразумеваешь под словами «неприятный и отталкивающий»?

Ронни ответила не сразу.

Первые семьи уже появились на пляже, нагруженные полотенцами и пляжными игрушками.

— Я видела его прошлой ночью, — едва слышно призналась она, показывая на пляж. — Он стоял вон там, пока я разговаривала с Уиллом.

Отец не пытался скрыть тревогу.

— Но он не подошел ближе?

Ронни покачала головой:

— Нет... но в нем что-то такое... Маркус...

— Может, тебе стоит держаться подальше от этих двоих? Я имею в виду Блейз и Маркуса.

— Не волнуйся. Я не собираюсь больше разговаривать с ними.

— Хочешь, я позвоню Питу? Конечно, у тебя не слишком хорошее впечатление от встреч с ним...

— Пока не стоит. И поверь, я вовсе не сержусь на Пита. Он всего лишь выполняет свою работу и сочувственно ко мне отнесся. По-моему, ему меня жаль.

— Он сказал, что верит тебе. Поэтому и поговорил с владелицей.

Она улыбнулась, подумав, как здорово говорить с ним по душам. И насколько другой была бы жизнь, останься он с ними.

Она поколебалась, рассеянно пересыпая песок из одной ладони в другую.

— Почему ты оставил нас, па? Я достаточно взрослая, чтобы знать правду.

Отец вытянул ноги, очевидно, стараясь выиграть время. Он, казалось, с чем-то боролся, пытаясь сообразить, что можно ей рассказать и с чего начать.

— После того как я ушел из Джульярда, стал гастролировать. Знаешь, это была моя мечта: стать знаменитым пианистом. Так или иначе, прежде чем принимать решение, мне стоило бы больше думать о реальной ситуации. Но я этого не сделал. Не понимал, как трудно придется твоей ма. Вот так и получилось, что между нами возникло отчуждение.

Ронни смотрела на отца, пытаясь читать его мысли.

— Но у тебя был кто-то еще, верно? — бесстрастно заметила она.

Отец, не отвечая, отвел глаза. Ронни почувствовала, как внутри что-то взорвалось.

— Знаю, — утомленно вздохнул отец, — мне следовало бы сделать все, чтобы спасти наш брак, и теперь мне очень жаль. Куда больше, чем ты полагаешь. Но я хочу, чтобы ты знала: я никогда не переставал верить в твою ма и в силу нашей любви. Пусть в конце все вышло не так, как мы ожидали, но каждый раз, видя тебя и Джону, я думаю, как счастлив иметь таких детей.

Она снова зачерпнула горсть песка, почему-то ощущая огромную усталость.

— Что мне теперь делать?

— Насчет сегодняшнего дня?

— Насчет всего.

Он осторожно положил руку ей на плечо.

— Думаю, твоим первым шагом будет разговор с ним.

— С кем?

— С Уиллом. Помнишь, вчера вы прошли мимо дома? Я смотрел на вас и думал, как хорошо вы смотритесь вместе.

— Но ты даже не знаешь его! — потрясенно прошептала Ронни.

— Не знаю. Зато знаю тебя.

Отец нежно улыбнулся.

— И вчера ты была счастлива.

— А если он не захочет со мной говорить? — расстроилась Ронни.

— Захочет.

— Откуда ты знаешь?

— Потому что видел вас, и он тоже выглядел счастливым.

Стоя у мастерской «Блейкли брейкс», Ронни думала только об одном: «Я не хочу этого делать». Она не хотела видеть его... только, если честно, на самом деле хотела... и знала, что иначе просто не выдержит. Она была несправедлива к нему, и он по меньшей мере заслуживал того, чтобы знать о ее разговоре с Эшли. Он ведь несколько часов прождал у ее дома, верно?

Кроме того, нужно признать, что отец прав. Ей было хорошо с Уиллом. И весело. По крайней мере насколько может быть весело в подобном месте. Он явно выделялся среди всех парней, которых она знала. И дело не в том, что он играл в волейбол и обладал телом атлета и что был куда умнее, чем казалось с первого взгляда.

Он ее не боялся.

Слишком много парней в наши дни считают, что достаточно быть вежливым, и любая девушка падет к их ногам. Да, это, конечно, имеет значение. Но быть милым и славным еще не означает, что за это она позволит вытирать об себя ноги. Уилл словно говорил: «Я такой, и это мне нравится. Я хочу испытать эту радость и разделить ее с тобой одной. Из всех моих знакомых ты одна не похожа на других».

Слишком часто, приглашая ее на свидание, парень не знал, что делать и куда идти, вынуждая ее самостоятельно принимать решения. В этом было что-то инфантильное и жалкое. Уилла никак не назовешь слабым и безликим, и ее это в нем привлекало.

Но означало также, что это она должна сделать первый шаг к примирению.

Набравшись храбрости, на случай если он все еще сердится, она вошла в вестибюль. Уилл и Скотт работали в яме под машиной. Скотт что-то сказал Уиллу, тот повернулся и увидел ее, но не улыбнулся. Молча вытер руки ветошью и направился к ней, остановившись в нескольких шагах. Лицо его было непроницаемым.

— Что тебе нужно?

Не то начало, на которое она надеялась. Впрочем, чего еще ожидать?

— Ты был прав. Вчера я ушла с игры, когда Эшли сказала, что я твой последний объект. Она также намекнула, что я далеко не первая. И что ты водил меня в «Аквариум» и на рыбалку специально: трюк, который используешь с каждой новой девушкой.

Уилл продолжал смотреть на нее.

— Она лгала.

— Знаю.

— Так почему ты оставила меня сидеть у твоей двери несколько часов? И почему ничего не сказала вчера?

Она заправила прядь волос за ухо, ощущая прилив невыразимого стыда.

— Я была расстроена и рассержена. И хотела тебе рассказать, но не успела — ты уже ушел.

— Хочешь сказать, это я виноват?

— Вовсе нет. Тут творится много такого, что не имеет к тебе никакого отношения. Последние несколько дней мне трудно пришлось.

Она нервно пригладила волосы. В мастерской было так жарко!

Уилл несколько минут обдумывал сказанное.

— Но почему ты сразу ей поверила? Ты даже ее не знаешь!

Она закрыла глаза. Почему? «Потому что я идиотка. Потому что следовало бы доверять собственным инстинктам, там где речь шла о такой, как Эшли».

Видя, что она не собирается отвечать, он сунул большие пальцы в карманы.

— Это все, что ты хотела сказать? Потому что мне нужно работать.

— Я также хотела извиниться. Прости, я слишком резко отреагировала, — тихо произнесла она.

— Вот именно! — кивнул Уилл. — Ты вела себя просто глупо! Что-то еще?

— Еще хотела, чтобы ты знал: вчерашний день был классным! Ну... если не считать конца, разумеется.

— О'кей.

Она не совсем поняла, что означает его ответ, но когда он коротко улыбнулся, немного расслабилась.

— Это все, что ты можешь сказать, после того как я притащилась сюда только затем, чтобы извиниться? «О'кей»?!

Вместо ответа Уилл шагнул к ней, и тут события стали разворачиваться слишком быстро и словно помимо воли обоих. Они не успели ничего сообразить. Только секунду назад он стоял в шаге от Ронни, а в следующую уже притянул ее к себе и поцеловал. Его губы были мягкими и поразительно нежными. Может, он застал ее врасплох, но она ответила на поцелуй, короткий и не похожий на те, исступленные, страстные, выжигающие душу поцелуи, принятые в нынешнем кино. Но она все равно была рада, что это произошло, потому что в глубине души именно этого и хотела.

Когда он отстранился, щеки Ронни пылали. Его лицо было добрым, но серьезным, и в нем не было ни малейших признаков слабости.

— В следующий раз, когда обозлишься на меня, не замыкайся. Говори сразу. Не люблю я игр. И кстати, я тоже здорово провел время.

Возвращаясь домой, Ронни никак не могла обрести равновесие. Проигрывая в памяти сцену поцелуя, она по-прежнему не могла понять, как это вышло. Но ей понравилось. Очень понравилось. И тогда возникал вопрос: почему она сразу ушла? По логике вещей они должны были назначить очередную встречу, но при виде Скотта, торчавшего с открытым ртом на заднем плане, самым естественным было бы чмокнуть Уилла в щеку и позволить ему вернуться к работе, но Ронни почему-то была уверена, что они увидятся снова. Возможно, очень скоро.

Она ему нравилась. Она не знала, как и почему это произошло, но она ему нравилась, и эта мысль поражала. Жаль, что нет Кейлы, с которой можно было бы обо всем поговорить. Конечно, можно позвонить ей, но это не одно и то же. И потом, она сама не знала, что скажет. Просто хотела чтобы ее выслушали.

Когда она подходила к дому, дверь мастерской распахнулась и оттуда появился Джона. Сощурившись на солнце, он подался к крыльцу.

— Привет! — окликнула Ронни.

— Ой, привет, Ронни! — воскликнул мальчик и побежал к ней. — Можно задать тебе вопрос?

— Валяй!

— Хочешь печенье?

— Что?

— Печенье! Вроде «Орео». Хочешь?

Она не совсем понимала, к чему он клонит, потому что мысли Джоны текли ни перпендикулярно, ни параллельно ее собственным.

— Нет, — осторожно ответила она.

— Как это можно не хотеть печенье?

— Просто не хочу.

— Ладно.

Он взмахнул рукой.

— Скажем, ты хотела печенье. Предположим, просто умирала, хотела печенье. И печенье лежало в буфете. Что бы ты сделала?

— Съела бы печенье? — предположила она.

— Совершенно верно! — щелкнул пальцами Джона. — Именно это я и говорю.

— Что именно?

— Что если хочешь печенье, то пойди и возьми. Вполне разумно.

Вот оно что?! Теперь понятно!

— Позволь предположить, что па не разрешил тебе брать печенье.

— Не разрешил. Даже если бы я умирал с голоду, он и слышать ничего не хочет. Говорит, что сначала нужно съесть сандвич.

— А ты считаешь это несправедливым.

— Ты сама сказала, что взяла бы печенье, если бы захотела. Я не маленький и сам могу принимать решения.

Он серьезно уставился на нее.

Ронни прижала палец к подбородку.

— Хмм... теперь я вижу, почему это так тебя беспокоит.

— Все равно нечестно! Если он захочет печенье, пойдет и возьмет. Но для меня это правило не существует. Ты сама сказала, что это несправедливо!

— Так что будешь делать?

— Съем сандвич. Потому что должен. Потому что мир жесток к десятилетним детям!

Не дожидаясь ответа, он прошел мимо. Ронни с улыбкой покачала головой. Может, позже она поведет его есть мороженое.

Она минутку поколебалась, стоит или нет идти в дом, но потом все же направилась к мастерской. Возможно, самое время увидеть витраж, о котором она столько слышала.

Открыв дверь, она увидела, что отец что-то паяет.

— Привет, солнышко. Заходи.

Ронни вошла внутрь. Она впервые была в мастерской. Сморщила нос при виде странных гибридов животных и подошла к столу, где и увидела витраж. Насколько она поняла, до окончания работы еще далеко. Еще и четверти не готово, и, видимо, нужно поставить на свои места не менее тысячи кусочков.

Припаяв очередной, отец выпрямился и расправил плечи.

— Стол для меня слишком низкий. Иногда спина затекает.

— Принести тебе тайленол?

— Нет, я просто старею, тайленол тут не поможет.

Ронни фыркнула и отошла от стола. К стене, рядом с газетной вырезкой с рассказом о пожаре в церкви, была приклеена фотография витража. Ронни присмотрелась поближе, прежде чем вновь повернуться к отцу:

— Я поговорила с ним. Ходила в мастерскую, где он работает.

— И?..

— Я ему нравлюсь.

— Как и должно быть, — пожал плечами отец. — Ты одна на миллион.

Ронни благодарно улыбнулась. Всегда ли отец был таким милым?

Но как она ни старалась, не смогла вспомнить.

— Почему ты делаешь витражи для церкви? Потому что пастор Харрис позволил тебе жить в доме?

— Нет, я в любом случае его сделал бы...

Он не докончил фразу. Ронни выжидающе уставилась на него.

— Это долгая история. Уверена, что хочешь ее услышать?

Она кивнула.

— Мне было лет шесть-семь, когда я впервые забрел в церковь пастора Харриса, чтобы укрыться от дождя. При этом я был почти уверен, что он меня выгонит. Но вместо этого он принес мне одеяло и чашку супа и позвонил моей матери, чтобы она пришла за мной. А пока ее не было, позволил мне поиграть на пианино. Я был малышом, просто барабанившим по клавишам, но почему-то вернулся на следующий же день и пастор стал моим первым учителем музыки. Он боготворил великих композиторов и часто повторял, что прекрасная музыка подобна пению ангелов, и я заразился от него этой любовью. Приходил в церковь каждый день и играл часами под тем, первым витражом, купаясь в божественном свете, проходившем сквозь него. Когда я вспоминаю проведенные там часы, мне всегда представляется эта картина. Поток небесного света. И когда несколько месяцев назад церковь сгорела...

Он показал на газетную вырезку.

— Пастор Харрис едва не погиб в ту ночь. Он был в церкви, вносил последние поправки в проповедь, и едва сумел выбраться. Церковь заполыхала в считанные минуты и сгорела дотла. Пастор Харрис месяц пролежал в больнице и с тех пор проводил службы на старом складе, которым кто-то позволил ему пользоваться. Там было темно и сыро, но я думал, это временная мера, пока он не объяснил, что страховка покрывает только половину причиненного ущерба и он никак не может позволить себе новый витраж. Я просто не мог этого допустить. Церковь уже никогда не будет прежней без витража. Поэтому я собираюсь закончить его.

Он откашлялся.

— Мне необходимо его закончить.

Ронни попыталась представить мальчика, сидящего за церковным пианино, но взгляд все время скользил между снимком на стене и частично законченным витражом.

— Ты делаешь доброе дело.

— Да... посмотрим, как все обернется. Но Джоне, похоже, нравится здесь работать.

— Кстати, насчет Джоны. Он очень расстроился из-за того, что ты не позволил ему съесть печенье.

— Сначала сандвич.

Ронни хихикнула.

— Я не спорю. Просто все это ужасно смешно.

— Он сказал тебе, что уже слопал сегодня две печенюшки?

— Боюсь, что об этом он не упомянул.

— Я так и понял.

Он положил перчатки на стол.

— Хочешь поесть с нами?

— Думаю, да, — кивнула Ронни.

Они направились к двери.

— Послушай, — с небрежным видом спросил отец, — у меня есть шанс познакомиться с молодым человеком, которому нравится моя дочь?

Ронни проскользнула мимо него.

— Возможно.

— Как насчет того, чтобы пригласить его к ужину? А может, потом мы... сделаем то... ну что привыкли делать, — нерешительно предложил отец.

Ронни немного подумала.

— Не знаю, па. Обстановка может накалиться...

— Вот что я скажу: решай сама. Как скажешь, так и будет.

Уилл

— Что с тобой, старина? Ты должен думать только об игре, и тогда мы раздавим Лэндри и Тайсона на турнире.

Уилл рассеянно перебросил мяч из одной руки в другую. Скотт тяжело дышал, все еще не остыв после партии. Они закончили работу в три и помчались на пляж поиграть с парой команд. Все готовились к юго-западному турниру, который будет проходить в Райтсвилл-Бич в конце августа.

— В этом году они еще ни разу не проиграли. И только сейчас выиграли всеамериканские юношеские соревнования, — напомнил Уилл.

— И что? Нас там не было. Они побили кучу бездарей.

По скромному мнению Уилла, на подобные соревнования бездарей не брали. Однако в мире Скотта каждый проигравший был бездарью.

— Они побили и нас в прошлом году.

— Да, но в прошлом году ты играл даже хуже, чем сейчас. Вся тяжесть была на мне.

— Спасибо.

— Я просто к слову. Ты не в себе. Взять хоть вчерашний день. После того как убежала эта телка из «Пропащих ребят».

— Она не телка из «Пропащих ребят». Ее зовут Ронни.

— Как скажешь. Знаешь, в чем твоя проблема?

— Да, Скотт, пожалуйста, расскажи мне о моих проблемах. Умираю от желания услышать, что ты думаешь.

— Твоя проблема в том, что ты не можешь сосредоточиться, — продолжал Скотт, не обращая внимания на Уилла. — Какая-то мелочь, и ты уже унесся мыслями в страну фантазий. О, я пролил на Эльвиру газировку, и поэтому пропускаю следующие пять мячей. О, Вампира обозлилась на Эшли, так что я лучше пропущу следующие две подачи...

— Ты прекратишь? — перебил Уилл.

— Что именно? — недоуменно спросил Скотт.

— Прекратишь выдумывать для нее всякие имена?

— Видишь! Именно об этом я толкую. Не о ней! О тебе и нежелании сосредоточиться на игре.

— Мы только что выиграли два сета, а у них всего семь очков! Мы их раздавили! — запротестовал Уилл.

— Они не должны были заработать даже пяти очков! Нам следовало наглухо их заткнуть.

— Ты это серьезно?

— Абсолютно. Они не слишком хороши.

— Но мы выиграли, разве этого не достаточно?

— Нет, если сможешь выиграть с большим количеством очков. Нам следовало сломить их дух, и когда они встретятся с нами на турнире, сдадутся еще до того, как начнется игра. Это называется психологией.

— Я думал, это называется набором очков.

— Просто ты не способен мыслить здраво. Иначе никогда бы не связался с Круэллой де Виль*.

Эльвира, Вампира и теперь Круэлла. По крайней мере Скотт не повторяется.

— Думаю, ты просто ревнуешь, — заметил Уилл.

— Нет. Лично я считаю, что ты должен помириться с Эшли, чтобы я спокойно мог встречаться с Касси.

— По-прежнему думаешь о ней?

— Интересно, о ком я, по-твоему, должен думать? Видел бы ты ее в бикини!

— Так пригласи ее на свидание.

— Не пойдет, — расстроенно нахмурился Скотт. — Это вроде как комплексная сделка. Все в одном пакете. Не понимаю, зачем ей это.

— Может, она считает тебя уродом.

Скотт ответил злобным взглядом, прежде чем делано рассмеяться:

---

* Отрицательная героиня фильма «101 далматинец».

— Ха-ха! Ужасно смешно! Тебе следует записаться на шоу Леттермана!

— Я просто так говорю.

— Тогда лучше молчи, ладно? А что там между тобой и...

— Ронни.

— Ну да. Что там насчет ее? Вчера ты весь выходной провел с ней. А сегодня она появляется в мастерской и ты ее целуешь. У тебя это серьезно или как?

Уилл продолжал молчать.

Скотт сокрушенно покачал головой и наставительно поднял палец:

— Видишь ли, не хватало еще, чтобы ты всерьез увлекся девчонкой. Нужно сосредоточиться на том, что важно. Ты работаешь полный день, стал волонтером, пытаешься спасать дельфинов, или китов, или черепах, или кого там еще, и к тому же сам знаешь, сколько мы должны тренироваться, чтобы подготовиться к турниру.

Уилл ничего не ответил, но видел, что Скотт с каждой секундой паникует все сильнее.

— Да брось, старик! Ты не имеешь права так со мной поступать. Что, спрашивается, ты в ней нашел?

Уилл плотно сжал губы.

— Нет-нет-нет, — повторял Скотт как мантру. — Я знал, что это должно случиться. Поэтому и просил тебя помириться с Эшли. Чтобы ты ни с кем больше всерьез не связывался. Ты же знаешь, что случится! Ты станешь отшельником, наплюешь на друзей. Поверь: последнее, что тебе нужно, — это отношения с этой...

— Ронни, — вставил Уилл.

— Кем угодно! — отрезал Скотт. — Ты не улавливаешь сути.

— Ты когда-нибудь сознавал, что печешься о моей жизни больше, чем о своей? — улыбнулся Уилл.

— Потому что в отличие от тебя я не попадаю в неприятности!

Уилл невольно дернулся, вспомнив о ночном пожаре. В самом ли деле Скотт настолько бескорыстен?

— Я не желаю об этом говорить, — сказал он, но тут же понял, что Скотт не слушает. Его взгляд был устремлен вдаль, в какую-то точку поверх плеча Уилла.

— Ты, должно быть, шутишь, — промямлил он.

Обернувшись, Уилл увидел подходившую к ним Ронни. В джинсах и темной майке она выглядела так же нелепо, как крокодил в Антарктиде. Лицо Уилла расплылось в широкой улыбке.

Он немедленно двинулся к ней, упиваясь видом девушки и в который раз задаваясь вопросом, о чем она думает. Но ему нравилось, что он никак не может ее разгадать.

— Эй! — окликнул он, потянувшись к ней.

Но она остановилась, чуть-чуть не доходя до него. Лицо ее было серьезным.

— Не целуй меня. Лучше послушай, ладно?

Сидя рядом с ним в грузовике, Ронни оставалась такой же загадочной. Смотрела в окно, слегка улыбалась и, казалось, любовалась пейзажами.

— Знаешь, моему отцу все равно, что на тебе шорты и майка.

— Это займет всего несколько минут.

— Но это простой ужин.

— Я потный и разгоряченный. И не собираюсь встречаться с твоим па, одетым как бродяга.

— Но я же сказала: ему все равно.

— А мне не все равно. В отличие от многих мне нравится производить хорошее впечатление.

— Хочешь сказать, что мне не нравится? — вскинулась Ронни.

— Разумеется, не хочу. Например, все, кого я знаю, обожают знакомиться с девушками с фиолетовыми волосами.

Хотя Ронни понимала, что ее дразнят, все же зловеще прищурилась.

— Похоже, с этим у тебя проблем нет.

— Да, потому что я особенный.

— И ты собираешься так вести себя всю ночь?

— Как именно?

— Как кто-то, кто больше никогда в жизни не вознамерится меня поцеловать!

Уилл рассмеялся и повернулся к ней.

— Извини. Я не хотел тебя обидеть. И если честно, мне нравятся фиолетовые пряди. Ты... просто ты такая.

— Именно, и советую впредь быть осторожнее, — отрезала она, открывая бардачок и принимаясь там рыться.

— Что ты делаешь?

— Просто смотрю. А что? Прячешь что-то?

— Можешь хоть все обшарить. Заодно и порядок наведешь.

Ронни вытащила пулю и поднесла к его глазам.

— Полагаю, этим ты убиваешь уток?

— Нет, это на оленя. Слишком велика для утки. Ее просто разорвет на клочки.

— Знаешь, у тебя серьезные проблемы.

— Да, я уже слышал.

Ронни хихикнула, но разговор продолжать не стала. Они проезжали мимо домов, в промежутках между которыми солнце отражалось от вод Берегового канала, заливая все вокруг слепящим светом. Ронни закрыла бардачок и опустила защитный козырек. Заметив фотографию прелестной блондинки, она вынула ее и стала изучать.

— Хорошенькая, — заметила она.

— Что есть, то есть.

— Ставлю десять баксов на то, что ты выложил ее в «Фейсбуке» на своей странице.

— Ты проиграла. Это моя сестра.

Ронни многозначительно посмотрела на его запястье, которое охватывал такой же браслет-макраме, как и у сестры.

— А почему браслеты одинаковые?

— Мы с сестрой их сплели.

— В поддержку правого дела, разумеется?

— Нет, — коротко ответил он. Она почувствовала, что он не хочет распространяться на эту тему, и осторожно положила снимок на место.

— Сколько еще ехать? — спросила она.

— Мы почти на месте, — заверил Уилл.

— Знай я, что это так далеко, вернулась бы домой. Тем более что мы все дальше от него удаляемся.

— Но тогда бы тебе пришлось обойтись без моей блестящей беседы.

— Ты так это называешь?

— Собираешься и дальше оскорблять меня? — осведомился Уилл. — Тогда мне нужно знать, включать ли музыку, чтобы этого не слышать.

— Знаешь, тебе не следовало целовать меня. Все это было не совсем романтично, — парировала Ронни.

— А мне казалось, наоборот.

— Мы были в мастерской. У тебя руки грязные, твой приятель на нас глазел...

— Идеальная мизансцена, — не согласился он и, сбросив скорость, свернул за угол, встал и нажал кнопку пульта. Железные ворота медленно отворились, и грузовик вкатил во двор. Взволнованный перспективой ужина с семьей Ронни, Уилл даже не заметил, что та притихла.

Ронни

«Ладно, — думала она, — это даже забавно!» Не только двор с розарием, живой изгородью, мраморными статуями или массивный особняк в георгианском стиле с колоннами и даже не дорогие редкие машины, отполированные вручную и стоящие в специально предназначенной для них зоне, — все вместе ее почти шокировало.

Это не просто смехотворно, а более чем.

Да, она знала, что в Нью-Йорке есть богатые люди с апартаментами в двадцать три комнаты на Парк-авеню и домами в Хэмптонс, но с такими людьми не общалась, и, уж конечно, они ее к себе не приглашали.

Нечто подобное она видела только в журналах, и то в большинстве своем это были случайные снимки, сделанные папарацци.

И вот она стоит перед одним из таких особняков, в майке и драных джинсах. Мило. Он по крайней мере мог бы ее предупредить!

Она не отрываясь смотрела на дом, пока грузовик катил по дорожке, сворачивал на бетонированную крутую площадку и останавливался перед входом. Ронни уже хотела спросить, действительно ли он живет здесь, но поняла, что это глупый вопрос. Разумеется, живет.

Но Уилл уже выходил из грузовика. Она тоже открыла дверь и спрыгнула на землю. Двое мужчин, мывших машины, оглянулись на нее, прежде чем снова взяться за дело.

— Я только ополоснусь и переоденусь. Это недолго.

— Ладно, — кивнула Ронни. А что она могла еще сказать? Она впервые в жизни видела такой большой дом вблизи.

Они поднялись на крыльцо и на секунду остановились у двери, но Ронни успела заметить начищенную медную пластинку, на которой было одно слово: «Блейкли».

Да ведь «Блейкли брейкс» — мастерская отца Уилла. И он не просто владеет одной мастерской: у него, наверное, целое предприятие.

Она все еще пыталась осознать этот простой факт, когда Уилл открыл дверь и повел ее в огромный холл, в центре которого поднималась широкая лестница. Справа находилась отделанная темными панелями библиотека, слева — нечто вроде музыкального салона. Впереди виднелась гигантская, залитая солнцем комната, а за окнами плескались сверкающие воды залива.

— Ты не говорил, что твоя фамилия Блейкли, — упрекнула Ронни.

— Ты не спрашивала, — безразлично пожал он плечами. — Заходи.

Он повел ее к большой комнате, двери которой выходили на широкую крытую веранду у самой воды. У причала была пришвартована яхта среднего водоизмещения.

Да, нужно признать, ей здесь не место. И тот факт, что здесь все чувствовали себя неуютно, служил слабым утешением. С таким же успехом она могла приземлиться на Марсе.

— Принести тебе чего-нибудь попить, пока я собираюсь?

— Э... нет... все в порядке, спасибо, — пробормотала она, стараясь не слишком глазеть на окружающую обстановку.

— Хочешь, я покажу тебе дом?

— Не сейчас.

Откуда-то сбоку послышался женский голос:

— Уилл! Ты пришел?

В комнату вошла привлекательная женщина лет пятидесяти в дорогом льняном брючном костюме, с журналом, рекламирующим свадебные платья, в руках.

— Привет, ма, — ответил Уилл, бросая ключи от грузовика в чашу на столике, рядом с вазой свежесрезанных лилий. — Я привел кое-кого. Это Ронни. А это моя ма Сьюзен.

— Здравствуй, Ронни, — холодно бросила Сьюзен. Очевидно, она была не слишком довольна неожиданным приходом Ронни, хотя и старалась это скрыть. И девушка понимала, что недовольна Сьюзен не столько неожиданным сюрпризом, сколько ее появлением.

Но если Ронни заметила возникшее напряжение, Уилл оставался совершенно спокоен. Может, только женщины способны чувствовать подобные вещи, потому что Уилл как ни в чем не бывало продолжал болтать с матерью.

— Па дома?

— По-моему, он у себя в кабинете.

— Мне нужно поговорить с ним перед уходом.

Сьюзен переложила журнал из одной руки в другую.

— Ты уходишь?

— Сегодня вечером я ужинаю с семьей Ронни.

— О... прекрасно.

— Тебе бы понравилось. Ронни вегетарианка.

— Вот как? Это правда?

Она так пристально смотрела на Ронни, что та словно уменьшилась под ее взглядом.

— Интересно, — заметила Сьюзен, но Ронни видела, что ей ничуть не интересно.

Уилл словно не замечал холодного приема, оказанного его подружке.

— Ладно, я наверх — через несколько минут вернусь.

Хотя Ронни так и подмывало попросить его поторопиться, она молча кивнула.

Уилл в два шага подскочил к лестнице, оставив Ронни и Сьюзен наедине. Ронни остро сознавала, что, несмотря на все различия, сейчас одинаково неловко и гостье, и хозяйке. Ронни хотелось придушить Уилла. Мог бы по крайней мере ее предупредить.

— Итак, — начала Сьюзен, натянуто улыбаясь. — Это за твоим домом нашли черепашье гнездо?

— За моим.

Сьюзен кивнула. Очевидно, ей больше нечего было сказать, поэтому Ронни постаралась заполнить неловкую паузу.

— У вас прекрасный дом, — заметила она, обводя рукой холл.

— Спасибо.

Теперь уже и у Ронни не нашлось слов. Обе молча смотрели друг на друга. Позже Ронни со страхом думала, что случилось бы, продолжай они оставаться наедине. Но к счастью, к ним подошел мужчина в брюках «докерс» и рубашке поло.

— Мне показалось, что кто-то пришел! — воскликнул он, подходя к ним. На лице играла дружелюбная улыбка.

— Я Том, иначе говоря, отец Уилла, а ты Ронни, верно?

— Рада познакомиться, — вежливо ответила она.

— И я рад познакомиться с девушкой, о которой Уилл постоянно говорит.

Сьюзен нервно откашлялась.

— Уилл собирается ужинать с семьей Ронни.

— Надеюсь, вы не станете готовить что-то очень уж сложное. Парень живет на пицце с пеппперони и бургерах, — обратился Том к Ронни.

— Ронни вегетарианка, — сообщила Сьюзен таким тоном, словно Ронни была террористкой. А может, все не так? Трудно сказать. Уилл должен, должен был предупредить ее о том, что ее ожидает. Тогда она могла бы подготовиться. Но Том, как и Уилл, казалось, ничего не замечал.

— Правда? Здорово! По крайней мере хоть для разнообразия попробует здоровую пищу.

Он немного помедлил.

— Конечно, ты ждешь Уилла, но я хотел кое-что тебе показать.

— Вряд ли ее заинтересует твой самолет, — запротестовала Сьюзен.

— Не знаю. А вдруг заинтересует? Ронни, ты любишь самолеты?

Ну конечно, почему бы такому семейству не иметь самолет? Только этого недоставало! И весь этот ужас — вина Уилла. Она обязательно убьет его, как только выберется отсюда. Но что же ей поделать?

— Разумеется, — сказала она. — Конечно, я люблю самолеты.

Ей представлялся «лирджет» или «гольфстрим», стоящий в личном ангаре, на дальнем конце участка, но картинка была весьма расплывчатой, поскольку до сих пор она видела частные самолеты только на фотографиях. Оказалось, это вовсе не то, что она ожидала. Старая радиоуправляемая игрушка, с воем пронесшаяся над деревьями, спустилась ниже, пролетев над Береговым каналом.

— Я всегда хотел что-то в этом роде и наконец разорился и купил себе игрушку. Вообще-то это второй самолетик. Первый по несчастной случайности утонул.

— Какая жалость! — посочувствовала Ронни.

— Да, но это научило меня в следующий раз сначала читать инструкции.

— Вы его разбили?

— Нет, кончился керосин. Хочешь попробовать?

— Не стоит, — отказалась Ронни. — Я не слишком хорошо разбираюсь в подобных вещах.

— Это не так уж сложно, — заверил Том. — Модель для чайников. Правда, первый тоже был таким же, и о чем это нам говорит?

— Что сначала следует прочитать инструкции?

— Верно! — кивнул Том. В эту минуту он ужасно походил на Уилла.

— Вы со Сьюзен говорили о свадьбе? — спросил он.

Ронни покачала головой:

196

— Нет, но Уилл о чем-то упоминал.

— Сегодня мне пришлось провести два часа у флориста, разглядывая цветочные аранжировки. Ты когда-нибудь скучала два часа у флориста, выбирая самый лучший букет?

— Нет.

— Считай, повезло!

Ронни хихикнула, радуясь, что оказалась в таком приятном обществе. Но тут подошел Уилл: только что из душа, одетый в чистые шорты и рубашку поло. И то и другое — из дорогого магазина, но этого и следовало ожидать.

— Прости моего па, он иногда забывает, что давно стал взрослым, — хмыкнул Уилл.

— По крайней мере я честен. И не видел, чтобы ты мчался домой, помочь с флористом.

— Играл в волейбол.

— Ну конечно, веская причина. И вот что я скажу: Ронни куда красивее, чем ты описывал.

Ронни довольно улыбнулась. Уилл поежился.

— Па...

— Это правда, — быстро добавил Том, — так что не смущайтесь.

Снова запустив самолет, он оглядел Ронни.

— Вечно Уилл конфузится. С детства был самым застенчивым в мире малышом. Не мог даже сесть рядом с хорошенькой девчонкой, не покраснев. Уж такой он скромник.

Уилл потрясенно уставился на отца.

— Поверить не могу, что ты говоришь это, да еще при ней!

— А в чем проблема? — удивился Том. — Ронни, это тебя тревожит?

— Ничуть.

— Вот видишь! — воскликнул Том, хлопнув Уилла по плечу. — Ей все равно.

— Спасибо и за это, — поморщился Уилл.

— А для чего существуют отцы? Эй, хочешь попробовать развернуть эту штуку?

— Не могу. Нужно везти Ронни домой на ужин.

— Послушай меня: если там приготовят баклажаны на турнепсе с тофу, съешь все, что дадут, и потом поблагодари за вкусный ужин, — наставлял Том.

— Скорее всего будет просто паста, — ухмыльнулась Ронни.

— В самом деле? — разочарованно протянул Том. — Это он съест.

— А ты не хочешь, чтобы я ел?

— Всегда интересно узнавать новое. Как дела в мастерской?

— Об этом я и хотел с тобой поговорить. Джей упомянул о каких-то проблемах то ли с компьютером, то ли с программой, но все напечатанное дублируется.

— Только в главной мастерской или везде?

— Этого я не знаю.

— Видимо, мне следует самому все проверить, — вздохнул Том. — При условии, конечно, что я смогу посадить эту штуку. Желаю хорошо провести время.

Когда они уже сидели в грузовике, Уилл позвенел ключами, прежде чем завести двигатель.

— Извини за все это. Отец иногда говорит совершенно безумные вещи.

— Не извиняйся. Он мне нравится.

— Кстати, не таким уж я был застенчивым. И никогда не заливался краской.

— Ну конечно!

— Я серьезно. Отец преувеличивает.

— О да, я в этом уверена, — кивнула она, похлопав его по колену. — Но послушай, насчет сегодняшнего вечера. В моей семье есть странная традиция...

* * *

— Лжешь! — завопил Уилл. — Ты врала весь вечер, и меня тошнит от этого!

— Даже не начинай! — крикнула Ронни в ответ. — Это ты лжешь!

Посуда давно уже была убрана: па приготовил спагетти в соусе из морепродуктов, и Уилл честно очистил тарелку. Они сидели за кухонным столом, играя в покер лжецов. Уилл прижимал ко лбу бубновую восьмерку, Стив — пиковую тройку, а Джона — пиковую девятку. Перед каждым громоздились горы мелочи, а чаша в середине стола была переполнена монетами.

— Вы оба лжете! — добавил Джона. — Никто из вас слова правды не сказал.

Уилл обратил к Джоне свое «покерное» лицо и потянулся к рассыпанной мелочи.

— Вот этот четвертак говорит, что ты сам не знаешь, о чем говоришь.

Отец укоризненно покачал головой:

— Неудачный ход, молодой человек. Поднимаю ставку до пятидесяти центов.

— Принимаю! — воскликнула Ронни. Джона и Уилл немедленно последовали ее примеру.

Все настороженно оглядывали друг друга, прежде чем выложить карты на стол. Ронни поняла, что все они проиграли Джоне. Снова.

— Вы все лжецы! — объявил он. Он выиграл в два раза больше, чем каждый из них, и, видя, как братец тянет к себе горку мелочи, Ронни решила, что по крайней мере в этом отношении вечер прошел очень неплохо. Она знала, чего ожидать, когда привела сюда Уилла, поскольку впервые знакомила с отцом своего парня. Захочет ли отец оставить их вдвоем и скроется на кухне?

Или попытается подружиться с Уиллом? Сделает или скажет что-то такое, что сконфузит его?

По пути к дому она уже принялась обдумывать планы отступления, которые следовало бы воплотить после ужина.

Но стоило им переступить порог, как на сердце Ронни стало тепло. В доме прибрано; Джоне, очевидно, был отдан приказ не приставать к Уиллу и не допрашивать его как прокурор. Отец встретил Уилла рукопожатием и веселым «рад познакомиться».

Уилл вел себя идеально и отвечал на вопросы «да, сэр» и «нет, сэр», что показалось Ронни очень милым южным обычаем. Беседа за столом текла непринужденно. Отец расспрашивал Уилла о работе в мастерской и «Аквариуме», а Джона зашел так далеко, что положил свою салфетку ему на колени. И, что лучше всего, отец не сказал ничего бестактного, и хотя упомянул о том, что был учителем в Джульярде, все же не проговорился, что Ронни когда-то играла в «Карнеги-холле» и что почти до последнего дня не желала иметь с ним ничего общего. Когда Джона, доев спагетти, попросил печенья, Ронни и Стив расхохотались. Уилл удивленно смотрел на них, не понимая, что тут смешного. Вместе они убрали со стола, и когда Джона предложил сыграть в покер лжецов, Уилл охотно согласился.

Он был именно из тех парней, которые нравились матери: вежливый, почтительный, умный и, главное, без татуировок и пирсинга. Жаль, что мамы тут нет. С другой стороны, она, вероятно, так обрадовалась бы, что либо тут же попыталась усыновить Уилла, либо потом постоянно твердила Ронни, какой это милый молодой человек. От всего этого у Ронни возникло бы единственное желание — поскорее забыть об Уилле, прежде чем ма окончательно увлечется. Отец ничего подобного не сделает. Он, видимо, предоставляет Ронни свободу выбора и готов позволить ей принимать собственные решения, не высказывая своего мнения. Это очень странно, учитывая, что он только начинает узнавать дочь. И печально, потому что она начинает думать, какую огромную ошибку совершила, избегая его последние три года. Можно было звонить ему, когда ма в очередной раз ее доводила.

Так или иначе, а Ронни была рада, что пригласила Уилла. Ему, конечно, легче в обществе отца, чем ей — в компании Сьюзен. Мать Уилла ужасно ее пугала... впрочем... это может быть и преувеличение, но ей в присутствии Сьюзен становилось не по себе. Та ясно дала понять, что невзлюбила Ронни и недовольна тем, что эта девчонка нравится ее сыну.

Обычно ей было плевать на свою одежду и безразлично, что думает о ней чья-то мать. Она не станет притворяться и разыгрывать принцессу. Но она впервые в жизни чувствовала, что не соответствовала определенному уровню, не оправдала чьих-то ожиданий, и это беспокоило больше, чем следовало бы.

Когда стало темно и игра начала терять свою привлекательность, она ощутила, что Уилл наблюдает за ней, и улыбнулась ему.

— Я почти разорен! — объявил он.

— Я тоже!

Уилл глянул в окно.

— Как по-твоему, ничего если мы немного погуляем?

На этот раз она точно знала, почему он спрашивает. Потому что хочет провести время наедине с ней. Потому что она ему небезразлична, даже если он не уверен в ответном интересе.

Она встретилась с ним глазами.

— С удовольствием.

Уилл

Берег тянулся на много миль вперед, отделенный от Уилмингтона мостом через Береговой канал. Конечно, многое здесь изменилось с тех пор, как Уилл был маленьким: берег становился более людным в летнее время, маленькие бунгало вроде тех, в котором жила Ронни, вытеснялись солидными, высокими особняками, выходившими фасадами на океан. Но все же он любил ночной океан. В детстве он любил подъезжать на велосипеде к самой воде в надежде увидеть что-то интересное и почти никогда не разочаровывался. Видел больших акул, которых выбросило волнами на песок, песочные замки, такие изящные, что могли бы выиграть в любом конкурсе, а однажды, не более чем в пятидесяти ярдах от берега, увидел кита, игравшего в воде за прибоем.

Сегодня здесь никого не было, и Уилла вдруг посетила мысль, что с этой девушкой он хотел бы встретить будущее.

Конечно, он слишком молод для подобных мыслей, и думать о женитьбе рано. Но он почему-то чувствовал, что, если вновь встретит Ронни через десять лет, она будет именно той, которая ему нужна. Конечно, Скотт не понял бы его, потому что не заглядывает в будущее далее наступающего уик-энда. Впрочем, Скотт не так уж отличается от большинства его знакомых. У него и Уилла совершенно разные взгляды на отношения с девушками. Уилл терпеть не может одноразового секса, не снимает девчонок, чтобы возвыситься в глазах приятелей, не собирается заводить очередной роман только для того, чтобы покончить со старым ради кого-то новенького и привлекательного. Он просто не из таких. И никогда таким не будет. Познакомившись с девушкой, он сразу задавал себе вопрос, подходит ли она для нескольких свиданий или с ней можно долго проводить время.

Возможно, отчасти это связано с родителями. Они женаты тридцать лет, начинали, когда были бедны, и долго выбивались в люди. Создали свой бизнес и вырастили детей. И при этом крепко любили друг друга, праздновали успехи и держались вместе в тяжелые времена. Конечно, никто из них не совершенен, но Уилл рос в убеждении, что они команда, и со временем ему самому захотелось того же.

Конечно, легко считать, что он провел два года с Эшли, потому что та красива и богата, и хотя Уилл солгал бы, сказав, что ее красота значения не имеет, все же она менее важна, чем те качества, которые он в ней разглядел.

Она слушала его так же, как он слушал ее, и он считал, что может сказать ей все, и наоборот. Но со временем Уилл все сильнее ощущал нарастающее разочарование, особенно когда Эшли со слезами призналась, что пошла на вечеринку с парнем из местного колледжа. После этого все изменилось: ушла беспечность, а с ней и доверие. Не то чтобы он беспокоился, что она снова выкинет что-то в этом роде: все делают ошибки, и это всего-навсего поцелуй, — но этот случай каким-то образом помог прояснить положение и лучше понять, чего он хочет от самых близких людей. Он начал замечать, как Эшли обращается с окружающими людьми, и то, что видел, ему не нравилось. Любовь к бесконечным сплетням — то, что когда-то он считал пустяком, — начинала его раздражать, как и долгие сборы на вечеринки, заставлявшие его терпеливо ждать по часу. Конечно, его грызла совесть за разрыв с ней, но он утешал себя тем, что ему было всего пятнадцать, когда они начали встречаться, и Эшли стала его первой девушкой. Но он считал, что у него нет иного выхода. Для Эшли не имело никакого значения, каким Уилл был на самом деле и что для него важно. Наверное, легче покончить с такими отношениями, прежде чем все усложнится еще больше.

В этом смысле сестрица Меган была похожа на него. Красивая и умная, она подавляла своим интеллектом почти всех парней, с которыми встречалась. И переменила многих, но не из тщеславия или легкомыслия. Когда Уилл спросил, почему она не может остановиться на ком-то одном, она откровенно ответила: «Есть парни, считающие, что когда-нибудь, в отдаленном будущем, обязательно остепенятся, а есть такие, которые готовы жениться, как только встретят свою девушку. Первые утомляют меня, потому что они жалки, а вторых, честно говоря, трудно найти. Но я интересуюсь только серьезными людьми, а для того чтобы встретить такого, нужно время. Если отношения не выдерживают долгого срока, зачем тратить на них силы и время?»

Меган... При мысли о сестре он улыбнулся. Она всегда жила по собственным правилам. И последние шесть лет буквально сводила ма с ума своим отношением к жизни, поскольку быстренько отвергла всех городских парней из тех семейств, которые та одобряла. Но Уилл должен был признать, что Меган права, и, слава Богу, умудрилась встретить в Нью-Йорке того, кто отвечал ее критериям.

Ронни чем-то напоминала ему Меган. Она тоже не такая, как все. Свободомыслящая. Упорная и независимая. Внешне она совершенно не соответствовала его понятиям о красоте, но у нее потрясающий отец, замечательный брат, а сама она невероятно умна и добра. Кто еще будет спать на песке, чтобы охранять черепашье гнездо? Кто еще остановит драку, чтобы помочь малышу? Кто еще в свободное время читает Толстого?

И кто еще, по крайней мере в этом городе, влюбится в Уилла, ничего не зная о его семье?

Нужно признать, что и это важно для него. Он любил свою семью и гордился созданным отцом бизнесом. Ценил преимущества, которые дала ему эта жизнь, но хотел стать самостоятельным. Хотел, чтобы люди знали его как Уилла. Не как Уилла Блейкли. Но кроме как с сестрой, не мог поговорить об этом ни с одним человеком в мире. В конце концов, он жил не в Лос-Анджелесе, где в каждой школе можно найти деток знаменитостей. В родном городе Уиллу приходилось нелегко. Здесь все друг друга знали, и, становясь старше, он с большей осторожностью выбирал себе друзей. Лишенный всякого высокомерия, он, однако, научился воздвигать невидимую стену между собой и собеседником, по крайней мере пока не был уверен, что новый знакомый или девушка не имеет корыстных целей и не интересуется его семьей. И не знай он наверняка, что Ронни ничего не известно о его семье, убедился бы в этом, когда остановил машину перед своим домом.

— О чем ты думаешь? — спросила она. Легкий ветерок теребил ее волосы, и она безуспешно пыталась собрать пряди в нетугой хвост. — Что-то ты притих.

— Я думал о том, как мне у вас понравилось.

— Такой маленький домик? Он немного отличается от того, к чему ты привык.

— У тебя прекрасный дом! — настаивал он. — И твой па классный, и Джона тоже, хотя он и наголову разбил меня в покер.

— Он всегда выигрывает. Но не спрашивай как. Я хочу сказать, с самого детства. Думаю, он жульничает, но не могу понять, каким образом.

— Может, тебе нужно получше лгать?

— Хочешь сказать, как лгал ты, когда сказал, что работаешь на своего отца?

— Я работаю на отца, — пожал плечами Уилл.

— Ты знаешь, о чем я.

— Просто я считал, что особого значения это не имеет. А разве это не так?

Он остановился и повернулся к ней.

Ронни, похоже, тщательно выбирала слова:

— Это... очень интересно и помогает лучше тебя узнать, но если бы я сказала, что моя ма работает помощником поверенного в адвокатской конторе на Уолл-стрит, ты отнесся бы ко мне иначе?

Уилл понимал, что должен отвечать абсолютно честно.

— Нет, конечно. Но это совсем другое.

— Почему? Потому что твоя семья богата? Но это играет роль только для тех, кто считает деньги самым важным в жизни.

— Я этого не говорил.

— Так что же тогда имел в виду? — с вызовом бросила она, но тут же покачала головой. — Послушай, давай напрямик: мне абсолютно все равно, даже если бы твой па был султаном Брунея. Тебе повезло родиться в богатой семье. И от тебя зависит, как ты с этим живешь. Я здесь, потому что хочу быть с тобой. Но если бы не хотела, все деньги в мире не изменили бы моего отношения к тебе.

Уилл лукаво прищурился:

— Почему у меня такое чувство, будто ты уже произносила эту речь?

— Потому что я ее произносила. Приезжай в Нью-Йорк и увидишь, почему я привыкла говорить то, что думаю. В некоторых клубах встречаешь исключительно снобов, и они так хвастаются своими семьями и тем, сколько у них денег... Мне это осточертело. Мне всегда хочется ответить: «Здорово, что другие в твоей семье чего-то добились, но чего добился ты?»

Только я ничего такого не говорю, потому что они этого не поймут. Считают себя избранными. На подобные вещи даже злиться не стоит, потому что все это так смехотворно. Но если думаешь, что я пригласила тебя из-за твоей семьи...

— Не думаю, — перебил Уилл. — Даже на секунду не думал.

Он понимал, что сейчас она пытается понять, говорит ли он правду или просто пытается ей угодить. Надеясь положить конец дискуссии, он повернулся и показал на мастерскую:

— Что это такое?

Ронни ответила не сразу, очевидно, размышляя, стоит ли рассказывать все.

— Мастерская, — решилась она наконец. — Прилагается к дому. Па и Джона делают там витражи.

— Твой отец делает витражи?

— По крайней мере сейчас. А вообще па говорил тебе за обедом — он преподавал музыку.

Ронни наклонилась, чтобы стряхнуть что-то с ноги, и, выпрямившись, сменила тему:

— Что будешь делать дальше? Продолжать работать на отца?

Уилл сглотнул, противясь искушению снова ее поцеловать.

— Буду работать до конца августа. А потом еду в Университет Вандербилда.

Из окна какого-то дома доносилась музыка. Прищурившись, Уилл различил фигуры людей, собравшихся на задней террасе. Песня вроде бы пришла из восьмидесятых, хотя названия он не помнил.

— Здорово.

— Что именно? Университет?

— Похоже, ты не очень рад.

Уилл взял ее за руку, и они пошли дальше.

— Это хороший университет, и кампус такой красивый, — пробормотал он неловко.

— Но ты не хочешь туда ехать, — проницательно заметила она.

Казалось, она обладала способностью читать его мысли и чувства. Это немного пугало, но зато с ней было легко. Ей по крайней мере он мог сказать правду.

— Я хотел поступить куда-то еще, и меня приняли в университет, где разработана потрясающая программа по защите окружающей среды, но ма потребовала, чтобы я поступил в Вандербилд.

— Ты всегда делаешь так, как велит ма?

— Ты не понимаешь, — вздохнул Уилл. — Это семейная традиция. Там учились дед и бабка, родители и сестра. Ма заседает в совете попечителей, и... она...

Он осекся, пытаясь найти нужные слова. Ронни внимательно наблюдала за ним, но он не хотел встречаться с ней взглядом.

— Понимаешь, при первой встрече Меган может показаться холодной и высокомерной, но когда получше ее узнаешь, поймешь, что она самое сердечное и доброе на свете создание. Она сделает все, подчеркиваю — все, для меня. Не хотел говорить, но последние несколько лет дались ей нелегко.

Он остановился, чтобы поднять с песка раковину, но, рассмотрев, послал в воду.

— Помнишь, как ты спрашивала про браслеты?

Ронни кивнула, ожидая продолжения.

— Мы с сестрой носим браслеты в память о младшем брате. Его звали Майк, и он был чудесный малыш, из тех, кто прекрасно общается с людьми. Он так заразительно смеялся, что окружающие невольно подхватывали этот смех, особенно когда был повод.

Он помедлил, глядя на воду.

— Так или иначе, четыре года назад мы со Скоттом ехали на баскетбольный матч, и была очередь мамы везти нас. Майк, как всегда, поехал с нами. Весь день шел дождь, и дороги были скользкими. Мне следовало быть осторожнее, но мы с Скоттом стали играть в «милосердие» на заднем сиденье. Знаешь эту игру? Когда выворачиваешь друг другу руки и ждешь, пока кто-то сдастся первый.

Уилл поколебался, собираясь с силами, чтобы продолжить рассказ.

— Мы всерьез увлеклись, стараясь достать друг друга, извивались и пинались, а ма кричала, чтобы мы прекратили, но мы не слушались. Наконец я взял верх, и Скотт завопил от боли. Ма обернулась посмотреть, что случилось. Она не справилась с управлением и...

Он сглотнул, чувствуя, что слова его душат.

— Майк погиб. Черт, если бы не Скотт, мы с мамой, возможно, тоже не выжили бы. Пробили ограждение и оказались в воде. Дело в том, что Скотт прекрасно плавает, и ему удалось вытащить всех троих, хотя в то время ему было только двенадцать. Но Майки... Майки умер при столкновении. Он всего первый год ходил в детсад...

— Мне так жаль, — прошептала Ронни, сжимая его руку.

— Мне тоже.

Он сморгнул слезы, которые до сих пор каждый раз жгли глаза при страшном воспоминании.

— Но ты понимаешь, что это несчастный случай?

— Вполне. И ма тоже понимает. Но все равно винит себя за то, что выпустила руль. Отчасти винит и меня.

Уилл покачал головой.

— С тех пор она всегда ощущает потребность все контролировать. В том числе и меня. На самом деле она всего лишь старается меня уберечь, и мне тоже кажется, что это правильно. Ма потеряла сознание на похоронах, и я возненавидел себя за то, что был виновником катастрофы. Тогда я пообещал себе, что сделаю все, чтобы загладить вину. Хотя сознавал, что это невозможно.

Рассказывая, он нервно вертел за запястье плетеный браслет.

— Что означают эти буквы «ВВММ»?

— «Всегда в моих мыслях». Это сестра придумала. Чтобы помнить Майка. Она сказала мне об этом после похорон, но я почти ее не слышал. Меня трясло от ужаса. Мама кричит, маленький брат лежит в гробу, сестра и па плачут. Я поклялся никогда больше не ходить на похороны.

Ронни не могла найти нужных слов. Уилл выпрямился, понимая, что ей необходимо прийти в себя. Да и ему тоже. Он не ожидал от себя такой откровенности.

— Прости, мне не следовало все это говорить.

— Почему? Я рада, что ты рассказал.

Она вновь сжала его руку.

— Это не та идеальная жизнь, которую ты, возможно, представляла.

— Я никогда не воображала, что твоя жизнь идеальна.

Он ничего не ответил. Ронни инстинктивно подалась вперед и поцеловала его в щеку.

— Жаль, что тебе пришлось пройти через все это.

Он длинно, прерывисто вздохнул и снова пошел вперед.

— Так или иначе, для ма было важно, чтобы я поступил в университет Вандербилда. Значит, я пойду туда.

— Уверена, там тебе понравится. Я слышала, что это прекрасный университет.

Он переплел ее пальцы со своими, думая, какими мягкими они кажутся по сравнению с его загрубевшей кожей.

— Теперь твоя очередь. Чего я еще не знаю о тебе?

— Ничего похожего на то, что ты только что мне рассказал, — покачала она головой. — Даже сравнения никакого.

— Это не важно. Я просто хочу лучше тебя узнать.

Она оглянулась на свой дом.

— Ну... я не разговаривала с отцом три года. И заговорила только пару дней назад. После того как он и ма разъехались, я очень на него рассердилась. Не хотела никогда больше видеть и, уж конечно, помыслить не могла, чтобы провести с ним лето.

— А сейчас? Рада, что приехала?

— Может быть, — призналась она.

Он рассмеялся и шутливо подтолкнул ее.

— Какой ты была в детстве?

— Занудой. Только и делала, что играла на пианино.

— Я бы хотел послушать, как ты играешь.

— Я больше не играю, — отрезала она.

— Никогда?

Ронни покачала головой, и Уилл понял, что ей не хочется об этом говорить. Вместо этого он стал слушать рассказы о ее друзьях, о том, как она проводит выходные, улыбался ее историям о Джоне. Казалось таким естественным проводить с ней время. С этой девушкой ему необычайно легко! Он открывал ей подробности своей жизни, которые никогда не обсуждал с Эшли. Наверное, хотел, чтобы она узнала его настоящего, и почему-то верил, что она реагирует правильно.

Таких прежде он не встречал. Ему ужасно не хотелось отпускать ее руку. Их пальцы словно приклеились друг к другу.

Если не считать шума, доносившегося из дома, где проходила вечеринка, ничто больше не нарушало тишину. Они были совсем одни. Музыка была тихой и нежной, и, подняв голову, Уилл увидел прочерк падавшей звезды. Повернувшись к Ронни, он по ее лицу понял, что она тоже все видела.

— Ты загадал желание? Какое? — спросила она шепотом.

Но он не мог ответить. Только обнял ее свободной рукой, точно зная, что влюбился. Потом он притянул ее к себе и поцеловал под звездным покрывалом, не переставая поражаться собственной везучести. Какой же он счастливчик, что нашел ее!

Ронни

Ладно, она признавалась, что могла бы привыкнуть к такой жизни: лежать на надувном матрасе в бассейне, а рядом бы стоял стакан с охлажденным чаем, который на серебряном подносике принес повар.

И все же не могла представить, каково было Уиллу расти в таком мире. Но поскольку он не знал ничего другого, возможно, и не заметил разницы.

Загорая на матрасе, она любовалась Уиллом, стоявшим на крыше купальной кабины и готовым к прыжку.

Он забрался туда ловко, как гимнаст. И даже на расстоянии она видела, как играют мускулы на его руках и животе.

— Эй! — крикнул он. — Смотри, как я делаю сальто!

— Ты забрался туда только для того, чтобы сделать одно сальто?!

— А что тут такого?

— Я хочу сказать, что всякий может сделать одно сальто. Даже я.

— Хотелось бы посмотреть, — скептически фыркнул Уилл.

— Не хочу лезть в воду.

— Но я пригласил тебя поплавать.

— А я и плаваю. И загораю.

Он рассмеялся.

— Знаешь, тебе не помешает немного солнца. В Нью-Йорке оно не так часто бывает, верно?

— Хочешь сказать, что я бледная? — нахмурилась она.

— Нет, я бы употребил другое слово; «пастозная» — это будет точнее.

— Ах как мило с твоей стороны. Интересно, что я в тебе нашла?

— Нашла?

— Именно, и если будешь бросаться подобными словами, когда речь идет обо мне, я не вижу будущего наших отношений.

Он оценивающе оглядел ее.

— А если я сделаю двойное сальто, ты меня простишь?

— Только если завершишь сальто идеальным прыжком. Но если опять поднимешь тучу брызг и двойное сальто — все, на что ты способен, я, так и быть, притворюсь изумленной и потрясенной, особенно если при этом не промокну насквозь.

Он поднял брови, прежде чем отступить на несколько шагов и взвиться в воздух. Сжался в тугой узел, дважды перевернулся и, распрямившись, вошел в воду почти без всплеска.

Ничего не скажешь, впечатляет! И неудивительно, учитывая, как грациозно он двигается.

Уилл с довольным видом вынырнул у края матраса.

— Неплохо, — похвалила Ронни.

— Насколько неплохо?

— Я бы дала тебе четыре и шесть.

— Из пяти?

— Из десяти! — поправила она.

— Ну хотя бы из восьми!

— Вот поэтому судья здесь — я. Слишком многого хочешь.

— Как опротестовать результат? — спросил он, цепляясь за матрас.

— Никак. Это окончательно.

— А если я недоволен?

— Тогда, быть может, подумаешь дважды, прежде чем употреблять такие слова, как «пастозный».

Он рассмеялся и подтянулся, взбираясь на матрас. Ронни крепче вцепилась в край.

— Эй... прекрати... не смей! — остерегла она.

— Имеешь в виду... это? — осведомился он, принимаясь топить матрас.

— Я же сказала, что не хочу намокнуть! — взвизгнула она.

— А я хочу, чтобы ты со мной поплавала! — объявил Уилл и, схватив ее за руку, дернул на себя. Ронни с воплем свалилась в воду. И как только вынырнула, чтобы глотнуть воздуха, он попытался поцеловать ее, но она отстранилась.

— Нет! — крикнула она, смеясь и наслаждаясь прохладой воды и шелковистым прикосновением его кожи. — Я тебя не прощу!

Они начали шутливо бороться, но тут она заметила наблюдавшую с веранды Сьюзен. Судя по выражению лица, та определенно была не слишком счастлива.

Позже, возвращаясь на берег, чтобы проверить черепашье гнездо, они купили мороженое. Ронни шла рядом с Уиллом, проворно облизывая быстро тающий конус и мысленно удивляясь тому, что впервые по-настоящему они поцеловались только вчера. Если прошлая ночь была почти идеальна, сегодняшний день оказался даже лучше. Как прекрасно, что они так легко переходят от серьезного к смешному и что он с таким же удовольствием дразнит ее, как и воспринимает «издевательства» над собой.

Конечно, он затащил ее в воду, и именно потому нужно было тщательно спланировать месть. Это оказалось не так трудно, поскольку он не знал, что его ожидает. Но как только поднес ко рту мороженое, она резко подтолкнула его под локоть, так что он ткнулся носом в успевшее подтаять лакомство. Хихикнув, она быстро свернула за угол... прямо в объятия Маркуса.

— Ну разве не приятный сюрприз? — протянул тот, прижав ее к себе.

— Отпусти меня! — крикнула она, ненавидя панические нотки в собственном голосе.

— Отпусти ее, — добавил Уилл. Голос был жестким. Он не просил. Он приказывал. — Немедленно.

Маркуса, похоже, это позабавило.

— Тебе следует смотреть куда идешь, Ронни.

— Немедленно! — гневно потребовал Уилл.

— Полегче, богатенький Ричи! Она врезалась в меня... я просто не дал ей упасть. И кстати, как поживает Скотт? По-прежнему забавляется бутылочными ракетами?

К изумлению Ронни, Уилл застыл на месте. Маркус перевел взгляд на нее и еще раз сильно стиснул, прежде чем разжать руки. Ронни поспешно отступила. Блейз с беззаботной ухмылкой немедленно зажгла огненный мяч.

— Я рад, что не дал тебе споткнуться, — добавил Маркус. — Не годится показываться в суде с синяком под глазом. Тебя, кажется, на вторник вызвали? Смотри, судья посчитает тебя не только воровкой, но и хулиганкой!

Ронни могла только молча смотреть на него, пока он не отвернулся. Когда они уходили, Блейз швырнула ему огненный мяч, который тот легко поймал и снова бросил ей.

Сидевший на дюне Уилл безмолвно слушал Ронни. Та честно рассказала обо всем, что произошло со дня ее приезда, включая события в музыкальном магазине. Девушка нервно ломала руки.

— Вот и все. Да, когда-то я воровала в магазинах, но, честно говоря, сама не знаю зачем. Все эти вещи были мне не нужны. Я делала это, потому что так поступали мои друзья. Когда дело дошло до суда, я призналась во всем, зная, что была не права и что больше никогда не буду воровать. Я и не воровала. Ни в Нью-Йорке, ни здесь. Но если хозяйка магазина не откажется от обвинений или Блейз не признается, что подставила меня, я не только окажусь в беде. Страшно представить, что меня ждет дома! Конечно, это звучит неправдоподобно, и я уверена, что ты мне не веришь, но клянусь, что не лгу.

Он накрыл ее сцепленные руки ладонью.

— Я тебе верю. И в Маркусе меня уже ничто не может удивить. Он с самого детства ненормален. Моя сестра училась с ним в одном классе и рассказывала, что учительница однажды нашла мертвую крысу в ящике стола. Все, даже директор школы, знали, кто это сделал, но ничего не могли доказать. Он по-прежнему выкидывает подобные трюки, но теперь грязные дела поручает Лансу и Тедди. Я слышал о нем крайне неприятные вещи. Но Галадриель... когда-то она была очень милой и доброй девочкой. Не пойму, что с ней происходит. Когда ее родители развелись, она, как я слышал, тяжело это восприняла. Не знаю, что она находит в Маркусе и почему так упорно стремится разрушить собственную жизнь. Мне всегда было очень ее жаль, но то, что она сделала с тобой, подло.

Ронни вдруг почувствовала навалившуюся усталость.

— На следующей неделе мне нужно идти в суд.

— Хочешь, я тоже приду?

— Нет. Не желаю, чтобы ты видел меня стоящей перед судьей.

— Это не важно...

— Особенно если твоя ма узнает? Я и так ей не нравлюсь.

— Почему ты так считаешь?

«Потому что я видела, как она на меня смотрела».

— Просто чувствую, — ответила она.

— Все это чувствуют, когда впервые ее видят, — заверил он. — Как я уже сказал, когда вы получше узнаете друг друга, она немного оттает.

Но Ронни отнюдь не была в этом уверена.

Солнце за ее спиной опускалось в океан, окрашивая небо в яркие оттенки оранжевого.

— Что произошло между Скоттом и Маркусом? — спросила она неожиданно.

Уилл на мгновение застыл.

— Ты о чем?

— Помнишь ту ночь на фестивале? После своего шоу Маркус был так возбужден чем-то, что я старалась держаться от него подальше. А он словно сканировал толпу, и когда заметил Скотта, его лицо стало таким странным. Словно он нашел что искал. И не успела я опомниться, как он смял пакет с картофелем и швырнул в Скотта.

— Я тоже был там, помнишь?

— Но знаешь, что он при этом сказал? Нечто совершенно непонятное. Спросил, собирается ли Скотт выстрелить в него бутылочной ракетой. А когда он сегодня брякнул нечто подобное тебе, ты просто оцепенел.

Уилл отвел взгляд.

— Ничего особенного, — пробормотал он, сжимая ее руки. — И я не позволил бы, чтобы с тобой что-то случилось.

Он откинулся назад, опираясь на локти.

— Можно задать тебе вопрос? На совершенно другую тему?

Ронни подняла брови, недовольная его ответом, но решила не углубляться и молча кивнула.

— Почему пианино стоит за фанерной перегородкой? — спросил Уилл и, увидев, что она удивлена, пожал плечами: — В окно все видно, и фанерная перегородка сильно выделяется из общего интерьера.

Настала очередь Ронни отвернуться. Она зарылась руками в песок, едва не корчась от стыда.

— Я сказала па, что больше не желаю видеть пианино, поэтому он сделал перегородку.

— Ты так ненавидишь пианино? — потрясенно спросил он.

— Да.

— Потому что тебя учил отец?

Ронни так удивилась, что даже ответить не успела.

— Он ведь преподавал в Джульярде. Верно? Вполне логично, что учил и тебя. И я готов биться об заклад, что ты талантлива, потому что раньше любила то, что ненавидишь сейчас.

Для огромной обезьяны-тире-волейбольного игрока он был достаточно проницателен.

Ронни глубже зарылась пальцами в песок, прохладный и влажный под верхним горячим пересохшим слоем.

— Он учил меня играть с того времени, как я начала ходить. Я играла часами, годами, по семь дней в неделю. Мы даже сочиняли музыку вместе. Представляешь, что мы с ним делили? Нечто ценное, предназначенное только для нас обоих, а когда он уехал от нас... я посчитала, что он предал не только семью, но и меня лично. Я так взбесилась, что поклялась никогда больше не играть и не сочинять новых песен. Так что когда я только приехала сюда, увидела пианино и услышала, как он постоянно играет в моем присутствии, я была уверена: он думает, будто все его поступки не имеют никакого значения и что в любую минуту можно все начать сначала. Но так нельзя. Мы не можем переделать прошлое.

— Но вчера ты была с ним так дружелюбна, — заметил Уилл.

Ронни медленно вытянула руки из песка.

— Да, последние несколько дней мы лучше с ним ладим. Но это еще не означает, что я снова захочу играть.

— Конечно, это дело не мое, но если ты так хорошо играла, значит, сейчас делаешь назло только себе. Ведь это дар, верно? И кто знает — может, тебе стоило поступить в Джульярд?

— Я смогла бы. Они до сих пор мне пишут. Пообещали, что, если передумаю, найдут для меня место, — ответила она с легким раздражением.

— Так почему ты туда не идешь?

— Это так много для тебя значит? — взвилась Ронни. — Что я не та, какой ты меня считал? Что у меня какой-то особый талант? И поэтому я достаточно хороша для тебя?

— Вовсе нет, — заверил Уилл. — Ты по-прежнему та, которая мне нужна. С самой нашей первой встречи. И ты никак не можешь стать для меня лучше, чем уже есть.

Ронни тут же стало стыдно за свой взрыв. Она была уверена, что он не фальшивит и говорит искренне. Правда, они знают друг друга всего несколько дней, и все же... он умен и добр. И любит ее.

Словно поняв, о чем она думает, он придвинулся ближе и нежно поцеловал ее в губы. И Ронни вдруг поняла: она хочет одного — проводить часы и дни в его объятиях. Совсем как сейчас.

Маркус

Маркус наблюдал за ними издалека.

Значит, вот оно как?!

Ну и хрен с ним! Хрен с ней! Пора повеселиться!

Тедди и Ланс притащили выпивку, и люди уже собирались. В начале вечера он видел, как семейство отдыхающих загрузило свой дерьмовый мини-фургон, куда вместе с родителями сели уродливый пес и еще более уродливые дети, после чего развалюха отъехала от коттеджа в двух-трех домах от паршивой лачуги

Ронни. Маркус был достаточно опытен, чтобы знать: следующие временные жильцы прибудут не раньше утра, после отъезда бригады уборщиков, а это означало, что, если проникнуть внутрь, дом на эту ночь будет принадлежать им.

А проникнуть не так сложно, учитывая, что у него есть ключ и код сигнализации. Отдыхающие, уходя на пляж, никогда не запирали двери. Да и зачем? Они привозили с собой только еду и, может, несколько видеоигр, поскольку большинство оставались здесь только на неделю. А владельцы дома, жившие в городке побольше, таком, как Шарлотт, устав от постоянных звонков представителей охранной фирмы, которые сообщали, что сигнализация сработала посреди ночи, были так любезны, что написали код прямо над панелью сигнализации на кухне.

Умно! Просто умно! Обладая особым чутьем, он всегда мог найти дом-другой, чтобы устроить вечеринку. Главное, не переходить границ. Тедди и Ланс всегда хотели тусоваться в подобных местах, но Маркус знал, что, если делать это слишком часто, управляющие компании что-то заподозрят. Пошлют менеджеров проверить, в чем дело, попросят полицейских делать регулярные объезды и предупредят хозяев и отдыхающих. И что потом? Останется только «Боуэрс-Поинт», где они обычно собирались.

Раз в год. Один раз за лето. Таково его правило, и этого было достаточно... Разве что потом устроить пожар?

Маркус улыбнулся.

Сделаешь это — и проблема решена. Никто никогда не заподозрит, что здесь была вечеринка. Нет ничего величественнее большого пожара, потому что огонь живой. Пламя, особенно высокое, двигается, пляшет, уничтожает и пожирает.

Он вспомнил, как в двенадцать лет поджег сарай и долго наблюдал за языками огня, думая, что в жизни не видел зрелища чудеснее. Поэтому он снова устроил пожар, на этот раз на заброшенном складе. Все эти годы он предавался любимому занятию снова и снова. На свете нет ничего лучше. И он чувствует в себе невероятную силу, когда в его руках оказывается зажигалка.

Но сегодня этому не бывать. Потому что его прошлое — не то, что следует знать Лансу или Тедди. Кроме того, вечеринка сегодня особенная. Выпивка, наркота и музыка. И девочки. Пьяные обдолбанные девочки. Сначала он поимеет Блейз, а потом и парочку других, если накачает Блейз до отключки. А может, трахнет какую-то маленькую горячую дурочку, даже если Блейз будет достаточно трезва, чтобы понимать, что происходит. Тоже забавно... по-своему. Она, конечно, устроит сцену, но можно наплевать и заставить Тедди или Ланса вышвырнуть ее из дома пинками. Она все равно вернется. Как возвращается всегда, рыдая и умоляя.

Она так чертовски предсказуема. И постоянно ноет.

Не то что Мисс Тугое Тело там, на пляже.

Он изо всех сил старался не думать о Ронни. Ну и пусть она его не любит и желает проводить время с Богатеньким Ричи, принцем мастерской по починке тормозов. Возможно, она и ему не даст. Фригидная маленькая динамистка. Черт с ней. Если бы только понять, что сделал не так и почему она, похоже, видит его насквозь.

Ничего, ему лучше без нее. Он в ней не нуждается. И ни в ком. Так почему же продолжает следить за ней и почему ему небезразлично, что она ходит с Уиллом?

Конечно, это делает всю интригу еще интереснее, поскольку он знает слабое место Уилла.

Можно неплохо позабавиться. Совсем как сегодня вечером...

Уилл

Для Уилла лето проходило слишком быстро. С утра он работал в мастерской, свободное время проводил с Ронни, и дни летели незаметно. Вот-вот настанет август. И он со страхом думал о том, что Ронни придется вернуться в Нью-Йорк, а ему ехать в университет.

Она стала частью его жизни, и во многих отношениях — лучшей частью. Пусть он не всегда ее понимал, несходство характеров только укрепляло отношения. Они поспорили, когда Уилл настаивал на том, чтобы проводить ее в суд, от чего она решительно отказалась. Но он помнил ее удивление, когда встретил после завершения процесса с букетом цветов. Уилл знал, как расстроил ее отказ судьи снять обвинение. Следующее слушание было назначено на двадцать восьмое августа, через три дня после того, как он уедет. Но Уилл понял, что поступил правильно, когда она приняла букет и застенчиво поцеловала его в щеку.

Ронни удивила его, устроившись в «Аквариум» на неполный рабочий день. Она не рассказывала о своих планах и не просила замолвить за нее словечко. Честно говоря, Уилл даже не знал, что ей нужна работа. Когда потом он стал ее расспрашивать, она объяснила:

— Днем ты работаешь, а па и Джона делают витраж. Мне нечего делать, и, кроме того, я сама хочу заплатить адвокату. У отца денег не так уж много.

Однако когда заехал за ней после первого дня работы, он заметил, что ее лицо приобрело зеленоватый оттенок.

— Пришлось кормить выдр, — пояснила она. — Ты когда-нибудь совал руку в ведро со скользкой дохлой рыбой? Бррр!

Они могли говорить бесконечно. Казалось, целой вечности не хватит, чтобы обсудить все интересовавшие их темы. Иногда они просто болтали, чтобы заполнить время между серьезными разговорами: например, обсуждали любимые фильмы. Как-то она сказала, что хоть и сделалась вегетарианкой, все же не решила, позволены ли при этом молоко и яйца. Но иногда Ронни рассказывала ему о тех временах, когда всерьез занималась музыкой, об отношениях с отцом. Уилл со своей стороны признавался, что иногда очень тяжело держаться в рамках и быть именно тем человеком, каким его хотела видеть мать. Они разговаривали о Джоне и Меган и мечтали о том, кем станут в жизни. Для него будущее казалось строго распланированным. Четыре года в университете, после чего будет набираться опыта, работая в другой фирме, прежде чем вернуться домой и управлять отцовским бизнесом. И все же, когда он рассказывал об этом Ронни, невольно слыша материнский голос, шепчущий одобрительные слова, постоянно задавался вопросом, действительно ли хочет именно этого. Ронни же честно признавалась, что не знает, как сложится ее дальнейшая жизнь. Но неопределенность, похоже, не пугала ее, отчего Уилл восхищался ею еще больше. Позже, вспоминая их разговор, он вдруг осознал, что она более независима и увереннее идет по жизни, чем он сам.

Несмотря на клетки, ограждающие черепашьи гнезда, еноты ухитрились прорыть ходы под сетками и разорили шесть гнезд. Узнав об этом, Ронни настояла на том, чтобы по очереди охранять гнездо за ее домом. Им обоим не было нужды оставаться там до утра, но все же они проводили там ночи, целуясь и тихо разговаривая.

Скотт, разумеется, не мог этого понять. Очень часто Уилл опаздывал на тренировки и, приходя, видел, как Скотт возбужденно мечется по полю и гадает, что случилось с другом. Сколько ни спрашивал Скотт, что у них с Ронни, Уилл не откровенничал, зная, что, по правде говоря, Скотта не слишком это интересует.

Скотт делал все, чтобы привлечь внимание Уилла к соревнованиям по пляжному волейболу, либо надеясь, что Уилл скоро опомнится и порвет с Ронни, либо делая вид, что последней не существует вообще.

Ронни оказалась права насчет его матери. Хотя та ничего не говорила сыну напрямик, все же он видел, как она вымучивает улыбку при упоминании имени Ронни и как сухо общалась с девушкой, когда та приходила к ним в дом. Она никогда не спрашивала сына о Ронни, а если Уилл что-то говорил о девушке, о том, как они здорово провели время, как она умна и как с ней весело, ма говорила что-нибудь вроде: «Ты скоро едешь в университет, а отношения на расстоянии поддерживать трудно».

Или спрашивала, не находит ли Уилл, что они слишком много времени проводят вместе. Он ненавидел, когда мать говорила подобные вещи. С трудом сдерживался, чтобы не прикрикнуть на нее, потому что понимал, насколько она несправедлива. В отличие почти от всех знакомых Уилла Ронни не пила, не ругалась, не курила и не сплетничала. И они не зашли дальше поцелуев, но Уилл инстинктивно чувствовал, что для матери это значения не имеет. Она была так предубеждена против Ронни, что любые попытки переубедить ее были бесполезны. Раздраженный ее упрямством, Уилл изобретал различные предлоги, чтобы находиться дома как можно меньше. Не только из-за отношения матери к Ронни, но еще из-за того, что его отношение к матери переменилось.

Вдобавок он презирал себя за неспособность восстать против нее.

Второе, что омрачало летнюю идиллию, если не считать предстоящего судебного заседания, на которое должна была явиться Ронни, было постоянное присутствие Маркуса. Хотя обычно им удавалось избегать его, иногда это было невозможно. Когда они натыкались на него, Маркус обычно находил способ спровоцировать Уилла, упомянув о Скотте. Уилл не знал, что делать. Если он вспылит, Маркус может обратиться в полицию, если промолчит — будет опозорен. Ведь сам он встречается с девушкой, которая не боится признать свою вину в суде, и его не на шутку мучило, что он не может набраться храбрости сделать то же самое. Он пытался уговорить Скотта пойти и признаться, но тот наотрез отказался. Мало того, умел напомнить Уиллу, не напрямую, конечно, что сделал для него и его семьи в тот ужасный день, когда погиб Майки. Уилл понимал, что тогда Скотт вел себя героически. Но теперь стал задаваться вопросом, значит ли, что доброе деяние в прошлом покрывает все будущие грехи, и сможет ли он сам выносить все бремя дружбы со Скоттом.

Как-то ночью, в начале августа, Уилл согласился взять Ронни на пляж поохотиться на морских пауков.

— Я же сказала, что терпеть не могу морских пауков! — визжала Ронни, ухватившись за руку Уилла.

— Они такие смешные! — уверял он. — И вовсе не кусаются.

Ронни наморщила нос.

— Они как неприятные ползучие жуки из космоса.

— Ты забываешь, что охота была твоей идеей.

— Не моей, а Джоны! Он сказал, что это весело! И так мне и надо за то, что слушала кого-то, кто изучает жизнь по мультикам!

— А я-то думал, что человек, скармливающий выдрам скользкую рыбу, не боится безвредных крабиков.

Он повел лучом зажженного фонарика по песку, освещая шнырявших повсюду крабов, называемых морскими пауками.

Она по очереди поднимала ноги, боясь, что крабик прыгнет на кроссовку.

— Во-первых, их здесь тучи. Во-вторых, если бы я знала, что творится по ночам на пляже, заставила бы тебя все ночи проводить у черепашьего гнезда. Так что я немного сердита на тебя за то, что скрывал все это. И в-третьих, пусть даже я работаю в «Аквариуме», это еще не означает, что должна радоваться, когда крабы бегают по ногам!

Он изо всех сил сдерживал смех, но ничего не вышло. Она все поняла.

— И перестань ухмыляться. Не смешно!

— Ужасно смешно... тем более что сейчас на пляже не менее двадцати ребятишек и их родителей делают то же самое.

— Не моя вина, что их родители лишены здравого смысла!

— Хочешь вернуться?

— Нет, не стоит. Ты уже заманил меня сюда, в самую гущу этого безобразия. Мне придется с этим мириться.

— Но ты же знаешь, что в последнее время мы часто гуляли по берегу.

— Знаю. Так что спасибо за то, что принес фонарик и испортил мне настроение.

— Прекрасно! — фыркнул он, выключая фонарик.

Ронни вонзила ногти ему в руку.

— Что ты делаешь?! Немедленно включи!

— Но ты ясно дала понять, что свет тебе не нравится.

— Если ты выключишь фонарик, я их не увижу!

— Верно.

— А это означает, что они, возможно, прямо сейчас окружают меня. Включи! — взмолилась Ронни.

— Когда-нибудь, — засмеялся он, включая фонарик, — я обязательно тебя разгадаю.

— Вряд ли. Если не сделал этого сейчас, значит, не удастся никогда!

— Вполне возможно, — кивнул он, обнимая ее за плечи. — Ты так и не сказала: собираешься прийти на свадьбу моей сестры?

— Это потому, что я еще не решила.

— Я хочу, чтобы ты познакомилась с Меган. Она супер!

— Меня беспокоит не твоя сестра. Просто не думаю, что твоей ма понравится мое появление.

— И что? Это не ее свадьба. Моя сестра тебя приглашает.

— Ты говорил с ней обо мне?

— Конечно.

— И что сказал?

— Правду.

— Что, по-твоему, у меня лицо пастозное?

— А ты все об этом думаешь? — прищурился Уилл.

— Нет. Совсем забыла.

— Ладно, отвечаю, — смилостивился Уилл. — Я не сказал, что у тебя лицо пастозное. Я сказал, что раньше у тебя лицо было пастозное.

Она ткнула его локтем в ребра, и он притворился, что молит о милосердии.

— Я шучу... шучу... я никогда бы такого не сказал.

— Так что же ты сказал?

Он остановился и повернул ее лицом к себе.

— Правду. Что ты умная, веселая, красивая и что с тобой легко.

— Ну тогда ладно.

— Не собираешься сказать, что тоже любишь меня?

— Не уверена, что можно любить нищего, — поддела она. — И можешь считать это местью за то, что позволил крабам бегать по моим ногам. Разумеется, я тебя люблю.

Они поцеловались, прежде чем пойти дальше. И уже добрались до пирса и собирались повернуть назад, когда увидели Скотта, Эшли и Касси, приближавшихся с противоположной стороны. Ронни невольно напряглась, когда Скотт пошел наперерез.

— Вот ты где, старина! — воскликнул он, подходя ближе. — Я всю ночь писал тебе эсэмэски!

Уилл крепче обнял девушку.

— Прости, я оставил телефон в доме Ронни. Что-то случилось?

Тут он заметил, что Эшли пристально смотрит на Ронни.

— Мне позвонили представители пяти команд, которые должны участвовать в турнире. Все хотят провести предварительные встречи, чтобы подготовиться к схватке с Лэндри и Тайсоном. Куча тренировок, куча игр, есть чему поучиться. Мы даже решили меняться игроками, чтобы отточить реакцию, поскольку у всех разные стили.

— Когда они приезжают?

— Когда мы будем готовы. Но скорее всего на этой неделе.

— И сколько здесь пробудут?

— Не знаю. Три или четыре дня. Вероятно, до самого турнира! — радостно сообщил Скотт. — Конечно, у тебя свадьба и подготовка к ней, но мы сможем согласовать график.

Уилл подумал о том, что разлука с Ронни не за горами.

— Три или четыре дня?

— Брось, старик, — нахмурился Скотт. — Это как раз то, что нам нужно, чтобы как следует подготовиться.

— Не считаешь, что мы готовы уже сейчас?

— Что на тебя нашло? Знаешь, сколько тренеров с Западного побережья приезжают, чтобы посмотреть турнир?

Он бесцеремонно ткнул пальцем в Уилла.

— Может, тебе и не нужна стипендия от волейбольной лиги, чтобы попасть в колледж, зато мне нужна. И это единственная возможность продемонстрировать мою игру.

Уилл поколебался.

— Дай мне подумать, ладно?

— Тебе нужно подумать?!

— Сначала я должен поговорить с отцом. Я не могу отлынивать от работы четыре дня без его разрешения. И не думаю, что тебе это позволят.

— Уверен, что все дело в работе? — прошипел Скотт, в упор глядя на Ронни.

Уилл понял намек, но не хотел затевать ссору прямо сейчас. Скотт, очевидно, тоже сообразил, что зашел слишком далеко, потому что отступил.

— Ладно, поговори с отцом. Может, найдешь способ втиснуть игры в свое расписание, — бросил он и отошел не оглянувшись.

Уилл, не зная, как лучше поступить, повел Ронни домой. Они уже отошли довольно далеко, когда Ронни обняла его за талию и спросила:

— Он имел в виду турнир, о котором ты мне рассказывал?

Уилл кивнул:

— На следующий уик-энд. Через день после свадьбы Меган.

— В воскресенье?

— Турнир длится два дня. Но в субботу играют женщины. Ронни задумалась.

— И ему нужна стипендия, чтобы поступить в колледж.

— Во всяком случае, это бы здорово помогло, — пояснил Уилл.

— В таком случае найди время для тренировок. Сделай все, что можно, чтобы подготовиться. Он твой друг, верно? Мы найдем время побыть вместе. Даже если придется просиживать ночи у черепашьего гнезда. Я могу работать и невыспавшаяся.

— Что с нами будет, Ронни, когда кончится лето? — прошептал он, всматриваясь в нее.

— Ты поедешь в университет, — шепнула Ронни отворачиваясь. — А я вернусь в Нью-Йорк.

Он взял ее за подбородок и заглянул прямо в глаза.

— Ты понимаешь, о чем я.

— Да. Я прекрасно понимаю, о чем ты. Но не знаю, каких слов ты от меня ждешь. Не знаю, что мы можем сказать друг другу на этот счет.

— Как насчет «не хочу, чтобы все это закончилось»?

Взгляд зеленых, как море, глаз стал нежным. В нем светилась просьба о прощении.

— Не хочу, чтобы это закончилось, — повторила она.

Хотя именно это он желал услышать и Ронни была искренна, все же Уилл сознавал, что она уже знает: слова не могут изменить неизбежного. А у них самих может не хватить сил.

— Я приеду в Нью-Йорк тебя навестить, — пообещал он.

— Надеюсь.

— И хочу, чтобы ты приехала в Теннесси.

— Полагаю, что смогу выдержать еще одну поездку на юг, если для этого будет веская причина.

228

Уилл улыбнулся и повел ее дальше.

— Вот что: я сделаю все, о чем просил меня Скотт, и буду готовиться к турниру, если обещаешь прийти на свадьбу Меган.

— Иными словами, ты станешь делать то, что все равно должен делать, а взамен получишь желаемое.

Конечно, это не совсем то, что он сказал, но смысл был изложен точно.

— Да, — хмыкнул он. — Так и есть.

— Что-то еще? Поскольку ты так яростно торгуешься?

— Раз уж ты об этом упомянула, я просил бы тебя урезонить Блейз.

— Я уже пыталась с ней поговорить.

— Знаю, но когда это было? Шесть недель назад? С тех пор она видела нас вместе, знает, что Маркус тебя не интересует. И у нее было время перебороть свою ненависть к тебе.

— Она все равно не скажет правду, — возразила Ронни. — Потому что тогда ей самой грозит суд.

— Но как? Какое обвинение ей предъявят? Понимаешь, я не хочу, чтобы ты попала в беду за то, чего не совершала. Владелица магазина ничего не хочет слышать, окружной прокурор тоже, и я не говорю, что Блейз захочет слушать, но не вижу другого выхода, раз тебе необходимо выскочить из этого переплета.

— Ничего не получится, — настаивала Ронни.

— Может, и нет. Но думаю, попытаться стоит. Я давно ее знаю, и она не всегда была такой. Не исключено, что в глубине души она сознает, насколько не права, но ее нужно убедить, что попытаться исправить зло необходимо. Не только для тебя. Для нее самой.

Хотя Ронни и не стала возражать, все же не согласилась с ним. Они молча добрались до ее дома. Из открытой двери мастерской струился свет.

— Твой отец все еще работает над витражом?

— Конечно, — кивнула Ронни.

— Можно посмотреть?

— Почему нет?

Вместе они направились к обшарпанному строению. Переступив порог, Уилл увидел лампу без абажура, свисающую над большим рабочим столом в центре комнаты.

— Его здесь нет, — заметила Ронни, оглядываясь.

— Это и есть витраж? — спросил Уилл, подходя к столу. — Какой огромный!

— Поразительно, правда? Это для церкви, которая отстраивается после пожара.

— Этого ты мне не говорила, — выдавил он и понял, что голос звучит неестественно.

— Не думала, что это тебя интересует. А это важно? — удивилась она.

Уилл вынудил себя не думать о Скотте и пожаре.

— Да нет, — поспешно заверил он, делая вид, будто изучает работу Стива. — Просто не думал, что у твоего отца такой талант.

— Я тоже. Да и он сам не думал, пока не начал работу. Но сказал, что это для него очень много значит, так что, может быть, у него поэтому и открылись способности.

— Почему это так важно для него?

Пока Ронни пересказывала историю, услышанную от отца, Уилл смотрел на витраж и вспоминал все, что наделал Скотт. Но его вины в этом не было.

Должно быть, Ронни что-то поняла по его лицу, потому что внимательно на него уставилась:

— О чем ты думаешь?

Он провел рукой по готовой части витража.

— Ты когда-нибудь задумывалось над тем, что значит быть другом?

— Не совсем понимаю, о чем ты.

230

— Насколько далеко ты зайдешь, чтобы защитить друга? — неожиданно спросил он.

Ронни поколебалась.

— Полагаю, это зависит от того, что сделал друг. И настолько это серьезно.

Она вдруг положила руку ему на плечо.

— Почему ты мне не скажешь?

Уилл не ответил, и она подвинулась ближе.

— Понимаешь, рано или поздно ты все равно должен поступить как надо, даже если это сложно. Я знаю, что мои слова тебе не помогут, и не всегда поймешь, какой именно поступок правильный. Но даже когда я оправдывала свое воровство в магазинах, в глубине души знала, что это неправильно. Плохо. Некоторые люди могут с этим жить, особенно если проступки или преступления сходят им с рук. Они видят оттенки серого там, где я вижу черное и белое. Но я не из тех людей и, думаю, ты тоже.

Взгляд Уилла скользнул в сторону. Он хотел довериться ей, жаждал рассказать все, тем более что сознавал ее правоту, но не мог найти слов. Ронни понимала его так, как ни один человек в мире. А ведь он мог бы учиться у нее! Рядом с ней он сам становится лучше. И он так в ней нуждается!

Но он только молча кивнул, и она положила ему голову на грудь.

Когда они наконец вышли из мастерской, Уилл остановил ее, прежде чем она направилась к дому, притянул к себе и стал целовать в губы, щеки, шею. Ее кожа горела огнем, словно она часами лежала на солнце, и, снова поцеловав Ронни в губы, он почувствовал, как она дрожит. Он зарылся руками в ее волосы и, продолжая целовать, прижал к стене мастерской. Он любил ее, хотел и чувствовал, как ее руки медленно двигаются по его спине и плечам. Ее прикосновения воспламеняли его, дыхание обдавало жаром, и остатки разума стали покидать Уилла.

Но тут Ронни уперлась кулачками ему в грудь.

— Пожалуйста, — выдохнула она, — нам нужно остановиться.

— Почему?

— Не хочу, чтобы па нас застал. Возможно, он сейчас смотрит на нас в окно.

— Мы просто целовались!

— Да... и вроде как слишком горячо, — засмеялась она.

Довольная улыбка расплылась по лицу Уилла.

— Что? Мы же только целовались?

— Я говорю, что это походило... словом, поцелуи явно вели к чему-то еще, — отрезала она, одергивая рубашку.

— И в чем проблема?

Но она мгновенно стала серьезной, и он понял, что пора прекратить игры. Она дело говорит, как бы ему ни хотелось продолжить...

— Ты права, — вздохнул он, приобняв ее за талию. — Попытаюсь себя контролировать.

Она чмокнула его в щеку.

— Я полностью в тебе уверена.

— Спасибо огромное, — простонал он.

Ронни подмигнула:

— Пойду посмотрю, как там па.

— Ладно. А мне нужно быть на работе с утра пораньше.

— Жаль, что мне не нужно быть на работе раньше десяти, — улыбнулась она.

— Тебя по-прежнему заставляют кормить выдр?

— Да они без меня с голоду подохнут! Я, можно сказать, теперь незаменима.

— Говорил я тебе, что ты хранительница? — засмеялся он.

— Кроме тебя, этого никто не утверждает. Но, да будет тебе известно, совсем не плохо, когда и ты рядом!

Ронни

Ронни проводила взглядом Уилла, прежде чем войти в дом. Она непрестанно думала о том, что он сказал. Прав ли он насчет Блейз?

Предстоящее заседание суда тяжестью лежало на плечах. Иногда она задавалась вопросом, действительно ли предчувствие наказания страшнее самого наказания.

По мере того как шли недели, она все чаще просыпалась среди ночи и потом не могла заснуть. Не то чтобы она так уж боялась попасть в тюрьму — это весьма сомнительно, — но неужели давние преступления будут всегда ее преследовать? Должна ли она рассказать о них будущим работодателям? Сможет ли она найти работу преподавателя? Она не знала, хочет ли пойти в колледж и вообще быть учителем, но страх оставался. И так будет всегда?

Адвокат так не думала, но гарантировать ничего не могла.

А тут еще и свадьба. Уиллу легко ее приглашать. Думает, что все будет нормально. Но она знала, что Сьюзен не желает ее видеть на свадьбе дочери. Не хватало еще быть помехой! В конце концов, это день Меган.

Ронни поднялась на заднее крыльцо и уже хотела войти в дом, когда услышала скрип кресла-качалки. Девушка в ужасе подскочила, но тут же увидела Джону, наблюдавшего за ней.

— Это. Было. Так. Вульгарно.

— Что ты здесь делаешь? — выпалила она, стараясь унять волнение.

— Слежу за тобой и Уиллом. Как я сказал, это донельзя вульгарно.

Он картинно передернулся.

— Было трудно вас не видеть. Ты стояла прямо около мастерской и целовалась с Уиллом. Все выглядело так, словно он тебя душит.

— Но это не так, — заверила Ронни.

— Я просто объясняю, как это казалось со стороны.

Ронни улыбнулась.

— Поймешь сам, когда станешь старше.

— Поверь, я точно знал, что ты делаешь. Я видел фильмы. И по-прежнему думаю, что это вульгарно, — покачал головой Джона.

— Ты уже это сказал, — напомнила она.

Это, казалось, ненадолго его остановило.

— Куда он ушел?

— Домой. Ему завтра на работу.

— Ты сегодня ночью будешь следить за гнездом? Потому что иначе мы с папой пойдем. Он так предложил.

— Это ты уговорил па ночевать на улице?

— Он сам хочет. Говорит, что это здорово.

Ох, сомнительно что-то...

— Как хотите, — пожала она плечами.

— Я уже приготовил вещи. Спальный мешок, фонарь, соки, сандвичи, коробку крекеров «Ритц», пастилу, чипсы, печенье и теннисную ракетку.

— Собираешься играть в теннис?

— Это на случай, если появится енот. Ну... если попытается напасть на нас.

— Он не станет на тебя нападать.

— Правда? — разочарованно протянул он.

— Впрочем, идея неплохая, — согласилась Ронни. — На всякий случай. Кто знает...

Джона почесал в затылке.

— Именно так я и подумал.

— Кстати, витраж такой красивый! — заметила Ронни, показывая на мастерскую.

— Спасибо. Па старается, чтобы каждый кусочек ложился идеально. Заставляет меня переделывать по два-три раза. Но выходит здорово.

— Еще бы!

234

— Только жарко становится. Особенно когда он включает эту штуку для обжига. Прямо как в печи.

«Это и есть печь», — подумала Ронни, но не стала поправлять брата.

— Какая жалость. Как идет война за печенье?

— Лучше некуда. Вся штука в том, чтобы есть печенье, пока он отдыхает.

— Па не отдыхает.

— Теперь отдыхает. Каждый день. Часа по два. Иногда приходится здорово трясти его, чтобы разбудить.

Она долго смотрела на брата, прежде чем глянуть в окно.

— Кстати, где па?

— В церкви. Тут заходил пастор Харрис. Он часто заходит. Они любят потолковать о том о сем.

— Они друзья.

— Знаю. Но думаю, он просто пользуется этим как предлогом, а на самом деле ходит играть на пианино.

— На каком пианино? — озадаченно спросила Ронни.

— Его доставили в церковь на прошлой неделе. Вот па и ходит туда играть.

— Правда?

— Ой... не знаю, стоило ли тебе это говорить. Может, тебе лучше забыть об этом?

— Почему ты сразу мне не сказал?

— Потому что ты снова наорала бы на него.

— Я не собираюсь орать на него, — запротестовала Ронни. — Когда это я в последний раз орала?

— Когда он играл на пианино. Помнишь?

О да, у парня изумительная память.

— А теперь не буду.

— Прекрасно. Потому что я этого не хочу. Завтра мы должны ехать в Форт-Фишер. Лучше, если он будет в хорошем настроении.

— Как давно он в церкви?

— Мне кажется, что много часов. Поэтому я и вышел. Ждал его. А тут являетесь вы и начинаете обжиматься!

— Мы просто целовались.

— Вот уж нет! Вы определенно обжимались, — заявил Уилл с полным убеждением.

— Ты уже ужинал? — спросила она, спеша переменить тему.

— Я ждал па.

— Хочешь, сделаю тебе пару хот-догов?

— Только с кетчупом? — уточнил он.

— Конечно, — вздохнула она.

— Я думал, ты даже не любишь к ним прикасаться.

— Знаешь, это смешно, но последнее время я раздала выдрам столько дохлой рыбы, что от хот-дога меня больше не воротит.

— А ты приведешь меня в «Аквариум» посмотреть, как кормят выдр? — улыбнулся Джона.

— Если захочешь, я даже позволю тебе самому их покормить.

— Правда?! — взвизгнул Джона.

— Конечно, мне нужно спросить разрешение, но если они позволяют приходящим на экскурсию ученикам это делать, не вижу проблем.

Маленькое личико Джоны озарилось неподдельной радостью.

— Вау! Спасибо! — завопил он и, вскочив с кресла-качалки, добавил: — Кстати, ты должна мне десять баксов.

— За что это?!

— Привет! За то, что не скажу па, что вы тут с Уиллом проделывали!

— Ты это серьезно? Хотя я собираюсь готовить тебе ужин?

— Брось! Ты работаешь, а я нищий.

— Ты, очевидно, считаешь, что я зарабатываю миллионы. Все мои деньги пойдут на оплату адвоката.

Джона обдумал сказанное:

— Как насчет пятерки?

— Пятерки? Когда я объяснила, что у меня десятки свободной нет? — с деланным возмущением спросила Ронни.

— Ну хотя бы два?

— Как насчет одного?

— Заметано, — ухмыльнулся Джона.

Приготовив Джоне ужин — он просил сварить сосиски, а не разогреть в микроволновке, — Ронни пошла в церковь. Она находилась недалеко, но в противоположном направлении от того, в котором девушка привыкла гулять, и, в редких случаях проходя мимо, почти ее не замечала.

Подойдя ближе, она заметила силуэт шпиля, выделявшегося на темном небе. Остальная часть церкви исчезла во мраке, в основном потому, что была меньше остальных домов, высившихся по обе ее стороны, и не имела затейливых деталей.

Пришлось подняться на дюну, чтобы добраться до автостоянки. Здесь уже были заметны следы бурной деятельности: переполненный мусорный ящик, стопка фанерных листов у двери и большой фургон строительной компании, припаркованный у входа. Передняя дверь была открыта и подперта кирпичом. Оттуда лился мягкий свет, хотя остальная часть здания выглядела темной.

Ронни вошла внутрь, огляделась и поняла, что до окончания ремонта еще далеко. Пол был бетонным, одна стена выложена не до конца, никаких сидений или рядов кресел. Все покрыто толстым слоем пыли, а впереди, на месте, где, по мнению Ронни, должен был проповедовать по воскресеньям пастор Харрис, сидел отец за новым пианино, которое смотрелось здесь чужеродным предметом. Единственным источником освещения служила старая лампа, включенная в удлинитель.

Он не слышал, как она вошла, и продолжал играть, хотя Ронни не узнавала мелодию, казавшуюся почти современной в отличие от музыки, которую он обычно играл. Странно, но вещь казалась какой-то незавершенной. Па, должно быть, тоже это понимал, потому что на секунду остановился, подумал и начал с самого начала.

На этот раз она заметила почти неуловимые изменения. Уже лучше, но все же что-то не так.

Ронни вдруг почувствовала прилив гордости, потому что по-прежнему умела не только понять тонкости, но и представить возможные варианты мелодии. Когда она была младше, именно этот талант больше всего изумлял отца.

Он снова начал играть, постоянно изменяя мелодию. И, глядя в его лицо, она поняла, что сейчас он счастлив. Хотя музыка больше не была частью ее жизни, отец не мыслил себя без музыки, и ей стало стыдно за то, что отняла у него это утешение. Оглядываясь назад, она вспомнила, как злилась при мысли о том, что отец пытался заставить ее играть, но действительно ли он так поступал? Может, все дело в ней? Или он играл, потому что просто не мог без музыки?

Она не знала точно, но была тронута до глубины души тем, что он сделал. Отточенная игра и легкость, с которой отец вносил изменения, заставили ее понять, скольким он пожертвовал из-за ребяческих капризов дочери.

Играя, он вдруг зашелся хриплым влажным кашлем, и в груди заклокотало. Приступ был таким долгим, что Ронни бросилась к отцу.

— Па! Что с тобой?

Он поднял голову; понемногу кашель стал униматься, и к тому времени как она нагнулась над ним, он только слегка покашливал.

— Все в порядке, — слабо улыбнулся он. — Здесь столько пыли, и время от времени она меня донимает. Так каждый раз.

Она смотрела на него, замечая, что он немного бледен.

— Уверен, что все в порядке?

— Совершенно.

Он похлопал ее по руке.

— Что ты здесь делаешь?

— Джона сказал мне, что ты в церкви.

— Значит, ты меня поймала?

— Да нет... па... это ведь дар, правда?

Не дождавшись ответа, Ронни показала на клавиатуру. Сейчас она вспоминала все песни, написанные вместе с отцом.

— Что ты играл? Написал новую песню?

— А, это! Вернее, пытался написать. Просто мелодия, над которой я работаю. Ничего особенного.

— А мне понравилось.

— Ничего хорошего. Не знаю, в чем тут дело. Ты могла бы... ты куда талантливее меня в композиции. А вот у меня не получается. Словно я все делаю наоборот.

— Но это и правда хорошо, — настаивала она. — И более современно, чем ты обычно играешь.

— Заметила? — улыбнулся отец. — Но замысел был совершенно иной. Честно говоря, не знаю, что со мной происходит.

— Может, чаще, чем нужно, слушаешь мой айпод?

— Уверяю, что нет, — улыбнулся отец.

Ронни огляделась:

— Так когда закончат ремонт?

— Понятия не имею. Я говорил, что страховка не покрывает ущерб? Вот ремонт и приостановлен.

— А что с витражом?

— Он почти готов.

Он показал на заколоченный фанерой оконный проем.

— Вот где он будет, даже если придется устанавливать его самому.

— Ты умеешь это делать? — ахнула Ронни.

— Пока нет.

— Но почему здесь пианино? А вдруг его украдут?

— Пианино должны были привезти после окончания ремонта, и теперь пастор Харрис надеется пристроить его к кому-то на хранение. Но поскольку неизвестно, когда храм будет восстановлен, это не так уж легко.

Он выглянул за дверь и, казалось, удивился, что уже ночь.

— Который час?

— Начало десятого.

— О Господи, я и не сообразил, что так поздно! Сегодня мы с Джоной решили сторожить гнездо. Нужно взять с собой еды.

— Обо всем уже позаботились.

Отец улыбнулся. Но пока собирал ноты и выключал свет, Ронни снова поразило, каким усталым и слабым он казался.

Стив

Ронни была права. Песня действительно звучит современно.

Он не лукавил, объясняя, что все начиналось иначе. В первую неделю в мелодии было что-то шумановское, в течение нескольких дней его больше вдохновлял Григ. Потом в голове звучал Сен-Санс. Но из всего этого ничего не вышло. У него не возникало того чувства, которое он испытал, набросав первые несколько нот на клочке бумаги.

Раньше он сочинял музыку, которая, как мечтал, будет восхищать многие поколения. На этот раз он экспериментировал. Пытался сделать так, чтобы музыка была своеобразной, а не повторяла великих композиторов, и был рад, что наконец доверился себе. Не то чтобы что-то получилось, и неизвестно, получится ли. Вполне возможно, что и нет... Но почему-то он не испытывал беспокойства. Ему казалось, что все идет как надо. Может, вся беда была в том, что он всю жизнь подражал великим композиторам? Исполнял музыку, написанную сотни лет назад, искал Бога во время прогулок по пляжу, потому что у пастора Харриса это получалось.

Сейчас, сидя на дюне рядом с сыном и глядя в бинокль, несмотря на то что наверняка ничего не увидит, Стив гадал, не сузил ли диапазон своих поисков, когда посчитал, что ответы имеются у других, а главное, побоялся доверять собственной интуиции. Возможно, опорой в жизни стали его наставники, и получилось так, что он боялся быть собой.

— Эй, па!

— Что?

— Ты приедешь к нам в Нью-Йорк?

— С огромной радостью.

— Потому что, думаю, теперь Ронни согласится с тобой разговаривать.

— Надеюсь, что так.

— Она здорово изменилась, правда?

Стив опустил бинокль.

— Думаю, этим летом мы все очень изменились.

— Да, — согласился Джона. — Я, например, вырос.

— Определенно. И научился делать витражи.

Джона задумался.

— Эй, па! — окликнул он наконец.

— Что?

— Теперь я хочу научиться стоять на голове.

Стив поколебался, не понимая, как такое пришло на ум Джоне.

— Можно спросить почему?

— Мне так нравится. Все видеть перевернутым. Не могу ответить, каким образом, но, думаю, ты мне понадобишься. Чтобы держать меня за ноги. По крайней мере вначале.

— С удовольствием.

Они надолго замолчали. Ночь была теплая, звездная, и, любуясь окружающей его красотой, Стив ощутил некое умиротворение благодаря тому, что проводит лето с детьми и вместе с сыном сидит на дюне и говорит о пустяках. Он уже привык к такой жизни и с ужасом думал о том, что все скоро кончится.

— Эй, па!

— Что?

— Здесь что-то скучно.

— А по-моему, все очень славно.

— Но я почти ничего не вижу.

— Видишь звезды. И слышишь шум волн.

— Его я слышу постоянно. Каждый день одно и то же.

— Когда ты хочешь начать тренировки по стоянию на голове?

— Может, завтра.

Стив обнял худые плечики сына.

— Что случилось? Что-то у тебя голос грустный.

— Ничего, — еле слышно ответил Джона.

— Уверен?

— Можно, я буду здесь ходить в школу? И жить с тобой?

Стив осознал, что ступает по тонкому льду.

— А как же твоя ма?

— Я люблю ма. И скучаю по ней. Но мне тут нравится. Нравится жить с тобой. Делать витражи, запускать змеев. Просто бездельничать. Здесь так здорово! Не хочу, чтобы все это кончилось.

Стив привлек его к себе.

— Мне тоже хорошо с вами. Лучшее лето в моей жизни! Но ведь ты все время будешь в школе, так что у нас почти не останется времени побыть вместе, как сейчас.

— Может, тебе удастся добиться домашнего обучения, — пробормотал Джона тихо, почти испуганно. Куда девалась его взрослая рассудительность! Сейчас он был собой — маленьким несчастным мальчишкой, чьи родители не могут быть вместе. И от осознания этого у Стива перехватило горло. Он заранее ненавидел то, что придется сказать сыну, хотя выхода все равно нет.

— Думаю, ма будет очень тосковать по тебе, если останешься со мной.

242

— Может, ты вернешься? И вы с ма снова поженитесь?

Стив судорожно вздохнул.

— Знаю, это трудно и кажется несправедливым. Мне очень хотелось бы все изменить, но ничего не получится. Тебе нужно жить с мамой. Она так тебя любит и не знает, что без тебя делать. Но я тоже люблю тебя и хочу, чтобы ты это помнил.

Джона кивнул, словно ожидал такого ответа.

— Но завтра мы поедем в Форт-Фишер?

— Если захочешь. А потом, может, сумеем добраться до водяных горок.

— Здесь есть водяные горки?

— Нет. В другом месте, недалеко отсюда. Только нужно не забыть взять плавки.

— Здорово! — уже оживленнее сказал Джона.

— А может, мы заглянем и в «Чак Е. Чиз».

— Правда?

— Конечно, если пожелаешь.

— Еще бы не пожелать!

Джона довольно засопел и потянулся к сумке-холодильнику, чтобы вытащить пластиковый пакет с печеньем. Стив мудро решил этого не замечать.

— Эй, па!

— Что?

— Как по-твоему, черепашки сегодня вылупятся?

— Вряд ли. Но думаю, ждать недолго.

Джона плотно сжал губы, но ничего не ответил, и Стив понял, что сын снова думает о скорой разлуке. Он еще крепче прижал Джону к себе, но в душе что-то сломалось. То, что будет мучить его всегда. Он знал это.

Стив встал на рассвете и оглядел пляж. Сегодня, во время прогулки, он будет просто наслаждаться утренней свежестью. Бога здесь нет. По крайней мере для него. Но если хорошенько подумать, в этом есть смысл. Если бы ощутить Господне присутствие оказалось так просто, вероятно, по утрам на пляжах яблоку было бы негде упасть. Люди занимались бы поисками Бога, вместо того чтобы бегать, или прогуливать собак, или удить рыбу в прибое.

Поиски Бога такая же тайна, как сам Бог, и что есть Бог, если не тайна?

Странно, что ему потребовалось столько времени, чтобы это понять.

Он провел день с Джоной так, как они и собирались. Форт, возможно, больше интересовал его, чем сына, поскольку Стив знал историю Гражданской войны. Как и то, что Уилмингтон был последним действующим портом конфедератов.

А вот Джону куда больше привлекали водяные горки. Каждому приходилось нести наверх свой резиновый коврик. И хотя Джона дважды осилил подобный труд, Стиву скоро пришлось тащить оба коврика.

Под конец ему уже казалось, что он умирает.

«Чак Е. Чиз», пиццерия с видеоиграми, позволила занять Джону еще на пару часов. Они трижды сыграли в воздушный хоккей, накопили несколько сотен игровых билетов, что позволило им уйти с парой водяных пистолетов, тремя надувными шарами, коробкой цветных карандашей и двумя ластиками. Стив не хотел даже думать о том, во что ему все это обошлось.

Это был хороший день, день смеха и веселья, но очень уж утомительный. Немного поговорив с Ронни, он пошел спать и от усталости мгновенно заснул.

Ронни

После того как отец и Джона уехали в Форт-Фишер, Ронни пошла искать Блейз, надеясь найти ее еще до того, как придется идти в «Аквариум». В конце концов, терять ей нечего. Самое худшее, что может случиться, — это если Блейз обругает ее или про-

244

гонит, так что ситуация не изменится. Ронни не считала, что Блейз внезапно изменит свое мнение, так что слишком надеяться на лучшее не стоит. В чем-то Уилл прав: Блейз — это не Маркус, у которого совсем нет совести, и поэтому она должна чувствовать себя хоть немного виноватой, верно?

Блейз нашлась на удивление быстро. Она сидела на дюне, наблюдая за виндсерферами. При виде Ронни она ничего не сказала.

Ронни даже не знала, с чего начать, и поэтому решила просто поздороваться.

— Привет, Блейз.

Та не ответила, и Ронни пришлось собраться с силами, прежде чем продолжать.

— Понимаю, что ты, возможно, не хочешь со мной разговаривать...

— Ты похожа на пасхальное яичко!

Ронни оглядела костюм, который требовалось надевать в «Аквариум»: бирюзовая рубашка, белые шорты и туфли.

— Я пробовала уговорить начальство разрешить мне носить черное, но они не позволили.

— Жаль. Черное — твой цвет, — коротко улыбнулась Блейз. — Что тебе нужно?

Ронни глубоко вздохнула.

— В ту ночь я не пыталась склеить Маркуса. Он сам ко мне приставал, и не знаю, почему сказал то, что сказал, разве что хотел заставить тебя ревновать. Ты, конечно, не поверишь, но хочу, чтобы ты знала: я никогда не была способна на подлости по отношению к друзьям. Не такой я человек.

Ну вот. Она выложила все, что хотела.

— Знаю, — кивнула Блейз, помолчав.

Такого ответа Ронни не ожидала.

— Почему же ты подложила пластинки мне в сумку?

Блейз чуть прищурилась:

— Я была очень зла на тебя. Совершенно очевидно, что ты нравилась Маркусу.

Ронни проглотила ответ, который положил бы немедленный конец их беседе. Блейз снова сосредоточилась над виндсерферах.

— Вижу, ты много времени проводишь с Уиллом.

— Он сказал, что вы с ним друзья.

— Были. Давно. Он славный парень, так что тебе повезло.

Блейз вытерла руки о джинсы.

— Моя ма собирается выходить замуж за своего бойфренда. После того как она это сказала, мы здорово посканидалили, и она вышибла меня из дому. Сменила замки, и все такое.

— Мне очень жаль, — искренне ответила Ронни.

— Переживу.

Ронни почему-то подумала о сходных обстоятельствах их жизни: развод, гнев, мятеж, второй брак матери. И все же, несмотря на это, больше они ни в чем не похожи. Блейз сильно изменилась с начала лета. Куда девалась жажда жизни, которую заметила Ронни, когда они впервые встретились. Теперь Блейз казалась старше своего возраста, словно состарилась не на недели, а на годы. И сильно похудела. Перед Ронни словно предстала та, какой она сама могла стать, и это совсем ей не нравилось.

— Ты плохо со мной поступила, — настаивала Ронни. — Но еще можешь все исправить.

Блейз медленно покачала головой:

— Маркус не позволит. Пригрозил, что больше никогда не будет со мной разговаривать, — монотонно, как робот, ответила она.

Ронни захотелось хорошенько ее встряхнуть.

Блейз словно почувствовала, о чем думает Ронни.

— Мне больше некуда идти, — со вздохом пояснила она. — Ма созвала всех родственников и потребовала, чтобы они не давали мне приюта. Объяснила, что ей очень тяжело, но мне необходима строгость, и что она достаточно мне потакала. Но у меня нет денег на еду, и если я не хочу спать на улице каждую ночь до конца жизни, придется делать как приказывает Маркус. Когда он зол на меня, даже не позволяет принять душ у себя дома. И не дает мне денег, заработанных на шоу, так что я, бывает, голодаю. Иногда обращается со мной как с собакой, и я это все ненавижу. Но что еще у меня есть?

— Ты не пыталась поговорить с мамой?

— Какой смысл? Она считает меня пропащей и на дух не выносит.

— Уверена, что это не так.

— Ты не знаешь ее. В отличие от меня.

Ронни вспомнила свое посещение дома Блейз и деньги в конверте, которые мать оставила дочери. Что-то не похоже на злую, бессердечную мать... Но Ронни не хотела этого говорить.

Блейз молча оттолкнулась и встала. Одежда была грязной и помятой, словно она носила ее целую неделю не снимая. Что, возможно, так и было.

— Я знаю, чего ты хочешь от меня, — неожиданно сказала Блейз. — Но не могу. Не потому что не люблю тебя. Наоборот. Ты славная девчонка, и не следовало делать того, что я сделала. Но я так же связана, как ты. И не думаю, что Маркус оставит тебя в покое.

— О чем ты? — насторожилась Ронни.

— Он снова говорит о тебе. И очень нехорошо. На твоем месте я держалась бы от меня подальше.

Прежде чем Ронни успела ответить, Блейз пошла прочь.

— Эй, Блейз! — позвала она.

Та медленно обернулась.

— Если когда-нибудь захочешь есть или тебе негде будет переночевать, ты знаешь, где я живу.

На секунду показалось, будто она не только увидела благодарную улыбку, но и что-то напомнившее умную жизнерадостную девушку, которую она впервые встретила в июне.

— И еще одно, — добавила Ронни. — Эти огненные шоу, которые ты делаешь с Маркусом, — чистое безумие.

Блейз печально улыбнулась.

— Ты действительно считаешь, что они безумнее, чем все остальное в моей нынешней жизни?

На следующий день Ронни стояла перед шкафом, понимая, что ей абсолютно нечего надеть. Даже если она пойдет на свадьбу, в чем до сих пор не была уверена, у нее не найдется ничего приличного. Ее одежда могла считаться приемлемой только в том случае, если бы ее пригласили на свадьбу к Оззи Осборну.

Но это обычная свадьба, на которой предусмотрен дресс-код. Гостям полагалось быть в смокингах и вечерних платьях. Она в жизни не думала, что придется посетить нечто подобное, и даже не привезла черные лодочки, купленные матерью на прошлое Рождество. Те, что по-прежнему лежали в коробке, ни разу не надеванные.

Она искренне не понимала, почему Уилл требовал прийти на свадьбу. Даже если она найдет способ выглядеть презентабельно, все равно ей там даже поговорить не с кем! Уилл — брат невесты; значит, ему придется сидеть за главным столом, а она даже за обедом останется одна! Ее, возможно, посадят вместе с губернатором, или сенатором, или с семьей, прибывшей на личном самолете... да она от стыда сгорит! А если добавить тот факт, что Сьюзен ее ненавидит, то вся эта затея выглядит нелепо. Мало того, просто ужасно.

С другой стороны...

Когда ее еще пригласят на такую свадьбу? Дом претерпел огромные изменения за последние две недели. Над бассейном возвели новую временную плоскую крышу, во дворе поставили палатки и посадили десятки тысяч цветов. С одной из киностудий Уилмингтона приехала команда осветителей, чтобы ставить свет. Фирма, обслуживавшая свадьбы, доставила еду — от икры до шампанского «Кристалл» — из трех уилмингтонских ресторанов, а всем управлял шеф-повар из Бостона, которого выписала Сьюзен. Говорили, что его кандидатура была выдвинута на должность шеф-повара Белого дома. Все выглядело чрезмерным, чего она ни за что не допустила бы на собственной свадьбе. Что-нибудь на пляже в Мехико, в присутствии самых близких людей было больше в ее стиле. Но все же ей хотелось пойти. Больше она никогда в жизни не попадет на такую свадьбу!

При условии, конечно, что у нее будет наряд. Честно говоря, она не понимала даже, почему роется в шкафу. У нее нет волшебной палочки, и превратить джинсы в платье или сделать вид, будто пробор на другую сторону сделает ее принцессой, она не может. У нее был единственный более-менее приличный костюм, который Сьюзен не находила отвратительным, когда Ронни забегала к ним по пути в кино. Бирюзовую рубашку и белые шорты она надевала на работу, но походила в них на пасхальное яйцо.

— Что ты делаешь?

В дверях стоял Джона, удивленно глазея на сестру.

— Нужно найти что надеть.

— Ты куда-то идешь?

— Нет. Надеть на свадьбу.

— Ты замуж выходишь? — Джона вытаращил глаза.

— Конечно, не я. Сестра Уилла.

— Как ее зовут?

— Меган.

— Она славная?

Ронни покачала головой:

— Не знаю. Я никогда ее не видела.

— Почему тогда идешь на ее свадьбу?

— Уилл пригласил. Так полагается. Он имеет право пригласить на свадьбу одного гостя. Так что я буду гостьей, — пояснила она.

— И что же ты наденешь?

— Не знаю. У меня ничего нет.

— Но ты нормально одета.

Конечно. Костюм пасхального яичка. М-да...

— Я не могу это надеть на свадьбу. Нужно вечернее платье.

— У тебя в шкафу платье?

— Нет.

— Почему же ты здесь стоишь? — логично спросил Джона. И то верно.

Она закрыла шкаф и плюхнулась на кровать.

— Ты прав. Я не пойду. Все очень просто.

— Но ты хочешь идти? — с любопытством спросил Джона.

В одно мгновение ее мысли метнулись от «совершенно не хочу» до «вроде бы» и, наконец, «естественно».

— Уилл хочет, чтобы я пошла. Для него это важно. И там очень интересно.

— Почему же ты не купишь платье?

— Потому что у меня нет денег, — пожала плечами Ронни.

— О, это легко исправить, — заверил Джона и направился в угол, где хранилась его коллекция игрушек. Подняв модель самолета, он перевернул ее и отвинтил нос. Когда на постель посыпалось содержимое тайника, челюсть Ронни отвисла при виде солидного количества наличных. Не менее нескольких тысяч!

— Это мой банк, — пояснил Джона, вытирая нос. — Я давно коплю.

— Где ты все это взял?

Джона показал на десятидолларовую банкноту:

— Эту ты дала мне, чтобы я не рассказал па, как видел тебя на фестивале. Эта — за парня с голубыми волосами. А это я выиграл в покер лжецов. Эта за тот раз, когда ты убежала из дому после комендантского часа.

— Понятно. И ты все это хранил?!

— А что мне еще с этим делать? Ма и па покупают мне все необходимое. Стоит только донять их хорошенько, и они идут в магазин. Получить все, что я хочу, очень легко. Нужно только знать, как этого добиться. Ма требуется, чтобы я плакал; па — чтобы объяснил, почему этого заслуживаю.

Она улыбнулась. Ее братец шантажист и психолог. Поразительно!

— Поэтому деньги мне не нужны. И Уилл мне нравится. Он делает тебя счастливой.

А вот это совершенно точно.

— Ты очень хороший младший брат, знаешь это?

— Знаю. И ты можешь взять все, но с одним условием.

Вот оно. Начинается.

— Каким?

— Я не пойду с тобой покупать платье. Это тоска зеленая.

— Заметано, — не задумываясь кивнула Ронни.

Она смотрела на себя, с трудом узнавая отражение в зеркале. Наступило утро свадьбы, и последние четыре дня она провела, примеряя все мало-мальски подходящие платья в городе. Прогуливалась туда-сюда в новых туфлях. И часами просиживала в парикмахерской. Почти час ушел на завивку и укладку в стиле, показанном девушкой-парикмахером. Ронни также попросила совета насчет макияжа, и теперь свято следовала данным указаниям. Платье, купленное Ронни, хотя особого выбора не было, несмотря на множество магазинов, которые она посетила, имело глубокий треугольный вырез и отделку из черного стекляруса — нечто совершенно отличное от того, что она привыкла носить. Вчера вечером она сделала маникюр и накрасила ногти, довольная, что не смазала лак.

— Я не знаю тебя, — сказала Ронни своему отражению, поворачиваясь то так, то этак. — Я никогда тебя раньше не видела.

Она поправила платье. Нужно признать, оно неплохо на ней сидит.

Ронни улыбнулась. Определенно она отлично выглядит.

По пути к двери она надела туфли и направилась в гостиную. Отец снова читал Библию, Джона смотрел мультики. Все как всегда. Когда па и братец соизволили поднять глаза, вид у них был ошеломленный.

— Черт меня побери! — выдохнул Джона.

— Тебе не следует говорить такие вещи, — строго заметил отец.

— Какие именно? — уточнил Джона.

— Сам прекрасно знаешь какие.

— Прости, па, — смиренно пробормотал Джона, — я хотел сказать просто, «меня побери». Без «черта».

Ронни и отец рассмеялись.

— Что это вы? — удивился мальчик.

— Ничего, — отмахнулся отец.

Джона подошел поближе и стал изучать сестру.

— А где твои фиолетовые волосы? — спросил он. — Исчезли?

Ронни тряхнула локонами:

— Временно. Мне идет?

Прежде чем отец успел ответить, вмешался Джона:

— Ты снова выглядишь нормальной, но не похожа на мою сестру.

— Ты чудесно выглядишь! — поспешно заверил отец.

Ронни облегченно вздохнула. К собственному удивлению.

— Платье ничего?

— Само совершенство, — кивнул отец.

— А туфли? Я не уверена, что они подходят к платью.

— Еще как подходят.

— Я пыталась наложить макияж, а мои ногти...

Она не успела договорить. Отец покачал головой.

— Ты никогда не была прекраснее, чем сейчас. По правде говоря, я вообще не знаю, есть ли кто прекраснее в целом мире.

Он говорил то же самое и раньше. Сто раз.

— Па...

— Он правду говорит, — перебил Джона. — Выглядишь потрясно! Честно-честно. Я едва тебя узнал.

Она нахмурилась и притворно вознегодовала:

— Хочешь сказать, что тебе не нравится, как я обычно выгляжу?

Джона пожал плечами.

— Никому, кроме психов, не нравятся фиолетовые волосы.

Она рассмеялась и увидела, как улыбается отец.

— Вау! — Все, что он смог сказать.

Полчаса спустя она с бьющимся сердцем въезжала в ворота поместья Блейкли. Они только сейчас прорвали кордон дорожной полиции, выстроившийся вдоль дороги, чтобы проверять удостоверения личности, и теперь их остановили люди в строгих костюмах, желавшие припарковать машину. Отец пытался спокойно объяснить, что просто подвез дочь, но эти трое, казалось, ничего не слышали и были не в силах осознать того простого обстоятельства, что гостья на такой свадьбе может не иметь своей машины.

А все эти грандиозные переделки...

Ронни была вынуждена признать, что дом напоминает декорации к голливудскому фильму: повсюду цветы, живая изгородь идеально подстрижена, и даже стена, окружавшая поместье, заново выкрашена.

Когда они наконец очутились на кольцевой дорожке, отец уставился на дом, который, казалось, стал еще больше.

Наконец он повернулся к Ронни. Она редко видела, чтобы отец так удивлялся.

— Это дом Уилла?

Ронни кивнула. Ясно, что отец только теперь понял, насколько богата семья Уилла, и сейчас ему очень хотелось спросить, не чувствует ли она себя неловко здесь, в таком огромном поместье. Но он лишь смущенно улыбнулся.

— Какое прекрасное место для свадьбы!

Он вел машину осторожно, стараясь не слишком нагружать старый автомобиль. Собственно говоря, «тойота»-седан принадлежала пастору Харрису и скорее напоминала коробку на колесах, вышедшую из моды в девяностых, почти сразу же как сошла с конвейера. Но она бегала до сих пор, причем довольно резво, что было истинным подарком для Ронни, ноги которой уже ныли. Непонятно, как некоторые женщины способны каждый день носить туфли на каблуках! Даже когда она сидела, туфли казались орудием пытки. Следовало бы наклеить на пальцы пластырь!

Платье тоже не предназначалось для сидения: корсет впивался в ребра, так что свободно дышать возможности не представлялось. Впрочем, она, наверное, слишком нервничала, чтобы дышать.

Па объехал кольцевую дорожку, не отрывая при этом глаз от дома, совсем как сама Ронни, когда впервые сюда попала. И хотя с тех пор должна была привыкнуть, все же это место по-прежнему ошеломляло. А тут еще и гости: она впервые видела такое количество смокингов и вечерних платьев, и, конечно, ей было не по себе. Она действительно чужая здесь.

Стоявший впереди мужчина в темном костюме сигналил машинам, и не успела Ронни опомниться, как настала ее очередь выходить. Когда мужчина распахнул дверь и предложил руку, чтобы помочь Ронни выйти, отец успел похлопать ее по ноге:

— Ты все сумеешь. И повеселись хорошенько, — улыбнулся он.

— Спасибо, па.

Ронни в последний раз посмотрелась в зеркало, прежде чем выйти из машины. Теперь, когда она стояла, дышать стало легче. Ронни одернула платье и направилась к крыльцу, перила которого были увиты лилиями и тюльпанами. Не успела она подняться на ступени, как дверь распахнулась.

Уилл, облаченный в смокинг, разительно не походил на голого до пояса волейболиста, беззаботного парня-южанина, взявшего ее на рыбалку. Сейчас в нем просматривался тот утонченный, сдержанный, успешный мужчина, которым он станет через несколько лет. Почему-то она не ожидала увидеть такого рафинированного Уилла и уже хотела пошутить насчет того, что он «наконец отмылся», но тут же сообразила, что он даже не поздоровался.

И очень долго смотрел на нее. Ронни запаниковала. Что она сделала не так? Почему у него такой взгляд? Может, приехала слишком рано? Или переборщила с платьем и макияжем?

Она не знала, что думать, и представляла худшее, когда Уилл заулыбался.

— Выглядишь... невероятно! — пробормотал он, и Ронни успокоилась. Не совсем, но все же! Она еще не видела Сьюзен, и выводы пока еще рано делать. И все-таки она довольна: Уиллу понравилось увиденное!

— Не думаешь, что я перестаралась? — осторожно спросила она.

Уилл шагнул вперед и положил руки на ее бедра.

— Определенно нет.

— Все в меру?

— Абсолютно, — прошептал он.

Ронни поправила на нем галстук-бабочку, обняла и объявила:

— Должна признать, что ты тоже неплох.

Все оказалось не так страшно, как она предполагала. Она узнала, что большинство свадебных фотографий уже сделаны еще до прибытия гостей, так что они с Уиллом смогли провести до церемонии немного времени вместе.

Они погуляли по участку, и Ронни не стесняясь глазела на окружающее. Уилл сказал правду: задний двор совершенно преобразился. Над бассейном возвышалась временная крыша, совершенно не выглядевшая временной. Десятки белых стульев были расставлены на крыше, сиденьями к увитой цветами арке, где Меган с женихом будут обмениваться обетами. Во дворе были проложены новые дорожки, ведущие к нескольким десяткам столов под огромным белым тентом, где приглашенные будут обедать. Повсюду цвели гладиолусы и лилии.

Гости выглядели так, как и следовало ожидать. Кроме Уилла, из собравшихся ей были знакомы Скотт, Эшли и Касси. Все трое не особенно обрадовались, увидев ее. Впрочем, особого значения это не имело. Как только присутствующие заняли места, внимание всех, за исключением разве что Уилла, было приковано к арке, где должна была появиться Меган. Только Уилл, стоя у арки, не сводил глаз с Ронни.

Но она хотела стать как можно незаметнее и поэтому выбрала место в третьем ряду с конца, подальше от арки. Пока что она не видела Сьюзен, которая, возможно, хлопотала над Меган. Только бы она не заметила Ронни до окончания церемонии! Тогда, если выйдет по ее, Сьюзен вообще сделает вид, что не заметила Ронни, хотя это вряд ли возможно, поскольку Уилл все время держится рядом.

— Простите! — сказал кто-то. Повернув голову, она увидела пожилого человека и его жену, пытавшихся протиснуться на свободные места в конце ряда.

— Наверное, будет лучше, если я подвинусь, — предложила она.

— Уверены, что вам это не сложно?

— Никаких проблем, — кивнула она, пересаживаясь на последнее пустое сиденье. Мужчина показался смутно знакомым, но единственное место, где она могла его видеть, был «Аквариум». А это маловероятно.

Прежде чем она успела хорошенько поразмыслить, струнный квартет заиграл первые аккорды марша Мендельсона. Все стали оглядываться на дом. Ронни услышала общий вздох, когда на веранде появилась Меган. Когда она начала спускаться по ступенькам, Ронни тут же решила, что Меган, вне всякого сомнения, самая ослепительная невеста в мире.

Завороженная видом сестры Уилла, она едва заметила, что пожилой человек старается получше рассмотреть ее, а не Меган.

Церемония была проведена элегантно и все же на удивление тепло. Пастор зачитывал отрывки из Второго послания коринфянам, а потом Меган и Дэниел произнесли написанные ими обеты. Обещали сохранять терпение, когда легко его потерять, искренность, когда легче солгать, и каждый признавал, что истинная любовь и преданность могут быть доказаны только с течением времени.

Наблюдая, как они обмениваются кольцами, Ронни осознала, как прекрасно, что они венчаются не в церкви, а на открытом воздухе. Менее торжественно, чем церковные венчания, к которым она привыкла, но зато не так официально и чопорно и в прекрасном окружении.

Уилл оказался прав. Меган ей понравилась. На всех свадьбах, которые посещала Ронни, ей казалось, что невесты разыгрывают нечто вроде спектакля и очень часто расстраивались, когда что-то шло не по сценарию. А вот Меган, похоже, прекрасно себя чувствовала и наслаждалась происходящим. Когда отец вел ее по проходу, она даже подмигнула друзьям и остановилась, чтобы обнять бабушку. Когда податель колец — совсем малыш, ужасно симпатичный в миниатюрном смокинге — остановился на полпути и полез на колени к матери, Меган восторженно рассмеялась, развеяв мгновенное напряжение.

После церемонии Меган не столько интересовали достойные глянцевых журналов свадебные фото, сколько общение с гостями. Ронни подумала, что она то ли невероятно уверена в себе, то ли совершенно не подозревает о стрессе, пережитом матерью, которая так много вложила в каждую деталь подготовки к свадьбе. Даже на расстоянии было видно, что ничто не соответствовало четкому плану Сьюзен.

— Ты должна мне танец, — прошептал Уилл.

Повернувшись, она снова поразилась его красоте.

— По-моему, мы об этом не договаривались. Ты только хотел, чтобы я пришла на свадьбу.

— Как! Ты не хочешь со мной танцевать?

— Музыки нет.

— Я имел в виду позже.

— Ах вот как! Что же, в таком случае я подумаю. Но разве ты не должен позировать фотографам?

— Я уже позировал. Несколько часов. Нужен перерыв.

— Щеки болят от улыбок?

— Что-то в этом роде. О, я должен сказать, что ты обедаешь за шестнадцатым столиком, со Скоттом, Эшли и Касси.

Приплыли...

— Класс, — сказала она вслух.

— Все не так скверно, как ты полагаешь, — рассмеялся Уилл. — Они будут прилично себя вести, иначе ма с них шкуру сдерет.

Настала очередь Ронни рассмеяться.

— Передай матери, что она проделала огромную работу. Здесь просто чудесно.

— Обязательно, — кивнул Уилл и продолжал пялиться на нее, пока не услышал, как его окликают.

Это оказалась Меган, явно забавлявшаяся ошеломленным видом брата.

— Мне нужно идти, — вздохнул Уилл. — Но найду тебя во время обеда. И не забывай о нашем танце.

Ронни снова подумала, что он невероятно красив.

— Должна предупредить, что ноги у меня уже болят.

Он картинно прижал руку к сердцу:

— Обещаю не издеваться, если ты захромаешь.

— Вот спасибо!

Он нагнулся и поцеловал ее.

— Я уже говорил, как ты сегодня прекрасна?

Она улыбнулась, все еще ощущая вкус его губ.

258

— Последние двадцать минут не говорил. Но тебе лучше идти. Ты нужен сестре, а я не хочу попасть в неловкое положение.

Он снова поцеловал ее, прежде чем идти к родственникам.

Довольная, Ронни огляделась и увидела, что пожилой человек, которому она уступила место, снова наблюдает за ней.

За обедом Скотт, Эшли и Касси даже не пытались вовлечь ее в разговор, но Ронни поняла, что это не важно. Она не в настроении болтать с ними. И к тому же не голодна.

Сделав несколько глотков, она извинилась и ушла к веранде. С крыльца открывался прекрасный вид на празднество, еще более чарующий в темноте. Палатки словно светились под серебристыми лучами луны. Обрывки разговоров смешивались с музыкой оркестра, и Ронни задалась вопросом, что бы делала сегодня вечером, окажись она в Нью-Йорке. По мере того как проходило лето, она все реже говорила по телефону с Кейлой. И хотя по-прежнему считала ее подругой, все же ничуть не скучала по оставленному привычному миру. Ей в голову не приходило вспоминать о ночных клубах, и когда Кейла рассказывала о самом последнем, самом крутом парне, которого только что встретила, Ронни невольно думала об Уилле. Она твердо знала, что, на ком бы ни помешалась Кейла в очередной раз, он абсолютно не походит на Уилла.

Правда, она почти не говорила о нем с Кейлой. Та знала, с кем встречается подруга, но каждый раз, когда Ронни упоминала о том, как проводила время с Уиллом: рыбалка, прогулки по берегу, гонки по грязи, — у нее возникало ощущение, что Кейла настроена на совершенно другую волну. Кейла никак не могла понять, что Ронни счастлива просто быть рядом с Уиллом. А Ронни гадала, что будет с их дружбой, когда она вернется в Нью-Йорк. Она знала, насколько изменилась за те недели, что была здесь, в то время как Кейла, похоже, не изменилась совсем. Ронни понимала, что больше не интересуется походами в клуб. Теперь ей казалось странным, что она вообще туда ходила. Громкая музыка, все на взводе, все ищут, кого бы склеить. И если все так здорово, почему все пьют или глотают «колеса» в надежде усилить остроту ощущений? Для нее это было лишено смысла, и теперь, под шум океана, стало ясно, что никогда и не имело никакого значения.

Ронни также хотела помириться с матерью. Отец по крайней мере научил ее, что родители могут быть друзьями. Она не питала иллюзий относительно того, что мать доверяет ей не меньше, чем отец, и отношения матери и дочери оставались напряженными. Может быть, если она попыталась бы поговорить с матерью по-дружески и доверительно, как с отцом, отношения стали бы улучшаться.

Странно, что может сделать с человеком стремление немного выбиться из ритма повседневной жизни.

— Все скоро кончится, знаешь ли, — сказал кто-то за спиной.

Погруженная в свои мысли, Ронни не заметила, как подошла Эшли, но узнала ее голос.

— Прости, ты о чем? — настороженно спросила она, поворачиваясь.

— Я рада, что Уилл пригласил тебя на свадьбу. Веселись, пока можешь, потому что долго это не продлится. Через пару недель он уедет. Ты уже думала об этом?

Ронни смерила ее взглядом:

— Не понимаю, какое тебе дело до всего этого?

— Даже если вы уговорились встречаться, вряд ли мать Уилла это потерпит, — продолжала Эшли. — Меган до свадьбы была помолвлена дважды, и мать отпугнула женихов. Она и с тобой сделает то же самое, нравится тебе это или нет. Но даже если этого не будет, ты все равно уезжаешь и он тоже, так что долго это не продлится.

Ронни застыла. В этот момент она ненавидела Эшли, озвучившую самые мрачные ее мысли. Все же эта девица до смерти ей надоела, и терпение наконец лопнуло.

— Эй, Эшли, — процедила она, подступая ближе, — я хочу кое-что тебе сказать, так что слушай внимательно, чтобы понять как следует.

Она снова шагнула вперед, так что их лица почти соприкоснулись.

— Меня тошнит от необходимости терпеть то дерьмо, которое ты вываливаешь тоннами. Так что если снова попытаешься заговорить со мной, выбью все твои отбеленные зубы! Усекла?

Что-то в лице Ронни, должно быть, убедило Эшли в серьезности ее намерений, потому что она быстро повернулась и почти побежала в палатку.

Позже, стоя на причале, Ронни радовалась, что наконец удалось заткнуть рот Эшли, но злобные слова блондинки забыть было нелегко. Через две недели Уилл уедет в университет, да и она сама еще через неделю отправится домой. Она не знала, что будет с ними, если не считать простой истины: все должно измениться. Да иначе быть не может. Их отношения основывались на том, что они виделись каждый день, и как Ронни ни пыталась, не могла представить, как это: общаться по телефону или эсэмэсками. Конечно, есть еще скайп, но это и близко не напоминает то, что есть у них сейчас.

А это означает... что?

Тем временем свадебное торжество было в полном разгаре. С крыши над бассейном унесли стулья, превратив ее в танцпол, и со своего наблюдательного пункта она видела, как Уилл дважды танцевал с шестилетней девочкой, несшей за невестой корзинку с цветами, а один раз с ее сестрой, что заставило Ронни улыбнуться.

Через несколько минут после стычки с Эшли она смотрела, как Меган и Дэниел разрезают торт. Музыка заиграла снова, и после танца Меган и Тома невеста бросила свой букет. Ронни была уверена, что во всем городе было слышно, как завизжала молодая женщина, его поймавшая.

— Вот ты где! — воскликнул Уилл, вторгаясь в ее мысли. Он шел по дорожке прямо к причалу. — Я всюду тебя искал. Наш танец!

Но Ронни пыталась представить, что подумали бы девушки, которых он встретит в колледже, будь они на ее месте. Возможно, то же самое, что она сейчас: вау!!!

Он взбежал по ступенькам, и она отвернулась. Почему-то видеть его было нелегко.

Уилл слишком хорошо знал Ронни, чтобы не понять: что-то не так.

— Что случилось?

Она не ответила. Он осторожно отвел локон.

— Поговори со мной.

Она на мгновение закрыла глаза, прежде чем повернуться к нему.

— Что будет с нами? С тобой и мной?

Уилл озабоченно нахмурился:

— Не понимаю, о чем ты.

— Понимаешь, — грустно усмехнулась она и, когда он отнял руку, поняла, что была права. — Скоро все будет по-другому.

— Но это еще не значит, что все кончено...

— Ты так легко об этом говоришь.

— Но ведь совсем не сложно прилететь из Нешвилла в Нью-Йорк. Это же не пешком идти!

— И ты прилетишь ко мне?

Ронни услышала, как дрожит ее голос.

— Я собирался. И надеялся, что ты тоже прилетишь в Нешвилл. Можем сходить в «Грэнд Ол Опри».

Ронни рассмеялась, несмотря на то что сердце продолжало ныть.

Он обнял ее.

— Не знаю, с чего вдруг возник этот разговор, но ты ошибаешься. Да, все будет не так, как прежде, но это не означает, что не будет лучше. Моя сестра живет в Нью-Йорке, помнишь? Кроме того, занятия не длятся круглый год. Есть осенние и весенние каникулы, рождественские и летние. И как я уже упоминал, очень легко слетать друг к другу на уик-энд.

Интересно, что скажут на это его родители?

Но Ронни промолчала.

— Что происходит? — спросил он. — Неужели не хочешь попытаться?

— Конечно, хочу.

— Тогда мы найдем способ все уладить, договорились? Я хочу быть с тобой возможно больше. Ты умница, веселая и добрая, и искренняя тоже. Я верю тебе. Верю в нас. Да, я уезжаю, а ты возвращаешься домой. Но ничто не повлияет на мои чувства к тебе. Они не изменятся от того, что я еду в Вандербилд. Я люблю тебя больше, чем любил кого бы то ни было.

Она понимала, что он говорит правду. Но противный голосок сомнения не уставал спрашивать, сколько летних романов выдержало испытание временем. Не много, и это не имеет ничего общего с чувствами. Меняются интересы. Меняются люди. Стоит посмотреть в зеркало, чтобы найти тому подтверждение.

И все же казалось невыносимым потерять Уилла. Он тот, кого она любит. Кого будет любить всегда. И когда он наклонился, чтобы поцеловать ее, она ответила на поцелуй. Ее руки скользили по его плечам и спине, ощущая его силу. Ронни понимала, что он хочет большего. И была готова дать это ему, здесь и сейчас. Существовал только этот момент, и он принадлежал ей.

— Хочешь пойти со мной на яхту па? — спросил он одновременно нерешительно и настойчиво.

Она дрожала, не зная, готова ли к тому, что ее ждет. Но что-то сильнее ее заставило кивнуть.

— Да, — прошептала она.

Уилл сжал ее руку, и ей показалось, что он нервничает не меньше ее. Она знала, что в любое мгновение может передумать, но не хотела останавливаться. Хотела, чтобы ее первая близость с мужчиной запомнилась навсегда. Чтобы это случилось с тем, которого она любит.

Она смутно отмечала, что воздух становится холоднее. Краем глаза увидела, как танцуют гости, как Сьюзен говорит с пожилым человеком, который следил за ней на церемонии, и ее снова поразила мысль, что она откуда-то его знает.

— Какая славная была речь; жаль, что я не записал, — протянул кто-то.

Уилл поморщился. Голос доносился с дальней стороны причала. Хотя говоривший оставался в темноте, Ронни сразу поняла, кто это. Блейз предупреждала ее о чем-то в этом роде. Из-за столба вышел Маркус и зажег огненный мяч.

— Честно говоря, Богатенький Ричи, я едва из штанов не выпрыгнул, — ухмыльнулся он. — Честно.

Уилл шагнул вперед:

— Убирайся отсюда ко всем чертям!

Маркус принялся перекатывать мяч между пальцами.

— Или что? Позовешь копов? Не верю. Не посмеешь.

Уилл напрягся. Маркус, похоже, не на шутку задел его, хотя она не знала почему.

— Это личные владения, — процедил Уилл, но его голос почему-то звучал не так уверенно, как следовало бы.

— Мне нравится эта часть города, а тебе? Все тут друзья-приятели, как в загородном клубе, вот и выложили эту славную дорожку, которая идет вдоль воды от одного дома до другого. Обожаю приходить сюда. Наслаждаться видами.

— Это свадьба моей сестры, — прошипел Уилл.

— Я всегда считал твою сестру красавицей. Однажды даже пригласил на свидание. Но шлюшка мне отказала, представляешь?

Не дав Уиллу шанса ответить, он показал на собравшихся.

— Я видел сегодня Скотта. Ведет себя так, словно у него ни бед ни забот. Хотелось бы знать, где у него совесть, а? Но если

264

рассудить, то и твоя не так чиста, не находишь? Готов побиться об заклад, ты даже не сказал своей мамочке, что твоя подружка-потаскушка скорее всего пойдет в тюрьму.

Уилл задрожал от ярости.

— Судья уж точно покажет ей, как встать на праведный путь.

Судья...

У Ронни перехватило горло.

О Боже!

Ронни едва успела сообразить, в чем дело. В ту же секунду Уилл выпустил ее руку и ринулся на Маркуса. Тот швырнул в него огненным шаром и бросился бежать. И успел подняться во двор, оказавшись рядом с углом палатки, только не ему было тягаться с Уиллом. Тот легко перекрыл разделявшее их расстояние. Но когда Маркус оглянулся, Ронни по его лицу поняла, что именно этого он и хотел.

У нее было несколько мгновений, чтобы понять, что происходит, прежде чем она увидела, как Маркус хватается за растяжки палатки...

Ронни метнулась вперед:

— Нет, Уилл! Остановись! — завопила она, но было слишком поздно.

Уилл налетел на Маркуса, оба запутались в растяжках, вырвав колышки из земли. Ронни в ужасе наблюдала, как угол палатки стал оседать.

Раздались крики людей, и она услышала ужасающий грохот, когда одна из ледяных скульптур перевернулась. Испуганные гости бросились во все стороны. Уилл и Маркус катались по земле. Наконец Маркусу удалось вырваться. Вместо того чтобы продолжать драку, он отбежал, прыгнул на дорожку и исчез из виду за соседним домом.

Ронни грустно усмехнулась. Вспомнит ли кто-то в разразившейся суматохе о появлении Маркуса?

Зато ее наверняка запомнили.

* * *

Сидя в кабинете, Ронни чувствовала себя двенадцатилетней девчонкой. Все, что она хотела сейчас, — убраться из этого дома возможно дальше и поскорее забраться в кровать, под одеяло.

Слушая крики Сьюзен, доносящиеся из соседней комнаты, она постоянно представляла наклоняющуюся палатку...

— Она испортила свадьбу твоей сестры!

— Не она! Я говорил тебе, что произошло! — вопил в ответ Уилл.

— Надеешься, что я поверю, будто какой-то незнакомец явился незваным, а ты пытался его остановить?

— Именно так и было!

Ронни не знала, почему Уилл ни разу не упомянул имени Маркуса. Но ни за какие блага в мире не собиралась вставлять свои два цента. Она боялась, что сейчас раздастся звон разбитого стекла, когда стул полетит в окно. Или эти двое ворвутся сюда, и Сьюзен начнет орать уже на нее.

— Уилл, пожалуйста, даже если предположить, что это правда, почему он оказался здесь? Все знают, какую охрану мы выставили. Все судьи этого города приглашены на свадьбу! Шериф мониторит дорожное движение. Нет, вся история имеет какое-то отношение к этой девушке. Можешь не лгать... я по твоему лицу вижу, что права! И что вы с ней делали на отцовской яхте?

Тон, которым она сказала «эта девушка» был невыносимо оскорбителен. Словно речь шла о чем-то омерзительном, во что вступила Сьюзен и теперь не может отчистить туфлю.

— Ма...

— Прекрати! И даже не пытайся оправдываться! Это свадьба Меган! Неужели не понимаешь? Ее свадьба! Ты знаешь, насколько это важно для всех нас! Как много трудились мы с отцом, чтобы все подготовить!

— Но я не хотел...

— Не играет роли, Уилл.

Сьюзен шумно вздохнула.

— Ты знал, что будет, если приведешь ее сюда! Что она нам неровня...

— Ты даже не дала ей шанса...

— Судья Чамберс узнал ее! Рассказал мне, что в этом месяце она должна предстать перед судом за злостное воровство в магазинах! Либо ты не знал, что она тебе лжет, либо знал и лгал мне!

Наступило напряженное молчание. Ронни напрягла слух, пытаясь расслышать ответ Уилла.

— Я не сказал, потому что знал: ты все равно не поймешь... — обреченно пробормотал тот наконец.

— Уилл, милый, когда до тебя дойдет, что она не пара такому, как ты? Впереди у тебя блестящее будущее, и последнее, в чем ты нуждаешься, — это в ей подобных. Я ждала, пока ты сам это сообразишь, но ты слишком увлечен, чтобы замечать очевидное. Она недостаточно хороша для тебя. Низший класс. Низший! Класс!

Ронни стало нехорошо. Она едва сдерживала рвотные позывы. Сьюзен кругом не права, но одно угадала верно. Именно Ронни — причина появления Маркуса. Если бы только она доверилась интуиции и осталась дома! Ей действительно здесь не место!

— Ты в порядке? — спросил Том. Он стоял в дверях, держа ключи от машины.

— Мне очень жаль, мистер Блейкли, — с трудом проговорила она, — я не хотела причинять неприятности.

— И не причинила, — заверил он. Но несмотря на любезный ответ, она понимала, что он расстроен.

И как может быть иначе? Хотя никто не пострадал серьезно, двоих гостей, сбитых с ног во время суматохи, доставили в больницу. Том хорошо владел собой, и она была благодарна ему за это. Если бы он повысил голос, она бы разрыдалась.

— Хочешь, я отвезу тебя домой? Там на улице такое творится! Твой отец вряд ли сумеет быстро подъехать к дому.

— Да, пожалуйста, — кивнула Ронни. Встала, одернула платье и понадеялась, что по дороге ее не вырвет. — Передайте Уиллу, что я хотела с ним попрощаться. И что больше мы друг друга не увидим.

— Да, — кивнул Том, — обязательно.

Ее не вырвало. И она не заплакала. Но не сказала ни слова во время самой длинной в ее жизни поездки. Том тоже молчал, хотя это и неудивительно...

Дома было тихо. Огни погашены, па и Джона крепко спят. В прихожую доносилось тяжелое хриплое дыхание отца. Словно у него был долгий, трудный день.

Но когда Ронни забралась в постель и наконец разрыдалась, смогла подумать только о том, что для нее этот день был самым долгим и трудным в жизни.

Кто-то тряс ее, пытаясь разбудить. Она почувствовала резь в распухших глазах и, кое-как приоткрыв один, увидела сидевшего на постели Джону.

— Пора вставать!

Но Ронни мгновенно вспомнила вчерашнюю сцену и жалящие слова Сьюзен, отчего к горлу снова подкатила тошнота.

— Я не хочу вставать.

— Ничего не поделаешь. Тебя кое-кто ждет.

— Уилл?

— Нет, — помотал головой Джона. — Другой человек.

— Пусть па с ним поговорит, — пробурчала она, натягивая подушку на голову.

— Да он все еще спит. И кроме того, она хочет видеть тебя.

— Кто она?

— Не знаю, но она ждет тебя на улице. И она классная.

***

Напялив джинсы и рубашку, Ронни осторожно выглянула на крыльцо. Она не знала, чего ожидать, но, уж конечно, не такого!

— Выглядишь ужасно, — без обиняков заявила Меган. Сама она была одета в шорты и топ, но Джона был прав: вблизи Меган оказалась еще красивее, чем вчера на свадьбе. Кроме того, она излучала уверенность в себе, отчего Ронни почувствовала себя совсем маленькой и глупенькой.

— Мне очень жаль, что испортила тебе свадьбу... — начала Ронни.

Меган подняла руку.

— Ты ничего не портила, — сухо усмехнулась она. — Наоборот, сделала ее... запоминающейся.

От таких слов на глазах Ронни снова выступили слезы.

— Не плачь, — мягко попросила Меган, — я тебя не виню. Если кто-то и виноват, так это Маркус.

Ронни удивленно моргнула.

— Да, я знаю, что случилось. Мы с Уиллом долго разговаривали, после того как ма закончила его драить. Так что, как уже сказано, я тебя не виню. Маркус — полный псих, и всегда таким был.

Ронни громко сглотнула. Была ли Меган абсурдно всепрощающей натурой или действительно все понимала — это не имело значения. Ронни почувствовала себя донельзя униженной.

— Э-э-э... но если ты здесь не для того, чтобы отчитывать меня, почему же ты пришла?

— Отчасти потому, что потолковала с Уиллом. Но в основном потому, что хочу кое-что знать. И прошу тебя сказать правду.

Желудок Ронни скрутило судорогой.

— Что ты хочешь знать?

— Любишь ли ты моего брата.

Ронни показалось, что она не расслышала, но взгляд Меган был прямым и строгим. И что ей терять? Между ней и Уиллом все кончено. А разлука только все завершит, если Сьюзен не постарается успеть первой.

— Люблю.

— И это не летний романчик?

Ронни яростно затрясла головой.

— Мы с Уиллом...

Она осеклась, не зная, как выразить все, что одолевало ее. Да и какими словами можно это описать?

Лицо Меган медленно расплылось в улыбке.

— Ладно. Я тебе верю.

Ронни расстроенно нахмурилась, а Меган рассмеялась.

— Я человек бывалый и уже видела подобное выражение лица. Только сегодня утром, когда в зеркало смотрелась. Я испытываю к Дэниелу то же самое, и мне немного странно видеть у тебя этот взгляд. В семнадцать лет я даже не знала, что такое любовь. Но она приходит не спрашивая, и значит, настало время для тебя.

Что же, Уилл был прав, описывая сестру. Она не просто классная... она... она еще лучше! Именно таким человеком Ронни хочет стать через несколько лет, и готова подражать ей во всем! Меган мгновенно стала ее героиней.

— Спасибо, — пробормотала она, так и не придумав ответа получше.

— Не благодари. Дело не в тебе, а в моем брате, и он по-прежнему с ума сходит по тебе, — пояснила Меган с понимающей улыбкой. — И поскольку ты влюблена в него, не стоит волноваться о том, что произошло вчера. Единственное, что ты сделала, — дала возможность ма рассказывать эту историю до конца жизни. Поверь мне, она сделает из нее шедевр. Но со временем она успокоится. Как всегда.

— Сомнительно что-то...

270

— Потому что ты ее не знаешь. О, она крепкий орешек, не пойми меня неправильно. И защищает своих как тигрица. Но когда получше узнаешь ее, поймешь, что лучшего человека в мире нет. Она сделает все на свете для тех, кого любит.

Уилл тоже говорил нечто подобное, но до сих пор Ронни не приходилось наблюдать эту сторону характера Сьюзен.

— Тебе следует поговорить с Уиллом, — заявила Меган, опуская темные очки. — Не волнуйся, я тебя не приглашаю. И кроме того, Уилла там нет.

— Где он?

Меган ткнула пальцем себе за спину, в направлении пирса.

— На турнире. Первая игра начинается через сорок минут.

Господи, в водовороте событий она совершенно забыла о турнире!

— Я только что была там и видела, как он расстроен. По-моему, он и не спал совсем! Особенно после того, что ты сказала нашему па. Тебе придется исправить положение, — твердо заключила Меган и уже хотела уходить, но снова повернулась к Ронни. — И чтобы ты знала: мы с Дэниелом отложили свадебное путешествие на день, чтобы посмотреть, как мой младший брат играет на турнире. Было бы неплохо, если бы он думал об игре. Пусть ему приходится трудно, но для него очень важно хорошо сыграть.

Приняв душ и одевшись, Ронни побежала на берег. Пирс окружала оживленная толпа, совсем как в ее первый вечер в городе.

Вдоль кортов были выстроены временные сиденья, в которые удалось втиснуться не менее тысячи зрителей. Еще больше народу стояло вокруг пирса, что позволяло кое-как видеть игру.

Людей было так много, что Ронни едва могла протиснуться вперед. Так она никогда не найдет Уилла!

Неудивительно, что ему так важно выиграть турнир!

Она оглядывала собравшихся, и ей удалось увидеть игроков других команд, отчего она еще больше разволновалась. Насколько она поняла, здесь не было специальной зоны для игроков, и она совершенно отчаялась отыскать Уилла в такой давке.

До начала игры оставалось всего десять минут, и она уже была готова сдаться, когда заметила Уилла. Они со Скоттом шли мимо машины «скорой». На ходу снимая рубашку, Уилл исчез за машиной.

Ронни ринулась в толпу, извиняясь направо и налево. Менее чем через минуту она уже была у машины, но Уилла нигде не заметила. Ронни снова пошла вперед, и ей показалось, что она видит Скотта, хотя его было трудно различить в океане светловолосых голов. Она тяжело вздохнула и в этот момент разглядела Уилла, стоявшего в тени скамей с бутылкой минеральной воды в руках.

Меган была права. Судя по опущенным плечам, он ужасно устал. И явно думал не об игре.

Она почти бежала. На секунду показалось, что на его лице промелькнуло удивление: видимо, он ее узнал! Но быстро отвернулся. Значит, его отец все передал...

Она почувствовала его боль и смятение. Она бы все объяснила, но сейчас просто не было времени: через пару минут начнется игра. Поэтому она метнулась к нему, обняла и поцеловала со всей страстью, на которую была способна.

Если Уилл и поразился, то не показал этого и ответил на поцелуи.

Когда она наконец отстранилась, он пробормотал:

— Насчет того, что случилось вчера...

Ронни покачала головой и легонько прижала палец к его губам.

— Поговорим об этом потом, но знай: я все это наговорила твоему па сгоряча. Я люблю тебя. И хочу, чтобы ты сделал для меня кое-что.

Уилл вопросительно склонил голову набок.

— Играй сегодня так, как никогда раньше не играл.

Маркус

Опять этот «Боуэрс-Поинт»...

Маркус лениво расшвыривал ногой песок. Ему следовало бы наслаждаться устроенным вчера скандалом. Все получилось точно так, как было задумано. Он видел на снимках в газетных статьях, как украшен дом, и расшатать колышки палатки, не до конца, а ровно настолько, чтобы они выскочили из земли, как только он потянет за растяжки, — было легче легкого. Он успел сделать это, пока все обедали. И был на седьмом небе, увидев, как Ронни идет по причалу вместе с Уиллом. Они не подвели его. Славный, надежный старина Уилл прекрасно сыграл свою роль. Найдись во всем мире более предсказуемый парень, Маркус был бы потрясен. Нажми кнопку «А», и Уилл послушно сделает одно. Нажми кнопку «Б» — и Уилл так же беспрекословно сделает другое. Не будь это так весело, возможно, Маркусу скоро бы все наскучило.

Вот Маркус не похож на других. Он давно это знал. Подрастая, он никогда не испытывал угрызений совести, и поэтому сам себе очень нравился.

Прошлой ночью он словно очнулся от долгого сна и ожил. Прилив адреналина был невероятно сильным. Обычно, осуществляя очередной «проект», как Маркус это называл, он несколько недель был довольным и умиротворенным, что было к лучшему, поскольку, если дать волю порывам и побуждениям, его наверняка поймают. Он не так глуп. И знает, как это бывает. Именно поэтому Маркус был всегда очень-очень осторожен.

Теперь же, однако, в глубине души зрела странная уверенность в том, что он сделал ошибку. Возможно, зашел слишком далеко, сделав Блейкли мишенями своего последнего выстрела. Они считались в Уилмингтоне чем-то вроде королевской фамилии: богатство, влияние, связи... у них было все. И если они обнаружат, кто всему виной, ни перед чем не остановятся, чтобы упечь его на возможно больший срок. Поэтому его терзали неотвязные сомнения: Уилл раньше покрывал Скотта, но поступит ли он так же после скандала на свадьбе сестры?

Ему не нравилось это чувство, казавшееся почти страхом. Он не хотел идти в тюрьму, даже ненадолго. Он не мог идти в тюрьму. Там ему не место. Он лучше всех тех, кто имел глупость туда попасть. Он умнее. И представить не мог, что его запрут в клетке и надзиратели будут отдавать приказы. Или еще того хуже — стать объектом «любви» какого-нибудь трехсотфунтового неонаци или жевать еду с примесью тараканьего дерьма. А ведь существуют и другие ужасы, о которых он пока не знал.

Сожженные здания и покалеченные люди абсолютно ничего для него не значили, но мысли о тюрьме... Никогда еще страх не брал его за горло так властно, как сейчас.

Он напомнил себе, что пока все спокойно. Очевидно, Уилл не изобличил его, иначе «Боуэрс-Пойнт» кишел бы копами. Все же нужно залечь на дно. И поглубже зарыться в ил. Никаких вечеринок в пляжных домиках, никаких костров на складах, и главное — даже близко не подходить к Уиллу или Ронни. И уж конечно, он ни словом не обмолвится Тедди или Лансу и даже Блейз. Пусть люди постепенно забудут...

Если только Уилл не передумает!

Подобная возможность была хуже физического удара. Когда-то он имел полную власть над Уиллом, но роли внезапно переменились или по крайней мере их шансы уравнялись.

Может, лучше бы на время оставить город? Податься на юг, в Миртл-Бич, или Форт-Лодердейл, или Майами, пока свадебная неразбериха не уляжется.

Решение показалось самым верным. Но на это нужны деньги. Много денег. И как можно скорее. А это означает, что нужно устраивать шоу перед большой толпой. К счастью, сегодня начинается турнир по пляжному волейболу. Уилл тоже будет в нем участвовать, но нет никакой необходимости подходить к кортам. Сегодня он даст шоу на пирсе... большое шоу!

Блейз сидела за его спиной в одних джинсах и лифчике. Рубашка была свернута в комок и лежала у огня.

— Блейз, — позвал он, — сегодня нам понадобятся девять огненных шаров. Народу будет много, а нам нужны деньги.

Она ничего не ответила, но издала такой вздох, что он скрипнул зубами. Как она ему осточертела! С тех пор как мать выгнала ее, она постоянно торчала у него дома.

Ежась под его злобным взглядом, она встала и схватила бутылку с горючим для зажигалок. Прекрасно. По крайней мере она старается отработать свой хлеб.

Девять огненных шаров. Не все одновременно, конечно: они, как правило, использовали шесть, — но стоит время от времени добавлять что-то новенькое. Это поможет собрать бабки, которые ему позарез нужны. Через два дня он будет во Флориде. Один, без Ланса и Тедди. И уж конечно, без Блейз. Пусть немного побудут без него. Тем более что его от них тошнит.

Занятый мыслями о поездке, он не заметил, как Блейз намочила шары горючим для зажигалок прямо над рубашкой, которую позже собиралась надеть на шоу.

Уилл

Выиграть первую партию оказалось на удивление легко. Уилл и Скотт почти не вспотели. Во второй партии все оказалось еще легче, и противники заработали всего одно очко. Однако Уилл уходил с корта в полной уверенности, что проигравшая команда гораздо сильнее, чем кажется.

Они начали четвертьфинальную игру в два часа дня. Финал был назначен на шесть. Пользуясь недолгим перерывом, Уилл в ожидании подачи почти уверился, что сегодня его день. Они вели со счетом пять — два. Но он не волновался. Он чувствовал себя сильным, проворным, и, повинуясь ему, мяч летел именно в то место, куда он его посылал. Сегодня он непобедим.

Мяч взмыл над сеткой, и, предвидя, где он может упасть, Уилл рванулся вперед и взял его. Они со Скоттом играли так слаженно, что выиграли шесть очков подряд. Становясь на место, Уилл наспех поискал взглядом Ронни. Она сидела на местах для зрителей, напротив его родителей и Меган, — возможно, неплохая мысль.

До чего же противно, что он не мог сказать матери правду насчет Маркуса. Но что делать? Если ма все узнает, пойдет в бой, и тогда жди беды. Даже если Маркуса арестуют, он сдаст Скотта в обмен на приговор помягче. А ведь Скотт совершил куда более серьезное преступление, и тогда прощай его стипендия, не говоря уже о родителях, друживших с семьей Уилла.

Поэтому Уилл солгал, и, к несчастью, его мать предпочла свалить всю вину на Ронни.

Но она пришла сегодня утром и сказала, что все равно его любит. Мало того, пообещала, что они поговорят попозже, и шепнула, что больше всего на свете хочет, чтобы он выиграл. Именно это Уилл и собирался сделать.

Они играли так здорово, что противникам удалось заработать только одно очко. В следующий игре у них было два.

Уилл и Скотт добрались до полуфинала, и он видел, как Ронни подпрыгивает, хлопает в ладоши и кричит от радости.

Полуфинальный матч оказался самым тяжелым. Они легко выиграли первую партию, но проиграли вторую.

Уилл стоял на линии подачи, ожидая, когда судья даст сигнал к началу третьей. Случайно взглянув в сторону скамей, он заметил, что толпа увеличилась по крайней мере втрое. Тут сидели те, кого он знал по школе, и другие, знакомые еще с детства. Яблоку негде было упасть. Ни одного свободного места.

По знаку судьи Уилл высоко подбросил мяч, и игра началась. Вскоре счет стал один — ноль. Уилл взял мяч семь раз подряд, и они со Скоттом попеременно заработали еще несколько очков, что закончилось относительно легкой победой.

Когда они уходили с корта, Скотт хлопнул его по плечу:

— Кончено. Пусть Тайсон и Лэндри попробуют нас побить!

Тайсон и Лэндри, восемнадцатилетние парни из Эрмоза-Бич, штат Калифорния, считались одной из лучших в мире командой юниоров. В прошлом году они были одиннадцатыми на всемирном чемпионате, и этого было вполне достаточно, чтобы представлять страну на Олимпийских играх. Они вместе играли с двенадцати лет, и проигранные ими матчи можно было пересчитать по пальцам. Скотт и Уилл встретились с ними в полуфинале турнира прошлого года и ушли с поля с поджатыми хвостами. Им не удалось даже свести счет к ничьей.

Но сегодня все было по-другому. Первая партия была выиграна с преимуществом в три очка. Следующую выиграли Тайсон и Лэндри ровно с таким же счетом. В финальной партии у каждой команды было по семь очков.

Уилл пробыл на солнце девять часов. Несмотря на литры поглощаемой воды и «Гаторейда»*, солнце и жара наконец-то на него подействовали, но он этого почти не чувствовал. Сейчас, когда у них появился реальный шанс выиграть турнир, его мысли были заняты другим.

Подача выпала им, что в волейболе всегда невыгодно. Но на этот раз посланный Скоттом мяч вынудил Тайсона сорваться с места. Он успел поймать мяч, но отбил не в том направлении. Бросившийся на выручку Лэндри ударил по мячу, но только ухудшил ситуацию: мяч полетел в толпу. Пройдет не меньше минуты, прежде чем игра возобновится.

---

* Изотонический напиток с электролитами для спортсменов.

Вскоре Уилл и Скотт сумели выиграть очко. Уилл, как обычно, посмотрел сначала на Ронни, а потом на родных и с улыбкой кивнул. За ними, совсем близко, собралась целая толпа. Странно, что там такое творится?

Но Уилл все понял, увидев описавший в воздухе дугу огненный мяч.

Счет опять сравнялся: двенадцать — двенадцать, когда все произошло.

Мяч снова улетел в толпу, на этот раз из-за Скотта. И, ожидая начала игры, Уилл невольно смотрел в сторону пирса, потому что знал: там Маркус. Гнев захлестнул его. Опять этот подонок!

Конечно, нужно взять себя в руки, как советовала Меган. Он не должен был расстраивать ее всей этой историей: в конце концов, это ее свадьба, и родители сняли номер для новобрачных в историческом «Уилмингтон-отеле», — но Меган настаивала, и брат облегчил душу. Хотя она не критиковала его решение, Уилл понимал, что сестра разочарована. Видимо, тоже считала, что он не должен молчать о преступлении Скотта. Тем не менее сегодня утром она сделала все, чтобы поддержать его, и, ожидая свистка судьи, он сознавал, что играет не только для себя, но и для сестры.

Он снова мельком увидел танцующие в воздухе огненные шары и успел разглядеть традиционный брейк-данс Тедди и Ланса. К его удивлению, Блейз тоже была там и перебрасывалась мячами с Маркусом. По мнению Уилла, мячи летали слишком быстро. Быстрее обычного. Блейз медленно отступала и, похоже, пыталась замедлить темп, пока не уперлась спиной в ограждение причала.

Препятствие, возможно, отвлекло Блейз, но мячи продолжали лететь в ее сторону, и она едва сумела поймать один почти у земли. За ним последовал второй, и она судорожно прижала первый к себе. В считанные мгновения рубашка спереди запылала: она была пропитана горючим для зажигалок.

Охваченная паникой Блейз попыталась сбить пламя, очевидно, забыв, что до сих пор держит огненный мяч. Руки несчастной загорелись, и ее вопли заглушили весь остальной шум на стадионе. Толпа, окружавшая участников шоу, вероятно, была в таком шоке, что никто не бросился на помощь девушке. Уилл даже со своего места видел, как пламя пожирает ее. Забыв обо всем, он бросился к пирсу. Ноги скользили, и он высоко поднимал колени, чтобы увеличить скорость. Крики Блейз взрывали воздух.

Он врезался в толпу и короткими перебежками, протискиваясь между людьми, в два счета добрался до ступенек и оказался на пирсе.

Он не помнил, как добрался до места. К этому времени какой-то мужчина сидел на корточках рядом с извивающейся, вопящей Блейз. И ни следа Маркуса, Тедди или Ланса...

Уилл на секунду остановился при виде рубашки Блейз, вплавленной в почерневшую кожу. Она всхлипывала и плакала, но никто из окружающих, казалось, не имел ни малейшего представления, что делать дальше.

Уилл понял, что должен что-то предпринять. Прошло бы не меньше четверти часа, прежде чем «скорая» пересечет мост и доберется до пляжа. А тут еще и людей полно!

Когда Блейз снова вскрикнула, он нагнулся и осторожно поднял ее на руки. Его грузовик стоял совсем близко, поскольку прибыл сюда утром, одним из первых. Сейчас, когда он нес девушку к машине, потрясенные увиденным люди не пытались его остановить.

Блейз то теряла сознание, то приходила к себя. Он старался идти как можно быстрее, но при этом осторожно, плавно, чтобы не причинить боли.

Ронни взлетела по ступенькам как раз в тот момент, когда он проносил Блейз мимо нее. Уилл не понимал, как она смогла так скоро выбраться из лабиринта скамей и добежать до него, но облегченно вздохнул, увидев ее.

— Ключи на заднем колесе! — крикнул он. — Нужно уложить ее на заднее сиденье. Пока мы едем, позвони в отделение неотложной помощи и предупреди о нашем приезде!

Ронни помчалась вперед и смогла открыть дверь до прихода Уилла. Оказалось, что уложить Блейз не так-то легко, но они сумели, а потом Уилл прыгнул за руль и помчался в больницу в полной уверенности, что по пути придется нарушить кучу дорожных правил.

В отделении неотложной помощи было полно народу. Уилл сидел у двери, глядя, как сгущаются сумерки. Ронни была рядом. Родители Уилла вместе с Меган и Дэниелом заехали ненадолго, но вскоре распрощались.

За последние четыре часа Уилл рассказал всю историю бесчисленное количество раз бесчисленному количеству людей, включая мать Блейз, которая сейчас была с дочерью. Когда она вбежала в комнату посетителей, Уилл ясно увидел искаженное страхом лицо, прежде чем одна из медсестер ее увела.

Пока что Уиллу сказали только, что Блейз подняли в хирургическое отделение. Впереди была целая ночь, но ему в голову не пришло уйти. Он постоянно вспоминал, как они в третьем классе сидели за одной партой... и тут же вновь мысленно видел то почерневшее существо с обугленной кожей, которое нес в машину. Теперь она стала чужой, но когда-то была другом. И для него этого достаточно.

Интересно, вернутся ли полицейские? Они прибыли одновременно с его родителями. Уилл рассказал им все, что знал, но они больше интересовались тем, почему он сам повез Блейз в больницу, а не дождался «скорой». Уилл сказал правду: он не помнил, что около стадиона дежурила «скорая», и видел только, что девушку нужно было немедленно доставить в больницу. К счастью, они все поняли. Ему показалось, что офицер Джонсон даже слегка кивнул. Уилл решил, что в подобной ситуации офицер сделал бы то же самое.

Каждый раз, когда дверь за постом медсестры открывалась, Уилл пытался узнать одну из сестер, которые принимали Блейз. Еще в машине Ронни ухитрилась дозвониться до больницы, и их уже ждала команда травматологов. Блейз тут же положили на носилки и увезли. Прошло минут десять, прежде чем Уилл и Ронни нашли что сказать друг другу. А перед этим долго сидели неподвижно, держась за руки, вздрагивая при воспоминании об истошно кричавшей Блейз.

Дверь открылась снова, и Уилл узнал мать Блейз. Та пошла им навстречу.

Ронни и Уилл встали. Когда женщина приблизилась, он увидел, как разом постарело ее лицо.

— Одна из сестер сказала, что вы еще здесь. Я хотела поблагодарить вас за все, что вы сделали.

Ее голос сорвался, и Уилл, нервно сглотнув, понял, что в горле пересохло.

— Она поправится? — прохрипел он.

— Неизвестно. Она все еще в операционной.

Взгляд женщины упал на Ронни.

— Я Маргарет Конуэй. Не знаю, упоминала ли Галадриель обо мне?

— Мне очень жаль, миссис Конуэй, — прошептала Ронни, осторожно коснувшись ее руки.

Маргарет шмыгнула носом, безуспешно стараясь овладеть собой.

— Мне т-тоже, — заикаясь пробормотала она. — Я т-тысячу раз просила ее д-держаться подальше от Маркуса, но она ни-ч-чего не хотела слушать, и теперь моя девочка...

Она осеклась, не в силах сдержать рыданий. Уилл, оцепенев, наблюдал, как Ронни обнимает ее и обе горько плачут.

* * *

Проезжая по улицам Райтсвилл-Бич, Уилл невольно подмечал детали, на которые в обычное время не обратил бы внимания: неяркое туманное гало вокруг уличных фонарей, перевернутый мусорный ящик в переулке около «Бургер-кинг», маленькую вмятину около номерной таблички на кремовом «ниссане-сентра».

Ронни с беспокойством посматривала на него, но ничего не говорила. Не спрашивала, куда они едут. Да и зачем? После ухода матери Блейз Уилл молча встал и бросился к грузовику. Ронни побежала за ним и уселась на пассажирское сиденье.

Впереди светофор засветился желтым, но вместо того чтобы сбавить скорость, Уилл нажал на акселератор. Двигатель взревел, и грузовик рванул по направлению к «Боуэрс-Поинт». Уилл знал самый короткий маршрут, и, оставив позади деловой центр, промчался вдоль берега, мимо затихших особняков. Вскоре показался дом Ронни, но Уилл даже не притормозил и вместо этого выжимал из грузовика все, что можно.

Ронни схватилась за поручень, когда он в последний раз свернул на гравийную автостоянку, почти скрытую деревьями. Грузовик остановился, и Ронни наконец набралась храбрости заговорить:

— Пожалуйста, не делай этого.

Уилл услышал ее, понял, чего она хочет, но все равно спрыгнул на землю. «Боуэрс-Поинт» находился недалеко, но туда можно было добраться только с берега. Нужно было свернуть за угол и пройти пару сотен метров, мимо вышки спасателей.

Уилл пустился бежать. Он знал, что Маркус там. Чувствовал. В мозгу одна за другой мелькали картинки: пожар в церкви, ночь фестиваля, тот случай, когда он схватил Ронни за руку... и пылающая Блейз.

Маркус даже не попытался помочь ей! Сбежал, когда она в нем нуждалась, когда могла погибнуть.

282

Сейчас Уиллу все равно, что с ним будет. И что будет со Скоттом. На этот раз Маркус зашел слишком далеко.

Свернув за угол, он увидел всю компанию, рассевшуюся на обломках плавника вокруг маленького костра.

Огонь. Огненные мячи. Блейз...

Он припустил еще быстрее. Его трясло от бешенства.

Подбежав ближе, Уилл заметил разбросанные по песку пивные бутылки. Было так темно, что его еще не успели заметить.

Маркус как раз подносил к губам бутылку пива, когда Уилл врезался в него сзади. Тот громко охнул от боли и неожиданности, но Уилл вторым ударом свалил его на песок. Приходилось действовать быстро, чтобы добраться до Тедди, прежде чем среагирует его брат. Но при виде упавшего Маркуса их словно парализовало. Врезав коленом в спину поверженного врага, Уилл бросился к Тедди, перескакивая через плавник. Вцепившись в Тедди, он немного отстранился и ударил того лбом по носу. И ощутил, как ломаются кости. Уилл быстро поднялся, не обращая внимания на катавшегося по земле Тедди. Тот прижал руки к лицу. Сквозь растопыренные пальцы хлестала кровь. Тедди захлебывался кровью и жалобно стонал.

Ланс уже метнулся к Уиллу. Но тот отступил, сохраняя дистанцию. Ланс пригнулся, готовясь броситься на него, но Уилл резко вскинул колено и ударил Ланса в лицо. Голова Ланса откинулась, и он без сознания рухнул на землю.

Остался всего один.

К тому времени Маркус, пошатываясь, поднялся, схватил обломок плавника и попытался напасть на Уилла, но не успел. Уилл понимал, что сейчас Маркус расставит ноги для упора, размахнется и тогда дело кончится плохо, поэтому он атаковал первым. Маркус в самом деле размахнулся, но так и не успел собраться с силами — Уилл резким толчком выбил обломок у него из рук, прежде чем ударить в грудь, после чего обхватил его руками, приподнял и сильно отбросил назад, как полузащитник — футбольный мяч. Маркус вновь повалился на спину. Уилл придавил его к песку всем телом и, как в случае с Тедди, сильно ударил лбом в нос. И услышал все тот же тошнотворный хруст костей, но это его не остановило. Он принялся обрабатывать Маркуса кулаками, отдавшись ярости, исступленной злобе, вымещая на нем обиду за свое бессилие, которая одолевала его с ночи пожара. Всадил ему кулак в ухо. Раз, другой, не слушая воплей. Пожалуй, крики врага только больше разжигали его гнев. Он размахнулся снова, метясь в уже сломанный нос, но кто-то схватил его за руку.

Уилл повернулся, готовый схватиться с Тедди, но оказалось, что это Ронни. Лицо ее было искажено ужасом.

— Прекрати! Не стоит идти в тюрьму из-за этой дряни! Не пускай под откос свою жизнь! — умоляла она.

Он почти не слышал ее, но она упрямо его оттаскивала.

— Пожалуйста, Уилл, — просила она дрожащим голосом. — Ты не он. У тебя есть будущее. Не отказывайся от всего!

Он ощутил, как энергия борьбы словно вытекает из него, и попытался выпрямиться, но адреналин быстро утекал, оставляя его обессиленным и почти дрожащим. Ронни обняла его за талию и медленно повела к грузовику.

Наутро Уилл пришел на работу вялый, с раскалывающейся головой, и застал Скотта в маленькой раздевалке. Тот явно его поджидал. Натягивая комбинезон, он злобно зыркнул на Уилла, прежде чем надеть лямки на плечи.

— Тебе было вовсе не обязательно убегать с поля, — бросил он, застегивая молнию. — Там дежурила «скорая».

— Знаю, но в тот момент я ничего не помнил. Я видел их раньше, но забыл. Прости, что так вышло. Мне очень жаль.

— И мне тоже, — отрезал Скотт, затыкая за пояс ветошь. — Мы могли победить, но тебе непременно нужно было поиграть в героя.

— Скотт, послушай, она нуждалась в помощи...

— Да? И почему это помочь должен был непременно ты? Почему не позвонил по 911? Почему потащил ее в свою машину?

— Я уже сказал, что забыл о «скорой». Посчитал, что она приедет слишком поздно...

Скотт ударил кулаком в шкафчик.

— Но она даже не нравится тебе! — завопил он. — Ты ее почти не знаешь! Да, будь это Эшли, Касси или даже Ронни, я бы понял. Черт, если бы это был любой прохожий, я бы понял! Но Блейз? Блейз?! Та самая девка, которая собирается отправить в тюрьму твою подружку! Та, которая вешается на Маркуса!

Скотт шагнул к нему.

— Как по-твоему, она сделала бы то же самое для тебя? Если бы ты был покалечен и нуждался в помощи? Черта лысого!

— Но это была всего лишь игра, — возразил Уилл, чувствуя, как постепенно наполняется гневом.

— Для тебя! — завопил Скотт. — Для тебя все игра! Неужели не понимаешь? Тебе на все плевать! Зачем тебе выигрывать турниры? Даже если ты проиграешь, будущее подадут тебе на серебряном блюде! Но мне это нужно! Мое будущее на кону!

— Да, а вчера на кону стояла жизнь девушки! — рявкнул Уилл. — И если бы ты хоть раз в жизни не был таким эгоистом, понял бы, что спасение чьей-то жизни куда важнее твоей бесценной волейбольной стипендии!

Скотт, морщась, покачал головой.

— Ты всю жизнь был моим другом... но всегда на твоих условиях. Все должно быть непременно так, как хочешь ты. Ты хочешь порвать с Эшли. Ты хочешь встречаться с Ронни, ты решаешь неделями пропускать тренировки. И наконец, ты желаешь разыгрывать героя. Так вот, ты ошибался. Я говорил с фельдшерами со «скорой». Они считают, что ты поступил неправильно, когда повез ее в грузовике. Потому что это могло ухудшить ее состояние. И что ты за это получил? Она хоть поблагодарила тебя? Нет, конечно, нет. Это не в ее стиле. Но ты готов предать друга, потому что самое важное именно то, что ты хочешь делать в настоящий момент.

Каждое слово Скотта было словно ударом в живот, но Уилл еще больше обозлился.

— Приди в себя, Скотт, — посоветовал он. — На этот раз речь не только о тебе.

— Ты мне обязан! — взвизгнул Скотт, снова ударив по шкафчику. — Я просил так немного! Ты знаешь, что это значит для меня!

— Я ничем тебе не обязан, — бросил Уилл с холодной яростью. — Тем более что последние восемь месяцев покрывал тебя. Осточертело, что Маркус играл нами, как ему вздумается. Сделай то, что должен. Скажи правду. За эти месяцы многое изменилось.

Уилл повернулся и шагнул к двери.

— Что ты наделал? — крикнул Скотт ему вслед.

Уилл обернулся, придерживая дверь, и со стальной решимостью встретил взгляд Скотта.

— Я же сказал: пойди и признайся во всем.

Он подождал, пока Скотт осознает сказанное, после чего вышел, хлопнув дверью. Проходя мимо поднятых над ямами машин, он услышал крики Скотта:

— Хочешь погубить мою жизнь? Послать в тюрьму из-за какого-то несчастного случая? Ни за что!

Раздался грохот. Очевидно, Скотт снова ударил кулаком по железному шкафчику.

Ронни

Следующая неделя была нелегкой для обоих. Ронни становилось не по себе каждый раз при воспоминании о драке и склонности к насилию, обнаружившейся у Уилла. Ей также были неприятны возникавшие при этом чувства.

Она терпеть не могла драки, не выносила, когда при этом страдали люди, и знала, что таким образом отношения не выяснить и ситуацию не улучшить.

И все же не могла заставить себя сердиться на Уилла. И как бы она ни хотела осудить его за случившееся, все же теперь чувствовала себя куда безопаснее в обществе человека, который так легко сумел справиться с троими.

Но Уилл был не в своей тарелке, считая, что Маркус непременно донесет на него и в любую минуту в дверь постучится полиция. Однако Ронни чувствовала, что его беспокоит что-то еще. То, что он скрывал даже от нее. По какой-то причине они со Скоттом рассорились. Имеет ли это что-то общее с настроением Уилла?

Не добавляли оптимизма и родители Уилла. Особенно мать. После свадьбы Ронни видела ее дважды: один раз, когда ждала в грузовике, пока Уилл бегал домой, чтобы переменить рубашку, и второй — в даунтауне Уилмингтона, в ресторане, куда повел ее Уилл. Не успели они усесться, как вошла Сьюзен с компанией приятельниц. Ронни сидела лицом к двери и поэтому все видела. В обоих случаях Сьюзен демонстративно поворачивалась к ней спиной.

Она ничего не говорила Уиллу, погруженному в свой мир тревог и раскаяния. Ронни заметила, что Сьюзен явно считает ее каким-то образом виноватой в постигшей Блейз трагедии.

Стоя в спальне, она наблюдала в окно за спящим Уиллом. Тот свернулся калачиком у черепашьего гнезда: поскольку из других гнезд уже вылупились черепашки, служащие «Аквариума» сняли сетку и гнездо было абсолютно беззащитным. Ронни с Уиллом очень беспокоились за сегодняшнюю ночь, и раз Уилл все равно проводил в своем доме все меньше времени, то и вызвался последить.

Она не хотела думать о последних неприятностях, но в памяти то и дело всплывали события этого лета. Она почти не помнила ту девушку, которой была, впервые приехав сюда. Правда, лето еще не кончилось, и через пару дней ей исполнится восемнадцать, а после еще одного последнего совместного уик-энда Уилл уедет в колледж. Еще через несколько дней назначено заседание суда, а затем она вернется в Нью-Йорк. Сколько всего уже сделано и сколько предстоит сделать!

Ронни покачала головой.

Кто она?

И чей жизнью живет?

Более того, куда все это ее заведет?

В эти дни все казалось до удивления реальным, более реальным, чем то, что ее окружало до сих пор: любовь к Уиллу, растущая привязанность к отцу, ритм жизни, который так необратимо замедлился. Иногда казалось, что все это происходит с кем-то другим, тем, кого еще предстояло узнать как следует. Могла ли она предполагать, что сонный приморский городок где-то на Юге будет наполнен жизнью и драмой, куда более яркими, чем на Манхэттене!

Ронни улыбнулась. Нужно признать, что за несколькими небольшими исключениями все было не так уж плохо. Она спала в уютной спальне, рядом с братом, отделенная только стеклом и отрезком песчаного берега от молодого человека, которого любила и который любил ее. Есть ли в жизни что-то прекраснее? И несмотря на то, что случилось, а может, благодаря этому, она знала, что никогда не забудет лето, которое они провели вместе, независимо от того, что несет будущее.

Сон постепенно наваливался на нее. Последней сознательной мыслью было, что многое еще впереди. Хотя тревожные предчувствия оставались, она верила, что плохое невозможно, особенно после того, через что они прошли вместе.

Однако утром она проснулась с чувством тревоги и, как всегда, остро ощутила: прошел еще один день. А это означало, что им с Уиллом остается все меньше времени.

Наконец она поняла, в чем дело. На следующей неделе Уилл уедет в колледж. Даже Кейла собиралась в колледж. А она? Почему она никак не может определиться с выбором? Да, ей вот-вот будет восемнадцать, да, придется считаться с будущим решением суда, но что потом? Придется вечно жить с мамой? Или пойти на работу в «Старбакс»?

На секунду она представила забавную картинку: как шествует с лопатой за слоном в зоопарке.

Ронни впервые всерьез задумалась о будущем. Раньше она легкомысленно считала, что все само собой образуется. Что бы она ни решила, все получится. И так почти всегда бывало. Но захочет ли она и в девятнадцать жить с матерью? Или в двадцать один? Или, не дай Бог, в двадцать пять?

И как, спрашивается, можно заработать столько денег, чтобы жить на Манхэттене, не имея при этом диплома колледжа?

Ронни понятия не имела. И знала наверняка только одно: она не готова смириться с тем, что лето прошло. Не готова вернуться домой. Не готова представить Уилла, идущего по зеленой площадке университетского кампуса в обществе хорошеньких сокурсниц в костюмах чирлидеров. Не хотела думать о чем-то подобном.

— Все в порядке? Ты что-то притихла, — заметил Уилл.

— Прости, слишком много всего... Мысли путаются.

Они сидели на пирсе, завтракая булочками и кофе, которые купили по пути. Обычно здесь было полно рыбаков, но сегодня утром пирс пустовал. Приятный сюрприз, учитывая, что у Уилла выходной!

— Ты уже подумала, чем собираешься заняться?

— Да чем угодно, если речь будет идти не о слонах и лопатах.

Он положил рогалик на пластиковую чашку.

— Мне хочется узнать, что ты имеешь в виду.

— Не будь таким любопытным, — поморщилась она.

— Ладно, — кивнул он. — Но я, собственно, о том, как ты собираешься отпраздновать свой день рождения.

Ронни пожала плечами:

— Да как обычно. Ничего особенного.

— Но тебе исполняется восемнадцать! Это большой день! Ты официально становишься взрослой.

Класс! Еще одно напоминание о том, что время принимать решения на исходе. Что она собирается делать со своей жизнью?

Уилл, должно быть, заметил выражение ее лица, потому что положил ладонь ей на коленку.

— Я что-то не то сказал?

— Нет. Не знаю. Просто как-то странно чувствую себя сегодня.

Чуть подальше в воде резвилась стая морских черепах. Увидев это впервые, Ронни была потрясена. Теперь они стали постоянной частью пейзажа, и она будет скучать по ним, когда вернется в Нью-Йорк и решит, что хочет делать в жизни. Возможно, как Джона, заболеет мультиками и станет смотреть их вверх ногами. Или станет зависимой от компьютерных игр — от «Гейм бой» например.

— Как насчет того, чтобы пригласить тебя на ужин?

— О'кей.

— Или пойдем на танцы?

— А может, сыграем в «Гитар хироу»? — Джона часами играл в нее. Да и Рик тоже. Всякий, у кого не было собственной жизни, с ума сходил по этой игре.

— Звучит неплохо.

— А как насчет такого: мы раскрасим лица и попытаемся вызвать древних богинь инков?

Подсаженная на игры как на иглу, она, вероятно, и через восемь лет, когда Джона уже пойдет в колледж, будет жить с матерью.

— Все, что пожелаешь.

Уилл рассмеялся, и только тогда она очнулась.

— Ты что-то сказал?

— Твой день рождения. Я пытался узнать, как ты хочешь его отпраздновать, но, очевидно, ты давно улетела в страну фантазий. Мы расстаемся в понедельник. А я хочу сделать для тебя что-то особенное!

Она думала об этом всю дорогу до дома, в который раз машинально отметив, каким убогим он выглядит на этом отрезке пляжа.

— Знаешь, что мне на самом деле хочется?

Это случилось не в ее день рождения, а двумя ночами позже, в пятницу, двадцать второго августа. Весь штат «Аквариума» вместе с волонтерами стал готовить канавки, чтобы черепашки благополучно добрались до воды.

Ронни и Уилл помогали разравнивать песок в канавке, ведущей в океан. Остальные натягивали ограждающую ленту, чтобы держать толпу на почтительном расстоянии. Отцу и Джоне было позволено пройти за ограждение, и они стояли в стороне, чтобы не мешать рабочим.

Ронни понятия не имела, что ей делать, однако твердо знала, что нельзя подходить близко к гнезду. Экспертом она, естественно, не была, но когда надевала костюм пасхального яичка, люди предполагали, что ей, как служащей «Аквариума», полагается знать все. За последний час она ответила не меньше чем на сотню вопросов. И была очень довольна, что сумела запомнить все, что рассказывал Уилл о черепахах. Кроме того, она радовалась, что нашла время прочитать карточку со сведениями, предназначенными для посетителей «Аквариума». Почти все, что хотели знать люди, было напечатано там черным по белому, но, наверное, легче спросить, чем глянуть на карточку, которую она держала в руке.

Кроме того, это помогало скоротать время. Они провели здесь уже несколько часов, и хотя все были уверены, что черепашки вот-вот начнут вылупляться, Ронни все еще сомневалась. Плевать черепахам на то, что дети устали и что кто-то должен рано вставать, чтобы утром идти на работу.

Ей почему-то казалось, что здесь соберутся человек шесть, а не сотни людей, толпившихся за оградительной лентой. И ей не слишком нравилось, что из таинства устраивают цирк.

Она уселась на дюне. Тут же подошел Уилл.

— Что ты об этом думаешь? — спросил он, показывая на гнездо.

— Еще не уверена. Пока что ничего не случилось.

— Осталось недолго.

— Мне все так говорят.

Уилл устроился рядом.

— Юный кузнечик, тебе пора учиться терпению.

— Я терпелива. Просто хочу, чтобы они вылуплялись поскорее.

— Моя ошибка, — рассмеялся он.

— Тебе не нужно работать?

— Я всего лишь волонтер. Это ты работаешь в «Аквариуме».

— Да, но мне не платят за проведенное здесь время, а формально, поскольку волонтер ты, следовало бы немного постоять у ограждения.

— Позволь предположить: половина собравшихся спрашивают, что происходит, а вторая — задает вопросы, ответы на которые есть на карточке.

— Угадал.

— И тебе это надоело.

— Скажем так: это не так весело, как мой именинный ужин.

Уилл повел ее в уютный итальянский ресторанчик. И купил серебряную цепочку с серебряной подвеской-черепашкой, которую она полюбила и носила с тех пор.

— Откуда ты узнаешь, что уже почти пора?

Уилл показал на директора «Аквариума» и одного из биологов.

— Если Эллиот и Тодд начинают волноваться, значит, уже скоро.

— Весьма научное объяснение.

— О, вполне. Поверь, я не шучу.

— Не возражаешь, если я посижу с тобой?

Уилл ушел, чтобы принести из грузовика фонарики, а к Ронни приблизился отец.

— Можешь не спрашивать, па. Конечно.

— Не хотел тебя беспокоить. Ты вроде как занята своими мыслями.

— Просто жду, как все остальные, — заверила она, подвинувшись, чтобы дать ему место. За последние полчаса толпа заметно выросла, и она тихо радовалась, что отца пропустили за ограждения. Последнее время он выглядел совсем измученным.

— Представляешь, в детстве я ни разу не видел, как вылупляются черепашки.

— Почему?

— Тогда это казалось вещью обыденной. Иногда я натыкался на гнездо, несколько минут любовался яйцами и шел дальше. Только один раз набрел на такое, в котором черепашки уже вылупились. Увидел пустую скорлупу, но для меня все это было частью повседневной жизни. В любом случае, бьюсь об заклад, ты такого не ожидала, верно? Чтобы пришло столько людей?

— Ты о чем?

— Вы с Уиллом каждый день присматривали за гнездом, охраняя его. И теперь, когда такое волнующее событие вот-вот произойдет, тебе приходится делить его с остальными.

— Ничего страшного. Я не возражаю.

— Даже чуточку?

Она улыбнулась. Поразительно, как хорошо отец ее знает!

— Как продвигается твоя песня?

— Еще работать и работать. Я, наверное, написал сотню вариантов, но все не то. Конечно, это бессмысленные экзерсисы, если я до сих пор не понял, что нужно сделать, и, возможно, не пойму, но это дает мне возможность чем-то заняться.

— Я видела витраж сегодня утром, он почти готов.

— Почти, — кивнул отец.

— Они уже знают, как его установить?

— Нет. Все еще ждут денег, чтобы до конца восстановить церковь. Не хотят устанавливать витраж, пока все не будет готово. Пастор Харрис боится, что какие-то вандалы могут швырнуть в него камнем. Пожар сделал его крайне осторожным.

— Возможно, на его месте я тоже была бы осторожна.

Стив вытянул ноги, но тут же поморщился и снова согнул.

— Что с тобой? — встревожилась Ронни.

— Просто много времени провожу на ногах. Джона требует, чтобы до его отъезда витраж был закончен.

— Он прекрасно провел лето.

— Ты так думаешь? — улыбнулся отец.

— Вчера он сказал, что не хочет возвращаться в Нью-Йорк. Мечтает остаться с тобой.

— Он хороший мальчик, — кивнул отец и, поколебавшись, спросил: — Скажи... а ты? Тоже хорошо провела лето?

— Очень.

— Благодаря Уиллу?

— Благодаря всему. Я рада, что мы с тобой помирились, — призналась Ронни.

— Я тоже.

— Так когда ты приедешь в Нью-Йорк?

— Пока не знаю. Как дела пойдут.

— Ты так занят? — хихикнула Ронни.

— Да нет, не очень. Но знаешь что?

— Что?

— Ты классная молодая леди. Никогда не забывай, что я очень тобой горжусь.

— Чем вызвана похвала?

— Сам не знаю. Просто последнее время я тебе этого не говорил.

Ронни положила голову ему на плечо.

— Ты тоже ничего, па.

— Эй! — воскликнул он, показав на гнездо. — По-моему, начинается.

Ронни вскочила. Как и предсказывал Уилл, Эллиот и Тодд взволнованно бегали вокруг гнезда, а толпа притихла.

Все происходило в точности как описывал Уилл, только на самом деле оказалось куда более волнующим. Ронни, подобравшаяся ближе, видела все: как треснуло первое яйцо, потом второе, третье... яйца зашевелились, и наконец на свет появилась первая черепашка и принялась выбираться из гнезда прямо по яйцам.

Под конец стало невозможно понять, что творится, отличить одну черепашку от другой. Пять, десять, двадцать... потом множество черепашек упорно стали ползти к выходу. Как спятивший пчелиный рой, сидевший на стероидах.

А сам вид крошечных доисторических созданий, пытавшихся выбраться из дыры, то и дело скользивших вниз, карабкавшихся друг на друга, пока одна наконец не выбралась на волю! За ней последовали остальные и дружным строем поползли по проложенной канавке на свет фонарика, который держал Тодд, стоявший у самого прилива.

Какие они маленькие! И как же смогут выжить? Океан просто поглотит их, уничтожит! И так и случилось, когда они добрались до воды и прибой стал бросать их и швырять, а они то всплывали на поверхность, то тонули, пока не исчезли из виду!

Ронни стояла рядом с Уиллом, крепко сжимая его руку, невероятно счастливая, что провела столько ночей у гнезда и сыграла скромную роль в этом чуде рождения новой жизни. Подумать только: долгие недели ничего не происходило, а все, чего она так ждала, закончилось в несколько минут!

Стоя рядом с парнем, которого любила, Ронни ощущала, что до сих пор никогда и ни с кем не делила подобного волшебства.

Час спустя, обменявшись взволнованными восклицаниями, еще раз обсудив случившееся, Ронни и Уилл попрощались с работниками «Аквариума», расходившимися по машинам. Если не считать канавки, ничто не напоминало о случившемся. Даже скорлупа нигде не валялась. Тодд собрал ее, чтобы изучить толщину и проверить на наличие химикалий.

Они пошли к дому. Уилл обнял ее за плечи.

— Надеюсь, твои ожидания оправданны.

— С лихвой, — кивнула она. — Но я все время думаю о черепашках.

— Они в порядке.

— Не все, — возразила она.

— Не все, — согласился он. — Пока не вырастут, врагов у них предостаточно.

Несколько минут они молчали.

— Но мне все-таки грустно, — вздохнула Ронни.

— Это круговорот жизни. Помнишь?

— Не нуждаюсь в философии из «Короля льва», — шмыгнула носом Ронни. — Лучше бы ты мне солгал.

— Ну, в таком случае... — хмыкнул он. — Все выживут. Все пятьдесят шесть. И умрут они исключительно от старости, прожив куда дольше своих собратьев.

— Ты правда так думаешь?

— Конечно! — заверил Уилл. — Они наши детки. Они особенные.

Она все еще смеялась, когда на заднее крыльцо вышли отец и Джона.

— Итак, после всей этой глупой суматохи, — объявил Джона, — и став свидетелем всей этой истории от начала до конца, я просто обязан высказаться.

— И что ты хочешь сказать? — поинтересовался Уилл.

Джона широко улыбнулся.

— Это. Было. Так. Здорово.

Ронни рассмеялась, кое-что вспомнив, но при виде озадаченного лица Уилла пожала плечами.

— Семейная шутка, — пояснила она. И тут отец закашлялся. Громкий клокочущий кашель и приступ, как тогда в церкви, никак не проходил. Он кашлял и кашлял, так, что сотрясалось все тело. Схватился за перила, чтобы не упасть.

Ронни видела искаженное страхом и тревогой лицо брата. Уилл оцепенел, не в силах пошевелиться.

Отец хотел было выпрямиться. Изогнул спину, пытаясь остановить приступ. Поднес ладони ко рту и кашлянул еще раз. А когда набрал в грудь воздуха, казалось, что дышит он сквозь воду. Потом снова вздохнул. И опустил руки.

В продолжение нескольких самых длинных в жизни секунд Ронни не могла двинуться. Не могла заговорить. Лицо отца было залито кровью.

Стив

Смертный приговор ему вынесли в феврале, когда он сидел в кабинете врача, всего час спустя после очередного урока музыки.

Он снова стал преподавать, когда перебрался в Райтсвилл-Бич, так и не сделав карьеру пианиста. Через несколько дней после переезда пастор Харрис, не спрашивая, привел к нему в дом многообещающую ученицу и попросил сделать ему одолжение. С его знанием человеческой души было легко понять, что Стив растерян и очень одинок. И единственный способ помочь — дать ему новую цель в жизни.

Ученицу звали Чен Ли. Родители преподавали музыку в Университете Северной Каролины, и в семнадцать лет девушка обладала превосходной техникой, но не умела вложить в музыку собственную душу. Она была серьезной и милой, и Стив немедленно проникся к ней симпатией. Чен Ли с интересом слушала его, беспрекословно выполняя все указания, и много работала. Он ждал ее приходов и подарил на Рождество книгу о конструкции и изготовлении классических фортепьяно, то, что, как ему казалось, ей понравится. Но несмотря на радость, которую Стив испытывал, снова занявшись преподаванием, он с каждым днем все больше уставал. Уроки выматывали его, вместо того чтобы придавать энергию. Впервые в жизни он стал спать днем.

Постепенно эти часы отдыха все удлинялись, а просыпаясь, он часто корчился от боли в животе. Как-то вечером, готовя чили на ужин, он ощутил кинжальный удар боли и согнулся так резко, что сковорода полетела на пол. Томаты, бобы и куски говядины разлетелись по всей кухне. Пытаясь отдышаться, он все яснее понимал: с ним творится что-то неладное.

Он записался на прием к доктору, потом вернулся в больницу сдать анализы и сделать рентген. Наблюдая, как пробирки наполняются кровью, он вдруг вспомнил об отце и убившем его раке. И неожиданно понял, что ему скажет доктор.

Во время третьего визита он обнаружил, что был прав.

— У вас рак желудка, — бесстрастно сообщил доктор. — И судя по снимкам, он дал метастазы в легкие и поджелудочную железу.

Стив машинально отметил, что, несмотря на внешнее спокойствие, в его голосе звучали сочувственные нотки.

— Уверен, что у вас много вопросов. Но позвольте сказать, что дело плохо.

Онколог был участлив и мягок, но признался, что сделать ничего нельзя. Стив знал, что и он ждет вопросов в надежде, что это несколько облегчит ситуацию.

Когда умирал отец, Стив прочитал много специальной литературы. И знал, что это такое, когда метастазы расползаются по телу, из желудка в поджелудочную и легкие. Понятно, что шансы на выздоровление равны нулю.

Вместо того чтобы расспросить врача, он молча отвернулся к окну. На карнизе, около самого стекла, сидел голубь. Равнодушный к тому, что происходит в комнате.

«Мне сказали, что я умираю, — думал он, глядя на птицу, — и доктор хочет, чтобы я поговорил с ним на эту тему. Но что тут скажешь?»

Он ожидал, что голубь согласно заворкует, но тот, конечно, не подумал отозваться.

«Я умираю», — снова подумал Стив.

Сейчас он вспомнил, как сжимал руки, пораженный тем, что они не дрожат. Почему? Ведь сейчас такой момент...

Но руки были совершенно спокойны и неподвижны.

— Сколько у меня времени?

Похоже, доктор облегченно вздохнул, поскольку молчание было наконец прервано.

— Прежде чем обсуждать это, я хотел бы поговорить о вариантах...

— Вариантов нет и выхода тоже. И мы с вами это знаем, — оборвал Стив.

Может, доктор и был удивлен такой реакцией, но внешне ничем этого не показал.

— Выход есть всегда, — заверил он.

— Но излечиться невозможно. Вы говорите о качестве жизни.

Доктор отложил планшетку.

— Да, — кивнул он.

— Но как можно обсуждать качество, если непонятно, сколько времени мне осталось. Если несколько дней, нужно обзвонить родных.

— У вас гораздо больше, чем несколько дней.

— Несколько недель? — уточнил Стив.

— Да, конечно.

— Месяцев?

Доктор поколебался. Должно быть, что-то в лице Стива убедило его, что тот будет допытываться, пока не узнает правды. Поэтому он смущенно откашлялся.

— Я давно практикую и знаю, что никакие прогнозы не бывают верны. Слишком многое лежит за пределами наших знаний. Слишком многое зависит от вас и вашей генетики, а также от отношения к происходящему. Действительно, мы ничего не сможем сделать, чтобы помешать неизбежному, но главное не в этом. Главное — в оставшееся время попытаться сделать как можно больше.

Стив молча смотрел на доктора, сознавая, что тот не ответил на вопрос.

— Хотя бы год у меня есть?

На этот раз промолчал доктор, с головой выдав себя. Выходя из кабинета, Стив глубоко вздохнул, вооруженный знанием. Похоже, ему осталось жить меньше года.

Реальность обрушилась на него позже, когда он стоял на берегу.

У него прогрессирующий рак, от которого нет спасения. В течение года он умрет.

Доктор успел снабдить его кое-какой информацией. Брошюры, список сайтов, не имеющие особой пользы. Стив немедленно избавился от них, сунув в уличную урну.

Стоя на пустынном берегу, под зимним солнцем, Стив сунул руки в карманы и снова оглядел берег. Хотя зрение было уже не прежним, все же он видел людей, стоявших у заграждений или удивших рыбу. Как-то странно наблюдать всю эту обыденность. Словно ничего необычного не случилось.

Но он бы все равно умер, раньше или позже. Теперь многие вещи, которые беспокоили и занимали его, не имеют значения. Его пенсионный план? Не понадобится. Способ заработать на жизнь в пятьдесят лет? Уже не актуально. Желание встретить женщину и влюбиться? Несправедливо по отношению к ней, и желание, похоже, закончилось вместе с диагнозом.

— Все кончено, — повторил он себе. Меньше чем через год он умрет. Да, он знал, что с ним что-то неладно, и, возможно, ожидал что доктор вынесет ему приговор, но воспоминания о словах, сказанных онкологом, все время проигрывались в памяти как на старой заевшей пластинке.

Стив спрятал лицо в руках, снова и снова вопрошая, почему это случилось именно с ним.

На следующий день он позвонил Чен и объяснил, что больше не сможет давать ей уроки, после чего встретился с пастором Харрисом и рассказал новости. Сам пастор в то время выздоравливал после полученных во время пожара ожогов. И хотя Стив сознавал, что эгоистично обременять друга своей бедой, просто необходимо было поговорить с кем-нибудь по душам. Пастор пришел к нему, и оба уселись на заднем крыльце. Стив рассказал о своем диагнозе. И хотя старался держаться, все же под конец они поплакали вместе.

Потом Стив пошел на берег, гадая, что делать с отпущенным ему временем. Задавался вопросом, что для него самое важное в жизни. Проходя мимо церкви — в тот момент восстановление еще не начинали, но почерневшие стены разобрали и унесли обломки, — он смотрел на зияющую дыру, где когда-то был витраж, и думал о пасторе Харрисе и бесчисленных службах, проведенных в гало света, струившегося через окно.

И тогда Стив понял, что должен сделать новый витраж.

На следующий день он позвонил Ким. И когда рассказал обо всем, она зарыдала в трубку. У Стива перехватило горло, но он не заплакал вместе с ней. И почему-то знал, что больше никогда не будет плакать из-за своего диагноза.

Позже он снова позвонил Ким и попросил разрешения провести лето с детьми. Хотя предложение испугало ее, она все же согласилась и даже пообещала ничего не говорить детям о болезни отца. Конечно, лето будет отравлено ложью, но что еще прикажете делать? Он так хотел снова узнать их поближе.

Весной, когда азалии были в полном цвету, он снова стал размышлять о природе Бога. Видимо, каждый думает о чем-то подобном, когда жить остается немного. Либо Бог существует, либо нет. Либо он проведет вечность на небесах, либо после смерти будет только пустота.

Почему-то он находил утешение, обдумывая этот вопрос. И наконец пришел к заключению, что Бог существует. Но он также хотел ощутить его присутствие в этом мире. И стал искать Бога.

Это последний год в его жизни. Почти каждый день шли дожди, так что эта весна выдалась едва ли не самой влажной в истории здешних мест. А вот май был абсолютно сухим. Словно где-то на небе перекрыли кран. Стив купил необходимые материалы и приступил к работе над витражом. В июне приезжали дети. Он гулял по берегу и искал Бога. И каким-то образом уверился, что можно укрепить те истончившиеся ниточки, которые связывали его с детьми. И вот сегодня, темной августовской ночью, когда черепашки барахтались в океанских волнах, он начал кашлять кровью. Пора перестать лгать. Нужно сказать правду.

Дети были напуганы. Он должен каким-то образом их успокоить. Но в желудок словно вонзилась тысяча игл. Он вытер кровь тыльной стороной ладони и тихо выдавил:

— Думаю, мне нужно в больницу.

Ронни

Отец сказал правду, уже лежа на больничной койке. В вену была воткнута игла капельницы. Ронни неверяще качала головой. Этого не может быть. Просто не может быть.

— Нет. Это не так. Доктора делают ошибки!

— Только не в этот раз, — вздохнул он, потянувшись к ее руке. — Мне жаль, что тебе пришлось узнать таким вот образом.

Уилл и Джона сидели внизу, в кафетерии. Отец хотел поговорить с каждым по очереди, но Ронни вдруг поняла, что не хочет, чтобы он сказал еще хоть слово. Наконец она поняла, почему отец попросил разрешения провести с ними лето. Значит, ма с самого начала знала правду. Отцу осталось так мало времени, что он не хотел спорить с бывшей женой. Теперь ясно, почему он так упорно работал над витражом.

Ронни вспомнила приступ кашля в церкви и то, как отец морщился от боли. Все кусочки головоломки сошлись. И все сразу рухнуло...

Отец никогда не проводит ее к алтарю. Никогда не возьмет на руки внука. Мысль о том, что дальше придется жить без него, была невыносима. Это несправедливо! Все это несправедливо!

— И когда ты собирался мне сказать? — сухо осведомилась она.

— Не знаю.

— Перед отъездом? Или уже после того, как вернусь в Нью-Йорк?

Отец не ответил. Кровь бросилась в лицо Ронни.

— Что, собирался сказать мне по телефону? И что именно? «О, прости, когда мы были вместе, я не упоминал, что у меня последняя стадия рака. И как это тебе?»

— Ронни...

— Если ты не собирался сказать, почему вызвал сюда? Чтобы я смотрела, как ты умираешь?

— Нет, солнышко, совсем напротив, — устало ответил отец, поворачивая голову.

В этот момент внутри что-то оборвалось, словно по склону покатились первые камешки, предвещая камнепад.

По коридору прошли две сестры, тихо переговариваясь о чем-то. Лампы дневного света жужжали над головой, отбрасывая голубоватый свет на стены. Капли мерно падали в трубку капельницы: привычная картина для любой больницы. В этом не было ничего необычного. Необычным и чужим стал мир вокруг Ронни.

В горле Ронни застрял вязкий ком. Она отвернулась, стараясь сдержать слезы.

— Прости, солнышко, — продолжал отец. — Конечно, я должен был тебе сказать. Но так хотел, чтобы лето прошло как можно лучше. И еще хотел поближе узнать свою дочь. Ты меня простишь?

Его мольба ударила в самое сердце. Ронни невольно вскрикнула от боли. Умирающий отец просит у нее прощения! В этом было что-то настолько печальное, что она не знала, как реагировать.

Отец ждал. Она потянулась к его руке.

— Конечно, я тебя прощаю, — прошептала она и, заплакав, положила голову ему на грудь. И только сейчас заметила, как сильно он похудел. Как выпирают ребра и ключицы. У нее разрывалось сердце при мысли о том, что она совсем этого не замечала. Слишком занята была собственной жизнью...

Отец обнял ее свободной рукой, и она заплакала еще громче, сознавая, что скоро настанет время, когда даже этой простой ласки больше не будет.

Ронни невольно вспомнила тот день, когда приехала сюда, и свое поведение. В те дни мысль коснуться его была так же чужда, как космическое путешествие. Тогда она его ненавидела. Сейчас любила.

И даже рада была, что узнала его тайну, хотя лучше бы этой тайны не существовало. Раньше он часто гладил ее по голове, но скоро и этого не будет. Ронни зажмурилась, пытаясь отсечь будущее. Она нуждается в отце. Нельзя, чтобы все так оборвалось! Пусть он слушает ее нытье. Пусть прощает за сделанные ошибки. Любит ее, как любил в это лето. И пусть так продолжается всегда.

Только ничего не выйдет.

Она позволила отцу прижать ее к себе и плакала как ребенок, каковым давно уже не была...

Позже он ответил на ее вопросы. Рассказал о своем отце и раке, передававшемся по наследству. О боли, которая стала одолевать его после Нового года. О том, что облучение — это не выход, потому что болезнь поразила слишком много внутренних органов.

Она представила злокачественные щупальца, ползущие из одной клетки в другую, распространяя болезнь и смерть.

Ронни спросила о химиотерапии, и ответ был тем же самым. Рак агрессивен, и химиотерапия может замедлить, но не остановить процесс.

Отец объяснил теорию качества жизни, и она едва не возненавидела его за то, что не рассказал все раньше. Знай она все с самого начала, лето прошло бы совсем по-другому. И отношения были бы иными. Она думать не желала о том, что ждет впереди.

Отец был бледен, и она поняла, что морфий подействовал на него усыпляюще.

— Очень больно? — спросила она.

— Не так сильно, как раньше. Гораздо лучше, — заверил он.

Ронни кивнула и снова попыталась забыть о злокачественных клетках, завоевавших его организм.

— Когда ты рассказал маме?

— В феврале. Сразу после того как все узнал. Но я просил тебе не говорить.

Ронни попыталась вспомнить, как тогда вела себя ма. Должно быть, расстроилась. Но либо Ронни забыла об этом, либо не обратила внимания. Потому что, как всегда, думала о себе. Очень хотелось верить, что она стала другой, но, к сожалению, это не совсем так. Работа и свидания с Уиллом помешали проводить больше времени с отцом, а время — единственное, чего она не могла вернуть.

— Но если бы ты сказал мне, я бы больше бывала дома, мы бы чаще виделись. Я бы помогала тебе, чтобы ты не так уставал.

— Сознание того, что ты здесь, уже больше чем достаточно.

— Но тогда ты, возможно, не оказался бы в больнице.

Он взял ее за руку.

— Может быть, именно то обстоятельство, что ты провела счастливое лето и влюбилась в хорошего парня, не дало мне попасть в больницу раньше.

Хотя они не говорили на эту тему, она знала, что отец проживет недолго, и попыталась представить жизнь без него.

Если бы она не приехала, не дала ему шанс, было бы легче отпустить его. Но она приехала, и теперь все невероятно усложнилось.

В неестественной тишине она слышала только затрудненное дыхание и снова отмечала, как он похудел. Доживет ли до Рождества или хотя бы до ее следующего приезда?

Она одинока, а отец умирает. И ничего, ничего нельзя сделать...

— Что теперь будет? — спросила Ронни. Отец спал совсем недолго, минут десять, прежде чем повернуться к ней.

— Ты о чем?

— Тебе нужно остаться в больнице?

Единственный вопрос, который она так боялась задать. Пока отец дремал, она держала его за руку, боясь, что он никогда не покинет это место. И что остаток жизни проведет в комнате, где пахло дезинфекцией, в окружении медсестер и врачей. Совершенно чужих ему людей.

— Нет. Возможно, через несколько дней меня выпишут. По крайней мере я на это надеюсь, — улыбнулся отец.

Она сжала его руку.

— А что потом? Когда мы уедем?

Отец задумался.

— Полагаю, нужно закончить витраж. И начатую песню. Я по-прежнему считаю, что в ней есть... что-то особенное.

Она придвинула стул ближе.

— Нет. Я имела в виду: кто будет о тебе заботиться?

Отец не ответил сразу. И даже попытался сесть.

— Все будет нормально. Если что понадобится, позвоню пастору Харрису. Он живет в двух кварталах от меня.

Ронни попыталась представить пастора со шрамами на обожженных руках и тростью. Как он будет помогать отцу сесть в машину, когда сам с трудом ходит?

Отец, казалось, понял, о чем она думает.

— Я же сказал, все будет в порядке, — пробормотал он. — Давно знал, что это рано или поздно случится и что, если дойдет до худшего, при больнице есть хоспис.

Нет, она не может представить отца в хосписе!

— Хоспис?

— Все не так плохо, как ты считаешь. Я там уже был.

— Когда?

— Несколько недель назад. И на прошлой неделе возвращался. Они пообещали приготовить мне постель.

Еще одна деталь, которой она не знала. Еще одна тайна открыта. Еще одна истина, предвещавшая неизбежное.

В сознании Ронни все перевернулось. Знакомая нервная тошнота подкатила к горлу.

— Но ты, конечно, предпочтешь быть дома, верно?

— Верно.

— Пока не сможешь оставаться один.

Выражение его лица было невыразимо грустным.

— Пока не смогу...

Ронни вышла из палаты и направилась в кафетерий. Па попросил позвать Джону.

Ронни, совершенно ошеломленная, брела по коридорам. Была уже почти полночь, но в отделении неотложной помощи народу, как всегда, было полно. Она проходила мимо палат. Двери многих были открыты, и она видела плачущих детей в сопровождении встревоженных родителей и женщину с неудержимой рвотой. Сестры толпились на главном посту, брали истории болезней или загружали тележки. Странно, что так много людей могли заболеть так поздно, и все же большинство к утру уже разъедутся. Отца же переводили в палату наверху. Ждали только, когда документы будут оформлены.

Ронни прошла через шумную комнату ожидания к двери, ведущей в главную часть вестибюля и кафетерий. Когда дверь за ней закрылась, уровень шума резко упал. Ронни слышала звук собственных шагов, слышала собственные мысли. Ее заливали волны усталости и тошноты. В это место приходили больные люди. В это место приходили умирающие. И отец снова сюда придет.

Стараясь не глотать слюну, она вошла в кафетерий и потерла распухшие от слез глаза, пообещав себе, что постарается держать их открытыми.

Гриль в этот час был закрыт, но автоматы у дальней стены работали и две медсестры сидели в углу и пили кофе. Джона и Уилл устроились за столиком у двери, и Уилл, заслышав шаги, вскинул голову. На столе стояли полупустые бутылки воды, молока и пакет печенья для Джоны.

Брат повернулся к ней.

— Что-то ты долго, — упрекнул он. — Па в порядке?

— Ему лучше. Но он хочет поговорить с тобой.

— О чем?

Джона отложил печенье.

— Я сделал что-то не так?

— Нет, ничего подобного. Он хочет объяснить, что с ним происходит.

— Почему ты не можешь сказать? — насторожился Джона, и сердце Ронни тревожно сжалось.

— Потому что он хочет поговорить с тобой сам. Как раньше со мной. Я провожу тебя туда и подожду у двери, договорились?

Джона встал и шагнул к двери, заставив Ронни тащиться следом. Ей вдруг захотелось убежать, но она понимала, что нужно остаться с братом.

Уилл продолжал неподвижно сидеть, не сводя глаз с Ронни.

— Джона, дай мне секунду, — окликнула она.

Уилл с испуганным видом встал.

«Он знает, — почему-то подумалось ей. — Он точно знает».

— Не можешь подождать меня? — спросила она. — Конечно, ты, возможно...

— Разумеется, подожду, — спокойно ответил он. — Ровно столько, сколько будет нужно.

Ронни разом ослабела от облегчения и, бросив на него благодарный взгляд, пошла за Джоной.

Горе до сих пор обходило ее. Все близкие были живы. Хотя родители отца умерли и она даже помнила, как ездила на похороны, все же мало их знала. Они никогда не приезжали к ним и, скорее, были для нее чужими. После их смерти Ронни не тосковала и тем более не скорбела. Не то что по Эми Чайлдес, учительнице истории в седьмом классе, погибшей в автокатастрофе в то лето, когда Ронни перешла в другой класс. Она услышала об этом от Кейлы и была потрясена смертью Эми. Такая молодая... ей не было еще и тридцати. Ее смерть долго казалась чем-то нереальным. Эми всегда была так дружелюбна! Одна из немногих учителей, позволявших себе смеяться в классе!

Вернувшись в школу осенью, Ронни не знала, чего ожидать. Как люди реагируют на что-то подобное? Что думают другие учителя?

В тот день она ходила по коридорам в поисках признаков перемен, но если не считать маленькой таблички, привинченной на стене около кабинета директора, не видела ничего необычного.

И тогда ее это беспокоило. Правда, авария случилась летом и Эми успели оплакать, но, проходя мимо класса мисс Чайлдес, она заметила, что теперь там кабинет естественных наук, и ужасно рассердилась, потому что всего за несколько недель память о мисс Чайлдес была так решительно стерта.

Она не хотела, чтобы подобное случилось с отцом. Не хотела, чтобы его забыли так скоро. Он хороший человек, хороший отец и заслуживал большего.

Думая об этом, Ронни поняла кое-что еще. Она не слишком хорошо знала отца, пока тот был здоров. И в последний раз общалась с ним, когда перешла в высшую школу. Теперь же, когда формально стала взрослой, настолько, чтобы голосовать или записаться в армию, все это лето он хранил тайну. Каким бы он был, не зная, что с ним происходит? Каков он на самом деле?

Ей не по чему судить, если не считать воспоминаний о нем как об учителе музыке. Ронни так мало знала об отце! Понятия не имела, каких писателей он любит, каких животных. И даже под страхом смерти не назвала бы его любимого цвета. Все это не так важно и не слишком много значит, но иногда ее тревожила мысль, что ответов она никогда не узнает.

Из-за двери послышался плач Джоны. Значит, отец все ему сказал. Ей хотелось повернуть стрелки часов назад, до того момента, когда вылупились черепашки, когда в мире все было прекрасно.

Джона что-то яростно отрицал, отец его уговаривал. Ронни прислонилась к двери, жалея Джону и себя.

Что сделать такого, чтобы прогнать кошмары? Так хотелось стоять рядом с любимым парнем и счастливыми родственниками.

Ей представилось сияющее лицо Меган, когда та танцевала со своим отцом на свадьбе. Боль снова пронзила ее при мысли, что они с отцом никогда не разделят радости в этот трогательный момент.

Ронни закрыла глаза и заткнула уши, пытаясь заглушить плач Джоны. Такой беспомощный, такой пронзительный, как у маленького ребенка. Такой испуганный... Он никогда не поймет, что происходит. И никогда до конца не оправится от потери. Никогда не забудет этот ужасный день.

— Принести воды?

Она едва расслышала слова, но почему-то поняла, что они адресованы ей. Подняв полные слез глаза, она увидела стоящего перед ней пастора Харриса.

И не смогла ответить, едва сумела покачать головой. Лицо у него было доброе, но она видела беспомощно опущенные плечи, пальцы, судорожно стиснувшие набалдашник трости.

— Мне очень жаль, — устало пробормотал он. — Представить невозможно, как все это тяжело для тебя. Твой па — человек особенный.

Ронни кивнула.

— Как вы узнали, что па здесь? Он вам звонил?

— Не он. Одна из медсестер. Я бываю здесь два-три раза в неделю, и когда Стива привезли, посчитали, что я должен знать. Всем известно, что я считаю Стива своим сыном.

— Вы с ним поговорите?

Пастор Харрис взглянул на закрытую дверь.

— Только если он захочет меня видеть.

Судя по расстроенному лицу, он уже успел услышать крики Джоны.

— Но я уверен, что он захочет, особенно после разговора с вами. Ты понятия не имеешь, как он боялся этой минуты.

— Вы беседовали об этом?

— Много раз. Он любит вас больше жизни и не хочет ранить. И конечно, знал, что его дни сочтены, но вовсе не желал, чтобы вы обнаружили правду таким вот образом.

— Не важно. И это ничего не изменит.

— Но все изменилось, — возразил пастор.

— Потому что я знаю?

— Нет. Потому что вы все лето были вместе. До того как вы приехали, он так нервничал! Не из-за болезни, а потому что ему так не терпелось поскорее вас увидеть. И он молился, чтобы все прошло хорошо. Вряд ли ты сознаешь, как сильно он тосковал по тебе. Как любит тебя и Джону. Он буквально дни считал. При каждой встрече говорил мне: «Девятнадцать дней... двенадцать...» А накануне приезда? Он несколько часов драил дом и перестилал постели. Конечно, это всего лишь хижина, но видела бы ты, что там творилось до уборки! Он хотел, чтобы вы навсегда запомнили это лето. Хотел все время быть с вами. И как все родители, хотел, чтобы вы были счастливы. Хотел знать, что у вас все хорошо. Что вы умеете принимать верные решения. Именно в этом он нуждался, и именно это вы ему дали.

Ронни прищурилась.

— Но я не всегда принимаю верные решения.

Пастор улыбнулся.

— И это лишний раз доказывает, что ты всего лишь человек. Он не ожидает совершенства, но гордится той молодой женщиной, которой ты стала. Сам сказал это всего несколько дней назад, и видела бы ты его, когда он это говорил! В ту ночь я молился и благодарил Бога за Стива! Твоему па было очень тяжело, когда он сюда приехал. Я уже боялся, что он никогда больше не будет счастлив. И все же, несмотря ни на что, теперь вижу, что ошибся. Стив умирает счастливым человеком.

Этот проклятый ком в горле!

— Что мне делать теперь?

— Вряд ли ты что-то сможешь сделать.

— Но я боюсь. А па... — пробормотала Ронни.

— Знаю, — кивнул священник. — И хотя вы оба дали ему столько счастья, твой па тоже боится.

Вечером Ронни стояла на заднем крыльце, слушая ритмичный шум прибоя. Над головой подмигивали звезды, но весь остальной мир казался другим. В спальне Уилл о чем-то разговаривал с Джоной, так что в доме были люди, но почему-то казалось, что в комнатах совсем пусто.

Пастор Харрис по-прежнему был с отцом. Он сказал Ронни, что намерен остаться на ночь, так что она может отвести Джону домой. Но ей все равно было стыдно уходить. Назавтра отцу назначено обследование и еще одна встреча с доктором. Он, конечно, устанет и захочет отдохнуть, но Ронни хотела быть в больнице, рядом с отцом, даже если он будет спать. Потому что придет время, когда она не сможет...

Позади скрипнула дверь. Уилл осторожно ее прикрыл. Ронни не оглянулась, продолжая смотреть на песчаный берег.

— Джона наконец заснул, — сообщил Уилл. — Но по-моему, так и не понял, что происходит. Сказал, что уверен, что доктора поставят па на ноги, и все время спрашивает, когда он вернется.

Ронни вспомнила, как плакал Джона в палате, и с трудом смогла кивнуть. Уилл обнял ее.

— Как ты? — спросил он.

— А ты как думаешь? Я только что узнала, что отец умирает. И возможно, не доживет до Рождества.

— Знаю, — мягко ответил он. — И мне очень жаль. Понимаю, как тебе тяжело. Я сегодня переночую здесь. Если что-то случится и тебе придется ехать в больницу, я посижу с Джоной. И могу оставаться столько, сколько понадобится. Конечно, через несколько дней я должен ехать, но, пожалуй, позвоню декану и объясню, что происходит. Занятия начнутся только на следующей неделе.

— Ты все равно ничего не исправишь, — ответила Ронни немного резче, чем следовало бы. — Неужели не понятно?

— Я ничего не пытаюсь исправить...

— Пытаешься. Но не можешь.

Ей неожиданно показалось, что сердце вот-вот разорвется.

— И все равно не поймешь, что мне приходится выносить.

— Я тоже потерял брата, — напомнил он.

— Это не одно и то же!

Она сморщила нос, пытаясь остановить слезы.

— Я так подло вела себя с ним. Бросила музыку, во всем его винила и целых три года почти ни словом не перемолвилась. И этих лет не вернуть. Но может, не будь я такой злобной ведьмой, он бы не заболел. А вдруг во всем виноват стресс, вызванный моим поведением! Это все я, я...

Она вырвалась из объятий Уилла.

— Ты тут ни при чем.

Он снова попытался обнять ее, но она стала его отталкивать и, не добившись успеха, заколотила кулачками по его груди.

— Пусти меня. Я сама со всем справлюсь.

Но Уилл по-прежнему прижимал ее к себе, и, поняв, что он не отступит, Ронни устало обмякла и заплакала.

314

Она лежала в темной комнате, прислушиваясь к звуку дыхания Джоны. Уилл спал в гостиной на диване.

Ронни понимала, что нужно бы отдохнуть, но все время невольно прислушивалась, не звонит ли телефон. И воображала худшее: у отца снова начался приступ кашля, он потерял много крови, и ничем, совсем ничем помочь нельзя...

Рядом на тумбочке лежала отцовская Библия. Часом ранее Ронни просмотрела ее, сама не зная, чего ищет. Может, он подчеркивал абзацы или загибал страницы?

Перелистывая книгу, Ронни поняла, что ее часто читали, потому что страницы были истертыми. Ей хотелось бы понять, какие главы больше всего любил отец, но не нашлось никаких доказательств того, что он предпочитал одни главы другим.

До этой минуты Ронни никогда не читала Библию. Но почему-то была уверена, что теперь будет читать в поисках того скрытого смысла, который сумел найти отец. Наверное, это пастор Харрис дал ему Библию, а может, он сам купил... Почему она так и не догадалась спросить?

Но спросит. Обязательно спросит. Если ей останутся одни воспоминания, хотелось бы собрать как можно больше. И сейчас впервые за много лет она просила Бога дать ей достаточно времени для этого...

Уилл

Спал он плохо. И всю ночь слышал, как Ронни ворочается и ходит по комнате. Он понимал, какое потрясение она переживает. Понимал ее моральное оцепенение, сознание собственной вины, нежелание верить в худшее и гнев — все это он пережил после смерти Майки. Годы притупили эмоциональный шок, но оставили воспоминание о противоречивых желаниях — побыть в чьем-то обществе и остаться одному.

Ему было больно за Ронни и Джону, слишком маленького, чтобы осознать значение происходящего. И даже за себя. Стив был невероятно добр к нему, и они проводили в доме Ронни куда больше времени, чем в его собственном. Ему нравилось, как Стив возится на кухне, как обращается с Джоной словно со взрослым человеком. Уилл часто видел их на пляже, где они запускали змеев, играли в догонялки у самого прибоя или сосредоточенно возились с витражом. В отличие от большинства отцов, хваставшихся, что они выделяют время для общения с детьми, Стив посвящал им каждую свободную минуту. Никогда не злился, никогда не повышал голос. Может, знал, что умирает, но вряд ли это объясняет все. Отец Ронни был просто хорошим человеком, находившимся в мире с собой и окружающими. Любил детей и считал, что они достаточно умны, чтобы принимать верные решения.

Наверное, он когда-нибудь захочет стать таким же отцом. Хотя он любил отца, все же тот не всегда был тем добродушным, веселым человеком, которого видела Ронни. В жизни Уилла были долгие периоды, когда он почти не видел отца: Том много трудился, чтобы создать и укрепить свой бизнес. К этому нужно добавить часто отсутствующую мать и гибель Майки, на пару лет повергшую в депрессию всех Блейкли. Временами ему даже хотелось иметь другую семью. Правда, ему и с этой очень повезло; кроме того, обстановка за последнее время немного улучшилась. Но за эти годы случилось много чего тяжелого, и иногда он мечтал о другой жизни.

А вот Стив был совершенно иным родителем.

Ронни рассказывала, что, когда играла на пианино, он мог часами сидеть рядом. Но Стив никогда ни словом об этом не обмолвился. Сначала Уилл считал это странным, но потом принял за веское доказательство любви отца к дочери.

Ронни не хотела говорить об этом, вот Стив и молчал, хотя любовь была когда-то главной составляющей их жизни вместе.

И сейчас ничуть не угасла. Стив даже заколотил нишу, потому что Ронни видеть не могла пианино.

Кто еще на его месте мог бы это сделать?

Только Стив, человек, которым Уилл восхищался, у которого учился и каким надеялся быть, когда станет старше.

Уилла разбудил утренний свет, дерзко ворвавшийся в окна гостиной. Потянувшись, он встал, выглянул в коридор и увидел, что дверь в комнату Ронни открыта. Очевидно, она уже проснулась. Он нашел ее на крыльце, на том же месте, что и прошлой ночью. Она не обернулась.

— Доброе утро, — прошептал он.

Плечи Ронни устало опустились.

— Доброе утро, — ответила она наконец, оборачиваясь и едва заметно улыбаясь. Молча распахнула руки, и он прижал ее к себе, благодарный за ласку.

— Прости за вчерашнее, — пробормотала она.

— Нет причин извиняться, — заверил он, целуя ее волосы. — Ты ничего плохого не сделала.

— Сделала, но все равно спасибо.

— Я не слышал, как ты встала.

— Уже довольно давно, — вздохнула Ронни. — Звонила в больницу. Поговорила с па. Хотя он ничего не сказал, я поняла, что у него адские боли. Па считает, что его подержат пару дней, после того как сделают полное обследование.

В любой другой ситуации Уилл заверил бы ее, что все будет в порядке и что все образуется. Но в этом случае оба знали, что слова ничего не значат, поэтому он молча прижался к ее лбу своим.

— Ты хоть поспала немного? Я слышал, как ты прошлой ночью ходила по дому.

— Почти не спала. Забралась в постель к Джоне, но мозг отказывался отключиться. И не только из-за па. Еще и потому, что через два дня ты уезжаешь.

— Я уже сказал, что могу отложить отъезд. Если ты во мне нуждаешься, я...

Ронни покачала головой:

— Не стоит. Тебе предстоит начать совершенно новую главу жизни, и я не могу отнять ее.

— Но мне не обязательно ехать сейчас. Занятия начинаются не сразу...

— Не стоит, — повторила она мягко, но непреклонно. — Ты едешь в колледж, да и ты все равно мне не поможешь. Пусть это звучит грубо, но так оно и есть. Он мой отец. Не твой. Моя боль — это моя боль. Я не хочу думать о том, чего ты готов лишиться из-за моих бед. Ты это понимаешь?

В ее словах была доля правды, хотя Уилл и желал бы, чтобы она ошибалась. Уилл помолчал, прежде чем развязать плетеный браслет и протянуть ей.

— Я хочу, чтобы он был у тебя, — прошептал Уилл, и по выражению ее лица было видно, что она понимает, как много значит для нее подарок.

Ронни снова улыбнулась мимолетной улыбкой и сжала браслет. Уилл уже хотел сказать что-то, когда дверь мастерской со стуком распахнулась. На секунду Уилл подумал, что кто-то туда вломился, но тут же увидел Джону, неуклюже тащившего во двор сломанный стул. Неимоверным усилием он поднял стул и забросил на дюну около мастерской. Даже на расстоянии было заметно, как он взбешен.

Ронни уже сбегала с крыльца.

— Джона! — завопила она, пустившись бежать.

Уилл бросился за ней и едва не сбил с ног у самой двери в мастерскую. Заглянув внутрь, он увидел, что Джона пытается двигать по полу тяжелый ящик. Он трудился изо всех сил, не обращая внимания на их внезапное появление.

— Что ты делаешь? — вскрикнула Ронни. — И когда успел сюда прийти?

Джона, громко пыхтя, продолжал толкать ящик.

— Джона!!!

Наконец-то ее крики достигли своей цели. Повернувшись к Уиллу и сестре, он удивленно вскинул брови.

— Я не могу дотянуться до него! Роста не хватает! — пояснил он со слезами.

— До чего ты не можешь дотянуться? — допрашивала Ронни. — Господи, да у тебя кровь!

Уилл заметил порванные джинсы и кровь на коленке мальчика. Тот, одолеваемый собственными демонами, усердно толкал ящик, угол которого врезался в одну из полок. Полубелка-полурыба свалилась сверху прямо на голову Джоны. Лицо мальчика было красным и напряженным.

— Убирайся! Я сам все сделаю! Ты мне не нужна! — завопил он и снова взялся за ящик, но тот застрял под полкой.

Ронни попыталась помочь Джоне, но он ее оттолкнул. Теперь Уилл видел, что по щекам мальчика текут слезы.

— Я велел тебе убраться! — продолжал кричать он. — Папа хочет, чтобы я закончил витраж! Мы его делали целое лето!

Слова прерывались испуганными всхлипами.

— Вот что мы делали! А вам только черепахи были важны! Зато я был с папой каждый день! А теперь не могу дотянуться до средней части! Коротышка несчастный! Но мне нужно закончить его, потому что, если закончу, папе, может быть, станет лучше! Должно стать лучше! Я попробовал встать на стул, но он сломался, и я упал на стекло и разозлился, а потом решил подвинуть ящик, только он слишком тяжелый...

К этому времени он едва ворочал языком, потом неожиданно пошатнулся и упал на пол, обхватил руками колени, опустил голову и зарыдал с новой силой. Плечи его тряслись.

Ронни уселась рядом, обняла его и притянула к себе. Джона продолжал плакать. Слезы подступили к глазам Уилла. Он здесь лишний. Это понятно.

Но все же он оставался, пока Ронни обнимала брата и плакала, не пытаясь успокоить его или заверить, что все будет хорошо. Только молча обнимала его, пока рыдания не стали стихать. Наконец он взглянул на сестру. Глаза за стеклами очков были красными, лицо распухло от слез.

И тут Ронни заговорила так тихо, что Уилл едва ее слышал:

— Не можем мы на минуту зайти в дом? Я хочу посмотреть порез на твоей ноге.

Голос Джоны все еще дрожал.

— Как насчет витража? Его нужно закончить.

Взгляды Ронни и Уилла встретились.

— Мы можем помочь? — коротко спросила она.

Джона покачал головой:

— Вы не умеете.

— Ты нам покажешь.

Когда Ронни обработала ногу Джоны и залепила порез пластырем, мальчик повел их в мастерскую.

Витраж был почти готов, все вытравленные детали лиц и одежды закончены, и арматурные стержни были на месте. Оставалось только добавить сотни кусочков сложной формы, чтобы изобразить небесный свет.

Джона показал Уиллу, как резать свинцовые полоски, и научил Ронни паять. Сам он резал стекло, как делал все лето, и вставлял в свинцовые полосы, прежде чем освободить место для Ронни, которая прилаживала кусочки на место.

В мастерской было душно и тесно, но они сумели найти определенный ритм. В обед Уилл побежал за бургерами и салатом для Ронни. Они устроили короткий перерыв, поели и снова взялись за работу. Днем Ронни успела три раза позвонить в больницу, но ей отвечали, что отец либо сдает анализы, либо спит, но пока что все в порядке. К вечеру они закончили почти половину работы. Руки Джоны стали уставать, и они снова поели, прежде чем перенести из гостиной несколько ламп для дополнительного освещения.

Стало совсем темно, и Джона принялся неудержимо зевать. Они перешли в дом, чтобы немного передохнуть, и Джона почти сразу же заснул. Уилл перенес его в спальню и уложил в кровать. К тому времени как он вернулся в гостиную, Ронни уже работала в мастерской.

Уилл принялся резать стекло: он целый день наблюдал, как Джона это делает, и хотя вначале часто ошибался, все же довольно быстро понял, как действовать.

Они работали всю ночь, и к рассвету оба были полумертвы от усталости. Зато на столе лежал готовый витраж. Уилл понятия не имел, что скажет Джона, узнав, что последние штрихи нанесли без него, но Ронни, наверное, сумеет ему объяснить.

— Судя по виду, вы глаз не сомкнули, — сказал кто-то с порога.

Обернувшись, Уилл увидел пастора Харриса. Тот опирался на трость. На нем был костюм — возможно, тот, в котором он читал воскресные проповеди, — но Уилл заметил ужасные шрамы на тыльных сторонах ладоней и сразу понял, что они идут вверх по рукам. Вспомнив про пожар и тайну, которую хранил все эти месяцы, Уилл понял, что не сможет смотреть в глаза пастору.

— Мы заканчивали витраж, — хрипло пояснила Ронни.

— Можно посмотреть?

— Конечно, — кивнула она.

Пастор медленно пошел вперед, стуча тростью по доскам пола, и остановился у стола. Любопытство на его лице сменилось восхищением.

— Невероятно! — выдохнул он. — Еще красивее, чем я представлял!

— Почти всю работу делали па и Джона, — призналась Ронни. — Мы только помогли ее закончить.

— Твой отец будет так доволен, — улыбнулся священник.

— Как продвигается ремонт церкви? — спросила Ронни. — Па хотел бы увидеть, что витраж стоит на прежнем месте.

— Твои бы слова да Богу в уши, — вздохнул пастор. — Теперь церковь не так посещаема, как прежде, и прихожан не слишком много. Но я верю, что все образуется.

Судя по обеспокоенному лицу, Ронни гадала, установят ли витраж вовремя, но боялась спросить.

— Кстати, твой па держится! — сообщил пастор. — Скоро его выпишут, но пока что можешь его навестить. Вчера ты не слишком много пропустила. Я почти весь день провел в его палате один, пока его обследовали.

— Спасибо за то, что посидели с ним.

— Нет, милая, — покачал головой пастор и снова взглянул на витраж. — Это тебе спасибо.

Пастор пошел к двери. Уилл провожал его глазами, не в силах забыть старческие изуродованные руки.

Какую же работу необходимо было проделать, чтобы заменить витраж! Но она была бы не нужна, если бы церковь не сгорела! А ведь отец Ронни может не дожить до того дня, когда витраж установят.

Ронни была погружена в собственные мысли, но Уилл ощущал, как внутри у него что-то рушится подобно карточному домику.

— Мне нужно что-то сказать тебе, — выдохнул он.

Они сидели на дюне, и Уилл рассказывал все, с самого начала. Ронни недоуменно нахмурилась.

— Хочешь сказать, что это Скотт поджег церковь? И ты все это время его покрывал? Лгал всем, чтобы спасти его от тюрьмы? — ошеломленно спрашивала она.

— Все не так, — покачал головой Уилл. — Я же сказал: это был несчастный случай.

— Не имеет значения. Он в любом случае должен нести ответственность за содеянное.

— Знаю. Я говорил ему, что нужно идти в полицию.

322

— А если он не пойдет? Собираешься покрывать его всю жизнь? Позволишь Маркусу вечно шантажировать тебя? Так не годится.

— Но он мой друг.

Ронни порывисто вскочила:

— Пастор едва не погиб в огне! Несколько недель провел в больнице! Знаешь, как болезненны ожоги? Спроси у Блейз, каково это! А церковь... У пастора не хватает денег, чтобы ее отремонтировать, а теперь па никогда не увидит витраж на его законном месте!

Уилл тряхнул головой, стараясь сохранять спокойствие. Он видел, что Ронни на пределе: болезнь отца, его отъезд, грядущее заседание суда...

— Знаю, это скверно, — тихо сказал он, — и я чувствую себя виноватым. Не могу передать, сколько раз я хотел пойти в полицию!

— И что? — взвилась Ронни. — Это ничего не значит! Разве ты не слышал, как я рассказывала, что на суде призналась во всем, что сделала? Потому что стыдилась своих поступков! Правда чего-то стоит, только когда имеешь силу воли признать свою вину. Неужели не понимаешь? Церковь была жизнью пастора Харриса! А теперь ее нет, и страховка не покрывает ущерб, и они пытаются проводить службы на складе...

— Скотт мой друг, — запротестовал он. — Я... не могу просто так бросить его на съедение волкам.

Ронни пожала плечами. Да слышит ли он ее?!

— Как ты можешь быть настолько эгоистичен?

— Вовсе я не эгоистичен...

— Ошибаешься, ты именно таков и есть, и если не можешь этого понять, я не желаю с тобой разговаривать.

Она встала и направилась к дому.

— Уходи! Проваливай!

— Ронни! — позвал он, шагая следом.

Она резко развернулась.

— Все кончено, понятно?

— Ничего не кончено. Послушай, будь же благоразумной...

— Благоразумной?!

Она взмахнула руками.

— Хочешь, чтобы я была благоразумной? Ты ведь лгал всем, и мне тоже! Знал, что мой отец делает витраж. Стоял всю ночь рядом со мной и словом не обмолвился!

Брошенные в гневе обвинения что-то прояснили в ее голове, но легче от этого не стало.

— Ты не тот, за которого я тебя принимала! Я думала, ты лучше, — безжалостно бросила она.

Уилл поежился, не зная, что ответить, но когда шагнул вперед, она попятилась.

— Уходи. Ты все равно собирался уезжать, и мы больше никогда не увидимся! Лету рано или поздно настает конец! Мы можем разговаривать, смеяться, воображать все, что угодно, но ничего уже не изменить, так что давай закончим здесь и сейчас. У меня без того слишком много бед, и я просто не могу быть с человеком, которому не доверяю.

В глазах блестели и переливались непролитые слезы.

— Я больше не верю тебе. Уходи.

Уилл не мог пошевелиться. Не мог говорить.

— Проваливай! — закричала она и побежала к дому.

Той ночью, последней ночью в Райтсвилл-Бич, Уилл сидел в кабинете и пытался осознать случившееся. Он поднял глаза, только когда вошел отец.

— Как ты? Что-то за ужином ты был слишком притихшим, — заметил Том.

— Все в норме, — отозвался Уилл.

Отец подошел к дивану и сел.

— Нервничаешь из-за завтрашнего отъезда?

Уилл покачал головой.

— Вещи собрал?

Уилл так же молча кивнул, чувствуя пристальный взгляд отца. Тот подался к нему.

— Что с тобой? Ты же знаешь, мне можно сказать все.

Уилл вдруг понял, что нервничает.

— Па, если бы я попросил сделать что-то очень важное для меня, что-то очень важное, ты бы сделал это? Ни о чем не спрашивая?

Том откинулся на спинку дивана, и в наступившей тишине Уилл понял, каким будет ответ.

Ронни

— Вы действительно закончили витраж? — спросил отец Джону. Ронни сидела тут же. Отец по-прежнему выглядел усталым, но щеки чуть порозовели, и двигался он с большей легкостью.

— Это потрясающе, па! — воскликнул Джона. — Скорее бы ты его увидел!

— Но там оставалось еще много работы.

— Мне Ронни и Уилл помогли, — признался Джона.

— Правда?

— Пришлось их обучить. Они ничего не знали. Но не волнуйся, я был терпелив, даже если они делали ошибки.

— Приятно слышать, — улыбнулся па.

— Да. Я очень хороший учитель.

— О, в этом я уверен.

Джона сморщил нос:

— Как-то странно здесь пахнет, правда?

— Немного странно.

— Я тоже так думаю, — кивнул Джона и показал на телевизор. — Ты кино смотришь?

— Редко, — покачал головой отец.

— А это что такое?

— Капельница. В пакете лекарство.

— И тебе от него станет лучше?

— Мне уже лучше.

— Значит, скоро ты будешь дома?

— Довольно скоро.

— Сегодня? — не унимался Джона.

— Может быть, завтра. Но знаешь, чего бы я выпил?

— Что?

— Газировки. Помнишь, где кафетерий? По коридору и за углом.

— Я знаю, где это. Я уже не маленький. Что тебе принести?

— Спрайт или севен-ап.

— Только у меня денег нет.

Отец поглядел на Ронни. Она понимающе кивнула и сунула руку в задний карман джинсов.

— У меня есть.

Ронни вытащила деньги, отдала брату, и как только за ним закрылась дверь, отец обратился к ней.

— Сегодня утром звонил адвокат. Заседание суда перенесли на конец октября.

Ронни уставилась в окно.

— Мне сейчас не до этого.

— Прости, — тихо сказал отец и, помолчав, спросил: — Как держится Джона?

Ронни слегка пожала плечами.

— Растерян, напуган, не знает, что делать. Не знает, как быть.

«Совсем как я», — подумала она.

Отец знаком велел ей подойти. Она села на освободившийся стул Джоны. Отец дотянулся до ее руки и сжал.

— Жаль, что я свалился и пришлось ложиться в больницу. Я не хотел, чтобы ты меня видела таким.

— Никогда не смей извиняться за это! — запротестовала Ронни.

— Но...

— И никаких «но», договорились? Мне нужно было знать. Я рада, что знаю.

Отец, похоже, согласился с этим, но тут же удивил ее, спросив:

— Хочешь поговорить о том, что случилось между тобой и Уиллом?

— Почему ты вдруг заговорил об этом?

— Потому что знаю тебя, чувствую, когда что-то у тебя на уме, и вижу, насколько он тебе небезразличен.

Ронни выпрямилась. Ей не хотелось лгать отцу.

— Он поехал домой собирать вещи.

Отец покачал головой.

— Я никогда не говорил тебе, что мой отец блестяще играл в покер?

— Говорил. А что? Хочешь сыграть в покер?

— Нет. Просто вижу, что Уилл не так просто ушел собирать вещи. Но если не хочешь говорить об этом, не надо.

Ронни поколебалась. Она знала, что он поймет, но сама не была готова к разговору.

— Как я уже сказала, он уезжает, — пробормотала она.

Отец кивнул и немедленно сменил тему.

— Выглядишь усталой, — заметил он. — Тебе бы нужно поехать домой и поспать.

— Обязательно. Но пока посижу тут.

— Хорошо, — согласился отец.

Она глянула на пластиковый мешок капельницы. Джона уже спрашивал о нем, но в отличие от брата Ронни знала, что никакое лекарство не облегчит состояние отца.

— Очень болит? — спросила она.

Прежде чем ответить, отец помедлил:

— Нет. Не слишком.

— Но все же больно?

Отец покачал головой.

— Солнышко...

— Я хочу знать. А до того как ты попал в больницу, болело? Скажи мне правду, пожалуйста.

Отец почесал грудь.

— Да.

— И как долго?

— Я не знаю, о чем ты.

— Я хочу знать, когда начались боли.

Ронни нагнулась над отцом, почти вынуждая встретиться с ней взглядом.

Стив снова покачал головой:

— Не важно. Сейчас мне лучше. И доктора знают, чем мне помочь.

— Пожалуйста, скажи, когда начались боли, — попросила Ронни.

Он взглянул на их крепко сцепленные руки.

— Не знаю. В марте или в апреле. Но не каждый день...

— И что ты тогда делал? — настойчиво продолжала она, желая узнать правду.

— Ну... тогда все было не так страшно.

— Но все равно больно?

— Да.

— Что же ты делал?

— Да не помню, — запротестовал он. — Я пытался не думать об этом и сосредоточиться на других вещах.

Она ощутила, как напряглись ее плечи. Страшно подумать, что он сейчас скажет! Но ей необходимо знать.

— На чем же ты сосредоточился?

Отец свободной рукой разгладил морщинку на простыне.

— Почему это так важно для тебя?

— Хочу знать: игра на пианино — это способ сосредоточиться на других вещах?

Еще не договорив, она поняла, как была права.

— Я видела, как ты играл в ту ночь в церкви. У тебя тогда тоже приступ начался. А Джона сказала, что, как только привезли пианино, ты постоянно прокрадывался в церковь.

— Милая...

— Помнишь, ты сказал, что от игры на пианино тебе становится легче?

Отец попытался кивнуть. Он знал, что за этим последует. И Ронни понимала, что отвечать ему не слишком хочется.

— Хочешь сказать, что тогда боль немного отступала? И пожалуйста, скажи правду. Если солжешь, я сразу догадаюсь.

На этот раз Ронни с пути не собьешь.

Отец на мгновение закрыл глаза.

— Да.

— И все равно спрятал пианино за перегородкой?

— Да, — повторил он.

После этого ее самообладание, которого и так было мало, дало трещину. Нижняя челюсть задрожала, из глаз полились слезы. Ронни опустила голову на грудь отца и заплакала. Отец погладил ее по волосам.

— Не плачь, — попросил он. — Пожалуйста, не плачь...

Но она ничего не могла с собой поделать. Воспоминания о том, как она вела себя с отцом, что ему пришлось вытерпеть, лишали ее сил.

— О, папочка...

— Нет, малышка, пожалуйста, успокойся. Тогда все было не так и плохо. Я думал, что справлюсь. И вроде бы справлялся.

Он коснулся пальцем ее щеки. Она подняла голову, взглянула в его глаза, и то, что увидела в них, едва не разбило ей сердце. Она поспешно отвела глаза.

— Тогда я справлялся, — повторил он, и Ронни ему поверила. — Честное слово. Болело, но я думал не только об этом, и поэтому всегда мог уйти от боли. Работал вместе с Джоной над витражом, просто наслаждался летом, о котором мечтал, когда просил твою ма позволить вам приехать.

Его слова жгли огнем. Она не имеет права на такое всепрощение!

— Прости меня, папочка...

— Взгляни на меня, — попросил он, но она не могла. Однако его голос был мягким, но настойчивым.

Ронни неохотно подняла голову.

— Я провел лучшее лето в жизни, — прошептал он. — Наблюдал, как ты спасаешь черепашек, видел, как ты влюбляешься, пусть даже это долго не продлится. И главное, у меня был шанс узнать тебя. Молодую женщину, а не девочку. И не могу тебе сказать, сколько радости это мне дало. И сил, чтобы прожить эти месяцы.

Ронни понимала искренность его слов, отчего ей было только хуже. Она уже хотела что-то сказать, когда в комнату ворвался Джона.

— Смотрите, что я нашел! — закричал он, размахивая банкой спрайта.

Позади Джоны стояла мать.

— Привет, солнышко, — кивнула та.

Ронни вопросительно посмотрела на отца.

— Я должен был ей сказать, — пояснил он.

— Как ты? — спросила мать.

— Я в порядке, Ким.

Мать восприняла это как предложение войти.

— Думаю, нам всем нужно поговорить, — объявила она.

Наутро Ронни приняла очень важное решение и стала ждать мать.

— Ты уже собралась?

Она окинула мать спокойным, но решительным взглядом.

— Я не еду с тобой в Нью-Йорк.

Ким уперла руки в бока.

— Я думала, мы это уже обсудили.

— Нет, — бесстрастно заметила Ронни. — Ты обсудила. Но я не еду с тобой.

Мать не придала значения словам дочери.

— Что за чушь! Конечно, ты едешь домой.

— Я не вернусь в Нью-Йорк, — повторила Ронни, не повышая голоса.

— Ронни...

Она покачала головой, сознавая, что в жизни не была более серьезной.

— Я остаюсь, и больше мы об этом не говорим. Мне уже восемнадцать, и ты не можешь заставить меня ехать. Я взрослый человек и могу делать что пожелаю.

Мать нерешительно переступила с ноги на ногу.

— Ты... — наконец выдавила она, обводя взглядом комнату и пытаясь говорить как можно убедительнее, — не можешь брать на себя такую ответственность.

Ронни шагнула к ней.

— Не могу? А кто о нем позаботится?

— Мы с твоим отцом говорили об этом...

— О, ты имеешь в виду пастора Харриса? — усмехнулась Ронни. — Можно подумать, он позаботится о па, если тот лишится сознания или снова начнет харкать кровью! Пастор Харрис просто физически на это не способен!

— Ронни... — снова начала мать.

Ронни воздела руки к небу. Никакие уговоры не подействуют: ее решимость только росла.

— Если ты до сих пор зла на него, это еще не значит, что я тоже должна злиться. Я знаю, что сделал па, и мне очень жаль, что он тебя ранил, но это мой отец. Он болен, нуждается в моей помощи, и я буду здесь, потому что ему плохо. Плевать мне, что у него был роман. Плевать, что он нас оставил. Но он мне небезразличен.

Похоже, она впервые застала мать врасплох.

— Что твой па говорил насчет этого? — очень тихо спросила она наконец.

Ронни хотела запротестовать, объяснить, что все это не имеет значения, но что-то помешало. Лицо матери стало таким странным... почти виноватым. Словно... словно...

Она с ужасом уставилась на мать. Кажется, ее осенило.

— Это не у па был роман. У тебя, — медленно выговорила она.

Мать не шевельнулась, только потрясенно ахнула. Реальность обрушилась на Ронни словно удар в челюсть.

Это мать изменила отцу, а не наоборот. И...

В комнате вдруг стало душно. Ронни поднесла руку к горлу.

— Так вот почему он уехал! Потому что все узнал. Но ты все это время позволяла мне верить, что именно он виноват, хотя сама вынудила его покинуть Нью-Йорк! Как ты могла?! — выпалила она, начиная задыхаться.

Мать, казалось, потеряла дар речи, и Ронни вдруг спросила себя, да знала ли ее вообще.

— Это Брайан?! — вскрикнула она. — Ты изменяла папе с Брайаном?

Мать продолжала молчать. И Ронни поняла, что это правда. Мать постоянно давала понять, что это отец бросил их, причем без всякой причины.

«А я из-за этого три года с ним не разговаривала...»

— Знаешь что? — отрезала Ронни. — Мне все равно. Безразлично, что случилось между вами. Безразлично, что случилось в прошлом. Но я не оставлю папу, и ты не сможешь...

— Кто это не уезжает? — вмешался Джона, вошедший в комнату со стаканом молока. Судя по голосу, брат был в панике. — Ты остаешься здесь?

Несколько секунд ушло на то, чтобы справиться с гневом.

— Да, — ответила она наконец, надеясь, что голос ее не выдаст. — Я остаюсь.

Джона поставил стакан на комод.

— Тогда я тоже остаюсь! — объявил он.

Лицо матери на миг стало беспомощным, и хотя гнев Ронни все еще не прошел, она ни за что не позволит Джоне смотреть, как умирает отец!

Она подошла к нему и присела на корточки.

— Понимаю, дорогой, но нельзя, — мягко ответила она.

— Почему? Ты же остаешься!

— Но у меня нет занятий!

— А я могу ходить в школу прямо здесь! Мы с па говорили об этом!

Мать шагнула к ним.

— Джона!

Но он неожиданно отскочил, поняв, что перевес не на его стороне.

— Плевать мне на школу! — панически завопил он. — Это несправедливо! Я хочу остаться!

Стив

Он хотел сделать ей сюрприз. По крайней мере таков был его план.

Он давал концерт в Олбани. Следующий был назначен через два дня, в Ричмонде. Когда Стив бывал в турне, родных, как правило, не навещал. Так было легче поддерживать тот ритм, в котором он переезжал из города в город. Но на этот раз у него образовалось немного свободного времени, и он вот уже две недели не видел семью. Поэтому Стив сел в поезд и прибыл в город как раз во время ленча, когда толпы служащих валом валили из офисов в поисках еды.

То, что Стив увидел ее, было чистым совпадением. Даже сейчас, после стольких лет, случившееся казалось малоправдоподобным. Нью-Йорк — город с миллионным населением, а он находился около вокзала Пенсильвания и проходил мимо ресторана, который был почти полон.

Увидев ее, он первым делом подумал, что женщина удивительно похожа на его жену. Она сидела за столиком у стены, напротив седоволосого мужчины, на вид немного старше ее. Женщина была одета в черную юбку и красную шелковую блузку. Она нервно водила пальцем по краю бокала.

И тут Стив с изумлением понял, что это действительно Ким, обедавшая с человеком, которого он никогда раньше не видел. Он долго смотрел, как она смеется, и с упавшим сердцем осознал, что уже видел это выражение лица раньше. Несколько лет назад, когда отношения между ними были совсем другими.

Ким встала. Мужчина сделал то же самое и обнял ее за талию, нежно, почти привычно, словно делал это раньше сотни раз. Возможно, ей нравились его прикосновения, подумал Стив, наблюдая, как незнакомец целует в губы его жену.

Он не совсем представлял, что делать, но сейчас, вспоминая это, понимал, что вряд ли испытывал какие-то чувства. В последнее время они отдалились друг от друга, слишком много спорили, но большинство мужчин в такой ситуации вошли бы в ресторан и приперли жену к стенке. Возможно, даже устроили бы сцену. Но Стив был не из таких. Поэтому он переложил маленькую сумку с вещами в другую руку, повернулся и пошел по направлению к вокзалу.

Через два часа он уже был в поезде и к вечеру прибыл в Ричмонд. Как всегда, снял трубку, позвонил жене, и она почти немедленно ответила. Он услышал музыку и голоса: дома работал телевизор.

— Ты наконец-то в Ричмонде? — спросила жена. — Я уже волновалась.

Стив сел на кровать и снова вспомнил чужую руку на талии жены.

— Я только что вошел.

— Какие новости? Что-нибудь случилось?

Он находился во второразрядном отеле, и покрывало на постели было уже поношенным. Под окном гремел кондиционер, от которого слегка шевелились занавески. Стив видел слой пыли на телевизоре.

— Нет, — сказал он вслух. — Ничего особенного.

Лежа в больничной палате, он вспоминал все это с ясностью, поражавшей его самого. Наверное, потому, что знал: скоро придет бывшая жена с детьми.

Ронни уже позвонила ему и сказала, что не вернется в Нью-Йорк. Стив знал, что ей будет нелегко. Он вспоминал исхудавшее, сморщенное тело отца и не хотел, чтобы дочь видела его таким. Но она все твердо решила, и он не сможет уговорить ее уехать. И это пугало его.

Как и ближайшее будущее.

Последние две недели он постоянно молился. Или по крайней мере делал так, как советовал пастор Харрис. Он не складывал руки, не склонял голову, не просил исцеления, но делился с Богом тревогами за своих детей.

В этом он вряд ли сильно отличался от других родителей. Дети все еще слишком молоды, впереди у них долгая жизнь, и он гадал, что будет с ними. Он спрашивал Бога, будут ли они счастливы, станут ли по-прежнему жить в Нью-Йорке, обзаведутся ли семьями, будут ли у них свои дети. Все как у всех, но в этот момент он наконец понял, что имел в виду пастор Харрис, когда сказал, что разговаривает с Богом во время прогулок.

Однако в отличие от пастора ему еще предстояло услышать ответы в собственном сердце или ощутить присутствие Господа в своей жизни, а времени у него почти не осталось.

Стив глянул на часы. Ким улетает через три часа. Из больницы она сразу отправится в аэропорт вместе с Джоной, и эта мысль пугала его.

Скоро он в последний раз обнимет сына. Сегодня он с ним попрощается.

Джона в слезах вбежал в палату и сразу метнулся к кровати. Стив едва успел расставить руки, как мальчик упал в его объятия. Худенькие плечи вздрагивали, и Стив ясно ощутил, как рвется сердце, но постарался запомнить этот момент, когда Джона прижимался к его груди. Он любил детей больше жизни, сознавал, что Джона нуждается в нем, и сознание того, что как отец он потерпел крах, убивало.

Джона продолжал безутешно рыдать, и Стив все крепче его обнимал, ни за что не желая отпускать. Ронни и Ким стояли на пороге, не входя в комнату.

— Они стараются отослать меня домой, па! — бормотал Джона. — Я говорил, что хочу остаться с тобой, но они и слушать не хотят. Я буду хорошим, па, обещаю, буду хорошим! Стану ложиться спать, когда прикажешь, убирать комнату, не буду есть печенье вместо сандвичей. Скажи им, что я могу остаться. Обещаю слушаться тебя!

— Знаю, малыш, знаю, — вздохнул Стив. — Ты всегда был самым лучшим.

— Скажи ей, па! Скажи, чтобы я остался! Пожалуйста! Только скажи!

— Я хочу, чтобы ты остался, — повторил Стив, страдая не только за себя, но и за сына. — Хочу больше всего на свете. Но ты нужен маме. Она скучает по тебе.

Окончательно потеряв надежду, Джона заплакал еще громче.

Стив пытался сглотнуть ком в горле.

— Эй... послушай меня, малыш. Можешь сделать это для меня?

Джона вынудил себя поднять глаза. Стив почувствовал, что захлебывается собственными словами. Каким-то невероятным усилием воли он сумел не разразиться слезами.

— Хочу, чтобы ты знал: лучшего сына нельзя и желать. Я всегда гордился тобой. Ты вырастешь и добьешься многого. Сделаешь в жизни столько чудесных вещей! И я так тебя люблю!

— Я тоже люблю тебя, па! И буду ужасно скучать.

Краем глаза Стив заметил слезы, льющиеся по щекам Ронни и Ким.

— Мне будет очень тебя не хватать. Но честное слово, я всегда буду присматривать за тобой. Помнишь витраж, который мы сделали вместе?

Джона кивнул. Губы его дрожали.

— Я называю его Светом Господним, потому что он напоминает мне о небесах. Каждый раз, когда свет будет падать из нашего витража или любого окна, знай, что я здесь, с тобой. Это и буду я. Светом из окна.

Джона всхлипнул, даже не пытаясь вытереть слезы. Стив продолжал обнимать сына, всем сердцем желая, чтобы все было по-другому.

Ронни

Ронни вышла проводить мать и Джону, а заодно поговорить с матерью наедине и попросить кое-что сделать для нее, когда та вернется в Нью-Йорк.

Потом она вернулась в больницу и села у постели отца, ожидая, когда он заснет.

Отец очень долго молчал, глядя в окно. Дочь держала его за руку. Они не разговаривали. Только смотрели на облака, медленно плывшие за стеклом.

Ей хотелось вытянуть ноги и глотнуть свежего воздуха: прощание отца с Джоной выбило ее из колеи. Ронни не хотела представлять брата в самолете или входящим в нью-йоркскую квартиру; не хотела думать о том, что брат по-прежнему плачет.

Когда отец заснул, она вышла во двор и зашагала вдоль здания. И едва не прошла мимо него, но услышала кашель. Пастор сидел на скамье. Несмотря на жару, на нем, как всегда, была рубашка с длинными рукавами.

— Привет, Ронни, — сказал пастор Харрис.

— О... привет.

— Я надеялся повидать твоего отца.

— Он спит. Но если хотите, можете подняться наверх.

Пастор постучал тростью об пол, обдумывая то, что хотел сказать.

— Мне очень жаль, Ронни. Крепись.

Девушка кивнула, не в силах сосредоточиться. Даже эта простая беседа казалась невыносимо утомительной.

И почему-то ей казалось, что пастор испытывает то же самое.

— Ты помолишься со мной?

Голубые глаза смотрели умоляюще.

— Я бы хотел помолиться, прежде чем увижу твоего па. Это... помогает мне.

Ее удивление уступило место неожиданному облегчению.

— Я очень хотела бы помолиться с вами, — ответила она.

После этого Ронни стала постоянно молиться и поняла, что пастор Харрис прав.

Не то чтобы она верила в исцеление отца. Она говорила с доктором, видела сканы, и после беседы ушла на пляж и плакала там целый час, пока слезы не высохли на ветру.

Ронни в отличие от некоторых не верила в чудеса. И не могла заставить себя думать, что отец каким-то образом сумеет выкарабкаться. Нет, после того, что она видела, после того, как слышала объяснения доктора, надежды не оставалось. Метастазы проникли в легкие и поджелудочную, так что надеяться было напрасно. Она смирилась, и не могла позволить себе обмануться. Ей и без того приходилось трудно, особенно по ночам, когда в доме было очень тихо, а она оставалась наедине со своими мыслями.

Нет, она молилась, чтобы Господь дал ей сил и способности не терять духа в присутствии отца, вместо того чтобы рыдать каждый раз, входя в палату. Он нуждался в ее смехе, нуждался в той дочери, какой она недавно стала.

Первое, что сделала Ронни, привезя домой отца, подвела его к витражу. Он медленно приблизился к столу, погружаясь взглядом в изображение. Лицо его выражало изумление, граничившее с потрясением. Ронни знала, что были моменты, когда отец гадал, доживет ли до того дня, когда увидит готовую работу. Как она хотела, чтобы здесь был Джона! И отец наверняка думает о том же. Это был их проект, на выполнение которого ушло целое лето.

Отец ужасно скучал по Джоне. И хотя сейчас отвернулся, так что она не видела его лица, все же Ронни знала, что в его глазах стоят слезы.

Отец медленно побрел к дому, откуда сразу позвонил Джоне. Ронни слышала, как он уверяет сына, что чувствует себя лучше, и хотя Джона, возможно, не так его поймет, все же отец был прав. Он хотел, чтобы Джона помнил радости этого лета, а не зацикливался на том, что ждет впереди.

Вечером, сидя на диване, он открыл Библию и стал читать. Теперь Ронни лучше его понимала и, сев рядом, наконец задала вопрос, не дававший покоя с тех пор, как она впервые открыла Библию.

— У тебя есть любимая глава?

— Множество. Я всегда перечитываю псалмы. Меня многому научили послания Петра.

— Но ты ничего не подчеркиваешь, — удивилась она.

Отец поднял брови.

— Я просматривала Библию, пока ты был в больнице, — смутилась Ронни, — но ничего не заметила.

— Видишь ли, если бы я подчеркивал что-то важное, наверное, пришлось бы подчеркнуть почти все. Я столько раз читал Библию и постоянно узнавал что-то новое.

— Но я не помню, чтобы раньше ты читал Библию, — осторожно заметила Ронни.

— Потому что ты была маленькой. Я клал Библию у кровати и раза два в неделю читал отрывки. Спроси маму, она тебе подтвердит.

— Ты читал последнее время что-то такое, что хотел бы обсудить со мной?

— Ты этого хочешь?

Ронни кивнула, и отец за минуту нашел нужный абзац.

— Вот. Послание Галатам, глава пятая, стих двадцать второй: «Характер верующего созидается духом, а не собственными стараниями его.

Плод же духа: любовь, радость, мир, долготерпение, благость, милосердие, вера...

Если мы живем духом, то по духу и поступать должны».

Пока он читал, Ронни наблюдала, вспоминая, как вела себя, когда приехала сюда, и как отец реагировал на ее гнев. Как когда-то отказывался спорить с женой, хотя та пыталась его спровоцировать. Ронни считала это слабостью и иногда хотела, чтобы у нее был другой отец, но теперь осознала, как была не права. Потому что увидела, что отец никогда не поступал по собственной воле. Всей его жизнью управлял Дух Святой.

340

Бандероль от мамы пришла на следующий день. Значит, мать исполнила просьбу Ронни.

Она положила на кухонный стол большой конверт, поспешно вскрыла и высыпала содержимое.

Девятнадцать писем, посланных ей отцом, и ни одно не вскрыто.

Она читала обратные адреса, написанные в левых углах конвертов: Блумингтон, Талса, Литл-Рок...

Трудно поверить, что она не прочитала ни одного. Неужели была так зла на отца? Исполнена такой горечи? И это означает...

Оглядываясь назад, она понимала, что знает ответ, но все же это странно...

Перебрав письма, она остановилась на самом первом. Как почти все остальные, оно было написано черными чернилами. Марка немного выцвела.

В окно она видела отца. Он стоял на пляже, спиной к дому. Как и пастор Харрис, он стал носить рубашки с длинными рукавами.

Глубоко вздохнув, она распечатала письмо и стала читать:

«Дорогая Ронни!

Даже не знаю, с чего начать, и могу сказать только, что мне очень жаль. Поэтому я просил тебя о встрече в кафе. Именно это хотел сказать тебе, когда звонил. Могу понять, почему ты не пришла и почему не взяла трубку. Ты сердита, разочарована во мне и считаешь, что я сбежал. Бросил тебя и семью.

Не могу отрицать, что теперь многое в твоей жизни изменится. Но хочу, чтобы ты знала: будь я на твоем месте, возможно, испытывал бы те же чувства. Полагаю, я это заслужил, и не собираюсь выдумывать предлоги для бегства или пытаться кого-то обвинить или уверять, что со временем ты поймешь.

Честно говоря, я думаю, что это вряд ли произойдет. И сознание этого ранит меня сильнее, чем ты можешь представить. Ты и Джона всегда так много значили для меня, и я хочу, чтобы ты поняла: вы ни в чем не виноваты. Я всегда буду любить тебя и Джону. Всегда буду любить вашу мать и питать к ней уважение. Она принесла мне два драгоценнейших дара, дороже которых я не получал, и всегда была прекрасной матерью. Несмотря на грусть, которую я испытываю при мысли о том, что нам больше не быть вместе, все же считаю огромным счастьем годы, проведенные рядом с ней.

Я знаю, это слабое утешение и недостаточное для того, чтобы ты поняла. Но хочу, чтобы ты знала: я до сих пор верю в дар любви. Ты заслуживаешь этого дара. В мире нет ничего более светлого, чем любовь.

Надеюсь, что ты в своем сердце найдешь достаточно тепла, чтобы простить мой побег. Пусть не сейчас, но я хочу, чтобы ты знала: когда будешь готова простить, я жду тебя с распростертыми объятиями в тот день, который станет самым счастливым в моей жизни.

Я люблю тебя.

Твой па».

— Я чувствую, что могла бы сделать для него больше, — расстраивалась Ронни.

Она сидела на заднем крыльце напротив пастора Харриса. Отец спал. Пастор Харрис принес им кастрюлю с овощной лазаньей, приготовленной его женой. Сейчас, в середине сентября, дни по-прежнему были жаркими, но дня два назад в вечернем воздухе чувствовался августовский холодок. Это продолжалось всего одну ночь, а утром солнце светило во всю мощь, и Ронни долго гуляла по берегу и спрашивала себя, не была ли прошлая ночь иллюзией.

— Ты делаешь все возможное, — ответил пастор. — Не знаю, что тут еще можно сделать.

— Я говорю не об уходе за па. Сейчас он не так уж во мне и нуждается. Гонит меня от плиты, и мы много гуляем. Вчера даже запускали змеев. Если не считать обезболивающего, от которого все время хочется спать, он почти такой же, как до больницы. Просто...

Пастор понимающе кивнул:

— Ты хочешь сделать для него нечто особенное. То, что очень для него важно.

Ронни кивнула, довольная, что пастор с ней. За последние несколько недель он стал не только ее другом, но единственным, с кем она могла говорить.

— Я верю, что Господь подскажет тебе ответ. Но иногда, как ты понимаешь, не слишком легко осознать, чего он хочет от тебя. Так часто бывает. Голос Господа не громче шепота, и нужно прислушиваться очень внимательно, чтоб его услышать. Но иногда, в редчайшие мгновения, ответ очевиден и гремит так же громко, как церковный колокол.

Ронни улыбнулась, подумав, что привыкла и любит эти беседы.

— Похоже, вы говорите по собственному опыту.

— Я тоже люблю твоего отца. И, подобно тебе, хотел бы сделать для него что-то особенное.

— И Господь ответил?

— Господь всегда отвечает.

— Это был шепот или церковный колокол?

Впервые за много недель она увидела в глазах пастора смешливые искорки.

— Церковный колокол, конечно. Богу известно, что в последнее время у меня проблемы со слухом.

— И что вы сделаете для па?

— Я собираюсь установить витраж в церкви. На прошлой неделе откуда ни возьмись появился спонсор и не только предложил заплатить за остальную часть ремонта, но уже прислал бригаду рабочих. Завтра утром они начнут работу.

Следующие два дня Ронни прислушивалась к звону церковных колоколов, но слышала только крики чаек. В ушах не звучало даже шепота. Это ее не особенно удивляло: и пастору Харрису сразу далеко не все было понятно, но Ронни надеялась, что все же получит ответ, пока не стало слишком поздно.

Поэтому она продолжала заниматься повседневными делами. Помогала отцу, когда тот нуждался в помощи, в остальное время оставляла в покое и пыталась как можно полнее использовать оставшееся им время. В этот уик-энд отец почувствовал себя лучше, поэтому они сделали вылазку в сад Ортон, неподалеку от Саутпорта. Ехать пришлось совсем недолго, а Ронни никогда там раньше не была. Когда машина свернула на гравийную дорогу, ведущую к особняку, выстроенному в 1735 году, она уже поняла, что день надолго ей запомнится.

Это место словно затерялось во времени. Цветы уже отцвели, но когда они гуляли среди гигантских дубов, ветки которых были увешаны седыми нитями испанского мха, Ронни подумала, что на свете нет ничего прекраснее.

Они шли рука об руку, вспоминая лето. Ронни впервые рассказывала отцу об отношениях с Уиллом. О том, как они ходили на рыбалку, о состязаниях в грязи. О фиаско, которое она потерпела на свадьбе. Умолчала только о том, что случилось за день до его отъезда, и о том, что сказала Уиллу. Просто не была готова. Рана еще не зажила. Отец, как всегда, внимательно слушал, почти не вмешиваясь. Даже когда она надолго замолкала. И это ей в нем нравилось. Нет, не так. Она любила отца за это и постоянно задавалась вопросом: что было бы, если бы она не приехала на лето?

Потом они поехали в Саутпорт и поужинали в одном из маленьких ресторанчиков с видом на гавань.

Она видела, что отец быстро устает, но еда была вкусной, а в конце они разделили на двоих одно большое шоколадное пирожное с горячей помадкой.

Это был хороший день. День, который запомнится навсегда. Но когда отец заснул, она, сидя в гостиной, думала о том же: что бы особенного сделать для него.

На следующей неделе, третьей неделе сентября, она заметила, что отцу стало хуже. Теперь он спал до полудня и днем ложился отдохнуть. Отдых становился все дольше, а отец вставал все позже. Да и спать шел пораньше.

Убирая на кухне, за неимением других дел, она вдруг осознала, что теперь он спит большую часть дня.

Состояние отца неуклонно ухудшалось. С каждым днем он все больше времени проводил в постели. И очень плохо ел, хотя делал вид, будто энергично жует. Но, собирая тарелки, Ронни видела, что почти вся еда осталась нетронутой. Он худел на глазах, и каждый раз при взгляде на него она наблюдала, как отец словно усыхает. Становится все меньше. Иногда ей казалось, что однажды она войдет в гостиную и увидит, что отец исчез.

Сентябрь закончился. По утрам соленый запах океана отгоняли горные ветры, дувшие с восточной части штата. Наступил высокий сезон ураганов, но пока что природа щадила побережье Северной Каролины.

Вчера отец проспал четырнадцать часов подряд. Очевидно, силы его окончательно иссякли. У Ронни болело сердце из-за того, что он уже проспал большую часть отведенного им времени. Просыпаясь, он был молчалив и постоянно читал Библию или гулял с Ронни. А она все время вспоминала об Уилле. Чаще, чем хотелось бы. Она по-прежнему не снимала его плетеный браслет и, проводя пальцем по сложному узору, гадала, какие лекции он слушает, с кем гуляет по кампусу, с кем сидит рядом на занятиях, что ест в кафетерии и думает ли о ней, готовясь развлечься вечером в пятницу или субботу. В худшие моменты она невольно представляла, что он уже успел встретить другую девушку.

— Хочешь поговорить об этом? — спросил как-то па, когда они прогуливались по берегу. Сегодня они решили пойти к церкви, ремонт которой подвигался полным ходом. Сейчас на строительном участке было не менее сорока грузовиков, а бригада состояла из стекольщиков, столяров, электриков, резчиков по дереву и специалистов по установке рам.

— О чем? — осторожно спросила она.

— Об Уилле. Почему между вами все так кончилось?

Она оценивающе оглядела отца:

— Откуда тебе это известно?

— Последние несколько недель ты почти не упоминаешь о нем, — пожал плечами отец. — И ни разу не поговорила с ним по телефону. Нетрудно сообразить, что тут что-то неладно.

— Все очень сложно, — нерешительно пробормотала она.

Несколько шагов они прошли в молчании, прежде чем отец заговорил снова:

— Если тебе небезразлично, должен сказать, что он исключительно молодой человек.

Она взяла его под руку.

— Небезразлично, разумеется. И я тоже так считала.

К этому времени они добрались до церкви. Ронни увидела, что рабочие несут туда штабеля досок и банки с краской, и, как обычно, поискала глазами пустое место под шпилем. Витраж еще не был установлен: сначала нужно закончить большую часть работ, чтобы хрупкое стекло не треснуло, но отец все равно любил сюда приходить. Он был доволен ремонтом, и не только из-за витража. Постоянно твердил, как важна церковь для пастора Харриса, как хочется ему проповедовать у алтаря, в месте, которое стало для него вторым домом.

Пастор Харрис неизменно находился на стройке, но когда приходила Ронни с отцом, шел к ним на пляж. Оглядевшись, она заметила пастора, стоявшего на парковке. Он с кем-то оживленно говорил, показывая на здание. Даже отсюда было видно, что он улыбается. Она уже хотела помахать рукой, чтобы привлечь его внимание, но неожиданно узнала собеседника пастора и растерялась. В последнюю встречу он был расстроен и не позаботился попрощаться с ней. Возможно, Том Блейкли просто ехал мимо и остановился поговорить с пастором о восстановлении церкви. Просто интересуется, когда она будет готова.

Весь остаток недели Ронни, проходя мимо церкви, безуспешно искала глазами Тома. И каждый раз облегченно вздыхала, радуясь, что их пути не пересекались.

После прогулок и дневного сна отца они обычно читали вместе. Она за четыре месяца закончила «Анну Каренину» и взяла в библиотеке «Доктора Живаго». Ее что-то привлекало в русских писателях: возможно, эпичность повествования, невеселые сюжеты, мрачная история страны и обреченная любовь, написанные кистью мастера на огромном холсте, — все это было так далеко от повседневной, ничем не примечательной жизни.

Отец продолжал изучать Библию и иногда по ее просьбе читал вслух главу или стих. Некоторые были короткими, некоторые — длинными, но в большинстве говорилось о ценности веры. Иногда Ронни казалось, что чтение вслух проливало свет на нюансы, ранее ускользавшие от отца.

В начале октября Ронни взяла на себя готовку, самые простые блюда, и отец принял эту перемену так же легко, как все остальное этим летом. Чаще всего он сидел в кухне, и, пока они разговаривали, она варила пасту или рис и жарила цыпленка или стейк. Она впервые за много лет занималась стряпней, и ей казалось странным уговаривать отца поесть. Он окончательно потерял аппетит, а еда была пресной, потому что пряности раздражали его желудок. Но она понимала, что отец нуждается в еде. Хотя весов в доме не было, она на глазок видела, как он похудел.

Как-то ночью, после ужина, Ронни наконец рассказала ему, что произошло между ней и Уиллом. Рассказала все: о пожаре, о попытках Уилла прикрыть Скотта, обо всех подлостях Маркуса. Отец слушал внимательно, и когда наконец отодвинул тарелку, она заметила, что он съел всего несколько кусочков.

— Можно спросить?

— Конечно, — кивнула она. — Все, что угодно.

— Ты действительно была влюблена в Уилла, или тебе это только казалось?

Меган тоже спрашивала ее об этом.

— Не казалось.

— В таком случае, я думаю, ты была слишком резка с ним. И несправедлива.

— Но он покрывает преступление...

— Знаю. Но если хорошенько подумать, окажется, что ты в той же ситуации. Ты знаешь правду, но тоже никому ничего не сказала.

— Но я не делала этого...

— И он, по твоим словам, тоже не делал.

— Что ты пытаешься сказать? Что мне следовало рассказать пастору Харрису?!

— Нет, — покачал головой отец, к полному удивлению дочери. — Я так не считаю.

— Почему?

— Ронни, — мягко сказал он, — не все в этой истории так ясно и лежит на поверхности.

348

— Но...

— Я не говорю, что прав. И готов первым признать, что во многом ошибался. Но если все так, как ты говоришь, хочу, чтобы ты понимала: пастор Харрис не желает знать правду. Потому что иначе ему придется что-то предпринимать. И поверь, он вовсе не стремится причинить вред Скотту и его семье. Не такой он человек. И еще одно: самое важное.

— Что именно?

— Тебе нужно научиться прощать.

Ронни упрямо сложила руки на груди.

— Я уже простила Уилла. Отравляла ему эсэмэски...

Но отец покачал головой:

— Я говорю не об Уилле. Прежде всего тебе нужно научиться прощать себя.

Той ночью Ронни, перебирая письма, нашла еще одно, которое не успела открыть. Должно быть, отец добавил его совсем недавно. На конверте не было ни марки, ни штампа.

Ронни не знала, хочет ли он, чтобы она прочитала письмо сейчас или после его смерти. Наверное, стоило спросить его, но, честно сказать, она не была уверена, что хочет знать содержание. Потому что боялась даже держать конверт в руках, зная, что это последнее письмо, которое он напишет.

Болезнь продолжала прогрессировать. Хотя они по-прежнему придерживались обычного распорядка: ели, читали, гуляли, — дозы болеутоляющего все увеличивались. Временами его глаза казались стеклянными и невидящими, но у Ронни было ощущение, что даже такой большой дозы недостаточно. Иногда во время чтения он невольно морщился. Закрывал глаза, откидывался на спинку дивана, а лицо превращалось в маску боли. В такие минуты он крепко сжимал руку дочери. Но она замечала, что пожатие раз от разу слабеет. Как и он сам. Сколько еще ему осталось?

Ронни видела, что и пастор Харрис замечает перемены. Он приходил почти каждый день, обычно перед ужином, и вел легкую беседу: рассказывал о том, как идут работы в церкви, или вспоминал веселые истории из своего прошлого, стараясь вызвать легкую улыбку на лице Стива. Но бывали и моменты, когда им, казалось, нечего было сказать друг другу. И тогда комнату словно окутывала вуаль грусти и тоски. Когда Ронни чувствовала, что им лучше побыть вдвоем, она выходила на крыльцо и пыталась представить, о чем они могут говорить. Впрочем, отгадать несложно. Они беседовали о вере, о семьях и, может быть, о каких-то печалях, которые их одолевали, но наверняка и молились вместе. Она как-то слышала, что они молятся, и подумала тогда, что молитвы пастора Харриса звучат мольбой. Он, казалось, заклинает Бога дать им силу, словно его собственная жизнь от этого зависела, и, слушая его, Ронни закрыла глаза и присоединилась к нему, беззвучно шепча слова.

Три дня в середине октября выдались необычайно холодными, и утром пришлось надевать толстовку. После нескольких месяцев безжалостной неотвязной жары Ронни наслаждалась прохладой. Но эти три дня нелегко дались отцу. Теперь он ходил очень медленно, и, добравшись до церкви, они немного отдохнули, прежде чем повернуть обратно. Когда они поднялись на крыльцо, отца начал бить озноб. Ронни немедленно набрала горячей воды в ванну в надежде, что это поможет. Ее снова охватила паника при виде новых признаков быстро прогрессирующей болезни.

В пятницу, за неделю до Хэллоуина, отец пришел в себя настолько, что они отправились рыбачить на маленький причал, куда водил Ронни Уилл. Офицер Пит одолжил им удочки и ящик для рыболовных снастей. Как ни удивительно, отец никогда не рыбачил раньше. Так что насаживать червей пришлось Ронни. Первым двум рыбам удалось сорваться с крючка, но третью они вытащили. Такого же маленького красного барабанщика, как тогда, с Уиллом. Вынимая крючок, Ронни вдруг зажмурилась, охваченная невыразимой тоской по Уиллу, ощущавшейся почти как физическая боль.

Когда они вернулись домой после мирно проведенного дня, на крыльце ждали две женщины. Только выйдя из машины, она узнала Блейз и ее мать. Блейз поразительно изменилась. Волосы стянуты в аккуратный хвост, вместо рваных джинсов и футболки — белые шорты и аквамаринового цвета топ с длинными рукавами. Ни украшений. Ни макияжа.

При виде Блейз Ронни мгновенно вспомнила то, о чем все это время старалась не думать. В конце месяца ей предстоит предстать перед судом. Интересно, что им здесь надо?

Она не торопясь помогла отцу выйти из машины и подождала, пока он обопрется об ее руку.

— Кто это? — пробормотал он.

Ронни коротко объяснила. Отец кивнул.

Блейз сбежала с крыльца и пошла им навстречу.

— Привет, Ронни, — сказала она, откашлявшись. — Мне нужно поговорить с тобой.

Ронни сидела в гостиной напротив Блейз, наблюдая, как та упорно изучает пол. Родители ушли на кухню, чтобы дать им возможность спокойно выяснить отношения.

— Сожалею... насчет твоего па, — выдавила наконец Блейз. — Как он?

— В порядке, — отрезала Ронни. — А ты?

Блейз потеребила складку топа.

— У меня навсегда останутся шрамы тут и тут, — сказала она, показывая на руки и живот и грустно улыбаясь. — Но повезло, что я вообще жива. Знаешь...

Она заерзала на стуле, прежде чем взглянуть Ронни в глаза.

— Я хотела поблагодарить тебя за то, что привезла меня в больницу.

Ронни кивнула, все еще не понимая, к чему клонит Блейз.

— Не за что.

Блейз огляделась, не зная, что сказать дальше. Ронни, беря пример с отца, терпеливо выжидала.

— Мне следовало бы прийти раньше, но я знала, как ты занята.

— Все нормально, — заверила Ронни. — Рада видеть, что ты поправилась.

— Правда? — прошептала Блейз.

— Конечно, — улыбнулась Ронни. — К тому же теперь ты выглядишь пасхальным яичком.

Блейз одернула топ.

— Знаю. Безумие, правда? Это ма мне купила.

— Тебе идет. Полагаю, теперь вы лучше ладите?

— Я стараюсь, — вздохнула Блейз. — И даже снова живу дома, но мне трудно приходится. Я наделала много глупостей. По отношению к ней. К тебе, к другим людям.

Ронни сидела неподвижно, с бесстрастным лицом.

— Зачем ты здесь, Блейз?

Блейз заломила руки, впервые выказав некоторое волнение.

— Я пришла извиниться, потому что сотворила с тобой ужасную вещь. Конечно, этого ничем не загладить, но сегодня утром я говорила с окружным прокурором и призналась, что сунула в твою сумку пластинки, потому что здорово на тебя разозлилась. Еще я подписала показания, в которых подтвердила, что ты понятия ни о чем не имела. Сегодня или завтра тебе позвонят, но прокурор обещала мне снять все обвинения.

Блейз говорила так быстро, что Ронни никак не могла понять, правильно ли расслышала. Однако умоляющий взгляд Блейз сказал все, что она хотела знать. После всех этих месяцев, бесконечных дней и ночей тревог и страданий, все вдруг кончилось. Ронни была в шоке.

— Прости меня, — тихо продолжала Блейз. — Я не должна была подсовывать тебе пластинки.

Ронни все еще старалась осознать тот факт, что кошмарное испытание больше ей не грозит. Она молча смотрела на Блейз, теребившую выбившуюся из подола ниточку.

— Что с тобой будет? — спросила она наконец. — Обвинение предъявят тебе?

— Нет, — ответила Блейз, вызывающе выдвинув челюсть. — У меня имеется кое-какая необходимая им информация относительно настоящего преступления.

— О том, что случилось с тобой на пирсе?

— Нет, — отрезала Блейз с жестким блеском в глазах. — Я рассказала о пожаре в церкви и о том, кто ее поджег. И это не Скотт. Его бутылочная ракета тут ни при чем. Да. Она взорвалась рядом с церковью, но пожар начался не из-за нее.

Ронни потрясенно уставилась на Блейз. Обе девушки ощущали невероятное, почти осязаемое напряжение.

— Так как же начался пожар?

Блейз подалась вперед и поставила локти на колени.

— Мы тусовались на пляже: Маркус, Тедди, Ланс и я. Немного позже появился Скотт, но к нам не подходил. Мы делали вид, будто не замечаем друг друга, но видели, что он запускает бутылочные ракеты. Уилл тоже был там. Скотт вроде как выстрелил в нашу сторону, но ветер подхватил ракету и понес к церкви. Уилл испугался и побежал за ракетой. Все это показалось Маркусу ужасно забавным, и как только ракета упала за церковью, он бросился туда. Я последовала за ним и увидела, как он поджигает сухую траву около церковной стены. Не успела я оглянуться, как эту часть здания подхватил огонь.

— Х-хочешь сказать, что это сделал Маркус? — едва выговорила Ронни.

Блейз кивнула.

— Он много чего поджег. По крайней мере я в этом уверена: он всегда любил огонь. Наверное, я с самого начала знала, что он псих, но...

Она осеклась, вспомнив, что уже не раз говорила это, и каялась тоже не раз. И сейчас сказала напрямик:

— Я согласилась свидетельствовать против него.

Ронни откинулась на спинку стула, боясь, что потеряет сознание. Боже, сколько всего она наговорила Уиллу! А если бы тот сделал как она требовала? Жизнь Скотта была бы погублена, и ради чего?

У нее кружилась голова...

— Я прошу у тебя прощения за все, — продолжала Блейз. — И как безумно это ни звучит, я всегда считала тебя подругой, пока, как последняя идиотка, не разрушила нашу дружбу.

Впервые за все это время голос Блейз дрогнул.

— Но ты поразительный человек, Ронни. Честная, откровенная и была добра ко мне, хотя могла бы и отвернуться.

По щеке потекла слеза, и Блейз поспешно ее вытерла.

— Никогда не забуду тот день, когда ты позволила мне остаться с тобой, даже после всех ужасных гадостей, которые я тебе сделала. Мне было так... стыдно. И все же, знаешь, я была тебе благодарна. Благодарна, что кто-то обо мне заботится.

Блейз помедлила, очевидно, стараясь взять себя в руки. Сморгнула слезы и с глубоким вздохом решительно взглянула на Ронни.

— Если тебе что-то понадобится... все, что угодно... только дай мне знать. Я сделаю все. Конечно, я не смогу вымолить у тебя прощение за все, что натворила, но чувствую, что ты каким-то образом спасла меня. То, что происходит с твоим отцом... это так несправедливо... и я сделала бы все, чтобы тебе помочь.

Ронни кивнула.

— И еще одно, — добавила Блейз. — Нам не обязательно быть друзьями, но если снова встретимся, не могла бы ты называть меня Галадриель? Не выношу имени Блейз.

— Конечно, Галадриель, — улыбнулась Ронни.

Как и обещала Блейз, адвокат Ронни позвонила днем и сообщила, что обвинения сняты.

Ночью, когда отец заснул, Ронни включила местный новостной канал. Она не знала, услышит ли о Маркусе, но почти перед самым прогнозом погоды ведущий рассказал об аресте нового подозреваемого в деле о прошлогоднем поджоге церкви. Когда на экране мелькнули фотографии Маркуса вместе с подробностями других его преступлений, Ронни выключила телевизор. Эти холодные, как у дохлой рыбы, глаза все еще вселяли в нее страх.

Она подумала об Уилле и о том, что он сделал, чтобы уберечь друга от наказания за преступление, которое, как выяснилось, совершил другой. Настолько ли ужасно, что преданность другу перевесила чувство справедливости? Особенно в свете последних событий?

Теперь Ронни уже не была ни в чем уверена. Она была не права по отношению к стольким людям: отцу, матери, Блейз и даже Уиллу. Жизнь куда сложнее, чем представляла угрюмая девочка-подросток из Нью-Йорка.

Покачав головой, Ронни стала переходить из комнаты в комнату, выключая свет. Прежняя жизнь: череда вечеринок, сплетен и ссор с матерью, — казалось, происходила в другом мире или во сне... Сегодня имели значение только прогулки с отцом по пляжу, бесконечный шум прибоя и запах приближающейся зимы.

И плод духа: любовь, радость, мир, долготерпение, благость, милосердие, вера...

Хэллоуин пришел и миновал, а отец с каждым днем все больше слабел.

Они уже не гуляли по берегу, а по утрам, застилая постель отца, Ронни видела, что подушка усеяна прядями волос. Скоро она устроила постель в его спальне, на случай если ему понадобится помощь, а также для того, чтобы оставаться как можно ближе к отцу.

Теперь он сидел на предельных дозах обезболивающего, но и этого казалось недостаточно. По ночам она слушала его жалобные вскрики, разрывавшие ей сердце. Она держала лекарства у его постели. И первое, что он делал, просыпаясь, тянулся к ним. По утрам Ронни сидела, держа его за руку, пока наркотик не начинал действовать. Но и побочные явления тоже были тяжелыми. Он почти не мог стоять на ногах, и Ронни приходилось поддерживать его, даже когда требовалось всего-навсего пересечь комнату. Несмотря на худобу, отец был слишком тяжел для нее, но Ронни старалась не дать ему упасть. Хотя он не жаловался, все же взгляд был расстроенным. Словно он каким-то образом подводил дочь.

Теперь он спал в среднем семнадцать часов в день, и Ронни все дни проводила в одиночестве, читая и перечитывая написанные им письма. Она еще не открыла последний конверт: сама идея казалась пугающей, — но иногда держала его в руке, пытаясь найти в себе силы распечатать.

Теперь она чаще звонила домой, подгадывая звонки ко времени, когда Джона возвращался из школы или после ужина. Джона казался притихшим, и когда спрашивал об отце, Ронни всегда чувствовала себя виноватой за то, что скрывает правду. Но она не могла возлагать на мальчика такое бремя, а отец, когда говорил с ним, всегда старался казаться бодрым и здоровым. Но потом, положив трубку, он долго сидел у телефона, не в силах пошевелиться от усталости. Ронни молча смотрела на отца, терзаемая сознанием того, что могла бы сделать для него больше, но не знает, что именно.

— Какой у тебя любимый цвет? — спросила она однажды. Они сидели за кухонным столом, и перед Ронни лежала стопка бумаги.

Стив насмешливо улыбнулся.

— Ты об этом хотела меня спросить?

— Это всего лишь первый вопрос. У меня их много.

Отец потянулся к банке «Эншур»*, которую Ронни поставила перед ним. Последнее время он почти не ел твердую пищу, но сейчас отхлебнул глоток «Эншура» — скорее для того, чтобы порадовать ее, чем от голода.

— Зеленый, — ответил он.

Она записала ответ и задала следующий вопрос:

— Сколько лет тебе было, когда ты впервые поцеловал девушку?

— Ты это серьезно? — поморщился отец.

— Пожалуйста, па, это важно!

Она записала ответ, и в течение следующей недели он продолжал отвечать на вопросы теста. К радости Ронни, в конце оказалось, что результаты почти совпадают с ее представлением об отце, которое составилось у нее в течение этого лета.

Что, конечно, было и хорошо, и плохо. Хорошо, потому что Ронни подозревала это с самого начала, плохо, потому что ничуть не приблизилась к тому единственному ответу, который искала.

Вторая неделя ноября принесла с собой осенние дожди, но рабочие продолжали возводить церковь, не замедляя темпа. Мало того, скорость работы даже увеличилась. Ронни по-прежнему каждый день ходила на стройку, хотя отец больше не мог ее со-

---

* Специальное медицинское питание для ослабленных людей.

провождать. Но ей нужно было видеть, как подвигаются дела. Это стало частью ее распорядка. Обычно она ходила туда, пока отец спал. Хотя пастор Харрис при виде Ронни всегда махал ей рукой, но ни разу не подошел поболтать. Через неделю витраж будет установлен, и пастор уверится, что сделал для отца то, чего не смогли сделать другие. То, что значило для него безмерно много. Ронни была счастлива за пастора, хотя молилась и просила Бога дать наставления и ей.

Однажды, в серый ноябрьский день, отец неожиданно стал настаивать на прогулке по пирсу. Ронни волновалась, боясь, что по такому холоду ему будет трудно ходить, да и расстояние слишком велико, но Стив был непоколебим и все твердил, что хочет увидеть океан с пирса.

«В последний раз...» Но эти слова он не произнес. Да и к чему?

Они надели пальто, и Ронни даже завязала шарф у него на шее. Ветер нес с собой первый резкий вкус зимы, отчего на улице казалось холоднее, чем было на самом деле. Ронни настояла на том, чтобы поехать на машине, и припарковала автомобиль пастора на пустой стоянке.

Очень много времени ушло на то, чтобы добраться до конца пирса. Они были одни под нависшими облаками. Между бетонными плитами бились свинцово-серые волны. Отец опирался на руку Ронни, прижимаясь к ней каждый раз, когда ветер рвал на них пальто.

Когда они наконец остановились, отец схватился за поручень и едва не упал. Серебристый свет резко очерчивал запавшие щеки, и глаза словно заволокло пленкой, но Ронни видела, что отец доволен.

Мерный плеск волн, простиравшихся перед ними до самого горизонта, казалось, дарил ему ощущение безмятежности. Смотреть было не на что: ни лодок, ни кораблей, ни виндсерферов, ни черепах. Но выражение его лица оставалось умиротворенным. На нем впервые не было и следа боли, терзавшей отца последние недели. Вдали облака казались почти живыми, тяжело ворочаясь и перекатываясь под ветром, а зимнее солнце все старалось прорваться сквозь их клубившиеся массы. Она наблюдала за облаками с тем же изумлением, что и отец. О чем он думал в тот момент?

Ветер все усиливался, и она увидела, как отец дрожит. Он явно хотел остаться, потому что не сводил глаз с горизонта. Ронни осторожно потянула его за рукав, но он только крепче ухватился за ограждение.

Ронни кивнула и подождала, пока отец сам не захочет уйти. Он выпустил поручень, позволил повернуть себя спиной к океану, и они медленно побрели назад к машине. Краем глаза Ронни заметила, что отец улыбается.

— Это было прекрасно, правда? — заметила она.

Прежде чем ответить, отец сделал несколько шагов.

— Да. Но больше всего я наслаждался тем, что разделил это с тобой.

Через два дня она неожиданно для себя решила прочитать последнее письмо. Она сделает это скоро, до того как уйдет отец. Не сегодня, но скоро.

Стояла поздняя ночь, и прошедший день оказался самым трудным. Похоже, обезболивающее больше не помогало. Болезненные спазмы сотрясали тело отца, и из глаз лились слезы. Она умоляла позволить отвезти его в больницу, но он упорно отказывался.

— Нет. Не сейчас.

— Когда же? — в отчаянии спрашивала она, сама готовая заплакать. Отец не ответил, только затаил дыхание, ожидая, когда пройдет боль. Боль действительно утихла, и он мигом обмяк, словно отрезал еще один крохотный ломтик от жизни, которая ему еще оставалась.

— Я хочу, чтобы ты кое-что сделала для меня, — прерывисто прошептал он.

Она поцеловала ему руку.

— Все, что угодно.

— Узнав о своем диагнозе, я подписал отказ от реанимации. Это означает, что я отказываюсь от всяких дополнительных средств реанимации, которые могли бы продлить мне жизнь. Это на случай, если окажусь в больнице.

Ронни задохнулась от страха.

— Что ты пытаешься объяснить?

— Когда придет время, ты должна меня отпустить.

— Нет, — затрясла она головой. — Не говори так!

Его взгляд был мягким, но настойчивым.

— Пожалуйста, — прошептал он. — Я так хочу. Когда я лягу в больницу, привези бумаги. Они в верхнем ящике комода, в конверте из оберточной бумаги.

— Нет... пожалуйста, па! — крикнула она. — Не заставляй меня! Я не смогу это сделать.

— Даже для меня?

В ту ночь крики сменялись затрудненным частым дыханием, которое ее пугало. Хотя Ронни пообещала исполнить просьбу, все же не была уверена, что у нее хватит на это сил.

Как можно сказать докторам, что ничего не нужно делать? Как можно позволить ему умереть?

В понедельник пастор Харрис заехал за ними и повез в церковь смотреть, как устанавливают витраж. Поскольку отец был слишком слаб, чтобы стоять, они захватили с собой садовый стул. Пастор и Ронни взяли отца под руки и медленно повели по берегу. У церкви уже собралась толпа в предвкушении события, и следующие несколько часов все наблюдали, как рабочие ставят витраж на место. Зрелище, как она и представляла, было на редкость красочным. И когда последнюю опору прикрутили болтами, в толпе зааплодировали. Ронни повернулась к отцу и увидела, что тот дремлет, закутанный в кокон тяжелых одеял.

С помощью пастора Харриса она привела его домой и уложила в постель. Перед уходом пастор обернулся.

— Он был счастлив, — сказал он, пытаясь убедить не только ее, но и себя.

— Я это знаю, — заверила Ронни, пожимая ему руку. — Именно об этом он мечтал.

Остаток дня отец проспал, и когда за окном стемнело, Ронни поняла, что настало время прочитать письмо. Если она не сделает этого сейчас, может никогда не набраться мужества.

Свет на кухне был тусклым. Разорвав конверт, она медленно развернула письмо. Почерк отличался от того, каким были написаны предыдущие письма: не широкий, размашистый, а больше похожий на каракули. Ей не хотелось думать о том, каких усилий стоило ему выводить слово за словом и сколько времени это заняло.

Ронни набрала в грудь воздуха и стала читать:

«Привет, солнышко.
Я горжусь тобой.

Я не говорил тебе этого так часто, как следовало бы. Но говорю теперь, не потому, что ты решила остаться со мной в это невероятно трудное время. Просто хочу, чтобы ты знала: ты необыкновенный, выдающийся человек. Я всегда мечтал о том, чтобы ты стала именно такой.

Спасибо за то, что осталась. Я знаю, как тебе тяжело. Куда тяжелее, чем ты себе представляла, и мне жаль, что ты останешься в одиночестве. Но больше всего жалею о том, что не всегда был тем отцом, в котором ты нуждалась. Да, я делал ошибки. И сейчас желал бы многое изменить, но уже поздно... Полагаю, это вполне нормально, учитывая то, что со мной происходит. Но хочу, чтобы ты кое-то знала.

Как бы ни была трудна жизнь и несмотря на все мои переживания, были моменты, когда я чувствовал, что воистину счастлив. Когда ты родилась, когда я водил тебя, маленькую девочку, в зоопарк и наблюдал, как ты потрясенно взираешь на жирафов. Обычно эти моменты долго не длятся. Они приходят и исчезают, как океанский ветер. Но иногда остаются на всю жизнь.

Таким для меня было это лето. И не только потому, что ты меня простила. Это лето стало для меня бесценным даром. Потому что я ближе узнал молодую женщину, которой ты стала. Я всегда был уверен, что ты будешь именно такой. Как я уже сказал твоему брату, лето было лучшим в моей жизни, и в эти идиллические дни я часто задавался вопросом, как может Господь благословить такого человека, как я, такой дочерью, как ты.

Спасибо, Ронни. Спасибо за то, что приехала. И спасибо за те чувства, которые ты вызывала во мне все те дни, которые нам повезло быть вместе.

Ты и Джона всегда были величайшим счастьем моей жизни. Я люблю тебя, Ронни, и всегда любил. И никогда, никогда не забывай, что я был и всегда буду тобой гордиться. Ни один мужчина не был так благословен, как я!

Твой па».

Прошел День благодарения. Люди по всему берегу стали развешивать рождественские украшения.

Отец еще сильнее похудел и почти все время проводил в постели.

Как-то утром, убирая в доме, Ронни наткнулась на листы бумаги, небрежно сунутые в ящик журнального столика. Ронни с первого взгляда узнала ноты песни, которую отец играл тогда в церкви. Она положила бумаги на столик и принялась рассматривать. И в который раз подумала, что отец сочинил нечто удивительное. В голове зазвучали первые, изысканно красивые аккорды, но, листая страницы, она все же видела, что с мелодией что-то не так. И даже поняла, где немного нарушена гармония и с какого места следует внести исправления.

Она выудила из столика карандаш и стала писать свои ноты поверх отцовских с того места, где он закончил работу. Аккорды, паузы, такты...

Не успела она оглянуться, как прошло три часа. В спальне заворочался отец.

Сунув ноты обратно в ящик, Ронни направилась в спальню, готовая встретить все, что готовит день.

Вечером, когда отец задремал, она снова вынула ноты и проработала над ними далеко за полночь. Утром ей не терпелось показать отцу сделанное, но, войдя в спальню, она увидела, что он не шевелится и едва дышит. Ронни запаниковала и бросилась к телефону. Вызвав «скорую», она со страхом вернулась в спальню. Она не готова! Она не показала песню! Еще хотя бы один день!

Дрожащими руками она открыла верхний ящик комода и вынула конверт из оберточной бумаги.

Лежа на больничной койке, отец выглядел совсем маленьким. Лицо приобрело неестественно серый цвет, а кожа туго обтянула череп. Дыхание было слабым и быстрым, как у младенца. Ронни зажмурилась, желая оказаться где угодно, только не здесь.

— Не сейчас, папочка, — прошептала она. — Еще немного времени, ладно?

Небо за окном было серым и облачным. Листья почти облетели, и черные голые ветки почему-то напоминали кости. Погода была холодной и безветренной, предвещая шторм.

Конверт лежал на тумбочке, и хотя Ронни обещала отцу, что отдаст его доктору, все же так и не решилась. Отдаст, когда будет уверена, что отец не очнется и что она так и не сумеет с ним попрощаться. Пока не поймет, что больше ничего не сможет сделать для отца.

Она страстно молила о чуде, о крохотном, маленьком чуде, и Господь, наверное, услышал, потому что чудо случилось минут через двадцать.

Ронни почти все утро сидела у его постели и так привыкла к звуку дыхания и мерному писку монитора, что любое изменение ритма казалось катастрофой. Подняв глаза, она увидела, как дернулась его рука. Глаза приоткрылись. Он моргнул от мертвенного света, и Ронни инстинктивно потянулась к его руке.

— Па?

Несмотря ни на что, она ощутила прилив надежды и представила, как отец медленно садится.

Только он не сел. И похоже, даже не слышал ее. Когда он с усилием повернул голову, чтобы взглянуть на дочь, та увидела тьму в его глазах. Тьму, которой раньше не замечала. Но тут он моргнул, и Ронни услышала вздох.

— Привет, солнышко, — хрипло прошептал он. В легких скопилась жидкость, и в груди что-то булькало, но Ронни вынудила себя улыбнуться.

— Ну как ты?

Он помедлил, словно собираясь с силами.

— Где я?

— В больнице. Тебя привезли сегодня утром. Я знаю, ты подписал отказ от реанимации, но...

Он снова моргнул, и Ронни со страхом подумала, что больше он не откроет глаз. И к счастью, ошиблась.

— Все в порядке, — прошептал он, и смирение, звучавшее в его голосе, терзало ее хуже всякой пытки.

— Понимаю.

364

— Пожалуйста, не сердись на меня.

— Я не сержусь.

Она поцеловала его в щеку и попыталась обнять. Он погладил ее по спине.

— А ты... как... все хорошо?

— Нет, — призналась она, начиная плакать. — Совсем не хорошо.

— Прости, — выдохнул он.

— Нет, не говори так! — попросила она, из последних сил стараясь держать себя в руках. — Это я должна просить у тебя прощения. Я не имела права отказываться от встреч с тобой. И так отчаянно хочу повернуть время вспять...

На его лице появилось подобие улыбки.

— Я когда-нибудь говорил, что ты прекрасна?

— Да, — шмыгнула она носом. — Говорил.

— Но на этот раз я совершенно серьезно.

Ронни беспомощно рассмеялась сквозь слезы.

— Спасибо, — прошептала она, целуя его руку.

— Помнишь, как ты была маленькой? — с неожиданной серьезностью спросил он. — И могла часами смотреть, как я играю на пианино. Однажды я застал тебя играющей ту же мелодию, что ты слышала накануне. А ведь тебе было только четыре года! Но ты всегда была так талантлива!

— Помню, — кивнула она.

— Я хочу, чтобы ты кое-что знала, — продолжал он, с удивительной силой сжимая ее руку. — Как бы ярко ни засияла твоя звезда, помни: я и вполовину не любил музыку так, как свою дочку.

Ронни снова кивнула:

— Я тебе верю. И тоже тебя люблю, па.

Он глубоко вздохнул, продолжая смотреть ей в глаза.

— Тогда ты отвезешь меня домой?

Слова ударили ее всей тяжестью, прямые и неотвратимые. Она глянула на конверт, понимая, о чем просит отец. В эту секунду перед глазами пронеслись события последних пяти месяцев. Картинка замерла только на том эпизоде, когда отец играл на пианино в церкви, под пустым оконным проемом, где некогда был витраж.

И тут ее осенило. Так вот что подсказывало ей сердце!

— Да, — ответила она. — Я отвезу тебя домой. Но ты должен кое-что сделать для меня.

— Не уверен, что у меня хватит на это сил, — выговорил отец, задыхаясь.

Она улыбнулась и взялась за конверт.

— Даже ради меня?

Пастор одолжил Ронни свою машину, и она гнала и гнала вперед. Перестраиваясь в другой ряд, она набрала номер и позвонила Галадриель. Та охотно согласилась ей помочь. Ронни мчалась так, словно от этого зависела жизнь отца. Галадриель уже ждала у дома. На крыльце рядом с ней лежали два ломика. Завидев Ронни, она подняла их и встала.

— Готова?

Ронни молча кивнула, и они вместе вошли в дом.

У них ушло меньше часа на то, чтобы разломать перегородку. И плевать на то, какой беспорядок они оставили в гостиной. Сейчас она могла думать только о том времени, когда отец ушел от них, и о том, что должна сделать для него. Как только последний кусок фанеры был оторван, мокрая от пота Галадриель, задыхаясь, повернулась к ней.

— Поезжай за отцом. Я приберусь. И помогу тебе внести его в дом, когда вернетесь.

Назад она ехала еще быстрее. До отъезда она встретилась с доктором отца и объяснила, что собирается делать. С помощью медсестры она заполнила требуемые документы, а по дороге в больницу позвонила и попросила спустить отца вниз в инвалидном кресле.

Автомобильные шины взвизгнули, когда Ронни лихо свернула на стоянку. Выскочив из машины, она побежала в приемный покой и сразу увидела, что сестра сдержала слово. Она помогла Ронни усадить отца в машину. Тот, казалось, немного приободрился, но она знала, что это может измениться в любую минуту. Нужно успеть довезти его домой, пока не стало слишком поздно. Проезжая по улицам города, который привыкла считать своим, она ощущала одновременно страх и надежду. Все теперь казалось таким простым, таким ясным.

Галадриель ждала их дома. Она успела передвинуть диван, и вместе они усадили на него отца. Несмотря на свое состояние, он, казалось, понял, что сделала Ронни. Мрачное выражение лица постепенно сменилось изумлением. И тогда Ронни поняла, что все сделала правильно. Нагнувшись, она поцеловала отца в щеку.

— Я закончила нашу песню. Нашу последнюю песню. И хочу сыграть ее для тебя.

Стив

Жизнь, осознал он, очень похожа на песню.

В начале это тайна, в конце — подтверждение, а в середине кроются все те эмоции, которые делают жизнь достойной.

Впервые за много месяцев он совсем не ощущал боли. Впервые за много лет он был уверен, что получил ответы на все свои вопросы.

Слушая песню, законченную и исправленную Ронни, он закрыл глаза, преисполненный сознания того, что его поиски присутствия Господня были вознаграждены. Оказывается, Бог присутствует повсюду и всегда, и время от времени это испытывает каждый. Бог был в мастерской, когда они с Джоной трудились над витражом, он присутствовал рядом все время, проведенное с Ронни. Он присутствовал здесь и сейчас, пока его дочь играла песню. Их последнее совместное произведение. Как же он мог не понимать нечто совершенно очевидное?

Бог есть любовь в его чистейшей форме. И за эти последние несколько месяцев, проведенных с детьми, Стив чувствовал его прикосновение так же отчетливо, как слышал музыку, создаваемую пальцами Ронни.

Ронни

Отец умер неделю спустя. Умер во сне. Ронни, как всегда, ночевала на полу в его спальне. Позже она не могла заставить себя говорить о подробностях. Конечно, мать ждала этого от нее, но она и проговорила три часа, и все это время мать молчала. Совсем как отец в свое время. Все же те моменты, когда отец испускал последнее дыхание, оставались очень уж личными. И она вполне ясно сознавала, что не поделится этими воспоминаниями никогда и ни с кем. То, что она оказалась рядом, когда он покидал этот мир, стало последним его подарком Ронни, и только Ронни, и она никогда не забудет всего, что при этом испытывала.

И сейчас она смотрела в окно на ледяной декабрьский дождь и говорила о своем последнем выступлении, самом важном в жизни.

— Я играла для него бесконечно долго. И старалась играть как можно лучше, потому что знала, как много это значит для него. Но он уже был так слаб, — прошептала она. — В самом конце я даже не была уверена, что он меня слышит.

Ронни ущипнула себя за переносицу, рассеянно задаваясь вопросом, остались ли у нее еще слезы. Она уже так много их пролила...

Мать поманила ее к себе. В ее глазах стояли непролитые слезы.

— Я знаю, солнышко, что он тебя слышал. И что это было прекрасно!

Ронни прижалась к матери и положила голову ей на грудь. Совсем как в детстве.

— Никогда не забывай, каким счастливым сделали его вы с Джоной, — пробормотала мать, гладя ее по голове.

— Он тоже сделал меня счастливой, — ответила она. — Я многому у него научилась. Жаль, что не сказала ему об этом. И о миллионе других вещей.

Она на секунду закрыла глаза.

— Но сейчас уже слишком поздно.

— Он знал, — заверила мать. — Он всегда знал.

Похороны были скромными. Заупокойная служба проходила во вновь открытой церкви. Отец попросил, чтобы его кремировали, и родные выполнили это желание.

Панихиду читал пастор Харрис. Речь его была коротка, но переполнена истинными любовью и скорбью. Он любил Стива как родного сына, и Ронни, не сдерживаясь, плакала вместе с Джоной. Обняв брата, она слушала отчаянные рыдания осиротевшего ребенка и пыталась не думать о том, как отразится на Джоне эта потеря в столь юном возрасте.

На церемонию пришли совсем немногие. Ронни увидела Галадриель, офицера Пита, услышала, как несколько раз открылась и закрылась дверь церкви. Но большинство мест пустовало. У нее болело сердце при мысли о том, как мало людей знали, каким необыкновенным человеком был отец и как много значил для нее.

После службы она и Джона продолжали сидеть на местах, пока Брайан и мать пошли поговорить с пастором. Все четверо должны были через несколько часов лететь в Нью-Йорк, и Ронни знала, что времени у нее почти нет.

И все равно не хотела уезжать. Дождь, ливший все утро, прекратился, и небо начало проясняться. Она молилась об этом и не сводила глаз с витража, мысленно прогоняя тучи.

И тучи, словно по волшебству, разошлись, и все случилось так, как описывал отец. Солнце полилось сквозь стекло, разбрызгиваясь на сотни цветных пятен. Пианино оказалось в водопаде блестящих солнечных зайчиков, и на секунду Ронни представила отца, сидящего за клавишами, с лицом, повернутым к свету. Продолжалось это недолго, но она в безмолвном благоговении сжала руку Джоны. Несмотря на тяжесть скорби, девушка улыбнулась, зная, что Джона думает о том же.

— Привет, па, — прошептала она. — Я знала, что ты придешь.

Едва свет померк, она молча попрощалась с отцом и встала. Но когда обернулась, увидела, что они с Джоной не одни в церкви. В последнем ряду, у двери, сидели Том и Сьюзен Блейкли.

Ронни положила руку на плечо Джоны.

— Послушай, пойди к ма и скажи, что я сейчас приду. Сначала мне нужно кое с кем поговорить.

— Ладно, — буркнул он, принимаясь тереть кулаком распухшие глаза.

После его ухода она направилась к супругам Блейкли. Они тут же встали ей навстречу.

К удивлению Ронни, Сьюзен заговорила первой:

— Я очень сожалею о твоей потере. Пастор Харрис сказал, что твой отец был прекрасным человеком.

— Спасибо, — прошептала Ронни и, оглядев родителей Уилла, улыбнулась: — Я благодарна за то, что вы пришли. И за все, что вы сделали для церкви. Моему отцу это было очень важно.

Том Блейкли отвел глаза, и Ронни поняла, что была права.

— Вообще-то помощь оказывалась анонимно, — выдавил он.

— Знаю. И пастор Харрис ничего мне не сказал. Ваш поступок более чем прекрасен.

Том кивнул, почти застенчиво, и она увидела, как он перевел взгляд на витраж. Должно быть, тоже видел свет, наполнивший церковь.

— Готова? — спросила мать, как только Ронни вышла из церкви. — Мы уже опаздываем.

Ронни едва ее слышала, потому что смотрела на Уилла. Он был в черном костюме. Волосы отросли, и ее первой мыслью было, что он выглядит старше. Уилл разговаривал с Галадриель, но, увидев ее, поднял палец, словно просил придержать эту самую мысль.

— Мне нужно еще несколько минут, хорошо? — сказала Ронни, не отводя глаз от Уилла.

Она не ожидала его приезда. Не думала, что когда-нибудь снова увидит. И не знала, что означает его появление, не понимала, радоваться или расстраиваться. Она шагнула к нему, но остановилась. Не смогла понять, что написано на его лице. И неожиданно вспомнила их первую встречу. И поцелуй в ночь свадьбы Меган. Снова и снова слышала слова, которые бросала ему в тот день, когда они попрощались. Сейчас ее осаждала целая буря противоречивых эмоций: желание, сожаление, страсть, страх, скорбь, любовь. Ей нужно так много ему сказать, но здесь не время и не место, да и времени столько прошло! Может, и не стоит ворошить былое?

— Привет!

«Если бы я только была телепатом и ты смог бы прочитать мои мысли!»

— Привет, — ответил он.

Казалось, он изучает ее лицо в поисках чего-то, но чего? Ронни не знала.

Он не пошевелился, поэтому она потянулась к нему.

— Ты пришел, — пробормотала она, не в силах сдержать изумления.

— Я не мог остаться в стороне. И мне жаль, что твой отец умер. Он был... поразительным человеком.

На какой-то момент лицо его омрачилось.

— Мне будет его недоставать.

И снова на Ронни нахлынули воспоминания о совместных вечерах в доме отца. Запах его стряпни, крики и смех Джоны, игра в покер...

У нее вдруг закружилась голова. Все это было так невероятно... видеть Уилла в этот ужасный день. Ей хотелось броситься в его объятия и извиниться за резкие слова, но она все еще не отошла после смерти папы и сейчас невольно гадала, остался ли Уилл тем же самым человеком, которого она любила. Столько всего случилось этой осенью!

Она неловко переступила с ноги на ногу.

— Как Вандербилд?

— Все как я ожидал.

— Это хорошо или плохо?

Вместо ответа он кивком показал на прокатную машину:

— Едешь домой?

— Сегодня у нас самолет.

Она заправила волосы за ухо, ненавидя себя за скованность и смущение. Словно они совсем чужие!

— Ты уже закончил семестр?

— Нет. Экзамены на следующей неделе, так что я сегодня улетаю обратно. Заниматься оказалось труднее, чем я ожидал, поэтому придется сидеть по ночам.

— Ничего, скоро приедешь домой на каникулы. Несколько прогулок по пляжу, и будешь как новенький.

Ронни изобразила улыбку.

— Вообще-то родители берут меня с собой в Европу. Проведем Рождество во Франции. Они считают, что мне важно увидеть мир.

— Здорово!

Уилл пожал плечами.

— Как насчет тебя?

Она отвела глаза, снова и снова вспоминая последние дни, проведенные с отцом.

— Собираюсь попросить о прослушивании в Джульярде, — медленно выговорила она. — Посмотрим, захотят ли они меня принять.

Он впервые улыбнулся, и она увидела проблеск той неподдельной радости, которая так часто посещала его в эти теплые летние месяцы.

Как ей не хватало этой радости, этого тепла, во время долгого марша осени и зимы...

— Вот как? Я очень рад. И уверен, что ты поступишь!

До чего же противно, что они оба ходят вокруг да около! Это так неправильно, если вспомнить, что было между ними когда-то и что они выдержали вместе.

Она глубоко вздохнула, стараясь держать в узде эмоции. Но это было так трудно, а она ужасно устала.

Следующие слова сорвались с губ почти автоматически:

— Я хочу извиниться за все, что тебе наговорила. Я не хотела тебя обидеть. И не следовало срывать на тебе...

Он шагнул к ней и потянулся к ее руке.

— Все в норме. Я понимаю.

Стоило ему прикоснуться к ней, и все так долго сдерживаемые чувства вырвались на поверхность, сметая с таким трудом обретенное самообладание.

Она зажмурилась, пытаясь остановить слезы.

— Но если бы ты сделал то, что требовала я, тогда Скотт...

Уилл покачал головой.

— Скотт в порядке. Можешь не верить, но он получил свою стипендию. А Маркус в тюрьме...

— Но мне не следовало говорить тебе все эти ужасные вещи! — перебила она. — Тогда лето кончилось бы совсем по-другому. Мы не должны были расставаться подобным образом. И это я во всем виновата! Ты не представляешь, как больно сознавать, что это я прогнала тебя...

— Ты не прогнала меня. Я собирался уезжать, если не забыла, — мягко напомнил он.

— Но мы даже не попрощались по-человечески, не переписывались, и было так трудно смотреть, как умирает па... Я хотела поговорить с тобой, но знала, что ты злишься, и...

Она расплакалась.

Уилл притянул ее к себе и обнял. А Ронни продолжали раздирать противоречивые эмоции.

— Тише, — прошептал он. — Все хорошо, и я вовсе не так уж сильно злился на тебя.

Она обняла его изо всех сил, отчаянно цепляясь за то, что их когда-то соединяло.

— Но ты позвонил только дважды!

— Потому что знал, как твой па в тебе нуждается. И хотел, чтобы ты сосредоточилась на нем, а не на мне. Помню, что было с нами, когда умер Майки. И помню, как жалел, что мы не общались чаще. Я не мог так поступить с тобой.

Она зарылась лицом в его плечо. Он молча обнимал ее. Ронни думала только о том, как он нужен ей. Как нужны его руки, его шепот, уверения, что когда-нибудь они непременно будут вместе.

Уилл крепче прижал Ронни к себе и пробормотал ее имя. Чуть отстранившись, она увидела, что он улыбается.

— Ты носишь браслет, — прошептал он, касаясь ее запястья.

— Ты навсегда в моих мыслях.

Она робко улыбнулась.

Он приподнял ее подбородок и заглянул в глаза.

— Я позвоню тебе, хорошо? Как только вернусь из Европы.

Ронни кивнула, отчетливо сознавая: это все, что у них осталось. Да, этого недостаточно, но они идут разными дорогами, отныне и вовеки. Лето кончилось. И теперь у каждого начнется своя жизнь.

И это правда, но какая ненавистная!

— Хорошо, — прошептала она.

ЭПИЛОГ

Ронни

Несколько недель после похорон Ронни одолевали смятение и сумятица в мыслях, чего и следовало ожидать в таком состоянии. Были дни, когда она просыпалась уже в тоске и часами вспоминала последние несколько месяцев с отцом, слишком подавленная скорбью и сожалением, чтобы плакать. После их ежедневного общения было трудно смириться с тем, что этого больше никогда не будет. Что, как бы она в нем ни нуждалась, отец отныне недосягаем. Она необычайно остро чувствовала его отсутствие и иногда срывалась на окружающих.

Но подобные дни теперь были не так часты, и Ронни чувствовала, что со временем скорбь немного притупится. Забота об отце изменила ее, и теперь она непременно выживет и чего-то добьется. Именно этого хотел бы отец, и Ронни почти слышала, как он напоминает, что она куда сильнее, чем сама думает. Отец не хотел, чтобы она месяцами скорбела по нему. Хотел, чтобы она жила собственной полной жизнью, как жил он сам в свой последний год. Больше всего на свете он мечтал, чтобы Ронни нашла свою настоящую дорогу. И Джона. Отец желал бы, чтобы она помогла Джоне оправиться от потери, и со времени возвращения домой Ронни много времени проводила с ним. Через неделю после их возвращения Джону отпустили на рождественские каникулы, и Ронни водила его на самые интересные экскурсии. Возила кататься на коньках в Рокфеллер-центре, привела на самый верх Эмпайр-Стейт-билдинга, показала скелеты динозавров в Музее естественной истории, а потом они заглянули в магазин игрушек «Фао Шварц» на Пятой авеню, где как раз шла рождественская распродажа. Ронни всегда считала подобные места приманкой для туристов, причем весьма банальной. И как ни странно, они оба прекрасно проводили время.

Но бывали и тихие минуты, когда они вместе смотрели мультики, рисовали, сидя за письменным столом, а однажды по просьбе Джоны она даже ночевала на полу в его комнате. В такие моменты они вспоминали лето и рассказывали друг другу истории об отце.

И все же что-то беспокоило Джону: Ронни видела это. Все выяснилось как-то вечером, когда они пошли гулять после ужина. Дул ледяной ветер, и Ронни сунула руки в карманы. Джона неожиданно выглянул из глубин своего капюшона:

— Ма тоже больна? Как папа?

Ронни от неожиданности растерялась и не сразу ответила. Присев на корточки, она взглянула в глаза брата.

— Нет, конечно, нет! С чего ты взял?

— Потому что вы больше никогда не ругаетесь. Ты же тогда перестала скандалить с па!

Ронни видела страх в глазах брата и даже могла понять его детскую логику. Кроме того, после возвращения домой она действительно ни разу не поспорила с матерью.

— Она совершенно здорова. Мы просто устали ругаться, вот и живем мирно.

— Честное слово?

Ронни притянула его к себе.

— Честное слово.

Проведенные с отцом месяцы изменили даже отношение к родному городу. Она не сразу привыкла к Нью-Йорку, к его неустанному шуму, к постоянному присутствию других людей. Она забыла, что тротуары тянутся в тени гигантских небоскребов и что люди спешат повсюду, даже в узких проходах супермаркетов. Кроме того, ей не хотелось общаться с друзьями. Когда позвонила Кейла, чтобы спросить, не хочет ли она пойти развлечься, Ронни отказалась, и Кейла больше не звонила. Хотя Ронни предполагала, что они будут всегда делить общие воспоминания, отныне их дружба станет совершенно иной. Но Ронни ничуть не страдала. Все ее время занимали Джона и игра на фортепьяно. Поскольку пианино отца еще не прибыло, она ехала на метро в Джульярд и упражнялась там. В первый же день она позвонила директору, который был хорошим другом отца. Тот извинился за то, что не прилетел на похороны, и, похоже, удивился и обрадовался ее звонку. Когда Ронни объяснила, что подумывает вернуться в Джульярд, он постарался ускорить день прослушивания и даже помог заполнить документы.

Ровно через три недели после возвращения она пришла на прослушивание и начала программу с песни, которую они с отцом сочинили. Ронни немного недоставало техники: три недели не слишком большой срок для подготовки к такому серьезному прослушиванию, — но, покидая аудиторию, она подумала, что отец гордился бы ею. И, улыбаясь, сунула папку с нотами под мышку, как это всегда делал отец.

После прослушивания она начала играть по два-три часа в день. Директор позволил ей пользоваться школьными комнатами, отведенными для упражнений студентов, и Ронни постоянно что-то сочиняла, думая об отце, который когда-то сидел здесь же. Иногда, на закате солнца, красные лучи проникали между зданиями и бросали отблески на пол. И всегда, наблюдая это, она вспоминала о витраже и каскаде света, который видела на похоронах.

И еще она постоянно думала об Уилле. В основном вспоминала их лето, а не короткую встречу у церкви. От него не было вестей, и Ронни теряла последнюю надежду на то, что он позвонит. Правда, он что-то упоминал о том, что проведет каникулы за океаном, но с каждым днем ее все больше охватывало отчаяние. Временами она была уверена, что он еще любит ее, но чаще всего изнемогала от тоски. И твердила себе: это, возможно, к лучшему. Да и что они могут сказать друг другу?

Ронни печально улыбнулась. Когда уже она выбросит из головы все эти мысли? Она силой заставила себя вернуться к последней композиции: песне с легким налетом кантри-вестерна и поп-музыки. Пора идти вперед. Ее могут принять в Джульярд, а могут не принять, хотя директор упоминал, что ее сочинения выглядят «очень многообещающими».

Но что бы ни случилось, теперь она знала: ее будущее — в музыке. И она так или иначе найдет возможность заниматься любимым делом.

Телефон, лежавший на верхней крышке пианино, завибрировал. Наверное, это мама. Но, посмотрев на экран, Ронни замерла. Телефон снова завибрировал. Она дрожащими руками открыла его и поднесла к уху.

— Алло!

— Привет, — сказал знакомый голос. — Это я, Уилл.

Ронни попыталась представить, откуда он звонит. Его голос отдавался гулким эхом в трубке. Похоже на аэропорт...

— Ты только что с самолета? — спросила она.

— Нет. Вернулся несколько дней назад. А что?

— Просто голос как-то странно звучит, — пояснила она. Искра счастья, вспыхнувшая внезапно, угасла. Он уже давно дома, но удосужился позвонить только сейчас.

— Понравилась Европа?

— О, там так здорово! Мы с мамой ладили куда лучше, чем ожидалось. Джона немного успокоился?

— Уже получше, но ему трудно пережить случившееся.

— Мне очень жаль, — прошептал он, но она опять услышала этот странный звук. Может, он на задней веранде дома? — А как вообще дела?

— Я была на прослушивании в Джульярде, и, похоже, все прошло как нельзя лучше.

— Знаю, — ответил он.

— Откуда?

— Знаю, и все. А почему ты сейчас там?

Ронни окончательно растерялась:

— Ну... они разрешили мне упражняться, пока не прибудет папино пианино. Из уважения к папе и тому подобное... Директор был его хорошим другом.

— Надеюсь, ты не слишком занята, чтобы взять выходной.

— Ты это о чем?

— Я надеялся, что в этот уик-энд мы с тобой куда-нибудь пойдем... если, конечно, у тебя нет других планов.

Ронни задохнулась.

— Ты приезжаешь в Нью-Йорк?

— Да, к Меган. Хочу проверить, как поживают молодожены.

— Когда?!

— Сейчас посмотрим...

Она почти видела, как он подносит к глазам часы.

— Я приземлился немногим более часа назад.

— Ты здесь?! Где?

Уилл не сразу ответил, и снова, услышав его голос, Ронни поняла, что он доносится не из телефона, а откуда-то сзади. Повернувшись, она увидела стоявшего на пороге Уилла с телефоном в руках.

— Прости, — улыбнулся он, — я не мог устоять.

Ронни разом ослабела и крепко зажмурилась, перед тем как вновь открыть глаза.

— Почему не предупредил, что приезжаешь?

380

— Хотел сделать сюрприз.

И сделал, ничего не скажешь!

Он выглядел таким красивым в синих джинсах и темно-голубом пуловере...

— Кроме того, — объявил он, — я должен сказать тебе что-то очень важное.

— Что именно?

— Прежде чем скажу, хотелось бы узнать: свидание состоится?

— Какое свидание?

— В этот уик-энд, помнишь?

— Конечно, — улыбнулась она.

Уилл кивнул.

— А в следующий?

Ронни впервые заколебалась.

— Сколько ты здесь пробудешь?

Он медленно направился к ней.

— Ну... именно об этом я хотел с тобой поговорить. Помнишь, я сказал как-то, что не слишком стремился учиться в Вандербилде? Что хотел пойти в университет с потрясающей программой защиты окружающей среды?

— Помню.

— Так вот, в этом университете обычно не приняты переводы студентов посреди года. Но ма состоит в совете попечителей Вандербилда и знает кое-кого в этом другом университете, так что смогла использовать свое влияние. Так или иначе, пока я был в Европе, оказалось, что меня приняли, и теперь я спокойно смогу перевестись. Со следующего семестра я начинаю там учиться, и хочу, чтобы ты это знала.

— Ну... — нерешительно пробормотала она, — я рада за тебя. И что это за университет?

— Колумбийский.

В первую секунду Ронни была уверена, что ослышалась.

— Колумбийский? Это тот, что в Нью-Йорке?!

Уилл улыбнулся с таким видом, словно только сейчас вытащил кролика из шляпы.

— Тот самый.

Уилл кивнул.

— Начинаю через пару недель. Можешь себе представить? Славный паренек с Юга вроде меня — и вдруг попал в большой город! Мне действительно понадобится кто-то, чтобы помочь привыкнуть и приспособиться. И я надеялся, что это будешь ты. Если, конечно, согласна.

К этому времени он был так близко, что сумел дотянуться до петель на поясе ее джинсов. А когда притянул ее к себе, она почувствовала, что весь мир перевернулся! Уилл собирается учиться в Нью-Йорке! Они будут вместе!

Она обняла его, крепко прижалась, сознавая, что лучше этой минуты у нее еще не было.

— Я согласна, согласна! Но тебе придется нелегко! Ни рыбалки, ни состязаний в грязи.

Его руки легли на ее талию.

— Я так и думал.

— И никакого пляжного волейбола. Особенно в январе.

— Полагаю, все мы должны чем-то жертвовать.

— Может, если повезет, мы найдем чем тебя занять.

Нагнув голову, он нежно поцеловал ее, сначала в щеку, потом в губы. Когда их взгляды встретились, она вновь увидела молодого человека, которого любила этим летом. Того молодого человека, которого любила сейчас.

— Я никогда не забывал о тебе, Ронни. Все мои мысли были только о нас с тобой. И я тебя люблю. Даже если лето кончается, к нам с тобой это не имеет отношения.

Как же он прав!

Ронни улыбнулась.

— Я тоже люблю тебя, Уилл Блейкли, — прошептала она, поднимаясь на носочки, чтобы снова его поцеловать.

Литературно-художественное издание

Спаркс Николас
Последняя песня

Роман

Редактор Е.Ю. Иванова
Ответственный корректор И.М. Цулая
Компьютерная верстка: О.С. Попова
Технический редактор О.В. Панкрашина

Общероссийский классификатор продукции
ОК-005-93, том 2; 953000 — книги, брошюры

Наши электронные адреса:
WWW.AST.RU E-mail: astpub@aha.ru

ООО «Издательство Астрель»
129085, г. Москва, пр-д Ольминского, д. 3а

Издание осуществлено при техническом участии
ООО «Издательство АСТ»

Отпечатано с готовых файлов заказчика
в ОАО «Первая Образцовая типография»,
филиал «УЛЬЯНОВСКИЙ ДОМ ПЕЧАТИ»
432980, г. Ульяновск, ул. Гончарова, 14